DROEMER

Helen Fisher

Die Zeit-springerin

Roman

Aus dem Englischen von
Charlotte Breuer und Norbert Möllemann

DROEMER

Die englische Originalausgabe erschien 2020 unter dem Titel
»Spacehopper« bei Simon & Schuster, London.

Besuchen Sie uns im Internet:
www.droemer.de

Aus Verantwortung für die Umwelt hat sich die Verlagsgruppe Droemer Knaur zu einer nachhaltigen Buchproduktion verpflichtet. Der bewusste Umgang mit unseren Ressourcen, der Schutz unseres Klimas und der Natur gehören zu unseren obersten Unternehmenszielen. Gemeinsam mit unseren Partnern und Lieferanten setzen wir uns für eine klimaneutrale Buchproduktion ein, die den Erwerb von Klimazertifikaten zur Kompensation des CO_2-Ausstoßes einschließt. Weitere Informationen finden Sie unter: www.klimaneutralerverlag.de

FSC
www.fsc.org
MIX
Papier aus verantwortungsvollen Quellen
FSC® C083411

Deutsche Erstausgabe Dezember 2021
Droemer HC

Redaktion: Ilse Wagner
Covergestaltung: Nicole Pfeiffer
Coverabbildung: gettyimages / artvea;
visualgo; Katsumi Murouchi
Illustration im Innenteil: invisible163 / Shutterstock.com
Satz: Adobe InDesign im Verlag
Druck und Bindung: CPI books GmbH, Leck
ISBN 978-3-426-28234-2

2 4 5 3 1

Meinen Kindern Cleo und Dylan gewidmet,
die gut, freundlich, klug und witzig sind.

Für immer in Liebe

1

Meine Mutterlosigkeit ist wie eine Zahnlücke: Ich spüre sie ständig, aber ich kann sie verbergen, solange ich den Mund halte. Also rede ich nur selten über meine Mutter.

Es ist ein trauriges Detail, mit dem ich in meine unglaubliche kleine Geschichte einsteige, aber bitte verstehen Sie mich nicht falsch, ich liebe mein Leben. Ich bin eine ziemlich normale Frau von Mitte dreißig, ich habe zwei Töchter und einen Mann namens Eddie, der gerade eine Ausbildung zum Pfarrer macht. Er scheint davon auszugehen, dass ich die perfekte Pfarrersfrau abgeben werde, aber ich weiß noch nicht so recht, ob ich der Herausforderung gewachsen bin. Im Vergleich zu meinem Mann bin ich eher rational veranlagt, gehe die Dinge lieber von der wissenschaftlichen Seite her an. Andererseits müsste ich nach allem, was ich in letzter Zeit erlebt habe, eigentlich alles für möglich halten.

Eddie behauptet, ich hätte sämtliche notwendigen Eigenschaften für eine Pfarrersfrau, und ich muss zugeben, dass ich mich für einen guten Menschen halte. Zum Beispiel können Sie mir alles anvertrauen, ich werde mir kein Urteil erlauben, und falls ich mich doch mal über etwas wundern sollte, lasse ich es mir nicht anmerken. Ich bin Eddie gegenüber immer ehrlich gewesen, das war von Anfang an klar zwischen uns: keine Lügen.

Bis jetzt.

Jetzt bin ich eine Lügnerin. Jetzt bin ich eine Diebin.

Und ich kann nicht einmal mehr guten Gewissens behaupten, ich sei normal. Aber das sollen Sie selbst beurteilen. Meinen Mann anzulügen, macht mich ganz krank, und ich will unbedingt damit aufhören, aber Lügen sind wie Zehen – sie treten nie einzeln auf. Das Schlimmste ist, dass ich angefangen habe, meine Mutter zu besuchen, und diese Tatsache verheimliche; und als mein Mann wissen wollte, woher all die blauen Flecken und Schrammen an meinem Körper stammen, habe ich auch gelogen. So viele Lügen. Wenn ich Eddie die Wahrheit sagen würde, dann würde er, lieb, wie er ist, versuchen, mich zu verstehen. Aber logisch betrachtet ist es wahrscheinlicher, dass er mich für verrückt hält.

Vielleicht tue ich ihm ja auch unrecht, denn er liebt und braucht mich genauso, wie ich ihn liebe und brauche, und im Lauf der letzten Monate ist mir etwas Wichtiges klar geworden. Ich kann Eddie nicht sagen, was los ist, so gern ich es auch täte. Nicht, weil er mir nicht glauben würde, sondern weil er mir tatsächlich glauben könnte.

Und wenn das passiert und Eddie mir glaubt, wird er versuchen, mich aufzuhalten.

Aber lassen Sie mich zum Anfang zurückgehen. Wenn ich nur wüsste, wo genau der Anfang ist. Die Zeit ist nicht so leicht zu verstehen, wie ich es einmal geglaubt habe.

Begonnen hat es mit dem Foto und dem Karton. Ach je, ich schreibe *begonnen,* wobei wir wieder beim Anfang wären. Okay, wir machen es anders. Über das Thema »Anfang« und das, was das wirklich bedeutet, könnte ich ins Philosophieren geraten, aber darauf möchte ich jetzt nicht eingehen. Und da Sie ja, was die Situation betrifft, noch gar nicht im Bilde sind, schlage ich vor, dass wir das Thema vorerst beiseitelassen (es wird wieder auftauchen, das verspreche ich Ihnen). Sagen wir einfach so: Es ist das Vernünftigste, die Geschichte mit dem Foto zu beginnen.

Es ist ein Foto, wie es unzählige Menschen besitzen.

Man findet es in einem Buch, das man seit Jahren nicht mehr aufgeschlagen hat, oder es fällt aus einem alten Album, weil die Fotoecken nicht mehr haften. Ich wette, bei Ihnen findet sich auch so ein Foto in irgendeinem alten Schuhkarton, versteckt zwischen anderen Überresten Ihres Lebens wie Liebesbriefen, Postkarten und Tauffotos von unbekannten Säuglingen. Mein Foto ist aus einem Kochbuch herausgefallen, das keine Bilder enthält, dafür aber Fettflecken auf den Seiten mit den Lieblingsrezepten, schokoladige Fingerabdrücke und handgeschriebene Notizen. Meine Mutter, der das Kochbuch einmal gehörte, war eine leidenschaftliche Naschkatze; die am schlimmsten beschmierten Seiten sind die mit den Rezepten für Brownies und für Sticky-Toffee-Pudding.

Auf dem Foto bin ich zu sehen. Auf der Rückseite steht »Faye, Weihnachten 1977«. Ich habe das Foto umgedreht, und die sechsjährige Faye von vor dreißig Jahren strahlte mich an. Rosige Wangen, braune Augen, wilde Locken. Auf dem Foto hocke ich in einem Karton, in dem sich ein Hüpfball befunden hatte, und sehe aus wie eine Puppe, die am Weihnachtsmorgen aus ihrer Geschenkverpackung steigt. Ich trage einen ziemlich flauschigen rosa Bademantel mit einem kleinen, runden Kragen, und der Weihnachtsbaum hinter mir ist mit bunten Lichtern und Lametta geschmückt. Ich sehe total glücklich aus. Was sonst? Ich bin ein Kind, es ist Weihnachten, und meine Mutter machte ein Foto von mir. Es war bestimmt ein vollkommen sorgloser Tag. Meine Mutter, an die ich kaum Erinnerungen habe, wird die Liebe im Blick ihrer kleinen Tochter genossen haben. Meine Liebe. Ich habe genauer hingeschaut, versucht, hinter das Offensichtliche zu blicken, mehr zu sehen, als das Foto mir zeigen konnte.

Ich arbeite bei RNIB, einer gemeinnützigen Organisation für Blinde, wo ich Produkte für Menschen entwickle, die entweder stark sehbehindert oder blind sind. Vor einem Jahr habe ich zum Thema Hightech-Kameras recherchiert. Ein Blinder, mit dem ich zusammenarbeite – mein Freund Louis –, beteiligte sich lebhaft an den Diskussionen über Kameras der Zukunft und was sie würden leisten können. Sein größter Wunsch war es, ein Foto in die Hände nehmen und ertasten zu können, was darauf abgebildet war, und zwar nicht nur das, was man sehen konnte, sondern auch, was *hinter dem Bild* lag. Er sagte, er wollte den Leuten auf den Fotos einen Arm um die Schultern legen, und er war sich ganz sicher, dass das eines Tages möglich sein würde. Er ist von Geburt an blind, und ich glaube, er vermutet, dass Sehende schon jetzt mehr auf Fotos erkennen, als tatsächlich möglich ist.

Aber ich verstehe, was er meint, denn wenn ich das Foto von mir vor dem Weihnachtsbaum betrachte, möchte ich am liebsten hineingreifen und das Gesicht meiner Mutter berühren. Sie ist auf dem Bild nicht zu erkennen, und doch ist sie da. Ich verspüre den verzweifelten Wunsch, sie zu sehen und anzufassen, in das Bild zu steigen und ein paar Minuten mit ihr unter dem Weihnachtsbaum zu verbringen.

Jetzt wissen Sie also, dass ich meine Mutter schon vor langer Zeit verloren habe. Ich erwähnte bereits, dass ich angefangen habe, sie zu besuchen, und dass Eddie, wenn er davon wüsste, versuchen würde, mich davon abzuhalten. Und Sie werden sich denken können, dass Eddie, würde ich meine Mutter auf dem Friedhof besuchen, kein Problem damit hätte. Bitte, wenden Sie sich nicht von mir ab, wenn ich Ihnen erzähle, was ich neuerdings tue. Versetzen Sie sich in meine Situation und stellen Sie sich vor, Sie würden Ihrem Lebensgefährten, Ihrem Chef oder Ihrer besten Freundin von so etwas erzählen. Ich glaube, Sie würden ebenfalls lügen, denn wenn Sie behaupteten, Sie sagten die Wahrheit, würden Sie in der Klapsmühle landen.

Kann es sein, dass Sie verächtlich schnauben oder mitfühlend lächeln? Oder dass Sie sich zurückziehen und hinter sich nach der Türklinke tasten? Ich möchte nicht, dass Sie das tun. Ich möchte, dass Sie mir mit ernster Miene in die Augen sehen und sagen: »Weiter!« Und wenn Sie das tun, dann erzähle ich Ihnen meine Geschichte zu Ende.

Ich besuche meine Mutter, die gestorben ist, als ich acht Jahre alt war, und ich rede nicht vom Friedhof, ich rede von Besuchen, bei denen wir uns bei Tee und Keksen persönlich gegenübersitzen.

So, jetzt ist es heraus. Wenn Sie nicht mehr weiterlesen wollen, habe ich Verständnis dafür.

Die Menschen, die mir am meisten bedeuten, sind Esther und Evie. Dann kommt Eddie. Aber es ist nicht ganz so einfach, denn da sind auch noch Cassie und Clem, meine besten Freundinnen, die für mich wie Schwestern sind, die ich nie hatte. Aber wenn ich mir selbst Schwestern erschaffen oder aussuchen hätte können, dann wären sie es geworden. Einmal, es muss nach zwei Uhr nachts gewesen sein, redeten wir drei darüber, wem wir den letzten Rettungsring zuwerfen würden, wenn wir uns auf einem sinkenden Schiff befänden und alle anderen, einschließlich unserer Kinder, im Wasser wären. Als ich mit meiner Antwort zögerte, bekam ich nicht nur Schimpfwörter an den Kopf, sondern auch ein Kissen ins Gesicht geworfen. Ein natürlicher Impuls wäre es, einem meiner Kinder den Rettungsring zuzuwerfen, aber ich dachte, *Rette denjenigen, der deine Lieben rettet*. Also sagte ich: Eddie. »Und was ist mit uns?«, jammerte Clem, und dann wollte sie wissen, wem ich den Rettungsring zuwerfen würde, wenn nur sie und Cassie im Wasser wären. Und das war wirklich eine noch viel schwierigere Frage. Wenn man ohne Familie aufwächst und dann am College Mädchen wie Cassie und Clem kennenlernt, dann hat man auf einmal eine Familie.

Mein Leben bestand aus meinen Töchtern, Eddie, unseren Freunden, Arbeit und Haushalt. Das war so ziemlich alles, und es lief rund. Aber dann ist diese Sache passiert, die alles in Mitleidenschaft gezogen hat. Mein Fokus hatte sich verändert, und das Leben war plötzlich nicht mehr einfach.

Seit ich das Foto gefunden habe, steckt es immer in meiner Brieftasche, als wäre es ein Glücksbringer. Ich habe zwar Angst, es zu verlieren, aber ich muss es unbedingt bei mir haben. Noch nie in meinem Leben habe ich so viel und so intensiv an meine Mutter gedacht und daran, was mir alles entgangen ist. Und wenn ich meine Kinder anschaue, denke ich, wie viel *ihr* entgangen ist. Als ich so alt war, wie meine Töchter jetzt sind, war sie schon tot.

In meiner frühen Kindheit gab es nur uns beide. Keinen Vater und auch sonst keine Angehörigen. Ich habe ein paar flüchtige Bilder von meiner Mutter im Kopf, aber die sind wie Schmetterlinge, sie flattern in mein Blickfeld und wieder davon, ehe meine Augen sie richtig erfassen können. Und als meine Mutter gestorben ist, also davon habe ich auch keine klaren Bilder, nur ein Gefühl von Verlust, aber auch von Erwartung und Fassungslosigkeit. Ich dachte, sie würde wiederkommen, ich glaubte tatsächlich, ich würde sie wiedersehen. Sie war krank, das wusste ich; sie hatte einen schlimmen Husten und war furchtbar erschöpft, auch wenn sie immer ein Lächeln für mich hatte. Ich konnte mir jederzeit Streicheleinheiten bei ihr abholen: einfach die Tür aufmachen, auf nackten

Füßen über den Teppich laufen, ins Bett klettern, mich in ihre Arme werfen, ihre Wärme spüren. Die Erinnerung ist ein bisschen vage, aber es ist ein schönes Gefühl. Und dann, eines Morgens, bin ich aufgewacht, und sie war weg. Ich bin die Straße runtergelaufen und habe bei Leuten geklingelt, die ich kannte – ein altes Ehepaar. Ich habe ihnen gesagt, dass meine Mutter krank war und dass ich nicht wusste, was ich tun sollte. In der Nacht habe ich bei ihnen geschlafen, bei Em und Henry, und in der nächsten Nacht auch. Sie haben viel telefoniert, es wurde viel geflüstert, und es kam ein Polizist, und alle erklärten mir, dass meine Mutter gestorben war, aber dass ich keine Angst zu haben brauchte. Schließlich bin ich für immer bei Em und Henry geblieben, das heißt, bis ich aufs College kam. Die beiden haben mir nie etwas darüber erzählt, was geschehen war, und ich habe mich nicht zu fragen getraut. Ein paarmal sind wir sonntags zu einem Friedhof gefahren und haben Blumen auf das Grab meiner Mutter gelegt, aber ansonsten war sie einfach aus meinem Leben verschwunden.

Ich hatte Fragen, auf die es wahrscheinlich keine Antworten gab, und die Lücken habe ich mit Vermutungen gefüllt. Ich vermute, dass sie an Krebs gestorben ist, aber eigentlich weiß ich das nicht so genau, denn warum ist nie ein Arzt gekommen, und warum hat sie nicht tot in ihrem Bett gelegen? Vielleicht ist das der Grund, warum ich wie Louis das Bedürfnis hatte, mehr aus dem Foto herauszuholen, als es mir geben konnte. Und je länger ich es betrachtete, und je länger ich den Karton anstarrte, der den Hüpfball enthalten hatte, desto mehr zerbrach ich mir den Kopf darüber, wo ich ihn zuletzt gesehen hatte.

Kurz nachdem ich meine Mutter verloren hatte und ich zu Em und Henry gezogen war, bekam ich mein neues Kinderzimmer, altmodisch, aber gemütlich eingerichtet, mit viel Rosa, und da, mitten im Zimmer, stand der Karton, in dem der Hüpfball gewesen war. Der Karton war ziemlich ramponiert, aber man hatte die Seiten mit braunem Paketband verstärkt. Ich öffnete ihn und sah, dass er alle meine Sachen enthielt. Offenbar waren Em und Henry zu dem Schluss gekommen, dass mein Aufenthalt bei ihnen von Dauer sein würde, und hatten ein paar von meinen Spielsachen aus unserem Haus geholt.

Ich reihte meine Schlümpfe ordentlich nebeneinander auf dem Teppich auf. Es waren fünf, sie waren aus Plüsch und fielen immer um. Als Nächstes kam mein Slinky. Ein weißes Telefon auf Rädern, es hatte Augen, die sich bewegten, wenn man es hinter sich herzog. Für dieses Spielzeug war ich eigentlich schon zu groß. Dann der Little Professor und Major Morgan. Ich legte sie nebeneinander wie zwei winzige elektronische Onkel, und ihre glücklichen Gesichter machten mich traurig. Ich schaltete den Little Professor ein, und auf dem Display erschien eine Matheaufgabe. Sie war zu leicht für mich, und ich beantwortete sie absichtlich falsch. Nach drei Versuchen verriet er mir lautlos die richtige Lösung, und obwohl ich ihn am liebsten an die Wand geworfen hätte, legte ich ihn sorgfältig wieder neben den Major. In dem Karton befanden sich auch ein Happy-Families-Quartett und meine Bücher, vor allem Romane von Enid Blyton, *Der Zauberwald* und *Die neuen Abenteuer des Wunschstuhls* zum Beispiel, dazwischen versteckt wie ein blinder Passagier das Kochbuch meiner Mutter, das einzige, das ich sie je hatte benutzen sehen, klein und eselsohrig, mit einem weichen, schwarzen Einband wie eine alte Bibel. Ich schlug das Kochbuch an einer Stelle auf, wo die Seiten besonders bekleckert waren, fuhr mit den Fingerspitzen über die Fingerabdrücke, die vermutlich von meiner

Mutter stammten, und über die winzigen handschriftlichen Notizen am Rand der Seite, über das Häkchen, das sie neben eines ihrer Lieblingsrezepte gesetzt hatte. Dann klappte ich das Buch wieder zu, küsste es und legte es zu den anderen Büchern.

Ganz unten im Karton lag ein Paar Rollschuhe. Ich presste sie mir an die Lippen, die metallenen Rollen waren ganz rau von den vielen winzigen Steinchen, die sich beim Fahren hineingedrückt hatten. Die Rollschuhe waren verstellbar, und Henry half mir später, sie an meine jeweilige Schuhgröße anzupassen. Es befanden sich noch mehr Sachen in dem Karton. Ich nahm sie alle heraus und breitete sie auf dem rosafarbenen Teppichboden aus. Der Hüpfball lag in einer Zimmerecke, und mit seinem aufgemalten Gesicht schaute er mich an, als wüsste er etwas, das ich nicht wusste; sein Grinsen war mir unheimlich, und ich drehte ihn schließlich mit dem Gesicht zur Wand. Als der Karton leer war, faltete ich ihn zusammen und verstaute ihn im Wandschrank. Jahre später, als ich auszog, fiel er mir wieder ein, und ich verstärkte ihn noch einmal mit viel Paketband. Seitdem begleitet mich dieser Karton bei jedem Umzug.

Das nächste Mal habe ich den Karton in Eddies Arbeitszimmer wiedergesehen, und zwar an dem Tag, als ich eine Tasse Tee für Eddie aufgebrüht hatte und an seine Tür klopfte, um sie ihm zu bringen. Er drehte sich mit seinem Schreibtischstuhl um, nahm die Kopfhörer vom Kopf und stoppte das Video, das er sich gerade am Computer anschaute. Er streckte seine langen Beine aus und dehnte seine Finger, wie er es immer macht, wenn er eine Weile konzentriert gearbeitet hat.

»Was tust du gerade?«, fragte ich, stellte die Teetasse auf seinen Schreibtisch und fuhr ihm mit den Fingern durch das zerzauste braune Haar. Ist es unrecht, zu denken, dass Eddie für einen Pfarrer viel zu gut aussieht?

»Ich studiere das Buch der Offenbarungen und überlege, wie ich es im Gottesdienst verwenden kann.« Er zog mich an sich, und ich setzte mich ihm auf den Schoß und schmiegte den Kopf in seine Halsbeuge.

»Du riechst gut«, sagte ich, und er umschlang mich mit den Armen. Er ist so groß, und ich bin so zierlich, dass ich manchmal denke, er könnte seine Arme zweimal um mich wickeln. Er massierte mir den Nacken mit dem Daumen. Ich lehnte mich zurück, um ihm in die braunen Augen zu sehen, und er küsste mich. Er ist der beste Küsser aller Zeiten. Das habe ich beim ersten Kuss gedacht, und ich denke es immer noch. Ich spürte, wie er eine Erektion bekam.

»Offenbarungen machen dich an?«, fragte ich lächelnd, ohne die Lippen von seinen zu lösen.

»Es ist ziemlich abgedrehtes Zeug.« Er küsste mich noch einmal.

»Nachher Lust auf ein bisschen abgedrehtes Zeug?«

»Mal sehen«, sagte er, und ich kniff ihn spielerisch in den Arm. Den Kopf immer noch an seiner Schulter, fiel mein Blick auf einen Karton in der Zimmerecke. Er wirkte ramponiert wie ein altgedienter Soldat, der eine Geschichte zu erzählen hat. Auf einer Seite befand sich ein ausgebleichtes Bild von einem Mädchen mit weißen Socken, schwarzen Schuhen und einem gelben, viel zu kurzen Kleid – Siebzigerjahre-kurz –, das auf einem Hüpfball hopste. Die Schrift war kaum noch zu entziffern, weil sie teilweise mit braunem Paketband überklebt oder ganz verschwunden war, da man Klebeband abgerissen hatte.

»Wo hast du den Karton gefunden?«, fragte ich und richtete mich auf.

»Auf dem Dachboden. Ich brauchte ein paar alte Lehrbücher und hab sie darin runtergetragen. Sieht ziemlich alt aus, oder?«

»Das ist der Karton auf meinem Foto«, sagte ich und schaute Eddie an.

»Welches Foto?«

»Na, das Foto von mir und meiner Mutter. Okay, sie ist nicht darauf zu sehen. Das Foto von mir vor dem Weihnachtsbaum.« Ich stand auf, um es aus meiner Handtasche zu holen, und kam damit zurück wie ein Kind mit einem Schatz, der nur ihm selbst und niemandem sonst etwas bedeutet.

Eddie nahm mir das Foto ab und fuhr mit der Fingerspitze über mein Kindergesicht. »Sieh mal einer an.« Er lächelte. »Du hast dich besser gehalten als der Karton«, sagte er. »Du bist immer noch hübsch, aber der Karton sieht aus, als wäre es ihm übel ergangen. Vielleicht sollten wir ihn wegwerfen.«

»Was?« Ich sprang auf, nahm ein paar Bücher aus dem Karton, hob ihn hoch und schlang schützend die Arme um ihn. »Wie kannst du so was sagen? Er ist auf meinem Foto. Ein Beweis, dass ich da war.«

»Aber so ramponiert, wie er ist, fällt wahrscheinlich der Boden raus, wenn man das nächste Mal was Schweres darin transportiert.«

»Du musst ihn ja nicht benutzen. Aber wag es nicht, ihn wegzuwerfen.«

Eddie hob die Hände, als spielten wir Räuber und Gendarm. »Okay, versprochen! Tut mir leid!« Er grinste mich an, als wäre ich ein verrücktes Huhn, das er aber heiß und innig liebte. Ich zog eine Grimasse, um ihm zu zeigen, wie verrückt ich sein konnte, wenn ich wollte, und drückte den Karton noch fester an mich.

Es klopfte an der Tür, und als ich mich umdrehte, stand Esther da, die Hände vor sich wie zum Gebet gefaltet.

»Hallo, Liebes«, sagte ich und stellte den Karton ab. Esther kam zu mir gelaufen und fiel mir um den Hals. Ich streichelte ihr über das glänzende braune Haar und kniff ihr zärtlich in ein Ohrläppchen. Ihre Ohrläppchen reizten mich immer dazu, daran zu knabbern. Sie löste sich von mir und hockte sich vor den Karton.

»Wie schön«, sagte sie und zeichnete mit der Fingerspitze die Umrisse des kleinen Mädchens in dem gelben Kleid nach, das etwa in ihrem Alter war. Das Mädchen wäre jetzt mindestens Anfang vierzig, ging es mir durch den Kopf, aber wie eine Zeitreisende aus den Siebzigerjahren war sie in Eddies Arbeitszimmer aufgetaucht. Wo sie wohl als Nächstes landen würde?

»Kann ich den Karton haben?«, fragte Esther.

»Nein«, antwortete ich ein bisschen zu hastig, und Esther sagte einfach nur »Okay«.

»Was willst du denn damit?«, fragte ich schuldbewusst, wie ich mich immer fühle, wenn ich den Mädchen etwas verweigere.

»Ich wollte das Bild ausschneiden. Das Mädchen sieht so schön aus, findest du nicht auch?«, erwiderte Esther, ohne den Blick von der Besucherin aus der Vergangenheit abzuwenden.

»Ja«, sagte ich und hockte mich neben meine Tochter, die immer alles Schöne ausschneidet, was sie in Zeitschriften und auf Postkarten findet. Einmal, als sie sechs Jahre alt war, hockte sie in ihrem Zimmer, die Zunge zwischen den Zähnen, eine winzige Schere in der Hand, und schnippelte an einem kleinen, alten, mit Goldschnitt versehenen Notizbuch herum, das sie für ein paar Cent bei einem Garagenflohmarkt gekauft und nie benutzt hatte. Auf meine Frage hin, was sie da machte, antwortete sie, das Gold sei das Beste an dem Buch, und sie wolle es abschneiden.

»Man muss das Leben nehmen, wie es ist«, sagte ich.

»Das versteh ich nicht«, antwortete sie, immer noch auf ihre Aufgabe konzentriert.

»Es bedeutet, dass sich das Gute manchmal nicht vom weniger Guten trennen lässt und dass wir das akzeptieren müssen.«

»Ich *weiß,* was es bedeutet, aber ich versteh nicht, warum wir nicht alles Gute haben können. *Wir* sind alle gut, du und Daddy und ich und Evie und unser Haus. Hier gibt es nichts, was nicht gut ist.«

»Und wenn ich euch ausschimpfe?«, fragte ich. Sie hörte mit dem Schnippeln auf und schaute mich nachdenklich an. »Sogar, wenn du mich ausschimpfst, ist es gut, weil ich weiß, dass du mich lieb hast. Wenn eine andere Mummy mich ausschimpfen würde, wär das nicht gut.«

»Da hast du recht«, stimmte ich ihr zu.

Aber nachdem Esther den ganzen Goldschnitt abgeschnippelt hatte, sah das Notizbuch ziemlich zerfleddert aus, und die goldenen Ränder waren auch nicht schön. Als sie anfing zu weinen, habe ich sie in die Arme genommen und getröstet und musste an meine Mutter denken. Esther hatte recht: Wie sehr hätte ich mir gewünscht, meine Mutter wäre da, und sei es nur, um mich wegen irgendetwas auszuschimpfen.

»Dieser Karton ist mir wichtig«, sagte ich jetzt zu Esther.

In dem Moment kam Evie herein, den Daumen im Mund, der vom Lutschen schon ganz schrumpelig war, und die Haare in alle Richtungen abstehend, so als hätte sie gerade geschlafen – dabei sieht sie eigentlich immer so aus: verträumt und nachdenklich. Ich setzte mich auf den Boden, und Evie kletterte mir auf den Schoß. Den Kopf schief gelegt, streckte sie die Hand nach dem Karton aus. Einen Moment lang hatte ich das Gefühl, als wären wir alle mit dem Karton verbunden, Esther und Evie, die ihn befühlten, ich, die ich Evie auf dem Schoß hielt und ihn auf diese Weise indirekt berührte, und sogar Eddie, der mit verschränkten Armen auf seinem Stuhl saß und uns betrachtete wie ein paar kleine Kätzchen, war mit ihm verbunden durch den Teppichboden, auf dem der Karton und seine Füße standen.

»Warum ist dir der Karton denn so wichtig, Mummy?«, fragte Esther, und Eddie beugte sich vor und gab ihr das Foto.

»Was glaubst du, wer das ist?«, fragte er. Evie rutschte auf meinem Schoß ein bisschen nach vorn und hörte auf, an ihrem Daumen zu nuckeln, ohne ihn jedoch aus dem Mund zu nehmen. Die Kinder betrachteten das Foto.

»Bin ich das?«, fragte Evie.

Esther blickte von dem Foto auf und schaute ihre Schwester an. »Es sieht ein bisschen aus wie Evie, aber das ist nicht ihr Bademantel.«

Es stimmte. Evie war ungefähr genauso alt wie ich auf dem Foto, und abgesehen vom Haarschnitt sahen wir fast gleich aus.

»Das bin ich«, sagte ich und nahm ihnen das Foto vorsichtig ab. »Seht ihr, worin ich da hocke?«, fragte ich.

»Der Karton!«, rief Esther und betrachtete den ramponierten Karton, der vor ihr stand.

»Der ist ja *uralt*«, sagte Evie.

»Hm. Ungefähr so alt wie ich«, sagte ich und tat so, als wäre ich beleidigt.

»Aber der Karton ist nur ein oller Karton«, sagte Evie, »und du bist unsere liebe Mummy.« Sie kuschelte sich an mich, und einen Moment lang war ich überwältigt von der Wärme, die mir aus allen Richtungen entgegenströmte, von Esther und Evie und von Eddie, der auf uns aufpasste. Doch wie immer in solchen Momenten empfand ich gleichzeitig eine große Leere. Als befände sich in meinem Innern ein Korridor mit einer Tür an einem Ende, und jedes Mal, wenn ich das Gefühl hatte, alles wäre gut, öffnete sich die Tür, und kalte Luft wehte herein und erinnerte mich an das, was mir schon so lange fehlte. Meine wunderbare Mutter. Meine Augen füllten sich mit Tränen, und ich schaute Eddie an, der nickte und mich anlächelte, als wüsste er, was in mir vorging. Aber er wusste es nicht, jedenfalls nicht alles.

»Also, kann ich den Karton haben?«, fragte Esther.

»Nein«, sagte ich sanft. »Ich brauche ihn noch, auch wenn ich nicht sagen kann, warum.«

Evie, die genau wusste, wie sehr es mir widerstrebte, den Kindern etwas zu verwehren, nutzte den Moment aus.

»Mummy, können wir Popcorn machen und einen Film anschauen?«

»Also, da sage ich nicht Nein«, antwortete ich, und die Mädchen jubelten.

Eddie setzte sich die Kopfhörer auf und wandte sich wieder seinem Computer zu. Ich machte Popcorn, dann kuschelten wir drei uns aufs Sofa und schauten uns *Mary Poppins* an. Zum x-ten Mal.

2

Während mein Mann und meine Kinder beschäftigt waren, entschloss ich mich, den Karton zurück auf den Dachboden zu schaffen, wo ihm weder Scheren noch Mülltonnen zur Gefahr werden konnten. Ich stieg auf einen Stuhl und zog die Klappe in der Decke auf. Es ertönte ein Klicken, dann glitt die schwere Leiter so schnell nach unten, als befürchtete sie, ich könnte es mir anders überlegen. Mit einem metallischen Knirschen kam sie auf dem Boden auf, und ich hätte beinahe die Finger eingeklemmt. Den Karton in einer Hand, um mich mit der anderen an den kalten Sprossen festhalten zu können, stieg ich auf den Dachboden. Oben angekommen, tastete ich nach der Schnur an der von der Decke baumelnden Glühbirne, die den Raum jedoch nur schwach beleuchtete. Neben der Bodenöffnung lag eine klobige gelbe Taschenlampe. Ich schaltete sie ein und zog den Karton hinter mir her.

Es war warm auf dem Dachboden – die Sommersonne brannte aufs Dach –, und es roch angenehm wie in einer Autowerkstatt. Ich mag diesen Geruch, er ist zugleich frisch und abgestanden, und er erinnerte mich daran, dass der Dachboden kein Ort ist, der zu unserem Alltag gehört, sondern ein Ort der Vergangenheit, wo wir Dinge aufbewahren, die in unseremLeben keine Rolle mehr spielen, von denen wir uns aber auch nicht trennen können. Ach ja, und natürlich den Weihnachtsschmuck.

Ich setzte mich im Schneidersitz auf den Boden, den Karton vor mir. Ich trug einen ausgeleierten alten Pullover – er gehörte Eddie – und Jeans. Der Pullover war mir viel zu groß, doch ich liebte ihn. Ich war barfuß, aber froh, dass meine Arme und Beine bedeckt und geschützt waren. Ich fasste mein wildes Haar zu einem Pferdeschwanz zusammen und ließ den Lichtstrahl der Taschenlampe durch den dunklen Raum wandern. Ich steige nicht oft hierherauf. Ebenso wie die dunklen Nischen meiner Erinnerung ist der Dachboden ein Teil des Hauses, den ich eher meide, aus Angst, die Relikte der Vergangenheit könnten etwas in mir öffnen, das ich im Verborgenen lassen möchte. Für mich ist das gefährliches Terrain, das zu erkunden ich gewöhnlich lieber Eddie überlasse. Aber da ich den Karton niemandem anvertrauen wollte, hatte ich mich entschlossen, ihn selbst nach oben zu schaffen und in Sicherheit zu bringen. Und da ich nun schon mal hier oben war, konnte ich mich auch gleich umsehen. Beim ersten Anzeichen einer Spinne würde ich jedoch die Flucht ergreifen, sagte ich mir.

Der Dachboden zeigte sich mir wie eine Serie von Schnappschüssen, als ich die Taschenlampe auf verschiedene Gegenstände richtete. Es gab Stapel von Plastikbehältern, die vollgestopft waren mit Büchern und Aktenordnern, große Pappkartons mit Beschriftungen wie »Küche« und mehrere kleine, mit Kordel verschnürte Pappkartons, an denen ein Zettel hing mit der Aufschrift: »Wichtig! Nicht wegwerfen!«

Ich entdeckte eine Plastikbox von McDonald's, die aussah wie ein Haus von der Größe eines Fußballs. Ich öffnete sie und stellte fest, dass sie mit bunten Murmeln gefüllt war. *Wieso heben wir dieses ganze Zeug auf?*, dachte ich. Aber ich gebe zu, ich wollte es auch nicht nach unten tragen und in die Mülltonne werfen. Es ist schwierig, sich von Erinnerungsstücken zu trennen, und zu einfach, sie aufzubewahren.

Wenn wir an den Strand gehen, sammeln Evie und Esther Steine, die sie Eddie und mir geben. Wenn einer ganz besonders glatt oder rund ist, wenn er aussieht wie ein Gesicht oder ein Hund oder ein Herz, erlangen diese kleinen, gewöhnlichen Gegenstände Schatzstatus. Sobald sie bewundert werden – und je länger sie in der Hand liegen –, fällt es den Kindern schwer, sich wieder von ihnen zu trennen. Sie landen in meinen oder Eddies Jackentaschen, und seine Hand zu halten und gleichzeitig die Steine in meiner Tasche zu spüren, das ist für mich Strandgefühl. Wenn wir schließlich mit völlig ausgebeulten Jackentaschen nach Hause kommen, weiß ich nie, was ich mit den Steinen machen soll. Inzwischen stehen überall im Haus mit Steinen gefüllte Kannen und Krüge herum. Ich habe sogar extra ein paar Glasvasen gekauft, in denen man die Steine bewundern kann. Ich bringe es einfach nicht übers Herz, sie auf den Dachboden zu verbannen, es wäre eine Beleidigung für die Mädchen und für unsere gemeinsamen Strandspaziergänge. Aber es werden immer mehr Steine. Wahrscheinlich werden wir sie irgendwann wegschaffen müssen.

Wir bewahren Dinge auf, um an etwas festzuhalten, was uns wichtig ist, aber dabei sitzen wir einem Trugschluss auf. Wenn ich es nicht übers Herz bringe, diese Steine wegzuwerfen, dann schmerzt mich in Wirklichkeit der Verlust der schönen Tage mit meinen Töchtern. Mich schmerzt das Wissen, dass sie eines Tages, wenn ich zurückschaue, fort sein werden und ich mir vorkommen werde wie ein Ballon, der der Hand entwischt ist, die ihn hielt, und losgelöst von allem hoch oben am Himmel schwebt. Solange ich diese Steine habe, muss ich mir nicht eingestehen, dass diese Tage längst vergangen sind. Steine hin oder her, die Vergangenheit ist immer weit weg, egal, ob sie zehn Minuten oder zehn Jahre zurückliegt. Diese Dinge sind keine Brücken in die Vergangenheit, sie sind

Brücken zur Erinnerung an die Vergangenheit, aber nicht die Vergangenheit.

So dachte ich zumindest, bevor ich auf den Dachboden gestiegen war.

Als ich schließlich wieder nach unten ging, sah ich es anders.

Der Lichtkegel der Taschenlampe bildete einen Tunnel zum anderen Ende des Dachbodens, und in dem Moment fühlte es sich tatsächlich so an, als führte er an einen anderen Ort und in eine andere Zeit. Ich sah einen braunen Koffer, den ich als Jugendliche mit nach Griechenland genommen hatte. Er enthielt die Babykleidung der Mädchen, von der ich mich nicht hatte trennen können. Aber jetzt kamen mir die Sachen vor wie aus einem Kuriositätenladen, und ich sagte mir, dass es an der Zeit war, sie zu verschenken. Auf dem Koffer klebte ein Aufkleber mit einem Bild von Shaggy in seinem grünen T-Shirt und seiner braunen Hose und einer Sprechblase, in der stand: »Scooby-Doo, wo bist du?« Als ich damals nach Griechenland gefahren war, hatte ich einen Freund, der eine Art Hippie war. Er trug genauso ein grünes T-Shirt wie Shaggy und auch die gleiche Frisur. Als er den Aufkleber auf meinem Koffer anbrachte, sagte er: »Schick mir Ansichtskarten. Dieser Aufkleber soll dich daran erinnern, dass ich mich die ganze Zeit fragen werde, wo du grade bist und was du machst.« Ich hatte den Aufkleber ganz vergessen und hätte mich wohl nie wieder an diesen Freund erinnert, wäre der Koffer nicht gewesen.

In dem Lichttunnel tauchten noch andere Sachen auf, die mir ein Lächeln entlockten: ein altes, beigefarbenes Telefon mit Wählscheibe und klobigem Hörer, ein hölzerner Tennisschläger, der Eddie gehört haben musste, ein Basketball, der ziemlich grau aussah, aber vermutlich wieder in Orange erstrahlen würde, wenn man den Staub abwischte. Ich entschloss mich, den Ball mit nach unten zu nehmen und Eddie zu bitten, hinterm Haus einen Basketballkorb anzubringen. Ich kann ziemlich gut werfen, und den Mädchen würde es Spaß machen.

Ich habe so wenige Erinnerungsstücke von meiner Mutter, ich habe so vieles verpasst. Ich mache Em und Henry keine Vorwürfe, aber ich finde, sie hätten mir mehr erzählen und auch mit mir über meine Mutter reden können. Sie waren kinderlos, und als sie mich bei sich aufgenommen haben, waren sie schon alt. Es war ein Glück für mich, dass sie sich so liebevoll um mich gekümmert und mich später sogar adoptiert haben. Sie waren wie liebevolle Großeltern, und ich nehme an, sie haben meine Mutter deshalb nie erwähnt, weil sie glaubten, mir dadurch den Verlust leichter zu machen. Sie haben mir erzählt, dass sie krank geworden und dann gestorben war, aber das wusste ich ja bereits; allerdings wusste ich nicht, dass man an einem Husten und einer Erkältung sterben konnte. Wenn ich heutzutage eine Erkältung bekomme, beunruhigt mich das dermaßen, dass ich Angst bekomme, dass meine Kinder ohne Mutter aufwachsen müssen.

Inzwischen ist mir klar, dass es etwas Ernsteres gewesen sein muss, aber damals glaubte ich, es wäre einfach eine Erkältung, und stellte diese Erklärung nicht infrage. Vielleicht hatte ich als Kind noch mehr Erinnerungen an meine Mutter, aber damals war sie für mich eine Figur wie in einem Märchen, das später zu dem geworden ist, was es für alle Erwachsenen ist: eine Illusion, eine Kindergeschichte mit einer Handlung, hinter der ein ganz anderer Sinn steckt. Es gab wenige Brücken zu meiner Mutter. Wahrscheinlich bedeutete mir deswegen dieses Foto so viel, auch wenn sie darauf nicht abgebildet war.

Ich seufzte. Ich hatte gewusst, dass ein Ausflug auf den

Dachboden mich zum Nachdenken bringen, meine Erinnerungen wecken würde. Ich wollte mich erinnern, und zugleich wollte ich es nicht. Plötzlich wollte ich unbedingt wieder unten sein, in der Gegenwart und an dem Ort, den ich verstand, bei meinen Töchtern, die ich vor dem Fernseher lachen hörte. Ich wollte bei Eddie sein und mich von ihm küssen lassen.

Ich stand auf, den Karton in der Hand, und überlegte, wo ich ihn am besten verstauen konnte, ob ich ihn zusammenfalten oder so lassen sollte, wie er war. Klein, wie ich bin, hätte ich aufrecht gehen können, trotzdem zog ich instinktiv den Kopf ein, während ich auf meinen nackten Füßen tiefer in den Dachboden vordrang. Ich musste mir unbedingt die Zehennägel lackieren, kam es mir in den Sinn. Als ich einen Schritt zurück machte, stieß ich mir den Kopf an der Glühbirne. Sofort wurde es stockdunkel, bis auf den Strahl der Taschenlampe, und um mich herum hörte ich das leise Klimpern der Glasscherben. Automatisch kniff ich die Augen zu und betastete mein Gesicht. Ich öffnete die Augen wieder und richtete die Taschenlampe auf den Boden. Um meine Füße herum waren winzige Glasscherben auf der gelben Dämmwolle und auf den Holzdielen verstreut. Die konnten doch nicht von einer einzigen Glühbirne stammen, oder? Wenn ich jetzt einen Schritt machte, würde ich in die Scherben treten, und ich stellte mir vor, wie ich sie mir hinterher mit einer Pinzette aus der Haut zog. Vorsichtig stellte ich den Karton ab und stieg hinein; es war die einzige scherbenfreie Stelle.

Ich öffnete den Mund, um nach Eddie zu rufen, hoffte inständig, er würde mich hören, obwohl er Kopfhörer auf den Ohren hatte. Doch dann schloss ich den Mund wieder, noch ehe ich einen Ton von mir gegeben hatte. In dem Karton zu stehen, machte mich auf einmal unglaublich wehmütig. Mein Foto lag immer noch in Eddies Arbeitszimmer, aber ich hatte es ganz deutlich vor Augen, sah mich als Kind über den Rand des Kartons lächeln. Und ähnlich wie das Mädchen in dem gelben Kleid, das mir auf dem Hüpfball aus der Vergangenheit entgegenkam, war ich jetzt aus der Zukunft in den Karton aus der Vergangenheit gestiegen. Das kleine Mädchen, das ich damals gewesen war, hätte sich nie träumen lassen, dass sie eines Tages einmal in demselben Karton stehen würde, zu groß, um darin zu sitzen, aufgewachsen ohne die warmherzige Mutter, die es so lieb gehabt hatte.

Dann spürte ich, wie ich nach rechts sank. Es war irritierend, wie wenn man auf einem Stuhl sitzt, an dem ein Bein etwas kürzer ist als die anderen und es sich einen Moment lang anfühlt, als wäre die ganze Welt aus dem Gleichgewicht geraten. Dann passierte es wieder, diesmal auf der linken Seite. Anscheinend würde der Boden unter dem Karton gleich nachgeben, und ich würde durch die Decke fallen. Ich erstarrte, hielt den Atem an und schloss die Augen, aber nichts davon machte mich leichter oder ließ mich abheben. Und dann fühlte es sich so an, als würde der Boden aus dem Karton fallen, genau wie Eddie es vorausgesagt hatte.

Ich fiel schnell und senkrecht. So schnell, dass es mir den Atem raubte und mich am Schreien hinderte. Ich bewegte mich so schnell abwärts wie ein Seidenschal, der mit einem Ruck vom Kleiderhaken gerissen wird. Und es war stockdunkel.

Ich wusste, dass ich nicht durch die Decke gefallen war, denn wenn dem so gewesen wäre, dann wäre ich längst auf dem Fußboden aufgeschlagen. Ich strampelte mit den Beinen, suchte instinktiv Halt mit den Füßen. Die Fallgeschwindigkeit hinderte mich daran, die Arme am Körper zu halten, stattdessen waren sie über meinem Kopf ausgestreckt. Der Luftzug schob den weiten Pullover nach oben, er blieb kurz am Kinn hängen, dann glitt er mir über den Kopf und flog davon.

Nach oben strömende Luft füllte mir Mund und Nase, es war, als versuchte ich, durch die Nase zu atmen, während ich den Kopf bei voller Fahrt aus dem Autofenster streckte – nicht zu empfehlen, übrigens. Das Rauschen in meinen Ohren erinnerte mich daran, wie ich einmal hinter einem Wasserfall gestanden hatte, es war laut und dröhnend. Ich weiß, es ist schwer zu glauben, aber Tatsache ist, dass ich ein paar Minuten zuvor auf meinem Dachboden in einem Karton gestanden hatte und jetzt in totaler Finsternis unaufhaltsam in die Tiefe raste und nichts darauf hindeutete, dass ich bald auf festen Boden treffen würde.

Dann spürte ich, wie die Geschwindigkeit nachließ, wie die Luft wieder dicker wurde und ich durch den Mund atmen konnte. Meine Beine bewegten sich so elegant wie die einer Schwimmerin. Es war wie Brustschwimmen, nur in senkrechter Haltung. Unter mir tauchte ein Lichtschimmer auf.

Erinnern Sie sich, wie Alice in dem Disney-Film *Alice im Wunderland* bei ihrem Sturz ins Kaninchenloch genug Zeit hat, sich beim Fallen alles um sie herum anzusehen? Ich glaube, es gab Lampen und Uhren und Spielkarten. Inzwischen fiel ich genauso langsam, aber es gab nichts zu sehen. Ich spürte, wie meine Augen sich immer stärker weiteten bei dem Versuch, irgendetwas zu erkennen. Unter mir – ganz tief unten – drehten sich viele bunte Lichter wie die eines trägen Kaleidoskops. Ich sah, wie die Lichter unter meinen strampelnden Beinen zusammenrückten und sich deutlicher abzeichneten. Einen Moment lang dachte ich, ich wäre durch die Decke gefallen, mit dem Kopf aufgeschlagen und bewusstlos geworden. Irgendwann würde Eddie mich finden und wiederbeleben.

Aber kaum hatte ich mich mit der Vorstellung angefreundet, dass ich in der realen Welt das Bewusstsein verloren hatte – das war doch sicher die einzig mögliche Erklärung? –, rang ich plötzlich nach Luft, als steckte ich in einem Korsett, das immer enger und enger gezurrt wurde. Ich versuchte, die Finger zwischen meinen Körper und das, was auch immer mich einschnürte, zu bekommen, aber es gelang mir nicht. Denn da war nichts. Trotzdem konnte ich nicht mehr atmen. *Eddie, du musst mich bald finden, sonst sterbe ich.* Das Rauschen verstummte, dann wurde die Stille unterbrochen von einem anderen Geräusch, das leise und bedrohlich klang, ein rhythmisches Pochen wie von Wildpferden, die über den Strand galoppierten. Oder wie der Herzschlag eines Riesen, der einen gerade verschluckt hat.

Trotz Atemnot schaffte ich es, mich im Fallen zusammenzurollen wie ein Säugling. Jetzt fiel ich wieder schneller. Meine Angst zu ersticken überlagerte alle anderen Ängste. Wenn ich nicht bald Luft bekam, würde ich sterben. Die bunten Lichter unter mir rasten auf mich zu, und ich kniff die Augen zu und erwartete den Aufprall.

Ich landete so hart, dass ich dachte, ich hätte den Boden durchschlagen. Aber der Aufprall befreite mich von meinem Korsett, und ich schnappte geräuschvoll nach Luft. Ich war immer noch zusammengekrümmt, die Muskeln und Knochen an meiner rechten Seite schmerzten, und ich sog gierig die Luft ein.

Es gelang mir, den Kopf ein wenig zu drehen und mich umzusehen. Es war Nacht, ich lag auf einem Hüpfballkarton – allerdings auf einem, der neuer wirkte –, der durch die Kollision fast vollständig eingedrückt worden war, und über mir blinkten festlich die bunten Lichter eines Weihnachtsbaums.

3

Ein paar Minuten lang wagte ich es nicht, mich zu rühren. Das Atmen tat weh. Ich dachte, wenn ich einfach liegen bliebe, würde sich irgendwann eine Erklärung ergeben. Immerhin hatte ich genug Filme gesehen, in denen sich das scheinbar Unerklärliche schließlich erklärte. Ich hoffte, dass das jetzt auch geschehen würde. Aber das tat es nicht.

Ich schaute in den Christbaum hoch, und das Gesicht des Weihnachtsmanns – auf eine Christbaumkugel gemalt – kam langsam auf mich zu. Sein Bart sah aus wie glitzerndes Baiser, in dessen Mitte sein kleiner Mund rot leuchtete, seine rote Mütze schimmerte im Licht der bunten Baumlichter. Der Ilexkranz um sein Gesicht herum ließ mich stutzen. Dieses Gesicht kannte ich – nein, ich kannte diese Christbaumkugel. Ich hatte sie vor ungefähr dreißig Jahren selbst in den Baum gehängt.

Ich betrachtete den Teppichboden. Er war dünn und grau und mir mindestens ebenso vertraut wie die Christbaumkugel. Das war der Teppichboden, den ich vor all den Jahren jeden Tag unter den Füßen gespürt hatte. Ich blieb ganz still liegen, überzeugt, dass ich gestorben und in den Himmel gekommen war.

Oder dass mir noch etwas viel Unglaublicheres passiert war.

Mehrere Minuten vergingen. Schließlich richtete ich mich ganz vorsichtig in meinem Karton auf. Als ich stand, schoss mir ein Schmerz in die Hüfte wie eine Kugel, und mein Handgelenk fühlte sich an, als wäre es gebrochen. Ich schaute mich im Zimmer um, drehte mich in meinem Karton wie eine kaputte Ballerina in einer Spieldose, die anfängt, sich zu bewegen, wenn man den Deckel öffnet.

Ich kannte dieses Zimmer. Als ich den Baum betrachtete, sah ich genau das, was auch auf meinem Foto zu sehen war, aber was mich schockierte, war das, was ich außerdem noch erkennen konnte. Es war alles allzu vertraut. Wie mein Bett, mein Mantel, der Duft meiner Kinderhaare. Dieses Zimmer war praktisch ein Teil von mir. Wenn die Leute sagen, etwas fühlt sich an *wie nach Hause kommen*, dann meinen sie damit dieses intensive Gefühl der Zugehörigkeit, das einem völlig normal vorkommt. Und so ging es mir jetzt. Ich war *zu Hause*.

Die Leute fragen sich, wie es im Himmel aussieht. Manche stellen sich Wolken vor und Engel, die Harfe spielen, manche eine goldene Stadt im Sonnenlicht. Ich habe auch schon Leute sagen hören, der Himmel sei wie der Ort, den sie auf der Erde am meisten geliebt haben – ein Strand, eine Wiese. Oder wie ihr schönstes Erlebnis: mit ihrem Hund Frisbee spielen oder draußen im Matsch herumtollen und dann, wenn die Eltern zum Essen rufen, nach Hause in die warme Küche laufen, wo frische, warme Brötchen und eine Schüssel mit heißer Hühnerbrühe auf dem Tisch stehen.

Als meine Mutter starb, war der Himmel etwas Verschwommenes für mich, aber ich glaubte, dass sie sich dort aufhielt. Und wenn man mich als Kind gebeten hätte, den Himmel zu beschreiben, hätte ich mich sicherlich für die Version mit Wolken und Engeln entschieden. Als ich älter wurde, hörte ich auf, an Gott und den Himmel zu glauben, aber wenn jemand starb, fand ich die Vorstellung, dass derjenige an einen anderen Ort gegangen war, immer noch tröstlich. Ich stellte mir den Toten an einem langen Tresen vor, einen Drink in der Hand, und wenn wieder jemand aus meiner Bekanntschaft starb, stellte ich mir vor, dass er sich zu den anderen am Tresen gesellte, wo er freundlich begrüßt wurde und man ihm oder ihr lächelnd auf die Schulter klopfte. Ich stellte mir sogar vor, dass hinter dem Tresen ein kleiner Fernseher hing, wo man sehen konnte, was unten auf der Erde passierte. Aber falls es einen Himmel gibt, dann können wir uns nicht aussuchen, wie er ist. Jetzt war ich doch sicherlich tot, oder? Und in dem Fall war der Himmel das Wohnzimmer meiner Kindheit.

Ich hätte mir nicht träumen lassen, dass das Sterben so schwierig sein würde. Ich hatte mir einen kurzen Moment des Unbehagens vorgestellt, dann helles Licht, auf das ich zugehen würde, und dann ... nichts. Aber meine Reise in den Himmel, falls es sich darum handelte, war viel schwieriger gewesen.

Während ich mich im Wohnzimmer meiner Kindheit um mich selbst drehte, hegte ich ziemlich bald den Verdacht, dass ich gar nicht gestorben, sondern in die Vergangenheit katapultiert worden war. Ich wusste, dass das unmöglich war, und dass sich Leute, die in die Vergangenheit reisten – also in Büchern oder Filmen –, normalerweise nicht wehtaten. Die gingen eigentlich einfach in einen Schrank und kamen auf der anderen Seite wieder heraus. Oder? Der große Unterschied war, dass mir das wirklich passierte. Deswegen lief es natürlich nicht so ab wie in einem Märchen oder in einem Film, denn die sind schließlich nicht autobiografisch. Jedenfalls hatte ich, als ich im Wohnzimmer stand, nicht das Gefühl, tot zu sein. Ganz und gar nicht.

Vielleicht würden Sie erwarten, dass ich dachte, ich träumte; aber ich hatte ja genügend Erfahrung mit Träumen, und das war definitiv kein Traum. Das habe ich mit allen erdenklichen Methoden getestet. Ich habe mich sogar gekniffen.

Es ist mir schon immer schwergefallen, an etwas zu glauben, was ich nicht mit eigenen Augen sehen kann. Und all den Geschichten gegenüber, die man in Büchern liest, bin ich von jeher skeptisch gewesen. Sachbücher erschienen mir ebenso fantasievoll wie Romane, wenn ich mir überlegte, dass sie von Leuten geschrieben wurden, die mir etwas erzählten, was sie irgendwo gelesen oder gehört hatten. Deswegen fällt es mir auch schwer, mir vorzustellen, dass es einen Gott gibt, und Eddies Glauben zu teilen. Wenn ich etwas nicht sehen kann, bezweifle ich dessen Existenz. Also, ich glaube schon, dass es Mikroben gibt; die kann man zwar nicht mit bloßem Auge sehen, aber immerhin unter dem Mikroskop betrachten.

Ach, wenn man doch Gott auch unter dem Mikroskop sehen könnte!

Es gab noch andere abstrakte Dinge, an deren Existenz ich glaubte, obwohl man sie weder sehen noch verstehen kann, wie zum Beispiel Elektrizität oder Aerodynamik. Dass Strom Glühbirnen zum Leuchten bringt und Aerodynamik Flugzeuge vom Boden abheben lässt, war mir Beweis genug.

Ich erwähne das alles, um zu unterstreichen, dass ich mich mein Leben lang immer auf meine Sinne verlassen hatte. Ich drückte meine Zehen in den Teppichboden und berührte die Nadeln des Christbaums mit den Fingerspitzen. Ich schüttelte eine kleine Christbaumkugel und hörte das winzige Glöckchen darin bimmeln. Ich leckte mir die Lippen und schmeckte Salz und ein bisschen Blut. Ich schloss die Augen, atmete tief ein und nahm den Geruch meiner Kindheit wahr, etwas, das man nicht beschreiben kann und das doch so deutlich ist wie ein Tapetenmuster.

Noch nie hatte ich angesichts solch überwältigender

Beweise meinen Sinnen misstraut. Wenn ich es sehen, riechen, hören, anfassen und schmecken konnte, musste es real sein. Aber mein Realitätssinn war auf den Kopf gestellt, meine physische Umgebung lieferte mir Belege für etwas, von dem ich einfach wusste, dass es nicht sein konnte. Noch nie hatte ich so unwiderlegbare Beweise dafür gehabt, dass etwas real war, und doch konnte ich es nicht fassen. Ich wusste nicht, wie ich glauben sollte, was mir jeder meiner Sinne entgegenschrie: dass die einzig mögliche Erklärung für das, was ich vor mir sah – so inakzeptabel sie auch sein mochte –, bedeutete, dass ich in die Vergangenheit gereist war: Die vernünftigste Erklärung, die mir einfiel. Und für eine Frau, der die Vorstellung von Gott weit hergeholt scheint, war das der Hammer.

Ich dachte darüber nach, wie seltsam meine derzeitige Situation war: Es war Abend, und ich befand mich im Haus einer Person, die wahrscheinlich schlief, und wenn sie mich entdeckte, würde ich ein Problem haben. Und wenn ich »Person« sage, meine ich natürlich meine Mutter. *Meine Mutter*. Mir blieb kurz das Herz stehen, und dann pochte es wie verrückt. Würde ich meine Mutter wiedersehen? War sie oben?

Die Frage, wie ich wieder nach Hause kommen sollte, also ich meine, zurück zu Eddie und den Mädchen, stellte sich mir erst, als mir dämmerte, dass ich offenbar in die Vergangenheit geraten war. Mir ist nicht wohl, wenn meine Kinder sich außer meiner Reich- oder Hörweite befinden. Eigentlich bin ich nur entspannt, wenn sie und ich uns im selben Gebäude aufhalten. Oder wenn Eddie bei ihnen ist, denn ich weiß, dass er sie genauso liebt wie ich. Und das ist eine Situation, die für mich dem am nächsten kommt, was ich unter »glauben« verstehe: Wenn ich meine Kinder nicht sehen kann, aber weiß, dass sie bei Eddie sind. Das ist für mich Glaube. Angst – schlimmer als alle Angst, die ich je empfunden hatte – ergriff mich, füllte alle meine Körperzellen, die Angst, dass ich womöglich meine Kinder nie wiedersehen würde. Einige Male hatte ich sie im Supermarkt aus den Augen verloren, einmal war Evie mir in einem Einkaufszentrum entwischt, und der Sicherheitsdienst hatte alle Ausgänge verriegelt, während ich lamentierte: *Und was ist, wenn sie schon draußen ist?* Jeden Tag malte ich mir alle möglichen Szenarien aus, die zum Verlust meiner Kinder führen konnten. Aber all das war nichts im Vergleich zu der Angst, die mich jetzt gepackt hatte.

Diesmal war alles anders, weil ich verloren gegangen war. Die anderen konnten mich nicht finden, und ich konnte mich nicht bemerkbar machen. Wenn ich in der Vergangenheit gefangen blieb, dann würden meine Töchter – so wie meine Mutter – nur in meiner Erinnerung weiterleben und ich in ihrer. Die Angst raubte mir den Atem. Die Mädchen waren bei Eddie, aber ich befand mich nicht etwa in einem anderen Haus oder in einem anderen Land, sondern in einem anderen Jahr. Die Tatsache, dass ich mich dreißig Jahre von meinen Töchtern entfernt hatte, ließ alles um mich herum grau werden, die Luft summte mir in den Ohren, und mein Arm ruderte umher auf der Suche nach Halt.

Ich hockte mich hin und legte die Hände flach auf den Boden. Wie ein Hammerschlag traf mich die Erkenntnis, dass ich, wenn es mir nicht gelang, zu meinen Kindern zurückzukehren, wie eine Mutter sein würde, die ganz plötzlich gestorben war und ihre Liebsten in der Obhut von anderen zurückließ. Und so betete ich, dass Eddie in Sicherheit und gesund und stark bleiben würde, weil meine Kinder ihn brauchten. Ich versuchte, an unsere letzten gemeinsamen Augenblicke zu denken: in Eddies Arbeitszimmer. Das war gut. Das war für sie eine schöne Erinnerung an mich. Ich kniff die Augen zu und sah ihre Gesichter vor mir. »Ich komme zu euch zurück«, flüsterte ich.

Langsam stand ich auf und stemmte die Hände in die Hüften. Ich schwankte zwar ein wenig, aber ansonsten ging es mir gut. »Ich bin hierher geraten«, sagte ich laut mit zitternder Stimme. »Und ich kann auch wieder nach Hause.« Ich war meine eigene Stewardess, die einzige Frau an Bord, die mich beruhigen und mir versichern konnte, dass ich irgendwann wieder an den Ausgangspunkt meiner Reise zurückkehren würde. Ihre zitternde Stimme war nicht unbedingt vertrauenerweckend, aber was blieb mir anderes übrig, als ihr zu vertrauen?

Ich musste den Karton in Sicherheit bringen, schoss es mir durch den Kopf: Er war das Vehikel, das mich zu meinen Kindern zurückbefördern würde – das hoffte ich zumindest –, es war also kein Wunder, dass ich die Geistesgegenwart besaß, ihn wegzuräumen.

Es war dunkel, aber ich kannte mich ja im Haus aus. Ich ging nach rechts in die Küche und schloss die Hintertür auf. Die kalte Luft, die mir entgegenschlug, bestärkte mich in der Überzeugung, dass ich weder tot war noch im Koma lag, noch träumte. Barfuß, in Jeans und BH – Eddies Pullover war ja während meines Sturzes weggeflogen –, ging ich vorsichtig über den Gartenweg in Richtung Schuppen, neben mir die Wäscheleine. Der Riegel an der Schuppentür war schon immer ein bisschen eingerostet gewesen, aber ich wusste genau, wie man ihn öffnen konnte. Ich warf den Karton in den Schuppen, verriegelte die Tür wieder und ging zurück zum Haus. Die Küchentür ließ ich unverschlossen für den Fall, dass ich schnell wieder nach draußen musste. An der Spüle blieb ich einen Moment lang stehen, um mich zu wappnen, bevor ich tat, wonach ich mich am meisten sehnte: nach oben zu meiner Mutter zu gehen.

Auf der Türschwelle zögerte ich. Es war dunkel im Zimmer, aber das erste fahle Licht der Dämmerung fiel herein, sodass alles grau aussah. Ich befürchtete einerseits, sie könnte wach sein, andererseits, es könnte jemand anders in dem Bett liegen. Ihr Atemrhythmus sagte mir, dass sie schlief. Ich hatte einen Moment die Luft angehalten, hatte einen trockenen Mund und feuchte Hände. War es möglich, dass ich kurz davorstand, zum ersten Mal seit dreißig Jahren meine Mutter wiederzusehen, die für mich bisher tot gewesen war? Hoffnung schoss mir durch die Adern, während ich wie gelähmt dastand. Ich hoffte, betete für das Unmögliche.

Als ich mich wieder bewegen konnte, schlich ich um das Bett herum und hockte mich hin.

Das Gesicht meiner schlafenden Mutter. Ich schnappte nach Luft. Ihre Lippen waren leicht geöffnet, und ich spürte ihren Atem auf meiner Haut, sanft und warm. Sie war eindeutig am Leben. *Das ist der Atem meiner Mutter, daran erinnere ich mich,* dachte ich. Ihr kastanienbraunes Haar umspielte ihre Stirn. Sie hatte einen ziemlich langen Pony und sah aus, als träumte sie gerade davon, am Bug eines Schiffs im Wind zu stehen. Ich betrachtete ihre Wimpern, ihre Hand, die zur Faust geballt unter ihrer Wange lag. Ich beugte mich vor, um an ihrer Haut zu schnuppern. Meine Augen füllten sich mit Tränen, als ich den Rosenduft ihrer Gesichtscreme roch. Einmal hatte ich diesen Duft an einer Frau im Supermarkt wahrgenommen und war ihr eine ganze Weile durch den Laden gefolgt.

Mein Gesicht befand sich nur gut zwei Zentimeter von

dem meiner Mutter entfernt. Ich beugte mich noch ein bisschen weiter vor, bis meine Nase fast ihre Haut berührte. Tränen kullerten mir aus den Augenwinkeln, und ich spürte, wie sie zu meinem Kinn hinabliefen. Ein stummes Schluchzen entrang sich meiner Kehle, und ich hätte sie am liebsten geschüttelt und gesagt: »Mum, ich bin hier.« Ich flüsterte die Worte, denn ich hatte das Bedürfnis, sie auszusprechen. Aber ich war inzwischen älter als sie, mehr als zehn Jahre, und so überwältigt ich auch von meinen Gefühlen war, so wusste ich doch, dass ich sie erschrecken würde, wenn ich sie weckte.

Ich hob die Bettdecke ein bisschen an und spürte ihre Körperwärme. Wie gern wäre ich zu ihr unter die Decke gekrochen, so wie ich es als Kind immer getan hatte. Aber ich war kein Kind mehr. Und dennoch war ich *ihr* Kind. Und ich hatte es so viele Jahre lang vermisst, neben ihr zu liegen, ihre Hand auf meiner Taille, zu hören, wie sie mitten im Satz einschlief, während sie mir eine Geschichte erzählte, um einen bösen Traum zu verscheuchen, der mich geweckt hatte.

Ich seufzte, stand leise auf und sah ihr eine Weile beim Schlafen zu. Das war kein guter Zeitpunkt für ein Wiedersehen. Ich musste mir etwas einfallen lassen, wie ich einen besseren Moment herbeiführen konnte. Ich hatte immer noch nichts weiter an als Jeans und BH. Ich nahm einen Pullover und ein Paar Socken aus einer ihrer Schubladen, zog alles an und verließ das Zimmer, rückwärts, weil ich den Blick nicht von ihr abwenden konnte.

Ich ging in mein Zimmer, um mich anzusehen. Und da lag ich, ein wunderbares Mädchen. Meinem jüngeren Ich gegenüber hatte ich weniger Hemmungen als bei meiner Mutter, und ich setzte mich beherzt auf die Bettkante. Als die Matratze unter meinem Gewicht nachgab, drehte die Kleine sich von der Wand weg und mir zu. Dabei rutschte ihr der Daumen aus dem Mund, und ich sah die Zahnabdrücke auf ihrer Haut. Ich schob ihr die Haare aus dem Gesicht – aus *meinem* Gesicht –, aber eine freche Locke fiel ihr zurück auf die Stirn. Ich fuhr ihr mit dem Daumen über die glatte Wange und flüsterte ihr ins Ohr: »Du bist lieb, du bist klug, du bist lustig.« Dasselbe flüstere ich meinen Kindern jeden Abend ins Ohr, wenn sie eingeschlafen sind. Ich weiß nicht, warum ich damit angefangen habe, aber vielleicht können Sie sich vorstellen, dass ich mir diese Worte selbst beim Einschlafen vorgesagt habe, als ich sechs Jahre alt war.

Allmählich wurde es hell draußen, und die Lider der Kleinen flatterten. »Mummy«, sagte sie mit verschlafener Stimme, und ich gab ihr einen Kuss – gab *mir* einen Kuss. Auf dem Weg aus dem Zimmer blieb ich kurz am Bücherregal stehen und fuhr mit dem Finger über die Buchrücken. *Der Wunderweltenbaum.* Das Buch hatte ich damals geliebt. Dann ging ich leise nach unten.

Mit klopfendem Herzen lehnte ich mich an die Küchenanrichte. Meine Mutter lebte und lag oben im Bett. Sie lebte. *Ich war ein Kind und schlief oben in meinem Zimmer.* Was jetzt? Ich machte ein paar Schritte, schüttelte den Kopf, ging zurück. Ich hob die Hände, so als wollte ich ein aufgeregtes Publikum beruhigen. Ich musste mich in den Griff bekommen, musste vernünftig sein. »Krieg dich in den Griff«, befahl ich mir laut. Ich musste meinen Verstand einschalten, ehe mein Herz mich die Treppe hinauf und in die Arme meiner Mutter katapultierte.

Draußen war es kalt, aber ich konnte nicht im Haus bleiben. Vorsichtig öffnete ich eine Schublade, von der ich wusste, dass sie vollgestopft war mit Plastiktüten, und zog eine davon heraus. Ich schnitt ein paar Scheiben von dem Brot ab – wenn der ganze Brotlaib fehlte, würde es auffallen. Ich tat alles so langsam und leise, wie ich konnte. Ich nahm ein Messer und ein Marmeladenglas. Wir hatten immer jede Menge Marmelade im Schrank, da Henry einen Garten hatte und selbst Marmelade einkochte. Es gab keine Plastikflaschen, von denen ich eine hätte mit Wasser füllen können, also trank ich direkt aus dem Wasserhahn. Ich hätte gern Wasser mitgenommen, wusste aber nicht, worin. Dann fiel mir ein, dass meine Mutter die leeren Marmeladengläser spülte, um sie Henry zurückzugeben. Ich füllte ein paar davon mit Wasser, schraubte die Deckel fest zu und stellte sie zu dem Brot in die Plastiktüte.

Jetzt brauchte ich noch Schuhe. Hinter der Gartentür standen zwei Paar Gummistiefel: ein Paar kleine, gelbe – meine – und die schwarzen meiner Mutter. Das Fehlen der Stiefel würde auf jeden Fall bemerkt werden, aber ich brauchte sie jetzt unbedingt, und meine Mutter hatte ja noch ihre Schuhe. Ich schlüpfte also in die Stiefel und ging in den Schuppen, um das Brot zu essen und mir zu überlegen, was ich als Nächstes tun sollte.

4

Ich zitterte. Um mich zu beruhigen, berührte ich das raue Holz des Schuppens und die Pappe des ramponierten Kartons und dachte, dass Holz und Pappe eigentlich nie richtig kalt werden – im Gegensatz zu Glas und Metall. So ein Schuppen ist nicht besonders gemütlich, aber ich fand ein Kissen, auf das ich mich setzen konnte; es hatte auch so einen vertrauten Geruch wie der Dachboden. Mir tat alles Mögliche weh, aber nur von der Hüfte an aufwärts.

Ich brach ein Stück von einer Brotscheibe ab und tunkte sie in die Marmelade, die wie früher schmeckte, nur dass ich damals die Fruchtstückchen darin nicht gemocht hatte. Ich lehnte mich an die Wand des Schuppens. Mir schwirrte der Kopf: Ein Gedanke jagte den anderen wie eine dumme Katze in einem Zeichentrickfilm, die sich bemüht, eine Meute schlauer, flinker Mäuse zu fangen. Ich versuchte zu ergründen, warum ich hier war und wie ich hierhergelangt war. In meiner Verzweiflung, Ordnung in meinen Kopf zu bringen, sammelte ich in Gedanken alles ein, was ich über meine Situation wusste, und stapelte die Informationen wie die Schichten einer Torte, ähnlich der Maslowschen Bedürfnispyramide. Trotzdem gelang es mir nicht, auch nur einen einzigen Gedanken bis zu Ende zu verfolgen. Ich konnte nur in groben Zügen begreifen, in welcher Zwangslage ich mich befand. Ich war in der Lage, zu atmen und zu kauen. Ich hatte ein Dach über dem Kopf und befand mich nicht in akuter Gefahr, zumindest soweit ich das beurteilen konnte. Aber dann wurde es komplizierter: Ich war in die Vergangenheit geraten, okay, aber was, wenn ich hier festsaß? Ich wollte mit meiner Mutter sprechen, ich wollte mich ihr zu erkennen geben, ihr erklären, wer ich war. Aber was geschah mit Eddie und den Mädchen? Eigentlich sollte ich schleunigst wieder in den Karton steigen und machen, dass ich nach Hause kam. Aber jetzt war ich nun mal hier, vielleicht war das meine einzige Chance, mich mit meiner Mutter zu treffen und die Lücke in meinem Herzen zu stopfen, die ihr Verschwinden hinterlassen hatte. Ich hielt meine zitternden Hände hoch und betrachtete sie, so als bräuchte ich einen Beweis für den Aufruhr in meinem Innern. Ich kniff mich, dann musste ich lachen, aber es klang eher wie ein verächtliches Schnauben über meine Berechenbarkeit. Was für ein Klischee.

Ich schlug mir selbst so hart ins Gesicht, dass mir die Tränen in die Augen traten, dann ohrfeigte ich mich noch einmal so hart wie möglich, bis meine Wangen brannten. Nichts änderte sich. Ich saß immer noch in dem Schuppen. Meine Mutter war in Reichweite und doch unerreichbar. Keine Freundin in der Nähe, kein Eddie. Niemand. Ich war ganz allein. Ich stellte mir vor, wie ich ins Haus lief und rief: *Ich bin's, ich bin's!*

Nach und nach sickerte kaltes, weißes Licht durch die Ritzen der Schuppenwände, und gleichzeitig waren von weit her Stimmen zu hören. Durch einen Spalt in der Tür lugte ich nach draußen und betrachtete das Haus. Viel konnte ich nicht sehen. Ich kramte in einem Eimer, der einige Werkzeuge enthielt, und fand einen Spachtel, mit dem ich den Spalt ein wenig vergrößern konnte. Ich erinnerte mich daran, dass meine Mutter den Spachtel benutzt hatte, um die alte Farbe vom Küchentisch zu schaben. Jetzt sah ich meine Mutter durch das Küchenfenster in ihrem blauen Morgenmantel, ihr offenes Haar fiel ihr auf die Schultern. Das Radio war eingeschaltet, das konnte ich hören.

Ich zog den Pullover enger um mich; er war lang und schwarz und ausgeleiert und schützte mich gegen die morgendliche Kälte. Ich beobachtete meine Mutter, eine wundervolle Frau. Sie stützte sich mit den Ellbogen auf das Fensterbrett, schaute nach den Vögeln im Garten, wandte sich kurz ab, sammelte eine Handvoll Brotkrümel ein, öffnete das Fenster und warf sie hinaus.

Plötzlich drehte sie sich um, bückte sich und verschwand kurz aus meinem Blickfeld. Dann tauchte sie wieder auf und hatte die kleine Faye auf dem Arm. Sie lachte. Die kleine Faye hatte die Augen fest zugekniffen, dann öffnete sie sie, griff mit beiden Händen nach dem Gesicht meiner Mutter, drückte ihre Wangen zusammen und küsste sie auf die Lippen. Wir lachten beide – meine Mutter und die kleine Faye –, und ich schaute aus meinem Versteck im Schuppen zu und wünschte, ich wäre das Kind. Ich fühlte mich ausgeschlossen.

Etwa eine Stunde verging, während der ich die beiden nicht sah, nur das Bild von mir als Kind auf dem Arm meiner Mutter, das sich mir in die Netzhaut eingebrannt hatte und immer wieder vor meinem geistigen Auge auftauchte wie eine Filmsequenz.

Die Geräuschkulisse wurde vielfältiger und zeichnete sich besonders durch das gänzliche Fehlen von Verkehrslärm aus. Ich hatte gedacht, ich hätte in einer belebten Straße gewohnt, aber sie war so ruhig gewesen, dass wir Kinder vor dem Haus spielen konnten und nur hin und wieder, den Ball unterm Arm, auf den Gehweg ausweichen mussten, wenn ein einzelnes Auto vorbeikam. Ich hörte Vögel zwitschern, jede Menge, irgendwo hustete jemand, und ein Hund bellte. Ich fragte mich, wie ich mich meiner Mutter nähern, wie ich sie ansprechen sollte.

Es würde nicht einfach werden, mich ihr vorzustellen und Zeit mit ihr zu verbringen. Ich überlegte, mich als Versicherungsvertreterin auszugeben oder ihr zu erzählen, sie hätte einen Preis gewonnen, tat solche Ideen aber schnell als albern wieder ab. Auf jeden Fall hatte ich nur einen Versuch, denn ich konnte unmöglich bei ihr anklopfen, es vermasseln und später zurückkommen und noch einmal anklopfen.

Ich schaute mich um, in der Hoffnung, etwas Hilfreiches zu finden. Der Schuppen war vollgestellt mit dem typischen Krempel: Eimer mit Werkzeug, mehrere Rollen Klebeband, ein Hammer, jede Menge Nägel und Schrauben und nicht identifizierbare Metallteile, ein paar leere Marmeladengläser und mehrere mit Farbklecksen übersäte, zusammengefaltete Bettlaken.

Eine ganze Weile betrachtete ich meinen Karton. Er war ein bisschen beschädigt, und ich überlegte, ob ich ihn mit Klebeband wieder stabilisieren sollte. Ich wusste, dass ich das irgendwann tun würde, denn der Karton auf meinem Dachboden wurde von mehreren Schichten Klebeband zusammengehalten. Ich hatte einfach vergessen, dass das mein Werk war.

Plötzlich fiel mir etwas ein. Ich warf einen Blick auf meine Armbanduhr, denn mit ihrer Hilfe konnte ich prüfen, was real war. Bevor meine Kinder geboren wurden, hatte ich ein halbes Jahr lang an Schlaflosigkeit gelitten. Es war die Hölle: die ganze Nacht wach, ein unruhiger, von wüsten Träumen begleiteter Schlaf zwischen vier und fünf Uhr. Einmal sprach ich mit ein paar Arbeitskollegen über mein Problem, und sie waren sehr mitfühlend. Dann sagte einer: »Wahrscheinlich schläfst du mehr, als du glaubst.«

»Nein, ich bin die ganze Nacht wach«, entgegnete ich.

»Vielleicht stimmt das gar nicht«, erwiderte er. »Vermutlich fühlt es sich nur so an. Wenn du im Bett liegst und denkst, du seist wach, döst du wahrscheinlich.«

Dieser ausgeschlafene Besserwisser ging mir auf die Nerven. »Schläfst du jetzt gerade?«, fragte ich bissig.

»Jetzt? Nein, natürlich nicht«, antwortete er.

»Woher willst du das wissen?«, erkundigte ich mich. »Wenn ich mir nicht sicher sein kann, ob ich nachts schlafe oder nicht, wie willst du dir dann sicher sein, ob du jetzt wach bist oder nicht?«

Er schnappte sich einen Stapel Papiere und ging zurück an seinen Arbeitsplatz, klug genug, sich nicht mit mir anzulegen. Schließlich hatte ich nächtelang nicht geschlafen und wirkte vermutlich ziemlich unberechenbar. Interessanter war das, was eine Kollegin behauptete, nämlich, dass es eine todsichere Methode gebe, festzustellen, ob man träumte oder nicht. Sie sagte, in Träumen funktionierten Zahlen nicht, die würden total durcheinandergeraten, und deswegen solle man immer eine Armbanduhr tragen, und während man wach sei, alle paar Minuten darauf schauen. Und jedes Mal, wenn man auf seine Uhr schaue, solle man sich fragen: *Befinden sich die Ziffern an der richtigen Stelle?*, und sich selbst die Frage mit Ja oder Nein beantworten. Wenn man das lange genug mache, sickere die Angewohnheit in die Träume ein, und dann, eines Tages, schaut man im Traum auf die Uhr und fragt sich automatisch, ob die Ziffern sich an der richtigen Stelle befinden, worauf die Antwort natürlich *Nein* lautet, weil Zahlen ja im Traum nicht funktionierten, und das sei dann der Beweis dafür, dass man träume. Und *dann* könne man im Traum machen, was man wolle. Das nennt sich luzides Träumen, und es macht großen Spaß, das weiß ich, weil ich es ausprobiert habe. Versuchen Sie's mal, es funktioniert. Das garantiere ich Ihnen.

Was ich sagen will, ist erstens: Als ich in dem Schuppen

war, wusste ich, dass ich wach war, genauso wie Sie jetzt wissen, dass Sie wach sind. Zweitens: Als ich auf meine Uhr schaute, befanden sich alle Ziffern an der richtigen Stelle, obwohl die Uhr stehen geblieben und das Glas zerbrochen war. Ich war also entweder in die Vergangenheit gereist oder verrückt geworden, eine andere Möglichkeit kam nicht infrage.

Und als ich einen Hund bellen hörte, diesmal etwas näher, spazierte ich in Gedanken in die Richtung, aus der das Geräusch kam. Vor meinem geistigen Auge sah ich die kleinen Rasenflächen im Garten meiner Mutter bis zum Nachbargarten und die Zäune dazwischen, die alle so niedrig waren, dass ein Erwachsener, der sich auf die Zehenspitzen stellte, darüber schauen konnte.

In Gedanken ging ich durch die Gärten bis in Ems und Henrys Garten am Ende der Straße. Henry mit seinem traurigen Hundegesicht und die liebe Em; die beiden Alten, die mich bei sich aufgenommen hatten, nachdem meine Mutter gestorben war. In der stillen Welt, die ich mit meiner Mutter bewohnt hatte, waren für mich nur wenige Menschen wichtig gewesen. Natürlich musste ich jetzt zu Em und Henry gehen, bei denen würde ich leichter einen Fuß in die Tür bekommen als bei meiner Mutter. Wie es dann weitergehen sollte, wusste ich noch nicht, aber es würde schon mal ein Anfang sein. Aber bevor ich etwas unternahm, wollte ich meine Mutter noch einmal sehen; ich hatte das Gefühl, emotional zu verdursten, und sie war das Glas Wasser, das ich brauchte. Und dann musste ich mich unbemerkt aus dem Staub machen.

Ich wurde aus meinen Gedanken gerissen, als die Küchentür aufging und scheppernd zuknallte. Ich beugte mich vor und lugte durch den Spalt in der Holztür. Meine Mutter warf eine Mülltüte in einen glänzenden, metallenen Eimer, der einen Deckel hatte. Dann rief sie: »Faye, zieh dir die Schuhe an, wir gehen!« Sie stemmte die Hände in die Hüften, schaute in ihren kleinen, schmalen Garten, und zwar genau in meine Richtung, und atmete die kalte Luft ein. Sie schloss die Augen und lächelte. Sie wirkte glücklich und zufrieden, und in dem Moment wurde mir bewusst, dass ich nichts über diese Frau wusste, obwohl ich sie aus tiefstem Herzen liebte. Sie sah ganz anders aus als ich, hatte glattes, braunes Haar und graue Augen. Sie wirkte sehr natürlich, und sie war sehr schlank. Über einem langen Rock trug sie einen weiten Pullover und um die Taille einen engen Gürtel, was sie noch schlanker wirken ließ, dazu Lederstiefel. Die kleine Faye kam an die Gartentür, machte sie einen Spaltbreit auf und sagte etwas zu meiner Mutter, die sich daraufhin umdrehte, sich bückte, mein kleines Gesicht zwischen die Hände nahm und erwiderte: »Aber natürlich darfst du das.« Dann gingen sie zusammen ins Haus, und ich hörte, wie die Tür abgeschlossen wurde.

Ich wusste, dass sie durch die vordere Tür hinausgehen würden, und richtete mich aus meiner unbequemen Beobachtungsposition auf. Ich fühlte mich wie eine von den zusammengedrehten Plastiktüten in der Küchenschublade meiner Mutter. Vorsichtig lief ich um das Haus herum und lugte um die Ecke. Sie kamen gerade heraus, meine Mutter mit einer großen, braunen Umhängetasche. Die kleine Faye trug eine hellblau und hellgrün gestreifte Daunenjacke – Gott, wie ich diese Jacke geliebt hatte! – über einem dicken Pullover, und in der Hand hielt sie einen Tischtennisschläger, auf dem sie einen roten Gummiball hüpfen ließ und mitzählte. Nach einigen Hüpfern verfehlte sie den Ball, der auf den Boden und hoch in die Luft sprang. Meine Mutter fing den Ball auf, und die kleine Faye rief strahlend: »Fünf!«

Die beiden gingen die Straße hinunter, der lange Rock meiner Mutter schwang ihr um die Beine, während die kleine Faye mal vorauslief, mal hinterhertrottete, je nachdem, was nötig war, um den Ball in der Luft zu halten. Meine Mutter plapperte die ganze Zeit, und hin und wieder lachten die beiden. Ich hatte ganz vergessen, wie lustig sie gewesen war; ich konnte mich an unsere Gespräche nicht erinnern, aber das geht wohl den meisten Menschen so. Meine Freunde erinnern sich an das eine oder andere, das ihre Eltern zu ihnen gesagt haben, als sie Kinder waren, manches davon liebevoll, vieles ermahnend, aber letztlich alles eine kleine Sammlung oft wiederholter Anekdoten.

Ich ging in einigem Abstand hinter den beiden her. Ich glaube, es war nicht auffällig, dass ich ihnen folgte; wir liefen in Richtung Stadtzentrum, ich machte mich also nicht verdächtig, wenn ich denselben Weg nahm. Inzwischen schien die Sonne, und es war kalt, wenn auch milder, als man hätte meinen können angesichts der Tatsache, dass die Leute schon ihre Weihnachtsbäume aufgestellt hatten.

Als wir Ems und Henrys Haus erreichten, blieb ich stehen und schaute meiner Mutter und der kleinen Faye eine Weile nach. Mir brannten die Augen, und mich überkam dieses Gefühl des Verlusts, das manchmal mit schönen Momenten einhergeht; dieses Wissen, dass etwas bereits vorbei ist, noch ehe es begonnen hat. Das Wissen, dass eines Tages von allen schönen Momenten nur noch verstaubte Fotos, knisternde Videobänder und Steine in Krügen übrig sind. Wie konnte es sein, dass die beiden jetzt zusammen waren, wo doch für mich alles längst vorbei war? Wie konnte ich hier stehen und ihnen nachschauen?

5

Als ich Ems und Henrys leuchtend rote Haustür betrachtete, stockte mir der Atem, und ich hätte weinen können vor Erleichterung, den beiden gleich zu begegnen, denn ich wusste, wie freundlich sie zu Fremden waren.

Ich klopfte an und hörte die beiden drinnen murmeln, wer das sein konnte, so früh am Morgen. Dann wurde die Kette gelöst und der Schlüssel umgedreht, so viel Sicherheitstechnik für eine Tür, die ich mit Leichtigkeit hätte eintreten können.

»Ja, bitte?«, sagte Em, und ich sah Henry hinter ihr in der Diele stehen, eine Scheibe Toastbrot in der Hand. Vertraute Küchengerüche wehten mir entgegen, und am liebsten hätte ich Em auf ihre weiche, gepuderte Wange geküsst und wäre einfach ins Haus gegangen, wie ich es tausend Mal getan hatte. Doch sie verstellte mir den Weg, und ihr freundliches Gesicht war wachsam.

»Tut mir leid, dass ich Sie so früh schon störe, ich komme von der … äh … *Sporting Gazette*. Ich habe gehört, dass Sie Rasenbowling spielen, und ich schreibe einen Artikel über … äh … sportliche Aktivitäten von Erwachsenen hier in der Gegend.«

Em und Henry schauten mich so verwirrt an, dass ich schon fürchtete, sie hätten noch gar nicht mit dieser Sportart angefangen. Sie hatten es gespielt, als ich zu ihnen gezogen war, aber bis dahin dauerte es noch zwei Jahre.

»Sie spielen doch Rasenbowling, oder?« Ich wünschte, ich hätte einen Notizblock, dann könnte ich so tun, als würde ich meine Aufzeichnungen noch einmal überprüfen. Aber ich hatte nichts dabei. Wie überzeugend wirkte ich wohl ohne Notizblock und Stift?

»Ja, ja, das ist richtig«, sagte Henry. »Em, lass die Dame doch rein, wieso lässt du sie da vor der Tür stehen?« Mit dem Handrücken wischte er sich ein paar Krümel von den Lippen.

»Aber natürlich, kommen Sie rein«, sagte Em, machte die Tür weit auf und trocknete sich die Hände an der Küchenschürze ab.

Die Diele war mit einem dicken Teppich ausgelegt. Und an den Wänden die vertraute Tapete: blassrosa und cremeweiß gestreift. Aber die Wände waren kahl. In meiner Erinnerung hingen dort viele gerahmte Fotos von mir aus verschiedenen Jahren. Mir war nicht bewusst gewesen, dass da vorher nichts gehangen hatte.

Für mich waren Em und Henry immer alt gewesen. Doch jetzt kamen sie mir überhaupt nicht alt vor, obwohl sie mindestens Mitte fünfzig waren. Als sie mich damals aufgenommen hatten, war ich gerade acht Jahre alt geworden, und jeder über dreißig war für mich ein Methusalem. Ems Gesicht hatte ich in Erinnerung wie einen schrumpeligen Apfel und Henry mit Hängebacken wie alte Kissen. Aber jetzt waren ihre Gesichter ziemlich glatt, und Henry hatte noch volles Haar. Sie wirkten jung auf mich. Das Einzige an ihnen, was mir jetzt alt erschien, waren ihre Kleider: Henry trug eine ausgeleierte Strickjacke und Lederpantoffeln und Em einen gesteppten Hausmantel.

Normalerweise wäre ich Henry um den Hals gefallen und hätte mich von ihm umarmen lassen, hätte meine Wange an seine Brust geschmiegt und den Duft seines Rasierwassers oder von irgendetwas anderem eingeatmet, das rauchig roch. Aber ich konnte nur dastehen und warten. Ich kam mir vor wie eine Betrügerin und fühlte mich verloren.

Em schaltete um in die Rolle der Gastgeberin und bugsierte mich ins Wohnzimmer, wo mir erneut das Fehlen von Fotos auffiel. Ich hatte immer angenommen, sie hätten viele Fotos aufgestellt, aber das hatte offenbar erst angefangen, als ich in ihr Leben getreten war.

Umso vertrauter waren mir die gehäkelten Deckchen, die über den Sessellehnen lagen. Ich fühlte mich wie magisch von ihnen angezogen und berührte sie vorsichtig.

»Tee?«, fragte Em.

»Ja, bitte«, sagte ich. So sehr hatte ich mir noch nie im Leben eine Tasse Tee gewünscht.

»Nehmen Sie doch Platz«, sagte Henry, und ich folgte seiner Aufforderung. Neben dem Sessel lag ein kleiner Stapel Beano-Hefte, und ich musste lächeln.

»Minnie the Minx ist meine Lieblingsfigur«, sagte ich und schlug eines der Hefte auf.

»Ich mag die Bash Street Kids«, erklärte Henry, und wir mussten lachen.

»Woher kennen Sie unsere Namen? Haben Sie mit Susan im Bowlingclub gesprochen?«

»Äh, nein«, erwiderte ich hastig. Wenn sie mit Susan redeten, würden sie sich am Ende alle fragen, wer, zum Teufel, ich war. »Ich habe mich einfach an den Verein gewandt, und die haben mir ein paar Namen und Adressen genannt.«

Em kam mit einer Kanne Tee und einem Milchkännchen und ließ sich in einem Sessel nieder. Es machte mich wirklich ziemlich nervös, dass ich kein Schreibzeug dabeihatte.

»Ich hätte ein paar Fragen, aber ich muss meine Tasche irgendwo liegen lassen haben. Vielleicht im Büro. Ich habe meine Sachen nicht dabei.«

»Wollen Sie vielleicht später noch mal wiederkommen?«, fragte Em. »Wir sind den ganzen Tag zu Hause.«

»Ich bräuchte eigentlich nur meinen Notizblock. Aber wenn Sie vielleicht einen Zettel für mich hätten? Verzeihen Sie, dass ich so unprofessionell bin.«

»Kein Problem«, sagte Henry. Aus einer Schublade nahm er Stift und Papier und reichte mir beides. »Das da können Sie als Unterlage benutzen«, sagte er und zeigte auf das Beano-Heft.

»Geht es Ihnen gut, meine Liebe? Sie wirken ein bisschen mitgenommen, und Sie haben ein paar Kratzer an der Stirn.«

Ich betastete die Stelle über meiner rechten Braue und spürte die Hautabschürfungen. Ich drehte meine Hand und sah, dass sich am Handgelenk blaue Flecken bildeten.

»Ich bin heute Morgen auf der Treppe ausgerutscht und auf die Hand gefallen … Ich habe gar nicht bemerkt, dass ich mir dabei auch den Kopf gestoßen habe.«

Em schaute Henry sorgenvoll an, doch ich war mir nicht sicher, ob sie sich um mich Sorgen machte oder sich fragte, ob es klug gewesen war, mich ins Haus hereinzulassen. Mir tat das Handgelenk weh, aber im Moment kam es vor allem darauf an, davon abzulenken, wie seltsam die ganze Situation war. Ich wollte bei Em und Henry bleiben, mich in ihrer gemütlichen Welt sicher fühlen, jenseits von Raum und Zeit. Die beiden waren für mich ein sicherer Hafen im Sturm, eine Kerze in der Nacht, die als Einzige noch brannte. Aber sie kannten mich nicht, ich konnte mir ihrer Gastfreundschaft nicht sicher sein, ich wollte jedoch unbedingt, dass sie sich mir öffneten.

Nachdem sie mir Stift und Papier gegeben hatten, etwas, woran ich mich festhalten, womit ich meine Hände beschäftigen konnte, begann ich mit dem Interview, in der Hoffnung, dass sie sich entspannen würden. Ich stellte ihnen Fragen und machte mir Notizen und beobachtete dabei die Gesichter dieser geliebten Menschen. Ihre Angewohnheiten und Schrullen waren wie Nähte, die sie zusammenhielten. Es war beinahe komisch, so als würde ich zwei Leuten dabei zusehen, wie sie zwei Menschen imitierten, die ich sehr gut kannte. Und, ach, die süße Em, die vor zehn Jahren gestorben war. Wie sie dauernd um Henry herumwuselte, seine Hand berührte, jeden Satz mit »nicht wahr, Henry?« beendete, als wäre alles erst real, wenn er es bestätigte. Ich wusste genau, was sie empfand, denn manchmal empfand ich immer noch genau das Gleiche: In Henrys Gegenwart fühlte man sich sicher und geborgen, damals wie heute.

Schließlich war mein Zettel voll mit Notizen über das Rasenbowling, obwohl ich mich kaum daran erinnern konnte, mir etwas aufgeschrieben zu haben. Em ging in die Küche, um frischen Tee aufzubrühen, und ich fragte, ob ich die Toilette benutzen dürfe. Während ich mit bleischweren Beinen die Treppe hinaufstieg, fuhr ich mit der Hand über die Tapete, die nur noch zwei Jahre zu warten brauchte, bis sie sich in eine Galerie der Erinnerungen an mich verwandeln würde, die die Entwicklung der kleinen Faye von ihrem achten Lebensjahr an widerspiegeln würde. Ich verriegelte die Badezimmertür mit dem alten Haken und setzte mich auf den Klodeckel. Die Puppe, unter der die Ersatzklopapierrollen verborgen waren – der Oberkörper einer Barbiepuppe mit einem überdimensionalen, selbst gehäkelten Rock, der die Rollen vor Staub schützte –, entlockte mir ein Lächeln. Ich nahm die Puppe auf den Schoß und ließ noch einmal alles Revue passieren, was ich erlebt hatte: der Dachboden, der Karton, die Vergangenheit, meine Mutter, ich selbst und jetzt Em und Henry, die mir Tee anboten und mich ihre Toilette benutzen ließen. Ich tat ganz normale Dinge.

Aber ich gehörte nicht dazu. Ich war eine Besucherin an einem Ort, der nicht für Besucher zugänglich war. Ich hatte die Tür mit der Aufschrift *Nur für Personal* durchschritten, die Tür mit der Aufschrift *Kein Zutritt*. Und ich gehörte nicht zum Personal. Jeden Augenblick konnte mich jemand entdecken und … was tun? Mich aus den Siebzigerjahren hinauswerfen? Ich versuchte, meine Gedanken unter Kontrolle zu halten, die sich gebärdeten wie ein Sack voller Flöhe. Die Gedanken, die aufgeregt flüsterten: *Bist du dir auch ganz sicher, dass der Karton dich wieder zu Eddie und den Kindern zurückbringt?* Ich umklammerte den Rand des Sacks ganz fest und befahl den Flöhen, still zu sein.

Ich pinkelte, betätigte die Spülung und wusch mir die Hände – der vertraute Duft der Handseife versetzte mich so sicher in die Siebzigerjahre zurück, wie der Karton es getan hatte. Als ich die Tür öffnete, hörte ich, wie unten angeklopft wurde, dann Stimmen, die ich nicht erkannte, deren Besitzer jedoch freudig begrüßt wurden. »Kommt rein, kommt rein!«

Langsam stieg ich die Treppe hinunter, lugte über das Geländer – und schnappte nach Luft, als ich meine Jacke sah, die blau-grün gestreifte, die kleine Faye, den Hinterkopf meiner Mutter, ihr glänzendes kastanienbraunes Haar.

Ich blieb stehen. Em plapperte aufgeregt, lud meine Mutter und die kleine Faye ein, auf Tee und Kekse hereinzukommen. Als ich schließlich ins Wohnzimmer kam, hatten sie alle Platz genommen, und ich war der Eindringling, eine Person zu viel für das Zimmer. Ich lächelte, aber es fühlte sich so an, als wüsste ich gar nicht mehr, wie das geht. Ich schaute meine Mutter an, wandte mich jedoch hastig wieder ab, denn sonst hätte ich dagestanden wie ein Reh im Scheinwerferlicht.

»Ich wollte sowieso gerade gehen«, sagte ich betont lässig.

»Ach ja, unsere *Reporterin*«, erklärte Em und straffte sich.

»Bleiben Sie doch noch ein Weilchen«, sagte Henry, was Em zu missfallen schien. Ich schaute ihn an, aber ob er in meinen Augen Schmerz und Verzweiflung sah, werde ich nie erfahren. Er wiederholte seine Einladung: »Bleiben Sie doch noch. Sie haben einen harten Tag hinter sich.« Er berührte sanft meinen Kopf und griff nach meinen Oberarmen. »Trinken Sie noch eine Tasse Tee. Dann können Sie auch gleich unsere netten Nachbarn kennenlernen.« Er bedeutete mir, Platz zu nehmen, und verließ das Zimmer.

»Wie heißt du?«, fragte die kleine Faye mit großen Augen. Sie saß aufrecht und selbstbewusst da wie ein Sprössling von Shirley Temple.

»Faye«, sagte ich, doch der Name blieb mir fast im Hals stecken, als mir klar wurde, dass ich einen anderen hätte nennen sollen. Ich hätte Dorothy sagen sollen.

»Genau wie ich! Ich heiße auch Faye!«, rief die kleine Faye und hüpfte in ihrem Sessel auf und ab.

Em nahm die kleine Faye an der Hand – die Geste hatte für mich etwas Besitzergreifendes – und ging mit ihr zum Christbaum, an dem jede Menge Schokoladenglocken in bunter Alufolie hingen. »Möchtest du eine davon?«, fragte Em, und Faye strahlte. Die beiden waren erst einmal beschäftigt.

Meine Mutter streckte mir die Hand hin, ihre Armreifen klimperten. »Ich bin Jeannie«, sagte sie.

Ich öffnete den Mund. »Faye«, krächzte ich. Auch diesmal brachte ich meinen Namen kaum über die Lippen. Ich streckte die Hand so vorsichtig aus, als wäre ich drauf und dran, einen elektrischen Zaun anzufassen. Aber meine Mutter schien es nicht zu bemerken.

»Schöner Name«, sagte Jeannie lächelnd und wies in Richtung ihrer Tochter. »Für welche Zeitung arbeiten Sie denn?«

»Ach, nur für die *Gazette*, das ist eine Beilage zum kostenlosen Lokalblättchen«, erwiderte ich.

Jeannie runzelte die Stirn und verlor zum Glück augenblicklich das Interesse.

»Ich lese nur Romane, Gedichte und Kochrezepte«, sagte Jeannie mit einem schiefen Lächeln. »Zeitung lese ich nie.«

Em hob die kleine Faye auf ihre Hüfte und setzte sich mit ihr auf einen Stuhl. Ich sah, wie Faye sich in Ems Arme schmiegte, während sie sich Schokolade von den Fingern der einen Hand leckte und mit den Fingern der anderen verträumt über den weichen Stoff von Ems Hausmantel strich. Ich hatte keine Erinnerung an diese Situation und beobachtete die Szene, als handelte es sich um einen Videobeweis in einem Erinnerungswettbewerb. Natürlich konnte ich es nicht erwarten, mich an alles zu erinnern, aber wie war es möglich, dass ich nicht den leisesten Nachhall in mir finden konnte, obwohl diese Nähe Em offensichtlich sehr viel bedeutete. Sie liebte mich schon damals, und es war nicht zu übersehen, dass ich für sie, die keine eigenen Kinder hatte bekommen können, ein Geschenk des Himmels war.

Henry kam wieder ins Wohnzimmer zurück und riss mich aus meinen Gedanken. Er hatte einen Stoffbeutel in der Hand, in dem irgendetwas klapperte, und hielt ihn Jeannie hin. »Marmelade«, sagte er und lugte hinein. »Außerdem ein selbst gebackenes Brot und ein paar von Ems leckeren Scones.«

»Und das? Was ist das?«, fragte Jeannie und zog eine Flasche halb aus dem Beutel.

»Crème de Menthe«, sagte Em. »Wir trinken das Zeug

nicht, ich weiß nicht mal, wo es herkommt. Ich dachte, Sie könnten es vielleicht gebrauchen.«

»Von Em und Henry kriegen wir immer Leckereien«, erklärte Jeannie mir, die Augenbrauen hochgezogen.

»Wir machen uns Sorgen um Sie, meine Liebe, das ist alles«, sagte Em.

»Wir sind Ihnen sehr dankbar«, sagte Jeannie. »Ich weiß nur nicht, wie ich diese Flasche Crème de Menthe allein leeren soll.«

»Vielleicht kann man den Likör für eine Nachspeise verwenden, Minzcreme, zum Beispiel«, schlug Em vor.

»Ich werde schon eine Verwendung dafür finden, keine Sorge«, sagte Jeannie und zwinkerte mir zu. Offenbar fühlte sie sich mir verbunden, weil wir altersmäßig nicht weit auseinander waren. Mir entging nicht, dass sie Henry und Em als alte Leute betrachtete und versuchte, sich von ihnen zu distanzieren, indem sie sich mit mir verbündete.

»Faye hat uns zum Thema Bowling interviewt. Sie wollte wissen, was es hier in der Gegend an Freizeitangeboten gibt«, sagte Henry.

»Die Antwort auf die Frage lautet ›Nichts‹«, erwiderte Jeannie und sah mich vielsagend an. »Wir können entweder in den Park gehen oder im Garten spielen. Haben Sie Kinder?«

»Ja«, sagte ich. *Deine Enkelkinder,* dachte ich.

»Dann wissen Sie ja sicher, dass es hier nichts zu tun gibt. Es sei denn, man ist kinderlos und so alt wie Em und Henry, dann geht man halt zum Bowling. Was gibt's sonst noch, Henry? Darts, oder? Und wer reich ist, spielt Golf.«

»Gartenarbeit«, sagte Henry.

»Kreuzworträtsel«, sagte Em.

»Also wirklich!« Jeannie musste lachen, aber es klang freundlich, und die beiden nahmen es ihr nicht krumm.

»Wenn Sie erst mal in unserem Alter sind, werden Sie auch Freude an diesen Dingen haben«, sagte Henry und lächelte sie nachsichtig an.

»Niemals!«, entgegnete Jeannie und trank ihre Tasse aus. »Tut mir leid, aber jetzt müssen wir wirklich gehen. Eigentlich wollten wir ja nur ein paar Marmeladengläser zurückbringen.« Sie stand auf.

Em wirkte enttäuscht, doch Henry tätschelte ihr die Schulter und umarmte Jeannie.

»Ich muss auch los«, sagte ich, entschlossen, bei meiner Mutter zu bleiben. »Vielen Dank für alles.« Ich schüttelte erst Henry, dann Em die Hand. »Ich gebe Ihnen Bescheid, wenn der Artikel erscheint«, fügte ich hinzu und hielt den Zettel mit meinen Notizen hoch.

»In welche Richtung gehen Sie?«, fragte Jeannie mich, als wir die Straße erreichten.

Ich wartete, bis wir alle links abgebogen waren, dann sagte ich: »In dieselbe Richtung wie Sie.«

Es war später Vormittag, als wir im fahlen Sonnenlicht zu Jeannies Haus gingen. Die kleine Faye nahm wieder ihren Tischtennisschläger und den roten Gummiball heraus, blieb ein paar Schritte zurück, damit beschäftigt, den Ball möglichst lange auf dem Schläger hüpfen zu lassen. Mit einem Ohr hörte ich sie hinter mir zählen, mit dem anderen hörte ich Jeannie zu, die über Em und Henry sprach. Beim Gehen schlenkerte Jeannie den schweren Stoffbeutel vor und zurück. Ich befürchtete fast, sie würde ihn loslassen, wenn er den höchsten Punkt erreichte. In einiger Entfernung waren Verkehrsgeräusche zu hören, und es begann, mich nervös zu machen, dass ich die kleine Faye nicht sehen konnte. Wenn das meine Tochter wäre, würde ich sie an der Hand halten oder zumindest darauf bestehen, dass sie in meiner Reichweite blieb, um sie notfalls festhalten zu können. Ich drehte mich also ständig zu der kleinen Faye um, vor allem, wenn ich ein Auto hörte.

Als wir die Straßenecke erreichten, ging ich rückwärts, Fayes Lockenkopf im Blick. Immer wieder landete der kleine rote Ball auf dem Tischtennisschläger und flog dann wieder hoch, während Faye ihn konzentriert im Auge behielt. Plötzlich verfehlte sie den Ball, er fiel zu Boden, traf einen kleinen Stein und sprang in eine unerwartete Richtung. Die kleine Faye versuchte, ihn zu fangen, streifte ihn jedoch nur mit der Hand, sodass er wieder in eine andere Richtung gelenkt wurde, diesmal in Richtung Straße.

Ganz selbstverständlich lief sie hinterher. Im selben Augenblick hörte ich einen Motor, ein Auto bog um die Ecke und fuhr direkt auf Faye zu. Mir blieb fast das Herz stehen, es war, als hätte jemand einen Schalter von Zeitlupe auf Hochgeschwindigkeit umgelegt. Ich rannte zu Faye und warf mich auf sie. Es war ein Zusammenprall zwischen dem Auto, mir, dem Kind – in der Reihenfolge stießen wir zusammen, aber das Heftigste war nicht mein Zusammenstoß mit dem Auto, das nur meine Hüfte streifte, sondern mein Aufprall auf der Straße. Das Kind in den Armen, hörte ich Bremsen quietschen und eine Frau schreien.

In Wirklichkeit schrien zwei Frauen, und eine davon war ich. Die Straße hatte sich wie hungrige Zähne durch meinen Pullover gearbeitet, mein Arm blutete, und kleine Steinchen klebten mir im Gesicht, wo ich über den Asphalt geschlittert war. Instinktiv hatte ich das sechsjährige Kind gepackt; mein verletztes Handgelenk tat höllisch weh.

»O mein Gott, o mein Gott, danke, danke, danke«, rief meine Mutter, warf sich auf uns, zog meine Arme zur Seite und sah, dass ihr Kind unversehrt war und sie mit großen Augen anschaute.

»Alles in Ordnung, Kleines?«, fragte Jeannie.

»Ich glaube, ja«, sagte ich, weil ich dachte, sie würde mit mir sprechen.

»Sie riecht genau wie du«, sagte die kleine Faye zu ihrer Mutter. Und es stimmte, ich hatte ja Jeannies Pullover an, der nach ihrem Parfum duftete.

Auf einmal stand ein Mann da, der Autofahrer. Sein Schatten bewegte sich, es wurden Entschuldigungen gestammelt, eine Schuhspitze drehte sich hin und her und trat eine Zigarette aus, mehr nahm ich nicht von ihm wahr. Ich hatte nur Augen für meine Mutter. Der Mann fuhr weg.

»Sie haben ihr das Leben gerettet«, sagte Jeannie, ihre Worte kamen heraus wie ein Windstoß. »Und Sie haben sich verletzt.« Voller Dankbarkeit und Sorge schaute sie mir tief in die Augen, während sie mir vorsichtig mit den Fingerspitzen über Stirn und Wange tastete, und angesichts des Wunders ihrer Berührung empfand ich fast keinen Schmerz. Ich vergaß beinahe zu atmen. Sie reichte mir eine Hand, um mir auf die Füße zu helfen, und ich ließ es wie benommen geschehen.

»Sie kommen am besten mit, zu uns ist es sicherlich näher als zu Ihnen. Sie wirken ein bisschen mitgenommen«, sagte Jeannie und betrachtete mein Gesicht, als hätte sie dort etwas verloren, was sie wiederzufinden hoffte.

Und als wir zu ihrem Haus gingen, wusste ich, dass das hier alle Schmerzen wert war, auch noch mehr, wenn nötig. Womöglich hatte ich gerade mein eigenes Leben gerettet. Was für ein unglaublicher Zufall …

6

Meine Mutter fuchtelte mit den Händen, um zu verdeutlichen, wo ich mich befunden hatte, wo das Auto sich befunden hatte, und zählte dabei auf, was alles hätte passieren können. Ihre Stimme überschlug sich, dann verstummte sie plötzlich und nahm das Gesicht der kleinen Faye zwischen beide Hände. Sie hob den Kopf und schaute mich an, und alle eventuellen Katastrophen waren in ihren Augen zu lesen.

»Wie kann ich das jemals wiedergutmachen?«, fragte Jeannie kaum hörbar.

»Das brauchen Sie nicht«, sagte ich.

Ich hätte ihr erklären können, dass die Rettung der kleinen Faye für mich eine ebenso große Bedeutung hatte wie für sie. Aber ich genoss die unglaubliche Absurdität der Situation lieber im Stillen.

Meine Mutter holte tief Luft und lächelte. »Alles ist gut«, sagte sie, wie um sich dessen zu vergewissern. Sie plapperte auf dem ganzen Weg, und ich saugte ihre Worte begierig auf. Ihr Ton war vertraut, zugleich ruhig und aufgeregt wie der Ton einer Erwachsenen, die einem Kind eine Abenteuer verheißende Geschichte erzählt. Sie redete darüber, was wir alles tun würden, sobald wir bei ihr zu Hause waren; sie würde sich meine Schürfwunden ansehen, uns einen Tee aufgießen und mir ein Bad einlassen.

»Um all die Steinchen aus den Wunden zu spülen«, erklärte Jeannie. Sie betrachtete noch einmal mein Gesicht und meinen Arm. »Ich kümmere mich darum, sobald wir zu Hause sind. Ich bin eine gute Krankenschwester.«

»Sie sind Krankenschwester?«, fragte ich.

»Nein, keine echte, ich tue nur so«, antwortete Jeannie. »Aber darin bin ich gut. Ich sehe mir Ihre Wunden an, und wenn sie wirklich schlimm sind, bringe ich Sie ins Krankenhaus.«

»Mummy mag keine Krankenhäuser, sie sagt, die machen einen nur noch kränker.« Als die kleine Faye ihr Händchen in meine Hand schob, durchfuhr es mich wie ein Stromschlag. In dem Moment fielen mir die Geschichten ein, in denen es heißt, man soll aufpassen, dass das vergangene Ich das derzeitige Ich nicht zu Gesicht bekommt, weil sonst etwas passiert, und zwar etwas Schlimmes. Okay, dachte ich, ich würde die Regeln noch lernen müssen, in der Hoffnung, keine wichtigen zu übertreten.

»Ja, das kann schon passieren, dass man wegen einer Sache ins Krankenhaus kommt und sich dort eine noch schlimmere Sache einfängt«, sagte ich und zog für die kleine Faye eine angstverzerrte Grimasse, während ich mich fragte, ob der Husten meiner Mutter hätte geheilt werden können, wenn sie ins Krankenhaus gegangen wäre. Sie warf mir von der Seite einen Blick zu.

»So was passiert wirklich«, sagte Jeannie leise und war plötzlich ernst.

»Was sollen wir machen?«, fragte ich die kleine Faye. »Wir haben denselben Namen, das wird bestimmt ein Riesendurcheinander.«

Sie kicherte. »Ich könnte Faye eins sein und du Faye zwei, weil ich ja zuerst da war.«

Jeannie lachte. »Also *eigentlich* war sie zuerst da«, sagte sie, wies in meine Richtung und zwinkerte mir verschwörerisch zu, wie sie es schon bei Em und Henry gemacht hatte. Ich hatte ihre Angewohnheit zu zwinkern ganz vergessen, aber jetzt war sie mir unglaublich vertraut, wahrscheinlich hatte die Erinnerung daran die ganze Zeit in meinem Unterbewusstsein geschlummert. Auch ihre Angewohnheit, ihr Haar über eine Schulter nach hinten zu werfen, hatte ich vergessen.

»Wir könnten ja deinen zweiten Vornamen benutzen«, sagte die kleine Faye. »Hast du einen?«

Um ein Haar hätte ich »Susannah« gesagt, biss mir jedoch im letzten Moment auf die Lippe. »Sarah«, sagte ich stattdessen. Es wäre zu viel Zufall gewesen, wenn wir auch noch denselben zweiten Vornamen gehabt hätten.

»Wir haben die gleichen Anfangsbuchstaben!«, flüsterte die kleine Faye ehrfürchtig, als hätte sie einen Schatz gefunden.

»Unglaublich!«, erwiderte ich und hockte mich vor das Mädchen. »Wir könnten glatt Zwillinge sein.«

»Also, sie sieht Ihnen jedenfalls ähnlicher als mir«, bemerkte Jeannie.

»Möchtest du Sarah zu mir sagen?«, fragte ich die kleine Faye. »Meinetwegen kannst du das machen.«

»Nein, ich sage lieber Faye, wir werden schon nicht durcheinanderkommen. Und danke, dass du mir das Leben gerettet hast. Ich könnte mir vorstellen, dass wir Freundinnen werden, was meinst du?«

»Freundinnen? Du und ich?« Einen Moment lang tat ich so, als müsste ich mir das noch überlegen, dann nahm ich ihre Hand und lächelte. »Aber sicher doch!«

»Ich hab genauso einen Pullover!«, sagte Jeannie und hielt den zerrissenen schwarzen Pullover hoch, den ich mir am frühen Morgen aus ihrer Schublade genommen hatte. »Aber so einen hat bestimmt jede Frau.«

Wir waren im Schlafzimmer meiner Mutter, ich hatte alles ausgezogen und trug einen Morgenmantel von Jeannie. Sie hatte mich gefragt, ob ich zuerst Tee trinken oder baden wollte. Ich entschied mich für Tee. Aber sie hatte darauf bestanden, dass ich sofort meine Sachen ausziehen und etwas Warmes anziehen sollte. Aus Angst, ihr könnten meine Gummistiefel auffallen – *ihre* Gummistiefel –, hatte ich diese blitzschnell abgestreift und ganz unten im Kleiderschrank verschwinden lassen. Alles andere hatte ich aufs Bett gelegt. Meine Jeans waren zerrissen und total verdreckt.

»Nach dem Baden gebe ich Ihnen ein paar Sachen von mir zum Anziehen. Ihre Kleider sind ja nicht mehr zu gebrauchen, oder?« Stirnrunzelnd betrachtete sie noch einmal den Pullover, dann knüllte sie ihn zusammen, um ihn später wegzuwerfen.

Ich nickte und schaute meine Mutter an. Ich hätte sie am liebsten mit all den Fragen bombardiert, von denen man sich wünscht, man hätte sie seiner Mutter gestellt, bevor es zu spät war. Aber ich wollte nicht, dass sie mich für verrückt hielt oder für eine Schnüfflerin, ich wollte, dass sie mich mochte. Außerdem genoss ich es zusehends, wie *normal* es sich anfühlte, in ihrer Nähe zu sein. Trotz allem, was unserer Begegnung vorausgegangen war, konnte ich gar nicht genug davon bekommen, diese Frau um mich zu haben. Eine Frau, die ich eigentlich nicht kannte, ehrlich gesagt. In dem Moment spielten bestimmte Dinge für mich noch keine Rolle.

So ergeht es einem vermutlich, wenn man aus dem Gefängnis entlassen wird und einen geliebten Menschen zum ersten Mal seit Jahren wiedersieht. Man versucht verzweifelt, die verlorene Zeit aufzuholen, aber das funktioniert natürlich nicht, also fragt man die Person einfach, ob sie Tee möchte und wie es ihr geht, genauso wie man es machen würde, wenn man sich vor ein paar Tagen zuletzt gesehen hätte. Niemand kann auf Dauer in einem Zustand der Aufregung verharren, egal, wie aufregend oder bedeutend eine Situation ist. Irgendwann, vielleicht schon sehr bald nach dem überwältigenden Augenblick, kann die Welt wieder in ihren Normalzustand zurückkehren. Ich stellte mir Sand in einer mit Wasser gefüllten Flasche vor; wenn man die Flasche schüttelt, wirbeln die Sandkörner umher, und wenn man die Flasche abstellt, sinken sie auf den Boden zurück. Wir alle kehren schnell wieder zu einem inneren Gleichgewicht zurück, das ist normal; das nennt sich Homöostase. Wenn es uns nach außergewöhnlichen Erlebnissen nicht mehr gelingt, das innere Gleichgewicht wiederzufinden, werden wir verrückt. Aber denken Sie ja nicht, dass mir die Ungeheuerlichkeit dessen, was ich erlebte, auch nur einen Moment lang entging.

Eigentlich war ich nicht unbedingt darauf aus, die Antworten auf alle *großen* Fragen zu bekommen. Jedenfalls noch nicht. Was mich faszinierte, waren die kleinen Dinge, zum Beispiel, wie sie an ihrem Daumen knabberte, wenn sie über etwas nachgrübelte. Wie sie Fayes Gesicht zwischen beide Hände nahm, wenn die Kleine ihr etwas erzählte. Wie sie Faye manchmal in ihrem Redefluss unterbrach, nur um ihr zu sagen, wie lieb sie sie hatte. »Mummy«, sagte Faye dann jedes Mal, »du hörst mir gar nicht zu!«

Ich erfuhr, wie sich meine Mutter einer Fremden gegenüber verhielt, ich sah meine Mutter mit den Augen einer Erwachsenen. Und das war eine ganz neue Erfahrung für mich.

Wir saßen am Küchentisch. Ich fuhr mit der Fingerspitze über das Muster aus kleinen, rosafarbenen Blumen und grünen Ranken, das die Tischdecke zierte, und hielt ansonsten ganz still, damit meine Mutter mir Stirn und Wange mit einem in Desinfektionsmittel getauchten Wattebausch abtupfen konnte. Während sie sich auf ihre Tätigkeit konzentrierte, betrachtete ich ihr Gesicht, ihre geschickten Hände. Ich nahm mir vor, mir das alles ganz fest einzuprägen, damit ich mich in Zukunft an jedes Detail bis hin zu den weißen Halbmonden an ihren Fingernägeln erinnern könnte. Ich musterte ihre Gesichtszüge, so als müsste ich später Fragen in einem Quiz beantworten. Die Augenfarbe, das Beben ihrer Nasenflügel, wenn sie schniefte, ihre perfekten Ohren mit Ohrringen in Form von winzigen silbernen Kettchen, ihre pfirsichfarbene Haut, das Muttermal unter ihrem linken Auge, die gesunden, weißen Zähne, das breite Lächeln. Zu lächeln schien ihr leichter zu fallen, als das Gesicht zu entspannen. Sie redete die ganze Zeit mit mir, während sie arbeitete, hob meine Hand an, um sie genauer zu betrachten. Es sah beinahe so aus, als würde sie mit meiner Hand sprechen, was es mir ermöglichte, sie derweil zu beobachten.

Schließlich schenkte sie uns Tee ein. »Sie sagten, Sie haben Kinder?«

»Ja. Zwei Töchter. Esther und Evie.«

»Brave oder böse Mädchen?« Wieder zwinkerte sie mir zu. Meine Mutter erkundigte sich nach den Enkeltöchtern, die sie nie kennenlernen würde.

»Esther ist sehr vernünftig, sie spielt gern Lehrerin«, sagte ich. »Sie stellt die Stühle in unserem Esszimmer so auf, als wäre es ein Klassenzimmer, dann müssen Evie und ich uns setzen, sie ruft unsere Namen auf und stellt uns Fragen. Sie überprüft sogar unsere Fingernägel wie eine alte Schulmamsell, und schnalzt mit der Zunge, wenn sie nicht zufrieden ist.

Evie ist sehr lustig. Sie sieht aus wie ein kleiner Engel«, fuhr ich fort. »Aber sie rülpst wie ein Bauarbeiter. Es macht ihr Spaß, ältere Leute zu schockieren, indem sie laut rülpst, nachdem sie gesagt haben, was für ein süßes Mädchen sie ist. Sie ist jünger als Esther, aber sie geht auf jeden los, der ihrer großen Schwester etwas antut.«

Jeannie lächelte. »Ich wünschte, ich hätte eine Schwester«, sagte sie.

»Haben Sie Brüder?«, fragte ich, obwohl ich die Antwort kannte.

»Nein«, sagte sie. »Ich habe niemanden.«

»Überhaupt keine Verwandten? Auch keine Eltern?« Ich wusste, dass sie wirklich niemanden hatte, aber ich wusste nicht, warum das so war.

»Nein, niemanden.« Sie trat an den Kühlschrank, öffnete ihn und seufzte, so als wäre die gähnende Leere darin ein Sinnbild für ihre Familie. Sie machte die Kühlschranktür wieder zu und lehnte sich dagegen. Sie war auffallend schlank, und ihr langer Rock und die weite Bluse konnten ihre beinahe zerbrechlichen Gliedmaßen nicht verbergen. »Sie sind alle tot. Schon lange.«

»Wie das?«

»Als ich noch klein war, wurde meine Mutter wegen irgendeiner Krankheit ins Krankenhaus eingeliefert und ist nie wieder herausgekommen. Sie ist gestorben. Dann ist mein Vater krank geworden und auch gestorben.«

»Mist«, murmelte ich.

»Sie sagen es. Ich hab ein paar alte Fotos von den beiden. Aber ich kann mich, ehrlich gesagt, nicht an sie erinnern. Wenn ich an sie denke, sehe ich nur die Fotos vor mir, aber nicht meine Eltern. Als ich Faye einmal ins Krankenhaus bringen musste … der Geruch … Gott, dieser Geruch hat mich so an meine Eltern erinnert. Aber nicht auf eine gute Weise, er hat mich nur an Verlust und Verwirrung erinnert.«

»Sind Sie bei Pflegeeltern aufgewachsen?«, fragte ich.

»Ja, ich bin von einer Pflegefamilie an die nächste weitergereicht worden. Wenn einem das passiert, kann man gar nicht schnell genug erwachsen werden. Man will nur lange genug überleben, um wegzukommen, und dann, na ja, dann verschwindet man so schnell wie möglich. Genau das hab ich getan.

Und Sie, Miss Journalistin? Wo sind Ihre Eltern?«

Einen Moment lang schnürte sich mir die Kehle zu, was ein Glück war, denn so konnte mir nichts Idiotisches herausrutschen. »Keine Geschwister. Meine Mutter lebt noch.« Ich schaute sie vielsagend an. »Meinen Vater habe ich nie kennengelernt.«

»Wie ist Ihre Mutter denn so?«

»Ach, ich kenne sie nicht sehr gut, was wirklich schade ist. Wir sehen uns nur selten.«

»Pah«, sagte Jeannie, machte eine Handbewegung, als wollte sie eine Fliege verscheuchen, zog sich einen Stuhl heran und setzte sich mir gegenüber.

»Was denn?«

»Sie brauchen sie nicht zu kennen, machen Sie sich deswegen keinen Kopf.«

»Wie meinen Sie das?«

»Alle Leute machen denselben Fehler, darüber habe ich viel nachgedacht.« Sie trank einen großen Schluck Tee, dann richtete sie sich auf wie ein Experte im Zeugenstand vor Gericht.

»Seine Eltern kann man nicht kennen«, sagte Jeannie. »Also sollte man auch keine Zeit damit vergeuden, zu denken, das sei wichtig. Man kann sein Leben lang versuchen, sie zu verstehen, aber das ist die *totale* Zeitverschwendung! Was die Eltern angeht, spielen nur drei Dinge eine Rolle.« Sie machte eine theatralische Pause und trank noch einen Schluck Tee, diesmal ganz langsam.

»Und die wären …?«

Ihre Augen funkelten. »Gut, dass Sie fragen. Erstens: sich sicher zu sein, dass Ihre Eltern Sie lieben. Manche Eltern machen den Fehler, anzunehmen, dass ihre Kinder das von allein wissen. Aber man muss seinen Kindern klipp und klar sagen, dass man sie liebt, und auch, wie sehr und warum. Und wenn Sie das Kind sind und sich nicht geliebt fühlen, dann machen Sie sich nicht die Mühe, Ihre Eltern zu verstehen. Vergessen Sie's. Auf die Liebe kommt es an.«

Ich dachte an die kleine Faye oben in ihrem Zimmer, und mein Blick wanderte zur Decke, durch die ich hören konnte, wie sie spielte. Jeannie zeigte nach oben. »Die Kleine weiß, dass ich sie liebe; selbst wenn sie sonst nichts weiß, aber solange sie das weiß, geht es ihr gut mit mir.«

Meine Augen füllten sich mit Tränen, und mein Kinn zitterte. Ich legte den Kopf in den Nacken und bedeckte meinen Mund mit einer Hand, um ein Schluchzen zu ersticken, ich schüttelte den Kopf, um die Tränen zu unterdrücken, den Sturzbach aufzuhalten. Aber der Korken im Loch meines Herzens flog heraus, und mit ihm schossen Salzwasser und Gefühle nach draußen, heiß wie Lava lief es mir übers Gesicht. Ich stöhnte auf vor Schmerz, ein leises Brüllen hinter einer verschlossenen Tür tief in meiner Brust.

»Ach du je, Sie Ärmste, kommen Sie her«, sagte Jeannie, kam um den Tisch herum und nahm mich in die Arme. Es war eine unbeholfene Umarmung, und damit war sie nicht zufrieden. Sie drehte meinen Stuhl zu sich herum, damit sie mich richtig in die Arme nehmen konnte. Dann schob sie mich ein Stück von sich weg und wischte mir mit den Daumen die Tränen ab. Aber es waren zu viele. Wieder zog sie mich an sich, und ich ließ mich in ihre Arme sinken, schmiegte mich an meine Mutter, drückte mein nasses Gesicht in ihre Halsbeuge.

»Es tut mir leid«, schniefte ich in ihre Haare, die ganz nass wurden.

»Es ist alles gut«, sagte Jeannie und drückte mich noch fester an sich, um mir zu zeigen, wie wenig es ihr ausmachte, dass eine wildfremde Frau in ihren Armen Rotz und Wasser heulte und ihr die Bluse mit dem Paisleymuster einsaute.

Nach einer Weile löste sie ihre Umarmung und legte mir die Hände auf die Schultern. »Ist das wegen Ihrer Mutter?«

Ich nickte.

»Sollen wir lieber aufhören, über das Thema zu reden?«, flüsterte Jeannie.

»Nein«, krächzte ich. »Ich möchte wissen, was die zweite wichtige Sache bei Eltern ist.«

Meine Mutter kehrte auf ihren Platz zurück und hielt über den Tisch hinweg meine Hand.

»Die zweite wichtige Sache ist, viel Zeit mit den Eltern zu verbringen. Zeit. Ganz einfach. Liebe und Zeit.«

»Manche Menschen bekommen leider keine Gelegenheit, viel Zeit mit ihren Eltern zu verbringen«, entgegnete ich und schniefte.

»Ich weiß«, sagte sie. »Ich, zum Beispiel. Und ich bin mir nicht mal sicher, ob meine Eltern mich geliebt haben. Also, ich nehme an, dass sie das getan haben, aber es nicht wirklich zu wissen, das tut weh.«

»Zeit und Liebe«, sagte ich.

»Ja, aber nicht in der Reihenfolge. Zuerst Liebe, dann Zeit. Es hat keinen Sinn, Zeit miteinander zu verbringen, wenn keine Liebe da ist. Wenn man nur eines von beidem haben kann, dann schießt die Liebe den Vogel ab. Und das war's auch schon. Das ist eigentlich alles, worauf es ankommt, alles andere, zum Beispiel Geborgenheit und Sicherheit und all das, sind nur Folgen von Liebe und Zeit. Auch diese Dinge sind wichtig, klar, aber das sind alles Nebeneffekte.«

»Sie haben gesagt, es gibt *drei* wichtige Dinge.«

Sie schlug wieder nach der imaginären Fliege. »Ach

das«, sagte sie. »Das Dritte ist, seine Eltern als Menschen kennenzulernen.«

»Aber Sie meinten doch eben, das sei reine Zeitverschwendung.«

»Stimmt, aber der Drang ist so stark, dass es einen nicht loslässt.«

»Das ist ein unlösbares Problem«, sagte ich, und wir mussten beide lachen.

»Stimmt, man kann seine Eltern nur als Eltern kennen, nicht in einer anderen Funktion oder Rolle. Es gibt eine Art Barriere, die das verhindert.«

»Was ist, wenn man weiß, wer seine Eltern sind, diese jedoch nichts davon wissen, dass sie die Eltern sind?«

Jeannie runzelte die Stirn, blies die Backen auf, überlegte einen Moment und atmete tief aus. »In welcher Welt?«, fragte sie.

»Nur hypothetisch«, sagte ich. »Angenommen, Sie begegnen Ihrer Mutter und wissen, dass sie Ihre Mutter ist, aber die weiß nicht, dass Sie ihre Tochter sind. Könnten Sie sie dann als Person kennenlernen?«

»Nein«, sagte Jeannie, ohne zu zögern.

»Weil?«

»*Weil* die Tochter immer noch weiß, dass sie die Tochter ist. Sie kann die Mutter nur als Mutter erleben, nicht als jemand anders. Dieses Mutter-Ding ist zu stark, es ist eine undurchdringliche Wand. Man kann ein paar Dinge über seine Eltern erfahren, aber man kann sie nur als Eltern kennen, und das ist eine andere Art des Kennens. Eine Art Nichtkennen. Verstehen Sie?«

»Äh … ja, ich glaube schon.«

»Schwierig«, sagte Jeannie und betonte beide Silben so nachdrücklich, als wäre sie bekifft.

»Ja, aber das ist in Ordnung«, sagte ich. »Mit schwierig kann ich umgehen.«

Jeannie nahm meine Hände und drückte sie. »Alles gut?«, fragte sie.

»Ja«, sagte ich, und in dem Moment war wirklich alles gut.

»Hey, wir haben beide keine Geschwister – wollen wir einander adoptieren?«

»Hä?«, fragte ich.

»Willst du meine Schwester sein, liebe Faye?«, fragte sie.

»Na ja, warum nicht … Aber wir haben uns doch grade erst kennengelernt«, wandte ich ein.

»Ich weiß bereits ein paar Dinge über dich, die zu erfahren man normalerweise Jahre braucht. Und ich spüre, dass du ein gutes Herz hast. Außerdem hast du dich vor ein Auto geworfen, um meine Tochter zu retten.«

Meine Wangen glühten, und mein Herz machte einen Satz. Ich dachte an Cassie und Clem, meine besten Freundinnen, und daran, dass ich sie als meine Schwestern betrachtete, wie wichtig sie mir waren, und dass meine Mutter sich vielleicht nach einer solchen Verbündeten sehnte. Eigentlich spielte es keine Rolle, was Cassie und Clem dachten, aber ich war mir sicher, dass sie meine Mutter mögen würden, wenn sie uns jetzt zusammen erleben könnten, und dass sie genauso wie ich feststellen würden, dass Jeannie eine Schwester brauchte.

»Schwestern«, sagte ich.

Jeannie ließ meine Hände los, spuckte auf die Handflächen, ergriff meine Hände erneut und schüttelte sie.

Oben hörte ich die kleine Faye in ihrem Zimmer spielen. »Sie scheint ein liebes Kind zu sein«, sagte ich, begierig zu erfahren, was meine Mutter über mich als Kind sagen würde. Der Gedanke faszinierte mich, und ich war auch auf Komplimente aus, ich geb's zu.

Jeannie seufzte, stützte das Kinn in die Hände und

schaute ins Leere. »Eine bessere Tochter könnte ich mir nicht wünschen. Manchmal kommt es mir vor, als hieße es: sie und ich gegen den Rest der Welt. Und wir gewinnen! Ich liebe sie so sehr, ich könnte sie auffressen. Am liebsten wäre ich sie, damit ich spüren könnte, wie es ist, so sehr geliebt zu werden.« Sie drückte sich die zu Fäusten geballten Hände aufs Herz.

Mit angehaltenem Atem schaute ich meine Mutter an, als sie diese Worte aussprach, und spürte, wie mir eine Träne über die Wange lief.

Jeannie legte eine Hand auf meine. »Du hast heute einen Riesenschrecken erlebt, als das mit dem Auto passiert ist, und heute Morgen bist du auch schon hingefallen, oder? Und jetzt stochere ich auch noch in deiner Vergangenheit herum«, sagte sie, klatschte in die Hände und wechselte das Thema. »Also, wenn wir Schwestern sein wollen, dann sollten wir uns mal gegenseitig auf den neuesten Stand bringen, denn jetzt können wir uns ja richtig kennenlernen. Wollen wir ›Zwanzig Fragen‹ spielen?«

Ich wischte mir mit dem Handrücken über die Nase und nickte. Jeannie zog ein sauberes, warmes, gefaltetes Papiertaschentuch aus ihrem Ärmel und reichte es mir.

Jeannies Lieblingsessen: Sticky-Toffee-Pudding. Lieblingsfarbe: Blau. Lieblingsbeschäftigung: an den Strand fahren, an Geldautomaten spielen, paddeln und Fish 'n' Chips essen. Lieblingsroman: *Rebecca*. Wenn sie viel Geld hätte, würde sie mit Faye nach Spanien fahren und sich außerdem einen guten Fernseher kaufen. Manchmal fühlt sie sich einsam. Sie wünschte, sie hätte eine Mutter in der Nähe. Verhassteste Hausarbeit: staubsaugen. Lieblingsbeschäftigungen mit Faye: Kuchen backen, Karten spielen, Hula-Hoop. In der Schule war ihr Lieblingsfach Kunst. Sie hat Angst vor Spinnen, und sie leidet an Höhenangst. Sie bekommt jedes Jahr eine schlimme Erkältung. Sie hat außer Faye keine Verwandten. Sie mag Gin, aber keinen Wodka. Sie kann das ganze Gedicht *Der Eul und die Miezekatz* auswendig aufsagen. Sie kann einen vom Schluckauf befreien. Sie hat einmal ein Paar Schuhe geklaut und dafür ihre alten im Laden gelassen. Wenn sie noch mal einen Tag mit ihrer Mutter verbringen könnte, würde sie den ganzen Tag mit ihr reden und Händchen halten. Sie wünscht ihrer Tochter, dass sie eines Tages heiratet und Kinder bekommt und glücklich wird. Das Schwerste, was sie je getan hat, war, sich von ihrer großen Liebe zu trennen.

»Moment mal. Wie bitte?«, sagte ich.

»Keine Fragen mehr«, sagte sie und wedelte mit dem Zeigefinger. »Jetzt bin ich dran. Du hast mir deine zwanzig Fragen gestellt. Wenn du mehr über mich wissen willst, musst du dich etwas gedulden.« Dann fügte sie leise hinzu: »Ich kann vor Faye nicht darüber reden, sie weiß nichts von ihm.«

In dem Augenblick kam Faye in die Küche und knallte ein Kartenspiel auf den Tisch. Das Bild auf der Schachtel war mir vertraut: Happy Families. Ich liebte dieses Spiel, die Bilder von den Familien auf den Karten wurzelten tief in meinen Kindheitserinnerungen.

»Spielen wir?«, fragte die kleine Faye.

Jeannie schaute mich mit hochgezogenen Brauen an. Ich sagte: »Warum nicht?« Die zwanzig Fragen, die meine Mutter mir stellen würde, und mehr über ihre »große Liebe« zu erfahren, das alles würde warten können.

Es musste am Ende ziemlich lange warten. Wir spielten mehrere Runden Happy Families. Meine Lieblingsfamilien waren immer die Hasenfamilie und die Eichhörnchenfamilie gewesen, die waren so putzig. Meine Mutter mochte am liebsten die Froschfamilie und die Igelfamilie, weil niemand anders die mochte und sie – ihrer Meinung nach – deswegen mehr Liebe brauchten. Ich weiß nicht mehr, wer die meisten Spiele gewonnen hat oder wie viele Runden genau wir spielten, aber ich sehe immer noch das Gesicht der kleinen Faye vor mir, wie sie lachte und kreischte, ihre gespielte Enttäuschung, wenn sie verlor, und ihre gespielt entrüsteten Ausrufe »Das ist geschummelt!«, wenn eine von uns zu häufig gewann. Ich weiß noch, wie mir auffiel, dass ich genau wie die kleine Faye mit meinen Haaren spielte und mir an die Nase fasste, wenn ich angestrengt nachdachte. Ich weiß noch, dass ich das Gefühl hatte, in einem Moment gefangen zu sein, der ohne jegliche Verbindung zu irgendeiner Zeit existierte, so als säße ich in einer Blase im All. Ich erinnere mich, wie meine Mutter lachte, wie *lebendig* sie war, und wie ich vor lauter Liebe zu ihr kaum mehr atmen konnte.

Es wurde dunkel, und Jeannie schaltete das Licht ein.

»Musst du nicht nach Hause?«, fragte sie. »Wird dein Mann sich keine Sorgen machen?«

»Noch nicht«, erwiderte ich. »Aber bald. Vielleicht sollte ich mich allmählich auf den Weg machen.« Ich wusste nicht, wie es weitergehen würde oder ob es mir überhaupt möglich wäre, zurückzukehren. Bei dem Gedanken, was passieren würde – oder auch nicht –, wenn ich in den Karton stieg, wurden meine Handflächen feucht. Wenn ich meine Mutter jetzt verließ, könnte ich sie dann jemals wiedersehen?, fragte ich mich. Was, wenn das definitiv unsere letzte Begegnung war?

Ich hätte sie so gern umarmt, in der Gewissheit, dass ich sie bald wiedersehen oder mit ihr telefonieren konnte. Ich wünschte mir ein Telefon, das die Zeit zwischen uns überbrücken konnte. Stattdessen würde ich sie jetzt in dem Wissen umarmen, dass dies vielleicht meine letzte Chance war. Es war schlimmer, als es nicht zu wissen, und trotzdem hatte ich Hoffnung. Als ich mich vom

Tisch wegschob, stand sie auch auf und breitete die Arme aus.

»Wer weiß, wie dieser Tag geendet hätte, wenn du nicht gewesen wärst«, sagte Jeannie leise, als sie mich umarmte. Sie wollte mich gar nicht mehr loslassen. »Was für ein Glück, dass du in unser Leben getreten bist. Ich habe ein gutes Gefühl bei dir, Faye. Du bist eine verwandte Seele.«

Ich sagte nichts, drückte mein Gesicht in ihr Haar.

»Kommst du uns bald wieder besuchen?«

»Ja«, sagte ich. Ich erinnerte mich vage, irgendwo gelesen zu haben, dass ein Versprechen, das man nicht halten kann, besser ist, als nichts zu versprechen.

»Weißt du, wie du nach Hause kommst?«

»Klar.« Dann sah ich auf meine Füße.

»Wo sind deine Schuhe?«

»Keine Ahnung«, sagte ich und schaute mich um, als würde ich sie suchen.

Jeannie gab mir ein Paar braune, wadenhohe Stiefel, und ich zog sie an.

»Ich bringe sie dir zurück«, versicherte ich.

Ich umarmte die kleine Faye, bedankte mich für die Kleider und den Tee und verabschiedete mich. Als ich mich Schritt für Schritt von meiner Mutter entfernte, kam die Erinnerung daran zurück, wie ich als Kind das Haus verlassen und bei Em und Henry angeklopft und meine Mutter nie wiedergesehen hatte. Ich betrachtete meine Füße, die in den Stiefeln meiner Mutter steckten, und dachte, dass ich einen Weg ging, den keine Tochter zweimal in ihrem Leben gehen sollte. Ich verließ meine Mutter, die ich über alles liebte, vielleicht für immer. Und wieder kamen die Tränen und liefen mir in Strömen über die Wangen.

7

Bei der Vorstellung, wieder in den Karton zu steigen, wurde mir beinahe übel. Was, wenn ich nicht nach Hause kam? Ich wollte unbedingt meine Kinder wiedersehen. Ob Eddie sich wohl inzwischen Sorgen machte, weil er nicht wusste, wo ich steckte? Ich fragte mich, ob ich während meiner Zeit in der Vergangenheit ganz aus der Gegenwart verschwunden war oder ob ich womöglich bewusstlos auf dem Dachboden lag. Wie viel Zeit mochte in der Gegenwart vergangen sein? Wenn es genauso viel wie in der Vergangenheit war, dann wusste ich nicht, wie ich meine Abwesenheit erklären sollte. Eddie hatte bestimmt mittlerweile die Polizei informiert. Wenn die Kinder in *Der König von Narnia* verschwinden, bleiben sie ihr ganzes Leben lang in Narnia, und dann kehren sie nach England zurück, als wäre überhaupt keine Zeit vergangen. Ich ging alle möglichen schrecklichen Szenarien durch, zum Beispiel, dass ich nach Hause kam und Eddie ein alter Mann war und mir von unseren erwachsenen Töchtern erzählte, deren Leben ich zum großen Teil verpasst hatte.

All das ging mir durch den Kopf, während ich hinter einer Hecke auf einer niedrigen Mauer saß und darauf wartete, dass es dunkel wurde. Aber im Moment lautete die entscheidende Frage: Würde mein Karton mich zurück zu meinen Lieben bringen? Mehr als ein ungeheuerliches Rätsel zu lösen verkraftete ich nicht, und obwohl es mir den Magen umdrehte, dass ich meine Mutter zurücklassen musste, war der Gedanke, es vielleicht nicht nach Hause zu schaffen, noch schlimmer. Was würde ich tun, wenn ich in den Karton stieg und nichts passierte? Was, wenn er mich ganz woandershin brachte, in eine Welt irgendwo zwischen den einzigen beiden Welten, die ich kannte?

Und ich fragte mich, wie weh das tun würde.

Nachdem alle in der Straße die Vorhänge zugezogen hatten, schlich ich zum Gartenschuppen meiner Mutter und entriegelte die Tür. In der Dunkelheit stieß ich mit einem Fuß den Eimer mit den Werkzeugen und Nägeln um, dann suchte ich nach dem Karton. Ich bewegte mich so vorsichtig wie möglich, aus Angst, ihn zu beschädigen, doch schließlich ertastete ich seinen Rand.

Ich stieg hinein. Wartete. Nichts passierte.

»Bitte, lieber Gott, mach, dass es funktioniert, bitte, bring mich nach Hause, bitte, bitte, bitte«, flüsterte ich.

Ich weiß nicht, ob meine Worte etwas bewirkten, aber als ich die Worte *nach Hause* aussprach, fühlte es sich so an, als würde jemand meinen linken Fuß packen und mich mit einem Ruck nach unten ziehen. Der Boden des Kartons, der Fußboden – es war, als würden sie nicht existieren. Nach dem ersten abrupten Ruck glitt mein Körper in die Tiefe. Im Fallen begann ich, mich um mich selbst zu drehen.

Ich fühlte mich wie auf einem Karussell, und anfangs kam ich damit klar – mit der Angst eher weniger –, aber dann wurde die Drehung immer schneller. Ich glaube, ich habe sogar »Stopp!« geschrien, bin mir aber nicht sicher. Ich weiß nur, dass diese Situation länger dauerte, als mir lieb war.

Und irgendwann ging die Reise zu Ende, aber nicht etwa langsam und allmählich, um mir Zeit zu geben, mich wieder an meine vertraute Umgebung zu gewöhnen. O nein. Was – oder wer – auch immer mein Fußgelenk festhielt, ließ ganz plötzlich los, sodass ich mich wie ein Kreisel drehte. Es war dunkel, und die Luft war kühl, während ich durch das Nichts schoss. Gerade, als ich mich fragte, ob das wohl mein Ende war oder ob ich jetzt mein ganzes Leben lang durch die Zeit zwischen Vergangenheit und Gegenwart trudeln würde, »landete« ich. Es war keine elegante Landung, nicht so etwas Schönes, wie man es von Bodenturnerinnen kennt. Nein, ich krachte gegen die Wand des Dachbodens.

Ich befand mich mehr oder weniger in meinem Karton, allerdings war er stark lädiert, und eine Seite war eingerissen. Ich lag zusammengekauert am Boden, und mir tat alles weh, ganz normal, wenn man gegen eine Wand geschleudert wird.

Ich atmete erleichtert auf, als ich unten Eddies Stimme hörte. Er klang leicht besorgt, als er »Hallo?« durch die Luke rief. Natürlich wusste ich nicht, weswegen er besorgt war, denn ich wusste ja nicht, wie viel Zeit in dieser Welt vergangen war, während ich meine Mutter besucht hatte. Falls gar keine Zeit vergangen war, dann hatte Eddie vermutlich ein lautes Krachen gehört, seine Kopfhörer abgenommen, gesehen, dass die Dachbodenleiter herausgezogen war, und sich gefragt, was ich da oben trieb.

Aber es stellte sich heraus, dass einige Zeit vergangen war und er sich gefragt hatte, wo ich steckte. Ich hatte etwa elf Stunden bei meiner Mutter in der Vergangenheit verbracht. Zu Hause bei Eddie waren zwar nur drei Stunden vergangen, aber das reichte aus, dass er sich Sorgen gemacht hatte, wie er mir sagte, aber nicht so sehr, dass er die Polizei alarmiert hätte. Offenbar hatte Eddie noch zwei Stunden an seinem Computer gesessen, aber als *Mary Poppins* zu Ende gewesen war, waren die Mädchen zu ihm ins Arbeitszimmer gekommen, auf seinen Schoß gestiegen und hatten Kinderlieder gesungen. Er hatte sich entschlossen, mit der Arbeit aufzuhören, und erst in dem Moment war ihm aufgefallen, dass ich nicht da war. Eddie kann zwar ganz gut kochen, aber normalerweise übernehme ich das, und es war Abendbrotzeit, und ich hatte nichts davon gesagt, dass wir zum Essen in ein Restaurant gehen würden. Er hatte nachgesehen, ob eine Nachricht an der Kühlschranktür hing, dann hatte er versucht, mich auf meinem Handy zu erreichen, das vibrierend über die Küchenanrichte gekrochen war. Schließlich hatte er ein paar Fischstäbchen in den Ofen geschoben und anschließend mit den Mädchen Verstecken gespielt.

Später hatte er zu seiner Überraschung und Erleichterung festgestellt, dass die Dachbodenleiter heruntergezogen war, und er war nach oben gestiegen, um nachzusehen, was ich da oben machte. Doch auf dem Dachboden war niemand, und das hatte ihn verwirrt und enttäuscht, aber er hatte sich auch keine allzu großen Sorgen gemacht. Was ihn dann allerdings noch mehr verwirrte, waren meine Flipflops, die neben der Haustür lagen, denn die ziehe ich fast immer an, wenn ich kurz aus dem Haus gehe.

Eddie war also nicht allzu beunruhigt gewesen, doch er hatte sich vorgenommen, sich ernsthaft Sorgen zu machen und meine Freunde anzurufen, wenn ich bis spätestens sieben Uhr nicht zurück wäre. Als Eddie das Krachen auf dem Dachboden gehört hatte, war er zusammengezuckt, da er ja bereits dort nachgesehen hatte und wusste, dass ich nicht da war. Die Besorgnis in seiner Stimme war also Ausdruck seiner Angst vor dem Ungewissen.

»Hallo?«, rief er noch einmal. Seine Stimme stieg unters Dach wie ein Echo aus der Vergangenheit.

»Ich bin's, Eddie!« Meine Kehle war staubtrocken, aber meine Erleichterung war mindestens genauso groß wie meine Schmerzen. Ich war zu Hause. Ach, vergessen Sie, was ich gerade gesagt habe, meine Erleichterung war viel, viel größer als meine Schmerzen. Ich würde meine Töchter wiedersehen.

Eddie stieg die Leiter herauf und streckte den Kopf durch die Luke. Ich konnte genau erkennen, dass er die Brauen zusammengezogen hatte, aber seine Augen hatten sich noch nicht an die Dunkelheit gewöhnt, und er blinzelte nur vage in meine Richtung. »Faye? Bist du das?«

»Klar.«

»Was machst du hier oben? Wo warst du die ganze Zeit? Komm runter.«

»Ich kann mich nicht bewegen.« Meine Stimme klang belegt, und meine Kehle war von all dem Schreien, während ich durch die Luft getrudelt war, rau wie Schmirgelpapier. Ich war total erschöpft und wollte mich nicht bewegen. Ich hätte auf der Stelle einschlafen können. »Kannst du die Kinder ins Bett bringen und mich dann holen? Ich warte hier.«

»Nein. Was ist eigentlich los? Komm einfach runter, die Mädchen sind im Wohnzimmer.«

Ich versuchte, mich zu bewegen, aber es ging nur ganz langsam. Ich dachte, ich hätte Splitter in der Stirn von meinem Zusammenstoß mit der Dachbodenwand, und mir dröhnte der Schädel. Ich brauchte so lange, dass Eddie mir schließlich half.

»Hast du dir was gebrochen?«, fragte Eddie, hockte sich vor mich und leuchtete mir mit der Taschenlampe seines Handys ins Gesicht.

»Die Glühbirne«, sagte ich.

»Nein, ich wollte wissen, ob *du* dir was gebrochen hast.«

»Das sind nur ein paar Kratzer und blaue Flecken. Ansonsten ist alles in Ordnung, glaub ich.«

»Wie machen wir das jetzt?«, fragte Eddie. In der Enge des Dachbodens hatte er Mühe, mich stützen zu können. Er bugsierte mich zur Luke, half mir die Leiter hinunter und trug mich dann wie ein Baby ins Schlafzimmer.

»Was, zum Teufel, hast du da oben gemacht?«, fragte er.

Als ich auf dem Bett lag, kam mir die Gegenwart viel heller und bunter vor als die Vergangenheit, auch frischer und ordentlicher. Andererseits hatte ich die Siebziger schon immer als ein bisschen unkonventionell in Erinnerung. Draußen war es immer noch hell, Ende Juli eben, die Abende waren lang. Ich hörte die Mädchen draußen lachen, und Eddie schaute aus dem Fenster.

»Sie springen im Nachthemd im Garten herum«, sagte er.

»Wie nett.«

»Ja.«

»Ich möchte nicht, dass sie mich so sehen«, erklärte ich und betastete meine Stirn. Sie blutete.

»Du siehst aus, als hätte man dich aus einem Dornengestrüpp gezogen«, sagte Eddie. »Ich verstehe das nicht, ich hab auf dem Dachboden nachgesehen, aber da warst du nicht. Du warst nicht im Haus. Und plötzlich ein lautes Krachen, und du bist auf dem Dachboden.«

Ich schwieg, denn ich konnte ihm nichts sagen, was irgendeinen Sinn ergeben hätte. *Ich bin von meiner Zeitreise zurückgekehrt, und es war eine ziemlich holprige Fahrt.* Hätte ich das sagen sollen?

»Wo warst du? Bist du rausgegangen, hast dich verletzt und bist auf den Dachboden gestiegen? Ich meine, wie bist du auf den Dachboden gelangt, wo du doch zu schwach warst, wieder runterzukommen? Sind das deine Stiefel? Hast du die da oben gefunden?«

Ich machte den Mund auf, um etwas zu entgegnen, machte ihn aber gleich wieder zu.

»Was ist los mit dir?« Ich hörte, dass er allmählich die Geduld verlor.

Tränen liefen mir übers Gesicht, und ich drehte den Kopf, damit das Kissen sie trocknete. Ich schaute Eddie an, der sich neben das Bett gehockt hatte.

»Ich habe nichts Schlimmes gemacht«, sagte ich. Und das war die Wahrheit.

Dann log ich.

»Ich bin auf den Dachboden gegangen, um meinen Karton in Sicherheit zu bringen, dabei hab ich mir den Kopf gestoßen. Ich muss wohl hingefallen sein und das Bewusstsein verloren haben.«

Eddie schaute mich nur an.

»Und was war das für ein lautes Krachen, das ich gehört habe?«

Ich zuckte die Schultern.

»Du hast dir nicht nur den Kopf gestoßen, du bist ja völlig fertig.«

Er sah mich an, wie er die Kinder ansieht, wenn sie behaupten, sie hätten keinen Kakao getrunken, obwohl sie einen Kakaoschnurrbart haben. Dann nahm er mich in die Arme. »Sonst erzählst du mir doch auch immer alles«, flüsterte er in meine Haare.

Tun Sie mir einen Gefallen? Wenn Sie das nächste Mal mit jemandem allein sind, dessen Meinung Ihnen etwas bedeutet, jemand, den Sie lieben oder zumindest sehr gernhaben, sagen Sie der Person, dass Sie in die Vergangenheit gereist sind, dass Sie sich mit einer geliebten verstorbenen Person aus Ihrem früheren Leben getroffen haben und

Ihrem jüngeren Ich von damals begegnet sind. Sagen Sie der Person, dass Sie während Ihres Aufenthalts in der Vergangenheit von einem Auto angefahren wurden, dass Sie Karten gespielt haben, Sandwiches gegessen und Tee getrunken haben und dann in einem Pappkarton wieder nach Hause zurückgekehrt sind. Tun Sie es mir zuliebe, erzählen Sie es nicht wie einen Scherz, sondern erklären Sie demjenigen, dass Sie das alles tatsächlich ernst meinen. Sie werden mir gegenüber im Vorteil sein, da Ihnen das alles ja gar nicht passiert ist, und es wird auch nicht wichtig sein, dass man Ihnen das glaubt; Sie müssen nicht verzweifelt versuchen, das Unglaubliche glaubhaft zu machen, weil es ja nicht die Wahrheit ist. Aber stellen Sie sich vor, wie die Person reagieren würde, wenn das alles wahr wäre.

Ich vermute, dass sie bestenfalls darüber lachen wird. Aber schlimmstenfalls?

Was würde schlimmstenfalls passieren, wenn Sie steif und fest behaupteten, dass das alles stimmt? Die Person würde sich vermutlich von Ihnen abwenden, Sie irritiert mustern, mit anderen über Sie tuscheln.

Wie hätte ich Eddie das alles erzählen sollen? Wenn ich ihm berichtet hätte, was mir tatsächlich widerfahren war, hätte er geglaubt, ich würde ihm eine bescheuerte Geschichte erzählen, um irgendetwas Schlimmes zu verschleiern. Oder er hätte geglaubt, ich hätte den Verstand verloren.

Dann gab es natürlich noch die Möglichkeit, dass er mir tatsächlich glauben könnte. *Vielleicht*. Schließlich glaubt er ja auch an Gott, und dazu gehört einiges. Aber wenn er mir meine Geschichte abgekauft hätte, hätte er mich beschützen wollen, er hätte nicht gewollt, dass ich mich verletze oder dass ich weiß der Teufel wo in irgendwelchen dunklen Räumen zwischen dem Hier und dem

Dort verloren ginge. Womöglich hätte er sogar meinen Karton zerstört, und das konnte ich nicht zulassen. Denn kaum war ich heil zu Hause angekommen, konnte ich an nichts anderes denken als an den nächsten Besuch bei meiner Mutter.

Deswegen war die Wahrheit keine Option.

Eddie war sauer. Ich merkte es ganz genau. Er las den Kindern etwas vor und brachte sie ins Bett. Ich hielt mich zurück, wich seinen Fragen und seinen misstrauischen Blicken aus. Ich legte mich ins Bett, betrachtete die Stiefel meiner Mutter, die an der Wand standen, und schlief ein, die Geräusche meiner Lieben im Ohr, die sich auf die Nacht vorbereiteten.

Als ich gefühlte Sekunden später davon aufwachte, dass Eddie mir ein paar Strähnen aus dem Gesicht schob, war es draußen dunkel geworden. Eine Lampe brannte, und er betrachtete mich nachdenklich.

»Ist das Foto noch in deinem Arbeitszimmer?«, fragte ich. Mir war unwohl bei dem Gedanken, dass es sich nicht in meiner Brieftasche befand, sondern offen irgendwo herumlag, wo jemand es in die Hand nehmen konnte und es verloren ginge.

»Wahrscheinlich«, antwortete Eddie, ohne sich zu rühren.

»Kannst du es holen?«, fragte ich.

Er schaute mich nur an.

»Bitte!«

Er stand seufzend auf, und als er mit dem Foto zurückkam, riss ich es ihm regelrecht aus der Hand, um es anzusehen. Da standen der Christbaum und der neue, unversehrte Pappkarton. Dort war ich gewesen, wo das Foto aufgenommen worden war; *gerade eben* war ich dort gewesen. Ich schüttelte den Kopf, meine Gedanken kullerten umher wie Murmeln, die gegeneinanderklackerten und in alle Richtungen rollten. Wenn man ein Foto betrachtet, von dem man noch weiß, wann und wo es aufgenommen wurde, dann erinnert man sich auch an die anderen Ereignisse – an die Streitigkeiten, die ausbrachen, sobald man nicht mehr lächeln musste, daran, wie die Leute, die sich für das Foto aufgestellt hatten, zurück an den Tresen, in den Garten oder ins Schlafzimmer gingen; oder man erinnert sich genau an den Augenblick, nachdem die Aufnahme gemacht worden war, wie alle erleichtert lachten und viel besser aussahen als noch eine Sekunde zuvor, nur leider hatte die Kamera den weniger guten Moment eingefangen. Aber ein Foto von einem wirklich glücklichen Kind ist etwas anderes.

Ich klopfte mit dem Finger auf das Foto, als wäre mein unbefangenes Lächeln nicht in der Zeit und auf Papier gefangen, sondern als befände sich die kleine Faye hinter einer Glasscheibe, als wäre sie erreichbar, berührbar. Eddie nahm mir das Foto ab und legte es auf den Nachttisch. Mein Blick folgte seiner Bewegung.

Eddie legte mir eine Hand an die Wange und drehte meinen Kopf zu sich hin. »Ich habe dir Badewasser einlaufen lassen«, sagte er. Ich wollte aufstehen, aber meine Glieder waren stocksteif. »Komm.« Er schlug die Decke zurück, half mir auf die Beine und zog mich aus.

»Den Pullover kenne ich nicht«, sagte Eddie.

Ich schwieg.

Er seufzte resigniert. »Okay.«

Als ich nackt war, nahm Eddie mich auf die Arme wie schon zuvor, trug mich ins Bad und legte mich in die Badewanne. Es war mein zweites Bad an diesem Tag.

Das warme Wasser fühlte sich himmlisch an. Eddie stellte den kleinen hölzernen Hocker neben die Wanne und setzte sich darauf. Den Hocker hatten wir vor ein paar Jahren angeschafft, um unsere Rücken zu schonen, wenn wir die Kinder badeten. Er stützte sich mit den Ellbogen auf dem Wannenrand ab und betrachtete mich. Ich schloss die Augen, weil ich den Blickkontakt mit ihm nicht ertrug. Ohne ein Wort zu sagen, nahm er einen Schwamm und begann, mich zu waschen. Er hob meine Beine nacheinander aus dem Wasser und wusch mir die Füße und die Knie. Je höher er kam, umso vorsichtiger ging er vor. Es brannte, als er mir das Gesicht wusch.

»Wie hast du dir die Schrammen zugezogen?«, fragte er. Ich glaube, inzwischen erwartete er schon gar keine Antwort mehr.

»Kannst du sprechen?«, fragte er.

»Ja.«

»Soll ich die Polizei rufen?«

»Nein!« Ich zuckte bei dem Versuch, mich aufzusetzen, zusammen.

»Ist ja gut«, sagte er.

»Ich will nicht darüber reden«, erklärte ich. »Es ist nichts passiert.«

»Na, wenn nichts passiert ist, dann gibt's ja auch nichts zu bereden.« Eddie atmete langsam aus, ließ seinen Blick in die Ferne wandern. Dann schaute er mich wieder an. »Ich denke, du glaubst, dass das, was passiert ist, mich verletzen würde. Und weil du mich nicht anlügen willst, kannst du dir noch nicht mal eine gute Geschichte ausdenken. Da du mir aber auch nicht die Wahrheit sagen kannst, ziehst du es vor, mir überhaupt nichts zu sagen.«

»Ist das okay?«, fragte ich. »Können wir es dabei belassen?«

»Nein, es ist nicht okay. Ich liebe dich, und ich möchte wissen, was los ist. Wir reden doch immer über alles.« Er rieb etwas mit dem Daumen von meiner Wange, sein

Blick war konzentriert. »Aber du bist hier, und es geht dir gut. Was auch immer dir widerfahren ist, hat dich nicht umgebracht, auch wenn es so aussieht, als hättest du es nur um ein Haar nicht überlebt.«

»Ich habe keine Affäre, keinen Liebhaber«, sagte ich. Keine Ahnung, warum ich das gesagt habe. Wahrscheinlich in der Hoffnung, ihn zu beruhigen, dass es nichts gab, worüber er sich Sorgen machen musste. »Niemand hat versucht, mir etwas anzutun. Es war ein Unfall.«

Er runzelte die Stirn, und ich wünschte, ich könnte einfach den Mund halten. Was ich erzählte, war unverständliches Zeug. »Du müsstest verdammt viel Gottvertrauen haben, um zu glauben, was mir heute passiert ist«, fuhr ich fort, während ich mir gleichzeitig schwor, kein Wort mehr zu sagen.

»Also, was Gottvertrauen angeht, bin ich ziemlich gut«, erwiderte Eddie.

»Ich nicht«, sagte ich. »Ich wünschte, ich könnte an Gott glauben, aber ich kann es nicht.«

Er schaute mich an, als suchte er nach den richtigen Worten in einem Meer aus Buchstaben. Manchmal kann ein Gedanke so intensiv sein, dass es sich anfühlt, als könnten Leute ihn in einer Sprechblase über dem Kopf oder wie Untertitel irgendwo lesen, aber das ist ja zum Glück unmöglich.

»Du tust vieles, was Gott gefallen würde«, sagte Eddie.

»Aber ich glaube nicht an ihn«, entgegnete ich.

Eddie schloss die Augen, und als ein liebevolles Lächeln sein Gesicht erhellte, wusste ich, dass eine schöne Erinnerung hinter seinen Lidern aufgetaucht war. Er öffnete die Augen und schaute mich an. »Als Esther geboren wurde, hast du sie in den Armen gehalten und gesagt: ›Sie kennt uns noch nicht mal, und doch lieben wir sie mehr als alles andere auf der Welt.‹ Erinnerst du dich daran?«

Ich nickte. Ich erinnerte mich so gut daran, als wäre es gestern gewesen. Wir waren im Krankenhaus, und sie lag, in eine weiße Decke gewickelt, in meinen Armen, das kleine Gesicht verzogen, als würde die ganze Welt stinken, und Eddie hielt uns beide in den Armen. Im endlosen Universum waren wir ein winzig kleiner Punkt gewesen.

»Es spielt keine Rolle, dass du nicht an Gott glaubst«, sagte Eddie, hob meine Hand und drückte mir einen Kuss auf die Finger. »Weil er an dich glaubt.« Wieder küsste er meine Finger. »Wenn es ihm wichtig ist, dass du an ihn glaubst, wird er dir ein Zeichen geben.«

Mir wurde bewusst, wie sehr ich meinen Mann liebte. Meine Brust schnürte sich zusammen, und ich hätte schreien können vor Liebe zu Eddie und meinen Kindern, zu meiner Mutter und zu mir als kleinem Mädchen, das ich gesehen und berührt und gerettet hatte. Das kleine Mädchen, das mir unendlich leidtat, weil es schon bald seine Mutter verlieren würde. Meine Mutter, an die zu denken mir in der Seele wehtat, weil sie so vieles verpassen würde, weil ich sie so früh verloren hatte, weil ich sie heute hatte verlassen müssen. Konnte Gott mit all dem, was mir passierte, irgendetwas zu tun haben? Wenn er mir ein Zeichen geben würde, dann konnte es nur das sein, oder?

Aber ich wehrte mich gegen den Gedanken, dass Gott sich für mich interessierte. Es war leichter, mir vorzustellen, dass meine Reise durch einen kleinen Riss im Gewebe der Zeit oder in einem Tunnel *durch* die Zeit stattgefunden hatte, zu dem ich zufällig den Eingang gefunden hatte. Wenn ich es akzeptierte, dass Gott mir ein Zeichen geben würde, wenn er wollte, dass ich an ihn glaubte, dann wäre das gleichbedeutend damit, dass ich eigentlich ja doch an ihn glaubte, nur *jetzt gerade nicht,* und, sorry, aber das war zu viel verlangt. Ich berührte Eddie an der

Wange. »Eddie, ich finde es vollkommen verrückt, dass du an Gott glaubst.«

»Warum?«

»Weil es keinen Beweis für seine Existenz gibt; man kann ihn nicht sehen. Die Kaninchen. *Unten am Fluss*«, erwiderte ich. Mit einem Mal war ich ganz schläfrig. Die Ereignisse des Tages hatten mich geschafft, und ich wollte nur noch schlafen, nicht mehr denken. Wie gern hätte ich Eddie erzählt, dass ich in die Vergangenheit gereist war, dass ich durch ein Loch in der Zeit gefallen und hart gelandet war und dass ich mich dabei verletzt hatte und dass ich meiner Mutter begegnet war, nach der ich mich so lange gesehnt hatte, dass ich mich selbst als Kind kennengelernt hatte. Und wie gern hätte ich ihn gefragt, was das alles zu bedeuten hatte und was ich jetzt tun sollte. Eddie wusste immer, was zu tun war.

»Also, ich glaube vieles, was man nicht sehen kann. Zum Beispiel, dass Dschingis Khan existiert hat«, sagte Eddie. Ich legte die Stirn in Falten, und meine Schrammen schmerzten. »Ich glaube, dass Jesus von den Toten auferstanden ist, weil er der Sohn Gottes ist. Die Leute damals haben ihn gesehen und darüber geschrieben, und ich glaube ihren Worten.«

Ich wollte aus der Wanne steigen, und als ich mich aufrichtete, nahm Eddie ein Badetuch und trocknete mich vorsichtig ab, betupfte meine Schulter und mein Gesicht, schnalzte mit der Zunge, als er die blauen Flecken sah, die sich an meinen Rippen und Armen bildeten.

»Was wolltest du eben über *Unten am Fluss* sagen?«, fragte er, während er das Badetuch um mich wickelte und mich in die Arme nahm. Und als ich mich in dem mit Dampf gefüllten Badezimmer an meinen Mann schmiegte, war es mir ein Trost, seine Stärke zu spüren.

»Als ich noch klein war«, sagte ich in das Handtuch,

»hab ich an Gott geglaubt, und als meine Mutter gestorben ist, dachte ich, sie wäre in den Himmel gefahren. Dann, ich war ungefähr achtzehn, habe ich *Unten am Fluss* gelesen, und die Kaninchen hatten ihren eigenen Gott. Aber ich wusste natürlich, dass es keinen Gott extra für Kaninchen gibt, die Vorstellung war nett, aber lächerlich. Und da dachte ich: Wenn ein höheres Wesen auf mich herunterblicken und feststellen würde, dass ich an Gott und den Himmel glaubte, dann würde das höhere Wesen mich für genauso verrückt halten wie ich die Kaninchen.«

»Außer, dass das höhere Wesen vermutlich wie Gott wäre«, sagte Eddie.

»Aber nur, wenn man die Menschen im Vergleich zu Kaninchen für Götter hält.«

»Klar«, sagte Eddie, schob einen Arm hinter meine Kniekehlen und hob mich hoch. »Du bist nicht die Erste, die all das auf diese Weise infrage stellt. In die Debatte über dieses Thema ist schon viel Zeit und Energie investiert worden. Und viele Autoren haben Geschichten über Tiere geschrieben, die ihren eigenen Gott anbeten.«

Das Gespräch war eine wunderbare Ablenkung, und ich hoffte, dass Eddie mich, wie er es so häufig tat, auf eine besinnliche Gedankenreise entführen würde, die mich für eine Weile von meinem inneren Tumult erlöste. Er konnte großartige Predigten halten.

Er trug mich ins Schlafzimmer, zog mir ein übergroßes T-Shirt über, legte mich ins Bett und deckte mich zu. »Bin gleich wieder da«, sagte er dann, und als er zurückkam, hatte er ein dünnes Buch in der Hand, mit hellgrauem Einband, auf dem dornige Ranken abgebildet waren. Er setzte sich auf die Bettkante. »Schließ die Augen und hör zu«, sagte er. Dann las er mir ein Gedicht vor, das davon handelte, wie Fische sich den Himmel vorstellen.

Es denkt (im Juni, fliegensatt,
wenn er im Wasser Muße hat)
ein Fisch sich manches, überlegt,
was ihn im Innersten bewegt,
und sagt sich: Hier lebt sich's bequem,
doch gibt es gar nichts außer dem?
Dies Leben soll's gewesen sein?
Das wäre wirklich zu gemein!
Was heute Wasser ist und Schlick,
hat sicher Höheres im Blick.
Das Flüssige birgt tief'ren Sinn,
schaut man nur ehrerbietig hin.
Nicht Wissen – Glaube gibt uns ein:
Die Zukunft kann nicht trocken sein!
Ach! Schlamm zu Schlamm! Das Ende dräut!
Doch nein! Noch nicht, nicht hier, nicht heut!
Nein – außerhalb von Raum und Zeit
gibt es noch nass're Wässrigkeit;
und sicher ist, dort draußen schwebt
der Eine, zu dem alles strebt.
Von Fisches Sinn und Fischgestalt,
allmächtig, schuppig und uralt,
der jeden Fisch, der zu ihm schwimmt,
sanft unter seine Flossen nimmt.
In diesem zeitlosen Gewässer
schmeckt selbst die Wasserpflanze besser;
kein Haken ist im Wurm versteckt,
der Schlick ist himmlisch, nicht verdreckt,
und fette Larven – schwärmt der Fisch –
sind ewig auf dem Mittagstisch:
das Ende aller Hungersnot,
der Wurm im Endlosangebot!
Und Land – das freut die Fische sehr –
gibt es dort überhaupt nicht mehr.

Ich war fast eingeschlafen, und vor meinem geistigen Auge sah ich Regenbogenforellen und Neonfische in einem seichten Bach schwimmen, der so klar war, dass ich die Kieselsteine auf dem Grund erkennen konnte, und ich sah Kinderhände Kieselsteine aufheben und mir reichen. Ich versuchte, mir einzureden, dass es albern von den Fischen war, zu glauben, sie hätten einen eigenen Himmel. Dann versuchte ich, mir den idealen Himmel vorzustellen – meine eigene Kreation –, und ich wusste, dass es dort Bäche und Fische geben würde. Und während ich einschlief, wurde mir bewusst, dass Fische gar keinen eigenen Himmel brauchten, denn wenn mein Himmel existierte, würde ich sie einfach dorthin mitnehmen. Alle Fische und auch alle Kaninchen.

8

In den nächsten Tagen schaute Eddie mich immer wieder so an, wie er den Riss in der Wand betrachtete, der sich vom offenen Kamin bis zur Decke hinzog. Er sagte dann zwar nicht: »Ich muss dich reparieren«, aber ich spürte, dass er es dachte – oder zumindest so etwas Ähnliches.

Ich war so erschöpft, als hätte ich nach langer Zeit zum ersten Mal wieder Sport getrieben; ich hatte Muskelkater, alle meine Knochen taten mir weh und flehten mich an, mich hinzulegen. Und das tat ich.

»Kommen Cassie und Clem heute vorbei?«, fragte Eddie, während er die Pausenbrote für die Mädchen einpackte und ihre Schuhe suchte.

Jeden Montag treffen wir Frauen uns auf einen Kaffee, nachdem wir die Kinder in die Schule gebracht haben, und er hoffte offenbar, dass ich mit meinen Freundinnen reden, dass ich ihnen erzählen würde, was passiert war, und wenn es etwas Ernstes war, würden sie mich dazu überreden, auch Eddie ins Vertrauen zu ziehen, oder sie würden es ihm selbst erzählen. Die meisten Leute haben Freunde, die sie als ihre eigenen betrachten und die sie nach einer Scheidung behalten. Aber Cassie und Clem sind, obwohl eigentlich meine Freundinnen, Eddie gegenüber schon immer loyal gewesen. Sollten wir uns jemals trennen, würden wir uns also das Sorgerecht für die beiden teilen müssen, denn ich glaube nicht, dass sie Eddie aufgeben würden.

Wir kannten uns alle seit Studentenzeiten: Die beiden waren im selben Kurs wie Eddie gewesen – irgendwas mit Finanzen –, und als Eddie und ich ein Paar wurden, hatten sie sich aufgeführt wie zwei gluckenhafte Tanten. Bevor sie für mich wie Schwestern waren, hatte ich sie im Stillen immer Tante Schwamm und Tante Zinke genannt, obwohl sie natürlich viel hübscher waren als die Tanten in der Geschichte von Roald Dahl. Clem hatte üppige weibliche Kurven und inzwischen einen sympathischen Mann, ein gemütliches Haus und ein kleines Kind, Cassie war hochgewachsen und schlank und eine ätherische Schönheit, als würde sie von Außerirdischen abstammen, wie wir alle fanden. Sie war mal auf der Straße angesprochen und gefragt worden, ob sie als Model arbeiten wolle, hatte sich jedoch für Steuerberatung entschieden.

Es gibt vieles, was Frauen zusammenschweißen kann, aber am liebsten tauschen sie sich meiner Erfahrung nach über ihre Periode und über ihr Körpergewicht aus oder ziehen über ihre Männer her. Ich war allerdings damals eindeutig im Nachteil, denn sobald ich etwas Negatives über Eddie verlauten ließ, fingen Cassie und Clem an, sich wie zwei Matronen aufzuführen und ihn wie ein Unschuldslamm darzustellen, das nichts falsch machen konnte.

Inzwischen hatten wir alle Kinder, und die beiden waren von der Vorstellung geheilt, dass Eddie ein Heiliger war. Sie hatten hin und wieder mitbekommen, wie ihm der Kragen geplatzt war, hatten ihn eifersüchtig erlebt und ihn im betrunkenen Zustand fluchen hören und wussten mittlerweile, dass er ein ganz normaler Mann war. Trotzdem waren sie nach wie vor davon überzeugt, dass er besser war als die meisten Männer. Bis er verkündete, dass er Pfarrer werden wollte. Das hatte ihnen nicht gefallen.

Nachdem Eddie zur Arbeit gefahren war und ich die Kinder in die Schule gebracht hatte, klopften Cassie und Clem bei mir an und rauschten herein, als gehörte ihnen das Haus. Sie küssten mich zur Begrüßung auf die Wange und setzten auf dem Weg in die Küche – wo Clem, ihr Baby auf der Hüfte, das Gewicht meines Wasserkochers überprüfte und ihn einschaltete – ihr Gespräch fort.

»Findest du nicht auch, Faye?«, fragte Cassie, verschränkte die Arme vor ihrem gertenschlanken Körper und schaute mich fragend an, als erwartete sie meine Zustimmung, obwohl ich keine Ahnung hatte, worüber die beiden gerade sprachen. Da ich es jedoch gewohnt war, dass sie so mit mir umgingen, hatte ich immer ein paar Standardantworten bereit.

»Tut mir leid, aber diesmal muss ich Clem recht geben«, sagte ich, zwinkerte Clem zu und streckte die Arme aus, um ihr das Baby abzunehmen. Clem übergab mir den Kleinen wie einen Sack Kartoffeln, und ich steckte meine Nase in sein weiches braunes Haar.

»Natürlich gibt sie mir recht«, sagte Clem und schaute mich ernst an. »Du siehst übrigens scheiße aus.«

»Danke«, flüsterte ich in die Babyhaare.

»Wir reden grade über Eddie«, sagte Cassie. »Clem findet, seine Entscheidung, Pfarrer zu werden, ist ein klarer Scheidungsgrund.«

»Das absolute K.-o.-Kriterium«, sagte Clem. »Wenn Dave auf so eine Idee käme, würde ich ihn umbringen.«

Ich machte mich daran, Tassen, Teebeutel und Milch auf den Tisch zu stellen.

»Schließlich ändert das nicht nur *sein* Leben«, sagte Clem zu Cassie, während sie gestikulierte wie eine italienische Mamma. »Er zwingt Faye und den Kindern ein komplett anderes Leben auf. Und fragt sie nicht mal, ob ihnen das überhaupt gefällt.«

Das Thema wurde immer häufiger und immer intensiver diskutiert, nachdem klar geworden war, dass Eddie es mit seinen Plänen, Pfarrer zu werden, ernst meinte.

»Ja, aber deswegen ist es doch noch lange kein Scheidungsgrund«, entgegnete Cassie. »Oder?«, fragte sie mich und schaute mich mit ihren großen Mandelaugen zuversichtlich an.

»Es ist schon ziemlich heftig«, erklärte ich. »Eigentlich hatte ich nicht vor, eine Pfarrersgattin zu werden. Ich weiß nicht mal, ob ich dafür vernünftig genug bin.«

»Siehst du!« Clem hängte in jede Tasse einen Teebeutel. »Hab ich's nicht gesagt? Sie ist zu unreif für die Rolle. Mit Verlaub.«

»Unreif?«, wiederholte ich. »Soll das ein Kompliment sein?«

»Du weißt doch, was ich meine«, sagte Clem. »Du darfst dir von jetzt an nicht mehr das geringste Fehlverhalten leisten. Und zwar nie wieder. Das ist eindeutig zu viel verlangt. Das ist total egoistisch von Eddie.«

»Er fühlt sich berufen, das kann man wohl kaum als egoistisch bezeichnen«, entgegnete Cassie.

»Ein bisschen egoistisch ist es durchaus«, sagte ich, woraufhin die beiden endlich die Klappe hielten und mich anschauten. »Ich würde nicht im Traum auf die Idee kommen, Eddie in meine Arbeit einzubeziehen, aber ich glaube nicht, dass ich das Zeug dazu habe, eine Pfarrersgattin zu sein. Außerdem weiß ich nicht, wie wichtig diese Sache mit Gott ist.«

»Weiß Eddie eigentlich, dass du gar nicht an Gott glaubst?«, wollte Clem wissen.

»Ich hab's ihm gesagt, er weiß es also, wir haben darüber geredet. Aber ihr würdet euch wundern, wie religiös man sich anhören kann, wenn man anfängt, über Mitgefühl, Frieden und Hilfsbereitschaft zu reden. Ich vermute, dass er glaubt, er könnte mich noch bekehren.«

Mir wurde der Kleine zu schwer, und ich gab ihn Clem zurück. Dann gingen wir mit dem Tee und den Keksen ins Wohnzimmer. Cassie und Clem setzten sich mit dem

Baby auf das kleine Sofa, und ich legte mich ihnen gegenüber auf das große.

»Was mich interessieren würde, Faye, glaubst du, dass euch diese Sache auseinanderbringt? Jetzt mal ehrlich?«

»Keine Sorge. Ich würde Eddie niemals verlassen, nicht mal, wenn er sich auf der Kirmes als Putzmann bewerben würde.« Wir mussten alle lachen, denn als Studentinnen hatten wir immer wieder überlegt, was die schlimmsten Jobs der Welt waren, und Putzmann auf der Kirmes gehörte definitiv dazu. Um das Thema zu wechseln, zeigte ich ihnen das Foto von mir in dem Hüpfballkarton.

»Gott, wie süß!«, rief Cassie, während Clem das Foto entgegennahm und es hochhielt, damit der Kleine es nicht in seine klebrigen Finger bekam.

»Wo wurde das aufgenommen?«

»Bei uns zu Hause. Und zwar an Weihnachten, wie man sieht. Meine Mutter hat es gemacht. Auf dem Foto bin ich sechs.«

»Wie alt warst du, als sie gestorben ist?«, fragte Clem. »Nicht viel älter, oder?«

»Acht.«

»Das erklärt, warum du immer noch so unreif bist«, bemerkte Clem.

»Halt die Klappe, Clem«, sagte Cassie.

»Ein Teil von dir hat sich weiterentwickelt, als deine Mutter gestorben ist. So was passiert, das ist erwiesen. Evie wird in zwei Jahren acht, und ab dann hast du kein Vorbild mehr dafür, wie eine Mutter zu sein hat. Esther ist auf jeden Fall viel vernünftiger als du.«

»Herrgott, jetzt reicht's aber«, sagte Cassie, stieß Clem den Ellbogen in die Rippen und warf mir einen entschuldigenden Blick zu. »Esther ist vernünftiger als wir alle drei.«

Ich nickte nur und schloss die Augen. Am liebsten hätte ich sie gar nicht mehr aufgemacht. Die Stimmen meiner

Freundinnen wurden immer leiser, bis sie nur noch Hintergrundgeräusche waren. Ich wäre gern allein gewesen, denn sogar in ihrer Gesellschaft fühlte ich mich in diesem Moment vollkommen isoliert, und die Stille, die eintreten würde, sobald sie gegangen waren, wartete sowieso auf mich, da konnte ich mich ihr auch gleich stellen.

Plötzlich kam mir der Gedanke, dass die Müdigkeit, die mich befallen hatte, eine Art Trauer sein konnte, zu der ich bis dato nicht fähig gewesen war. Em und Henry hatten nicht gewusst, wie sie mit mir umgehen sollten, wenn ich traurig war und unter dem Verlust meiner Mutter litt; damals in den Siebzigern lebte man nach der Devise, am besten nicht darüber reden. Es war verständlich, dass sie mich vor weiterem Ungemach schützen wollten, aber nach allem, was man inzwischen über die menschliche Psyche wusste, war das kontraproduktiv.

Ich konnte mich nicht erinnern, Em und Henry oft nach meiner Mutter gefragt zu haben. Ich erinnerte mich jedoch deutlich an das Gefühl, dass Fragen nicht erwünscht waren. Ich durchwühlte mein Gedächtnis wie eine vollgestopfte Schublade, in der Hoffnung, irgendein Bild, ein Echo eines Gesprächs, irgendetwas zu finden, das erklärte, warum ich mir mit meinen Gefühlen in Bezug auf den Tod meiner Mutter so allein vorgekommen war, obwohl Em und Henry in jeder anderen Hinsicht aufmerksam und liebevoll gewesen waren. Ich erinnerte mich vage an Henry und dessen beunruhigten Gesichtsausdruck, mit dem er Em jedes Mal angeschaut hatte, wenn ich es doch einmal gewagt hatte, nach meiner Mutter zu fragen oder eine Bemerkung über sie zu machen. Aber was konnte ich Em schon gesagt oder gefragt haben? »Meine Mama fehlt mir. Ich will meine Mama wiedersehen. Meinst du, meine Mama ist glücklich gewesen?«

Dieser Blick von Henry war mir vertraut gewesen, aber

ich hatte ihn verdrängt. Ich hatte nie darüber nachgedacht, doch jetzt wurde mir klar, was der Blick zu bedeuten hatte: Henry wollte nicht, dass ich seine Frau beunruhigte. Em war eine liebe Frau, und sie behandelte mich, als wäre ich ihre eigene Tochter. Ich vertraute ihr voll und ganz. Als sie mich aufgenommen hatte, war das für sie womöglich die Erfüllung eines Traums gewesen, obwohl sie mir natürlich nie gewünscht hatte, dass ich meine Mutter verlieren würde. Ich musste daran denken, wie besitzergreifend ich sie erlebt hatte, als sie mir, der kleinen Faye, eine von den Schokoladenglocken vom Weihnachtsbaum angeboten hatte, so als wäre ich eine Puppe, mit der sie spielen wollte. Durch den Tod meiner Mutter hatte Em alles gewonnen, und wahrscheinlich war es für sie einfacher gewesen, so zu tun, als wäre ich ihr Kind, und meine Mutter aus ihrem Leben zu tilgen und damit auch aus *meinem* Leben. Ich hegte keinen Groll gegen Em, sie war immer gut zu mir gewesen. Sie war egoistisch in ihrer Liebe zu der Tochter, die sie sich immer gewünscht hatte, mehr nicht.

Aber als Kind hatte ich deswegen stets eine große Leere empfunden, eine traurige Stille. Wenn ich überhaupt mal geweint hatte, dann nur, wenn ich allein gewesen war. Jetzt hatte ich meine Mutter ein zweites Mal verloren. Trauerte ich also erneut um sie? Und war das eine normalere Art der Trauer? Oder eine Trauer, mit der ich leichter umgehen konnte, weil ich mich diesmal von meiner Mutter verabschiedet und sie zum Abschied umarmt hatte und jetzt die Hoffnung hegte, sie wiederzusehen, was vielleicht tatsächlich passieren würde, wenn ich nur daran glaubte.

Cassie und Clem redeten weiter, ohne mich zu beachten. Ich lag schon eine geraume Zeit ganz still da und wusste, dass Cassie froh war, sich nicht länger mit Gefühlskram beschäftigen zu müssen. Inzwischen plauderten die beiden vergnügt über etwas anderes.

Ich dachte an das, was Clem darüber gesagt hatte, dass ich in meiner Entwicklung stehen geblieben war, als meine Mutter starb. Irgendwie hatte ich das Gefühl, dass sie damit tatsächlich recht hatte. Andererseits, als ich mich mit meiner Mutter unterhalten hatte, war ich mir älter vorgekommen, was aber auch daran liegen konnte, dass ich viel älter aussah als sie und viel mehr über die Situation wusste.

Ich schwang meine schweren Beine über die Sofakante und setzte mich auf. »Was denkt ihr eigentlich über Zeitreisen?«, fragte ich, als meine Freundinnen gerade lange genug innehielten, um Luft zu holen.

»Hä?«, sagte Cassie und biss in einen Keks.

Clem sah mich einen Moment lang verständnislos an. »Zeitreisen gibt's nicht, ist doch klar. Genauso wenig wie Ufos und kleine, grüne Männchen …« Sie seufzte. »Zeitreisen. Das ist was für Idioten, für Science-Fiction und fürs Kino.« Sie wandte sich Cassie zu und nahm, ohne mit der Wimper zu zucken, ihren Gesprächsfaden wieder auf.

Ich versuchte nicht, sie davon zu überzeugen, dass Zeitreisen möglich waren, ich hatte nur mal das Wort aussprechen und die Wirkung sehen wollen. In dem Moment, bevor ich die Frage gestellt hatte, hatte ich gehofft, das Thema ein bisschen ausführlicher mit ihnen diskutieren zu können, auch wenn ich befürchten musste, dass alles, was ich mit den beiden besprach, Eddie zu Ohren kommen würde. Aber Clem mit ihrer Verachtung für alles Irrationale und Cassie, die auf meine Frage nur gelangweilt geschwiegen hatte, hatten mir eine so eindeutige Abfuhr erteilt, als hätten sie mir eine Tür vor der Nase zugeschlagen. Ich fühlte mich wie ein lästiger Vertreter, der sich nicht traute, noch einmal anzuklopfen.

9

Ich dachte an meine nächste Reise in die Vergangenheit, genau genommen konnte ich an nichts anderes mehr denken. Aber diesmal würde ich vorbereitet sein. Meine Mutter würde mich ins Haus lassen, sie kannte mich ja jetzt als die Frau, die ihrer Tochter das Leben gerettet hatte. Ich würde sie mit all den Fragen löchern, von denen man sich wünscht, man hätte sie einer geliebten Person vor deren Tod gestellt. Ich würde alles aus dem Gespräch herausholen, was ich konnte.

Wenn ich an meine Mutter dachte, bemerkte ich manchmal, wie Eddie mich von der Seite anschaute, Fragen im Blick, von denen er wusste, dass ich sie ihm nicht beantworten würde. Tagträume, in denen ich meine Mutter wiedersah, waren wie braune, mit bunter Kordel verschnürte Päckchen, und ich hätte mich von morgens bis abends damit beschäftigen können, meine nächste Begegnung mit ihr zu planen; leider musste ich wieder arbeiten.

Beim RNIB teste ich bestimmte Produkte an Blinden, an Sehbehinderten und an Menschen mit normalem Sehvermögen. Anschließend verfasse ich einen Bericht, aus dem hervorgeht, ob das Produkt für Blinde so leicht zu benutzen ist, wie der Hersteller behauptet.

Im Moment führte ich ein Experiment durch, bei dem Menschen mit Gummihandschuhen an den Händen Gipsköpfe von Mozart und Bach betasteten. Sehenden Teilnehmern wurden die Augen verbunden. Alle Teilnehmer mussten beschreiben, was sie ertasteten. Meine Aufgabe war es, herauszufinden, ob sie durch das Tasten genug Informationen sammeln konnten, um den jeweiligen Gegenstand zu beschreiben.

Ich könnte Ihnen jetzt erklären, warum ich dieses Experiment durchführte, aber das gehört eigentlich nicht zu dieser Geschichte.

Ich hatte dreißig Teilnehmer, zehn waren blind, zehn sehbehindert und zehn normal sehend. Einer der Teilnehmer war mein Freund Louis, derjenige, der gern ertasten wollte, was sich auf einem Foto befand. Louis macht immer mit, wenn ich ein Experiment oder eine Fokusgruppe leite. Wir haben uns im Lauf der Jahre ziemlich gut kennengelernt, und fast jede Woche gehen wir einmal zusammen zum Mittagessen.

Louis ist für mich ein dicker schwuler Bär, denn er ist schwul und dick und ausgesprochen liebenswert. Er ist immer sehr modisch gekleidet, trägt teure T-Shirts und einen sehr gepflegten Bart. Er ist von Geburt an blind, und er sagt, was ihn am Blindsein am meisten nervt, ist, dass er einen Freund bei einem Date nicht so beschützen kann, wie seine sehenden Kumpels es können. Wenn er mit jemandem ausgeht, würde er denjenigen gern danach nach Hause fahren oder zumindest nach Hause begleiten, aber einem Blinden ist das nicht möglich. Wegen seiner Blindheit kann er seine Fürsorglichkeit nicht ausleben.

Er ist ein lieber Kerl, aber der Frust kann ihn nach ein paar Bier auch schon mal reizbar machen. Einmal haben wir uns nach Feierabend noch in eine Kneipe gegenüber dem RNIB gesetzt, und er ist an den Tresen gegangen, um uns zwei Bier zu holen. Als Louis mit den Gläsern zum Tisch kam, stieß ein Mann, der zurückschaute und noch ein paar letzte Worte mit seinen Freunden wechselte, gegen Louis' Arm und bekam eine Ladung Bier aufs T-Shirt. Der Mann betrachtete seine nasse Brust und rief aufgebracht: »Hey, kannst du nicht aufpassen? Bist du blind oder was? Du hast mir mein T-Shirt ruiniert!« Als er dann feststellte, dass Louis tatsächlich blind war, hat er sich ausgiebig entschuldigt. Aber Louis wollte davon nichts hören.

»Okay«, sagte er zu dem Mann, froh, die Oberhand zu haben. »Was willst du? Wollen wir nach draußen gehen?«

»Nein, nein, Kumpel, alles gut, kein Problem«, erwiderte der Mann und trat den Rückzug an.

»Kein Problem? Das glaub ich nicht«, sagte mein dicker schwuler Bär. »Dein T-Shirt ist ruiniert, und mein Glas ist nur noch halb voll. Die Frage ist, wessen Schuld ist das?« Er hob die Hand mit dem halb leeren Glas, wobei er dem Mann wie aus Versehen noch mehr Bier aufs T-Shirt schüttete.

»Ist ja gut, ich kauf dir ein neues Bier. Ich hol euch beiden eins, okay?« Dagegen hatte selbst Louis nichts einzuwenden.

Louis setzte sich neben mich. Als der Mann mit den zwei Gläsern Bier zurückkam, stellte er sie vor uns auf den Tisch und entschuldigte sich noch einmal.

»Das war nett von ihm«, sagte ich, nachdem der Mann gegangen war. »Sich dafür zu entschuldigen, dass du ihn mit Bier bekleckert hast.«

»Das hatte mit dem Bier nichts zu tun. Er hat sich entschuldigt, weil ich blind bin und er nicht und weil er, egal, worüber wir uns streiten, von vorneherein der Gewinner ist.« Ich drückte Louis' Hand, da es für ihn immer eine Illusion sein würde, die Oberhand behalten zu können. Und weil er so verdammt recht hatte.

Als Louis kam, um an dem Experiment mit den Gummihandschuhen teilzunehmen, hatte ich ihn eine Woche lang nicht getroffen. Ich beobachtete ihn dabei, wie er

Mozarts Kopf betastete, und zu sehen, wie er sich konzentrierte, hatte etwas Surreales und zugleich Tröstliches. Das Gesicht zur Decke gerichtet, wanderten seine Finger über die Konturen der Haare und Gesichtszüge aus Ton.

»Den habe ich noch nie in meinem Leben gesehen!«

»Louis, du sollst ihn nur beschreiben.« Ich hielt das Band an und spulte es zurück. »Fertig?«

»Okay«, sagte er, und ich schaltete das Aufnahmegerät wieder ein. Er ließ sich lange Zeit, dann sagte er: »Der Kopf, den ich ertaste, hat für mich keine Bedeutung. Ich habe keine Ahnung, ob es sich um einen Mann oder eine Frau handelt. Ich spüre viel Haar, aber es fühlt sich nicht an wie echtes Haar. Es fühlt sich an wie in Stein geschnitzte Wellen, was überhaupt nichts mehr mit Haaren zu tun hat.« Louis schwieg.

»Ist das alles?«, fragte ich, und er nickte. Ich hielt das Band an. »Nicht ganz das, was ich erwartet hatte«, erklärte ich. »Aber sehr interessant.«

»Was haben die anderen Leute gesagt?«

»Sie haben hauptsächlich die Gesichtszüge beschrieben, die Form der Nase, ob sie größer ist als normale Nasen, solche Details.«

Louis schnaubte. »Das Ding ist kein Kopf«, sagte er.

»Nein?«

»Es ist etwas Hartes in Form eines Kopfs. Wozu soll ich das abtasten? Ich nehme an, es soll mir sagen, wie ein Kopf sich anfühlt. Also, um das zu wissen, kann ich meinen eigenen Kopf abtasten. Oder deinen, wenn du mich lässt. Niemand lernt, wie ein Kopf sich anfühlt, indem er einen Steinkopf betastet. Das ist was für Augen, nicht für Hände«, erklärte er weiter.

»Würdest du das bitte noch mal wiederholen, wenn ich das Aufnahmegerät wieder einschalte?«, fragte ich.

»Ich hab es satt, dass Sehende so was mit mir machen«, erwiderte er. »Als ich noch klein war, vielleicht sechs, hat ein Experte einen Test mit mir gemacht.« Mit einem sarkastischen Gesichtsausdruck malte Louis bei dem Wort »Experte« mit den Fingern Anführungszeichen in die Luft. »Ich hab keine Ahnung, was er rausfinden wollte, jedenfalls hat er mir ein paar Braille-Bilder mit Relief-Struktur gegeben. Eines sollte eine Katze darstellen, hab ich später erfahren. Aber wenn man Katzen in seinem ganzen Leben immer nur gefühlt hat, würde man die dann so zeichnen, wie ein Sehender es tut? In meiner Welt sieht eine Katze anders aus als in deiner Welt, nichts an einer Katze ist scharf, bis auf ihre Krallen. Für mich ist eine Katze in erster Linie ein Fellknäuel. Aber die Umrisse, die der Mann mir gegeben hatte, waren scharf: kantige Dreiecke waren die *Ohren*, und der Körper fühlte sich glatt und rund an wie die Hälfte einer Eieruhr. Ich hab eine falsche Antwort gegeben, ich weiß nicht mehr, was ich ertastet hab, jedenfalls keine Katze. Der Mann hat mich für einen Idioten gehalten. Dann hat er gesagt, ich soll ein Ei zeichnen, aber das konnte ich nicht. Er meinte: ›Es reicht, wenn du einfach nur die Form zeichnest.‹ Aber ich hatte noch nie ein Ei in der Hand gehalten. Meine Mutter fütterte mich mit einem Löffel, weil sie keine Sauerei haben wollte. Also hab ich eine Art Klecks gezeichnet, weil nach meiner Erfahrung ein Ei was Weiches in meinem Mund war. Dann sollte ich einen Bus zeichnen, und als ich damit fertig war, hat er mich gefragt: ›Und was soll das sein, junger Mann?‹ Und ich hab gesagt: ›Das ist ein Bus.‹ Und er hat gesagt: ›Das sind nur ein paar unzusammenhängende Linien.‹ Ich hatte eine lange, senkrechte Linie gezeichnet und links davon drei kurze waagerechte Linien.«

»Moment«, sagte ich. »Ich möchte das ausprobieren.«

Ich zeichnete die Linien, die er beschrieben hatte, auf die Rückseite eines Briefumschlags.

Bus. Senkrechte Linie. Waagerechte Linien.

Ich schloss die Augen und stellte mir vor, wie ich in einen Bus stieg.

»Ich hab's kapiert«, sagte ich. »Die senkrechte Linie ist der Griff, an dem du dich beim Einsteigen festgehalten hast, und die waagerechten Linien sind die Stufen, die du hochsteigen musstest. Ein Bus! Nein: *Dein* Bus!«

»Ich wusste, dass du es verstehen würdest. In gewisser Weise beschränkt sich meine Welt auf das, was sich in Reichweite meiner Hände befindet. Deine Welt erstreckt sich auf das, was du sehen kannst. Aber wir wissen beide, dass die Welt in Wirklichkeit viel größer ist. Das weißt du doch, oder?«

Ja, das wusste ich.

Ich nahm den Zimmerschlüssel und schob meinen Stuhl zurück. »Komm, lass uns gehen«, sagte ich. »Ich spendier dir einen Kaffee.«

Es war ein schöner Tag, die Sonne schien, und ich saß mit Louis draußen vor dem türkischen Café schräg gegenüber des RNIB. Ich hatte einen Aktenordner auf den kleinen Tisch gelegt, damit es, falls Kollegen vorbeigingen, wenigstens halbwegs nach Arbeit aussah.

»Was ist los mit dir?«, fragte Louis.

»Wie meinst du das?«

»Es kommt mir vor, als hätte ich dich eine Ewigkeit nicht gesehen, und deine Stimme klingt tiefer als sonst.«

»Ich hatte eine Geschlechtsumwandlung.«

»So tief nun auch wieder nicht!«, sagte er und schwieg. Dann: »Normalerweise würdest du jetzt lachen.«

»Ich weiß auch nicht.« Ich zuckte die Schultern. »Ich fühle mich ein bisschen bedrückt. Einsam.«

»Du? Im Ernst? Willkommen im Club!«, sagte er. »Aber du hast doch Eddie und die Kinder.«

»Ja, ich weiß … es passieren gerade eigenartige Dinge. Aber darüber kann ich nicht reden«, erklärte ich übertrieben geheimnisvoll.

»Ah, ja, davon kann ich ein Lied singen. So hab ich mich jahrelang gefühlt, bis ich mich meiner Schwester anvertraut hab.« Er stutzte. Ich sagte nichts. »Bist du lesbisch? Ist es das, was du mir zu sagen versuchst?«

»Nein«, erwiderte ich. »Du weißt, dass ich nicht lesbisch bin.«

»Geht es um Eddie? Um deine Angst, die Pfarrersfrau geben zu müssen?«

»Ach, wenn das mein einziges Problem wäre.« Ich seufzte.

»Jetzt spuck's schon aus und hör auf, so geheimnisvoll zu tun.«

»Ich kann nicht. Du würdest es nicht verstehen.«

»Ah, alles klar. Ein einsamer, übergewichtiger Blinder mittleren Alters kann die Probleme einer einsamen weißen Sehenden mittleren Alters nicht nachvollziehen.«

»Du bist doch auch weiß«, wandte ich ein.

»Wirklich?«, fragte er und betastete sein Gesicht.

Das kaum hörbare Öffnen der Lippen, das manchmal ein Lächeln begleitet, verriet mich. »Ah, so gefällst du mir schon besser.«

»Du bist nicht mittleren Alters.«

»Aber übergewichtig schon?«

»Knuddelig«, sagte ich und zwickte ihn liebevoll in die Wange. »Du bist wunderbar.« Ich betrachtete meinen Freund. »Für einen Blinden ist es bestimmt ziemlich schwer, schwul zu sein«, sagte ich.

»Für einen Blinden ist alles schwer.«

»Ich weiß. Aber vor allem das Dating.«

»Ja«, bestätigte er. »Erst muss man jemanden finden, der sich überhaupt auf einen Blinden einlässt, dann muss man sich vergewissern, dass es nicht einer ist, der es bloß aus Mitleid tut.«

»Mitleid ist nicht besonders sexy«, sagte ich.

»Für mich und dich jedenfalls nicht. Aber ich glaube, eine Menge Leute fahren darauf ab. Ich würde gern jemanden kennenlernen, der vergessen kann, dass ich blind bin.«

»Hast du das schon mal erlebt?«

»Es gab mal einen, mit dem ich mich richtig gut verstanden hab. Wir haben so viel gelacht, dass mir manchmal nach einem Abend mit ihm der Bauch wehgetan hat.«

»Und dann?«

»Irgendwann meinte er, er wünschte, ich könnte ihn sehen. Er hat gesagt, manchmal, wenn wir ausgingen, würden die Leute uns anglotzen, als dächten sie, wenn *ich ihn* sehen könnte, würde ich schreiend weglaufen. Das hat ihn immer mehr verunsichert, und schließlich hat er gesagt, ich soll mir jemanden suchen, der mir ähnlicher ist.«

»Einen Blinden oder einen, der besser aussieht?«, fragte ich.

»Keine Ahnung.« Louis legte die Fingerspitzen aneinander. »Also, was ist los mit dir? Ich höre es an deiner Stimme, dass irgendwas im Busch ist. Wenn du nicht mit Eddie darüber reden kannst, muss es was Schlimmes sein. Erzähl's mir. Los, komm schon.«

Blinde sind genauso wenig mit übermenschlichen Fähigkeiten gesegnet wie alle anderen. Aber Louis kannte mich gut, und er war stolz auf seine Beobachtungsgabe; seine Spürnase sagte ihm, dass ich ihm etwas vorenthielt, und er würde nicht lockerlassen, bis ich es ihm erzählte.

Ich umkreiste mit dem Finger einen klebrigen Fleck auf dem Tisch.

»Ich habe meine Mutter besucht«, sagte ich.

»Okay«, erwiderte er nach kurzem Zögern. »War der Besuch enttäuschend?«

»Äh, nein. Enttäuschend auf keinen Fall, aber unerwartet.«

»Das ist mir zu vage«, erklärte er und wedelte mit der Hand.

Ich fuhr mit dem Finger über die Ritzen in der hölzernen Tischplatte und betrachtete Louis' Finger: Sie waren schön und gut gepflegt; er achtete sehr auf seine Finger, nachdem er sie sich jahrelang immer wieder verletzt hatte, weil er nicht sehen konnte, was er anfasste. »Okay«, sagte ich. »Ich hatte sie eine Ewigkeit nicht gesehen. Und ich wusste, dass sie mich nicht wiedererkennen würde. Es war also kompliziert. Ich bin unangemeldet bei ihr aufgekreuzt, aber am Ende haben wir uns angeregt unterhalten, und es war ein schöner Nachmittag.«

Louis sagte nichts. Er wartete einfach wie immer, wenn er mehr aus einem herausholen wollte, und obwohl ich seine Taktik kannte, konnte ich nicht widerstehen, ihm noch etwas zu erzählen. »Als ich bei meiner Mutter war, bin ich von einem Auto angefahren worden.«

»Mist«, sagte er. Die Kellnerin brachte unseren Kaffee. Louis hob eine Hand, ließ sie langsam sinken und ertastete seine Tasse, die er dann mit der anderen Hand anhob.

Wir schwiegen eine Weile. Ich spielte mit dem Schaum auf meinem Kaffee, während ich darauf wartete, dass Louis mich nach dem Autounfall fragte.

»Aber deine Mutter ist doch tot, oder?«, fragte er schließlich.

Ich schaute ihm in die leeren, milchigen Augen, die direkt auf mich gerichtet waren.

»Mhmm«, brummelte ich.

Wieder schwiegen wir. Wir waren die einzigen Gäste im Café, es war später Vormittag, und die Sonne brannte mir auf die Beine. Leute gingen vorbei, Anzüge wie am Fließband, und mehr als durchschnittlich viele Passanten mit Blindenhunden und weißen Stöcken. Ein kleiner brauner Spatz landete auf unserem Tisch und pickte ein paar Krümel auf. Ich beobachtete die ruckartigen Bewegungen seines Kopfs und die winzigen, schwarzen Augen; ich glaube, er beobachtete uns ebenfalls. Ich sagte Louis nichts von dem Vogel, was ich normalerweise getan hätte.

»Du hast also deine tote Mutter besucht und bist von einem Auto angefahren worden«, fasste Louis zusammen.

»Mhmm«, brummte ich wieder.

»Sonst noch was?«

»Ja, ich habe der sechsjährigen kleinen Faye, also mir selbst, das Leben gerettet, indem ich mich zwischen sie und das Auto geworfen habe.«

»Großartig!«, sagte Louis und lachte in sich hinein. »Denkst du dir das gerade alles aus?«

»Nein«, antwortete ich.

»Also gut. Erzähl mir mehr. Wie bist du dahin gekommen?«

»Du glaubst mir?«, fragte ich.

Er nahm seine Kaffeetasse und hob sie vorsichtig an die Lippen. »Das Leben kann ziemlich langweilig sein, Faye«, antwortete er. »Vor allem, wenn man blind ist. Lass dir von den Sehenden nichts anderes erzählen oder von den Gutmenschen, die glauben, unser Leben wäre genauso erfüllt und aufregend wie das von euch Sehenden. Wenn es in meinem Leben Farbe gibt, dann liegt das an Menschen wie dir. Wenn du mich also fragst, ob ich dir glaube … Ich weiß es nicht. Aber spielt das eine Rolle? Erzähl mir einfach, was passiert ist, und falls was Schlüpfriges dabei ist, lass nichts aus.«

»Es gibt nichts Schlüpfriges zu erzählen«, erklärte ich, ein Lächeln in der Stimme.

»Schade«, sagte er. »Erzähl mir trotzdem den Rest.«

Und so kam es, dass ich Louis alles erzählte.

10

Sie können sich sicher vorstellen, wie erleichternd es war, jemandem erzählen zu können, was ich erlebt hatte. Der Drang, mich Eddie anzuvertrauen, ließ deutlich nach, denn die größte Last war schon dadurch von mir abgefallen, dass ich alles einem anderen Menschen gegenüber laut ausgesprochen hatte.

Es fühlte sich an, als hätte ich ein Schmerzmittel genommen. Aber ich wusste natürlich, dass es nur eine Frage der Zeit war, bis die Wirkung nachlassen würde, denn lediglich Louis alles zu erzählen, würde nicht ausreichen. Ich brauchte Eddie. Wenn ich mich ihm nicht offenbarte, würde die Trauer in mein Leben eindringen wie Wasser in Lehm und es schwer und unförmig machen. Aber obwohl meine Erlösung von Eddie abhing, konnte ich es ihm nicht sagen; das war das Problem. An dem Tag jedoch, an dem ich mit Louis sprach, spielte das alles keine Rolle, denn in dem Moment war ich wie eine Süchtige, die endlich ihre Droge bekommen hatte. Mit einem Mal fühlte ich mich nicht länger allein, und das reichte mir fürs Erste. Ich kam nach Hause wie eine Frau, die endlich eine unerträgliche Last abgeworfen hatte. Und ich wusste auch: Ich musste noch einmal zu meiner Mutter, und zwar bald.

Das Gespräch mit Louis hatte mehrere praktische und emotionale Fragen aufgeworfen, die ich unbedingt ansprechen musste. Louis reagierte überraschend logisch, und vor allem gab er mir wertvolle Ratschläge. Er hörte mir zu, er ermutigte mich, und er fragte mich nicht, ob ich noch bei Trost war. Er schlug mir vor, den Hüpfballkarton vom Dachboden zu holen und irgendwo hinzustellen, wo ich mich bei meiner Rückkehr von meiner nächsten Reise nicht so leicht verletzen konnte – eine Stelle, die eine weichere und leisere Landung ermöglichte. Er meinte, ich sollte dafür sorgen, dass ich nachts nach Hause kam, wenn Eddie schon schlief, und mich für Kleidung entscheiden, die nicht nur dem Wetter, sondern auch der Mode der damaligen Zeit entsprach, und ich sollte besonders empfindliche Stellen – an Fußknöchel, Arme und Hals – mit Polstern schützen. Er überlegte sogar, ob es ratsam war, einen Sturzhelm zu tragen, aber das ging mir dann doch ein bisschen zu weit.

Wir verbrachten Stunden in dem türkischen Café, können Sie das glauben? Wir haben dort zu Mittag gegessen und dann noch einen Kaffee bestellt, und dann sind wir noch in die Kneipe nebenan gegangen und haben ein kühles Bier getrunken. Keiner unserer Kollegen rief an, um sich zu erkundigen, wo wir blieben, sodass wir uns schon fragten, wie lange wir wohl fortbleiben mussten, bis jemandem auffiel, dass wir fehlten. Als ich ungefähr eine Stunde vor Feierabend ins Büro zurückging, lächelte meine Chefin mich freundlich und arglos an.

»Na, wie ist es gelaufen?«, fragte sie.

Ich hätte sie umarmen können. »Wie ist was gelaufen?«, fragte ich zurück, stellte meine Tasche auf dem Schreibtisch ab und suchte nach einem Kaugummi für den Fall, dass ich von dem Bier eine Fahne hatte.

»Na, die Experimente mit den Gummihandschuhen«, erwiderte sie.

»Ah ja.« Die Gummihandschuhe hatte ich komplett vergessen. »Gut, aber es hat alles mehr Zeit in Anspruch genommen als erwartet, ich werde wohl noch einen oder zwei Tage dafür brauchen.« Das Lügen fiel mir immer leichter, und solange ich Eddie nicht anlog, hatte ich noch nicht mal ein schlechtes Gewissen.

»Kein Problem«, sagte meine Chefin. »Wollen Sie nicht heute ein bisschen früher Feierabend machen? Sie hatten offenbar einen harten Tag.«

Ich lächelte in mich hinein: Ich war später zur Arbeit gekommen, hatte mir eine ausgedehnte Mittagspause gegönnt und konnte jetzt auch noch früher gehen. Manchmal brauchte man einfach einen solchen Tag, um wieder in die Spur zu kommen. Das war ein großartiger Anfang eines langen Wochenendes.

Als Eddie an dem Abend nach Hause kam, lagen die Kinder schon im Bett. Ich hatte Abendessen gekocht und eine Flasche entkorkt, um den Wein atmen zu lassen. Ich nahm die Karten und die Eier heraus, wie immer, wenn wir spielen. Ich habe eine flache, sehr schöne Holzschale, die Eddie mir zum fünften Hochzeitstag geschenkt hat. In der Schale bewahre ich zehn Eier auf, die ich auf dem Flohmarkt erstanden habe, sie sind teils aus Holz und teils aus Marmor und ungefähr so groß wie Hühnereier. Wer beim Kartenspielen eine Runde gewinnt, nimmt ein Ei aus der Schale und so weiter, bis die Schale leer ist. Wer am Ende die meisten Eier hat, ist der Gewinner des Abends. Spielen hält uns davon ab, zu viel vor dem Fernseher zu hocken.

Als Eddie die Schale mit den Eiern sah, lockerte er seine Krawatte. »Ah, heute in Siegerlaune?«

Ich schlang ihm die Arme um den Nacken und küsste ihn lange und intensiv.

»Ich hab schon gewonnen«, sagte ich und betrachtete sein schönes Gesicht.

Er zog mich fester an sich, vergrub sein Gesicht an meinem Hals, und wir hielten uns fest wie zwei Tiere, die sich nach langer Zeit wiedergefunden und keine Worte dafür hatten, einander zu sagen, wie glücklich sie waren, sich wiederzusehen. Ich spürte, wie sehr ich ihm gefehlt hatte, weil ich so in mich gekehrt gewesen war.

Während er nach unseren schlafenden Töchtern sah, stellte ich einen Topf Chili, scharfe Soße und Tortilla-Chips auf den Tisch. Die Tortilla-Chips mache ich immer selbst: Ich schneide fertig gekaufte Tortilla-Fladen mit einem Pizzaschneider in Dreiecke, besprühe sie mit Öl, bestreue sie mit Meersalz und schiebe sie für ein paar Minuten in den Ofen. Köstlich. Eddies Lieblingschips.

Er kam in Trainingshose und Sweatshirt zurück an den Tisch, trank einen großen Schluck Wein und machte sich hungrig über das Essen her.

»Hattest du einen guten Tag?«

Eddie nickte. »Ich hatte ein paar Vorstellungsgespräche«, sagte er. »Schwer zu sagen, aber ich glaube, die Leute mochten mich.«

»Wieso sollten die dich nicht mögen?«, fragte ich.

»Du bist nicht objektiv, aber trotzdem danke. Die haben einen wichtigen Job zu vergeben, da geht es nicht einfach darum, ob sie mich mögen oder nicht. Die müssen sich überlegen, ob ich wohl der richtige Mann für den Job bin. Ein Pfarrer muss den Menschen dienen. Es reicht nicht, dass ich glaube, ich könnte ein guter Pfarrer sein und sollte deswegen zu der Ausbildung zugelassen und dann auf die Menschen losgelassen werden. Nicht der Job ist meine Berufung. Der Job ist nur ein Mittel, meiner Berufung zu folgen. Aber ich habe das Gefühl, dass sie mich mögen, und das tut gut.«

Eddies Bewerbung um eine Ausbildungsstelle zum Pfarrer war nicht wie irgendeine Bewerbung. Anscheinend wird man von Gott gerufen – also, das meine ich jetzt nicht wörtlich –, man hört den Ruf und wendet sich an die Kirche, und dort wird dann entschieden, ob die Berufung brauchbar ist für einen Job bei der Kirche.

Eddie hatte seinen Ruf von Gott schon vor einigen Jahren erhalten, bisher jedoch nichts in der Richtung unternommen. Anscheinend war der Drang, der Berufung zu folgen, jedoch immer stärker geworden, bis er darauf hatte reagieren müssen. Ich nehme an, dass es sich tatsächlich so anfühlt, als würde man gerufen, weil es ja auch so genannt wird. War das wörtlich gemeint? Hatte Eddie Gottes Stimme so klar und deutlich gehört wie ein Kind, das von seinen Eltern zum Essen gerufen wird? Oder war es ein Gefühl, stark und emotional, wie wenn man erfährt, dass man einen Preis gewonnen hat? Oder ein körperliches Gefühl wie starker Harndrang?

»Wie war das für dich, als du deine Berufung gespürt hast?«, fragte ich ihn.

Er trank noch einen Schluck Wein und verteilte die Karten. Sieben für jeden. Wir spielten Rommé.

»Es war eine Stimme in meinem Kopf«, erklärte Eddie, betrachtete die Karten in seiner Hand und ordnete sie. Dann schaute er mich an, und mein Gesichtsausdruck wirkte offenbar wie eine Aufforderung, seine Antwort noch einmal anders zu formulieren.

»Es war *meine* Stimme – meine innere Stimme –, und es ist passiert, als ich allein war und gebetet habe. Wie meistens in der Kirche. In der Kirche fühle ich mich … vollständig, erfüllt, glücklich. Es war ganz natürlich, gut und richtig. Die Stimme klang so ähnlich wie die Stimme, die man hört, wenn man mit dem Fahrrad bergauf fährt und drauf und dran ist, abzusteigen. Die Stimme, die sagt: *Du schaffst das, es ist nicht mehr weit.*«

Ich nahm eine Karte, legte eine ab, aß einen Chip.

»Aber dann, eines Tages, war ich wieder in der Kirche«, fuhr Eddie fort, »und in stilles Gebet vertieft. Überall brannten Kerzen, der Chor hatte gerade *Allegri Miserere* gesungen, und plötzlich fühlte es sich so an, als würde jemand mir kurz und sanft, aber sehr bestimmt eine Hand auf die Schulter legen. Dann habe ich eine leise Stimme vernommen, und mir war nicht bewusst, dass das meine eigene innere Stimme war, es hörte sich eher an wie die Stimme von jemand anderem, und die hat zu mir gesagt: *Dein Ziel*. Das war alles.«

»Und das war deine Berufung?«

»Ich würde sagen, das war ein Teil meiner Berufung. Das Ganze ist ein allmählicher Prozess, der sich über Jahre hingezogen hat. Irgendwie hab ich es immer gewusst, immer in mir gespürt, nur dass ich nicht genau wusste, was es war. Aber in dem Moment, als ich die Hand auf meiner Schulter gespürt habe, da wurde es auf einmal konkreter. Ich hatte das Gefühl, dass Gott mich angeschubst, mir ein deutlicheres Zeichen gegeben hatte. Von da an konnte ich es nicht mehr ignorieren oder es einfach wegschieben.« Eddie nahm eine Karte vom Tisch, lächelte und legte sie ab. Er sammelte Herz. »Ich kriege gleich das erste Ei«, verkündete er.

»Garantiert«, erwiderte ich und betrachtete meine Karten. »Ich habe ein total mistiges Blatt.« Ich hatte zwei Dreien, aber sonst nichts, was zusammenpasste. Ich zögerte, fragte mich, ob ich mir die Karte nehmen sollte, die er gerade abgelegt hatte, überlegte es mir anders und zog eine vom Stapel.

»Warum hast du mir nie von deiner Berufung erzählt, wenn das schon vor Jahren angefangen hat?«, fragte ich und steckte mir noch einen Chip in den Mund.

»Ich weiß nicht. Es hatte nichts damit zu tun, dass ich dir – oder irgendjemandem – etwas vorenthalten wollte. Vermutlich habe ich nichts gesagt, weil ich dachte: *Das ist lächerlich, wie komme ich dazu, mir einzubilden, dass Gott mich ruft?*«

»Ich stelle mir die Stimme Gottes immer laut und

dröhnend vor«, sagte ich und dachte an die helle, leise Stimme, die Eddie beschrieben hatte.

»Ja, in der Bibel wird Gottes Stimme häufig als laut beschrieben. Aber in der Kirche brauchte Gott nicht zu schreien.« Eddie schaute mich an. »Ich hab's dir ja gesagt, es klingt überheblich und lächerlich.«

»Nein, tut es nicht«, widersprach ich und legte meine Hand auf seine. »Ich finde es nur schade, dass ich dich nicht eher danach gefragt habe.«

»Jetzt ist genau der richtige Zeitpunkt für dieses Gespräch. Alles kommt dann zur Sprache, wenn die Zeit dafür reif ist.«

Er bezog sich natürlich auf die Dinge, die ich ihm noch nicht erzählt hatte. Er ließ mich wissen, dass er warten würde, bis ich so weit war, auch wenn es ihm schwerfiel.

»Was sagen deine Eltern eigentlich dazu?«, fragte ich ihn. »Also, deine Mutter, meine ich.«

Eddies Eltern lebten seit fünfzehn Jahren in Frankreich, und sein Vater, ein stiller, schmächtiger Mann, war dement. Eddies Mutter pflegte ihren Mann zu Hause. Sie sagte immer, er sei wie ein liebes Haustier; sie fütterte ihn und wusch ihn, an warmen Tagen begleitete sie ihn zu einem Stuhl auf der Terrasse und legte ihm eine Decke über die Knie, während sie im Garten herumwerkelte. An kalten Tagen machte sie Feuer im offenen Kamin und setzte ihn davor, damit er die Flammen beobachten konnte. Häufig las sie ihm vor, obwohl er ziemlich schwerhörig war. Jeden Tag machten sie einen Spaziergang, donnerstags gingen sie einkaufen und sonntags in die Kirche. Sie war davon überzeugt, dass das einfache, regelmäßige, gesunde Leben es ihrem Mann erlaubte, seine Tage zu genießen. Sie war eine gute Frau.

»Meine Mutter hat sich nicht gewundert, und das wiederum hat mich nicht gewundert. In unserer Familie haben wir schon immer auf eine stille Weise an Gott geglaubt. Er hat einfach zu unserem Leben gehört«, erwiderte Eddie, legte alle seine Karten ab und nahm sich ein Ei.

»Anfängerglück«, sagte ich, stapelte die Karten und begann zu mischen.

Nachdenklich schaute Eddie mir beim Austeilen der Karten zu. »Weißt du, was eigenartig ist?«, sagte er. »Wenn ich ehrlich bin, hatte ich gehofft, dass meine Mutter ein bisschen überrascht sein oder sich wenigstens freuen würde. Eigentlich sollte ich froh sein, dass sie mir nicht in den Ohren liegt, ich würde einen großen Fehler machen und mein Leben wegwerfen, so wie andere Mütter es tun würden. Sie hat meine Entscheidung akzeptiert, und das finde ich großartig. Aber sie hat sie akzeptiert, so wie man an der Supermarktkasse das Wechselgeld entgegennimmt. Sie hat es hingenommen, wie sie alles hinnimmt. Als hätte sie fast damit gerechnet. So als wäre es etwas ganz Normales, während es für mich etwas sehr Wichtiges ist.«

»Du wolltest sie schockieren!«, sagte ich. »Wie jemand, der sich seinen Eltern gegenüber als schwul outet, nur um festzustellen, dass sie cool reagieren und sagen: ›Ach, das haben wir uns schon lange gedacht.‹«

»So in etwa«, stimmte Eddie zu.

»Du solltest dich was schämen; es hätte viel schlimmer kommen können.«

»Genau. Sie hat es akzeptiert, als wäre es nichts Besonderes. Es gibt weiß Gott Schlimmeres.«

»Sie ist eben zu bodenständig, um sich schockieren zu lassen. Immerhin war *ich* schockiert«, sagte ich. »Und ich bin es immer noch. Vielleicht tröstet dich das ja ein bisschen.«

Er lachte und schenkte mir Wein nach. Ich nahm eine Kerze aus der Tischschublade und zündete sie an.

»Ich glaube, die meisten Menschen müssen akzeptieren, dass sie sich etwas anderes von ihren Eltern wünschen, als sie bekommen«, sagte er. »Ich habe mehr Glück als die meisten. Ich kenne nicht wenige Leute, die ziemlich enttäuscht sind von ihren Eltern. Viele Leute erhalten von ihren Eltern nicht die Antworten, die sie sich erhoffen, nicht einmal, wenn sie die richtigen Fragen stellen.«

»Und was sind die richtigen Fragen?«

»Gute Frage«, sagte Eddie – ich hatte mir eine konkretere Antwort erhofft – und fuhr fort: »Und viele bekommen nicht einmal die Gelegenheit, Fragen zu stellen.« Er schaute mir in die Augen; eigentlich sprechen wir nie über meine Mutter, obwohl Eddie hin und wieder versucht, mich dazu zu ermuntern.

»Wäre es nicht unglaublich, wenn wir in die Vergangenheit reisen und den Menschen, die uns am meisten bedeutet haben, die Fragen stellen könnten, die wir ihnen nie gestellt haben?«, sagte ich und legte meine Karten verdeckt auf den Tisch.

»Ja, das wäre großartig«, erwiderte Eddie mit einem traurigen Kopfschütteln. »Ich weiß, dass es dir mit deiner Mutter so geht, und mir geht es mit meinem Vater genauso. Es ist zu spät, aber …« Er zögerte.

»Aber was?«, fragte ich.

»Aber obwohl ich weiß, dass es eines Tages, vielleicht schon sehr bald, zu spät sein könnte, meiner Mutter Fragen zu stellen, die nur sie mir beantworten kann, frage ich sie nicht. Warum ist das so?«

»Was würdest du sie denn fragen wollen?«

»Ich weiß es selbst nicht. Vieles.«

»Mach eine Liste«, sagte ich.

»Mach ich«, sagte er und bekräftigte seine Worte mit einem Nicken.

Ich war davon überzeugt, dass er es tatsächlich tun würde. »Fahr so bald wie möglich nach Frankreich und stell ihr die Fragen, bevor es zu spät ist«, sagte ich. Plötzlich war es mir ganz wichtig, dass er das tun würde. Ich hatte meine Worte leise ausgesprochen, aber sie klangen wie ein Befehl. Das brauchte Eddie jetzt, und vielleicht brauchten wir das alle: eine Ermahnung, Dinge zu erledigen, solange wir es können, damit wir später nicht so vieles bereuen müssen.

»Okay«, sagte Eddie, und ich wusste, dass er auch das tun würde.

Das Chili war fast aufgegessen, aber es war erst ein Ei gewonnen. »Ich kann meine Karten kaum noch erkennen«, sagte ich und hielt sie näher an die Kerze.

»Ich auch nicht. Soll ich das Licht einschalten?«

»Wollen wir nicht lieber ins Bett gehen?«, schlug ich vor.

Woraufhin Eddie die Kerze ausblies, mich an der Hand nahm und die Treppe hinaufführte. Im Dunkeln benötigte ich nichts anderes als unsere kleine Welt, die so unbedeutend und zugleich so wichtig war, unsere Verbindung, die uns so viel bedeutete. In diesem Moment brauchte ich nur ihn und das Wissen, dass unsere Kinder sicher in ihren Betten lagen. Ich musste nichts sehen, ich wollte ihn nur im Dunkeln spüren, von ihm in den Armen gehalten werden und die Gewissheit haben, dass er mich liebte.

Aber ich wusste, dass mir diese kleine Welt allein schon bald nicht mehr reichen würde, dass ich mich bereits nach einer anderen Welt sehnte.

11

Ich bin froh, dass Sie immer noch da sind und mir zuhören. Es war eine Erleichterung, mich Louis anzuvertrauen, aber Sie sind mir auch wichtig. Alles, was ich Ihnen hier erzähle, ist vor ein paar Monaten passiert, wir haben also immer noch einiges aufzuholen. Ich erwähnte ja bereits, dass ich mich nach dem Gespräch mit Louis fühlte, als hätte ich ein Schmerzmittel genommen, von dem ich wusste, dass es nur eine bestimmte Zeit wirken würde. Und mit Ihnen zu reden, lenkt mich von den Entzugserscheinungen ab und auch von dem Schmerz, den es mir bereitet, meinem Mann gegenüber nicht ehrlich sein zu können. Ich werde Sie auf den neuesten Stand bringen, aber ich sage Ihnen gleich, dass ich bis jetzt, also, bis zu dem Moment, in dem ich Ihnen meine Geschichte erzähle, meinem Mann immer noch nicht gesagt habe, was los ist. Und deswegen ist es mir so wichtig, dass Sie mir zuhören und mir glauben, was ich Ihnen zu berichten habe.

Der Tag nach dem Kartenspiel war ein Samstag, und wir fuhren mit den Mädchen zum Rollschuhlaufen. Als Kind und Jugendliche war Rollschuhlaufen für mich das Allergrößte. Meine ersten Rollschuhe hatten metallene Räder und Lederriemen, mit denen man sie an den Schuhen befestigte. Ich bin damit auf der Straße gefahren, und man konnte mich aus einem Kilometer Entfernung kommen hören. Dann eröffnete in meiner Heimatstadt eine Rollschuhbahn, und an den Wochenenden gingen wir alle dorthin. Inzwischen konnte man Rollschuhe mieten. Kids mit Geld besaßen eigene Rollschuhe, aber zu denjenigen gehörte ich nicht, und ich kannte auch keinen von ihnen. Jedenfalls machte mir das Rollschuhlaufen mit Eddie und den Mädchen einen Heidenspaß; meistens verbrachten wir mehrere Stunden auf der Rollschuhbahn, und hinterher gingen wir immer Hamburger essen.

Ich fühlte mich wieder besser, und ich merkte Eddie an, dass es auch ihm besser ging, obwohl er sich vermutlich immer noch fragte, was passiert war, als er mich einige Wochen zuvor auf dem Dachboden gefunden hatte. Auf jeden Fall war alles wieder im Lot, wir redeten wie immer miteinander und besprachen unsere Angelegenheiten. Ich versuchte, ihn zu verstehen, und er hörte mir zu. Ich dachte viel an meine Mutter und an mich als Kind; ich fühlte mich zu meiner Mutter und der kleinen Faye hingezogen, und mein Wunsch, zu ihnen zurückzukehren, wurde immer drängender. Ich wollte meine Mutter unbedingt wiedersehen, obwohl mir beim Gedanken daran, was ich durchmachen musste, um zu ihr zu gelangen, der kalte Angstschweiß ausbrach. Es war, als müsste ich mit der furchterregendsten und gefährlichsten Achterbahn der Welt fahren, um das schönste denkbare Ziel erreichen zu können. Ich musste zu den beiden zurück, ich wollte ihnen helfen – meiner Mutter und mir –, aber ich wusste nicht, wie; und während ich mir den Kopf darüber zerbrach, wie ich meine Reise in die Vergangenheit bewerkstelligen sollte, hielt das wirkliche Leben mich auf Trab.

Wenn wir vier zum Rollschuhlaufen gingen, drehte ich meistens ein paar Runden für mich allein, während Eddie und die Mädchen sich in der Mitte der Bahn vergnügten, zusammenstießen, hinfielen, einander wieder auf die Füße halfen und aus vollem Hals lachten. Auch ich vergnügte mich auf meinen Runden, verlor mich jedoch in meinen Gedanken, und an jenem Samstag ganz besonders. Mit jeder Runde nahm ich meinen Atem bewusster wahr und welchen Platz ich im Universum hatte: Ich fühlte mich ausgesprochen lebendig und präsent. Mich erfasste eine tiefere Ruhe als abends, wenn ich im Bett lag und darüber nachdachte, wie verrückt und wundersam meine Zeitreise gewesen war.

Ich vermute, dass es den meisten Menschen so ergeht, wenn sie eine Tätigkeit ausüben, die sie sehr gut beherrschen: Ihr Körper ist im Einsatz, und ihr Geist ist frei, sich anderen Dingen zuzuwenden. Während ich meine Runden drehte, verschwamm alles um mich herum, die anderen Menschen waren nichts weiter als Hindernisse, die ich umfahren musste, sogar mein Mann und meine Kinder. Vage nahm ich das helle Holz der Rollbahn wahr, das Rattern der Rollen, das Geräusch geschmeidiger Bewegung, das Gleiten über die glatte Oberfläche. An den Wänden rund um die Rollschuhbahn auf Augenhöhe angebrachte bunte Leuchtreklamen, die für Reisen an traumhafte Orte warben, hinterließen nur einen vagen Eindruck bei mir. Die romantischen Bilder von Bergen und Flüssen nahm ich kaum wahr.

Mein Körper führte routiniert die Bewegungen aus, an meinen Augen glitten schöne Bilder vorbei, und mein Geist konnte nach Herzenslust durch das Labyrinth aus Gedanken mäandern, die mir einfach so in den Sinn kamen: Ich glitt zwischen hohen, grünen Hecken hindurch und sah vor meinem geistigen Auge Eddie inmitten von mit Torten beladenen Tischen lächelnd in ein Stück Kuchen beißen. »Du schaffst das«, sagte er, schaute erst die Bissspuren an, die seine Zähne in dem Kuchen hinterlassen hatten, dann wieder mich. »Du kannst das sogar noch besser.« Als Pfarrersfrau, die ich irgendwann sein würde, musste ich ganz bestimmte Aufgaben übernehmen: Ich würde an Veranstaltungen teilnehmen, die ich normalerweise mied, ich würde es nicht vermeiden können, jede

Menge Brötchen und Kekse zu backen. Wir würden kaum noch ein richtiges Privatleben haben. Wir würden der Allgemeinheit gehören. Wir würden ständig Bereitschaft haben, ständig im Fokus der Öffentlichkeit stehen. Aber wenn Eddie Politiker wäre oder eine Berühmtheit, dann würde sein Leben mich vor ähnliche Probleme stellen. Religion machte mich nervös, weil sie so wenig greifbar war, aber Kuchen war greifbar, Spendenaktionen waren greifbar, Menschlichkeit konnte greifbar sein. Diesen Teil meiner Rolle konnte ich ausfüllen, wahrscheinlich sogar ziemlich gut.

Ich drehte weiter meine Runden, meine Oberschenkelmuskeln brannten angenehm, und ich hatte meine Umgebung vage unter Kontrolle; es war ein gutes Gefühl, auf der Erde verwurzelt zu sein, nicht durch Raum und Zeit zu fliegen. Und schon bald befand ich mich wieder in meinem Gedankenlabyrinth, musste um ein paar Ecken denken, beobachtete meine Hände dabei, wie sie über die Blätter strichen, als ich mich zwischen den kunstvoll beschnittenen Hecken hindurchbewegte. Dann erblickte ich meine Mutter, geriet auf meinen Rollschuhen fast ins Stolpern und sah einen kurzen Moment lang deutlich den Boden auf mich zukommen. Im nächsten Moment hatte ich mein Gleichgewicht wiedergefunden, und dann entdeckte ich meine Mutter in dem Labyrinth. Ihr Lächeln war zu einem Drittel entschuldigend und zu zwei Dritteln amüsiert. »Tut mir leid, aber das ist alles, was ich für dich habe«, sagte sie, reichte mir ein Marmeladenglas und ein in Leder gebundenes Kochbuch. »Das sollte den Wildfang besänftigen«, sagte sie verträumt. Als ich hinschaute, sah ich, dass das Buch auf der Seite mit dem Rezept für Sticky-Toffee-Pudding aufgeschlagen war. »Komm mich besuchen, ich bin deine Mutter«, sagte sie, aber als ich den Blick hob, war sie fort, und ihre Stimme wiederholte wie einen Refrain: »*Mal siehst du mich, mal siehst du mich nicht.*«

Ich glaubte, das Rauschen eines Flusses zu hören, aber es war das Geräusch meiner Rollen auf der Holzpiste. Mühelos wanderte mein Geist zwischen Gedanken und Sorgen hin und her. War das Meditation? Ich hatte noch nie meditiert, ich hatte noch nie Yoga gemacht, aber so stellte ich mir das Meditieren vor. Ich schwebte weiter durch mein mentales Labyrinth; während mein Körper über die Rollschuhbahn glitt, befand ich mich wie in einem Vakuum, ohne von meiner Umgebung irgendetwas mitzubekommen. Ich spürte nur, wie der Fahrtwind mir ein paar Strähnen meiner im Nacken zusammengebundenen Haare ins Gesicht wehte.

Die Bilder von Eddie und von meiner Mutter waren einfach so vor meinem geistigen Auge aufgetaucht; sie hatten mir Nachrichten übermittelt, die nicht einmal besonders kryptisch gewesen waren. Alles drehte sich sowohl um meine Mutter als auch um Eddie und darum, welche Verantwortung ich den beiden gegenüber hatte, und um die Frage, was sie von mir brauchten oder wollten – jedoch nicht darum, was *ich* von *ihnen* brauchte oder wollte. Aber das würde ich noch herausfinden. Die Einsamkeit in diesem gedanklichen Labyrinth war schwerer zu ertragen als meine Verantwortung, es war eine Einsamkeit, die sich anfühlte wie Hunger.

Das Labyrinth hatte mir noch mehr zu sagen, da war ich mir ganz sicher, aber bevor ich seine Mitte erreichte, krachte ich gegen eine Wand oder etwas Ähnliches. Meine seltsamen, traumgleichen Visionen hatten mich vollkommen in ihren Bann geschlagen, und ich schätze, es war unvermeidlich, dass ich irgendwann mit irgendetwas kollidieren würde, was mich aus meiner Trance riss. Es handelte sich um einen dicken Mann, der Schwierigkeiten hatte, sich auf den Beinen zu halten. Er hatte sein Gleichgewicht verloren und wollte sich an etwas festhalten, war jedoch zu weit von der Bande entfernt und hatte sich deshalb fallen lassen. Ich fuhr in ihn hinein, überschlug mich und landete hart auf dem Steißbein. Ein stechender Schmerz fuhr mir in den Rücken, und der Schock, zurück in die Welt der Schmerzen und der Menschen und der verbalen Kommunikation gerissen zu werden, war, gelinde gesagt, unwillkommen.

Eddie saß mit den Mädchen im Café, aber als er mich stürzen sah, sprang er auf, lief auf die Bahn und half mir auf die Füße. Zum Glück hatte ich mich nicht verletzt und konnte allein zu Esther und Evie fahren, während Eddie dem Mann aufhalf, in den ich hineingerauscht war.

»Das war furchtbar«, sagte ich, rieb mir den Hintern und trank einen Schluck von der Limonade, die für mich auf dem Tisch stand.

»Er hat dich aus deinen Tagträumen gerissen«, sagte Eddie.

»Er hat mir den letzten Nerv geraubt«, erwiderte ich und schaute die Kinder an. »Und das ist viel schlimmer.«

»Du hast mindestens eine halbe Stunde lang wie in Trance deine Runden gedreht«, sagte Eddie.

»Wirklich? Eine halbe Stunde?«

»Mindestens«, sagte er und warf einen Blick auf seine Uhr. »Du musst völlig erschöpft sein.«

»Vor allem hab ich Durst«, erklärte ich und trank mein Glas aus. Ich gab den Kindern ein paar Münzen und bat sie, mir noch eine Limo zu holen. Es machte ihnen Spaß, auf Rollschuhen Getränke zu besorgen: abenteuerliches Kellnern.

»Du warst völlig weggetreten«, sagte Eddie. Er sah umwerfend aus in seinem schwarzen Rollkragenpullover und den tief sitzenden Jeans. Den Gürtel, den er trug, hatte ich ihm mal zum Hochzeitstag geschenkt.

»Stimmt«, sagte ich. »Ich glaube, ich habe meditiert.«

»Auf der Bahn?«, fragte Eddie ungläubig.

Ich betrachtete die Rollschuhbahn und musste zugeben, dass sie überhaupt nicht aussah wie ein Ort, an dem man meditieren konnte.

»Ich war völlig in Gedanken versunken.«

»Und woran hast du gedacht?«

»Ich hab an dich gedacht und daran, wie es sein wird, eine Pfarrersfrau zu sein, welche Rolle mir zufällt, wenn du erst mal geweiht bist, und wie ich damit zurechtkommen werde. Ich habe an meine Mutter gedacht und daran, wie sehr ich mir wünsche, ich könnte sie wiedersehen.«

Eddie griff nach meiner Hand. »An all das hast du gedacht?« Er machte eine Kopfbewegung in Richtung des Lärms, der Musik und des Gewimmels auf der Rollschuhbahn.

»Du bist doch bestimmt auch schon mal so in Gedanken verloren gewesen, dass du um dich herum nichts mehr mitbekommen hast, oder?«, erkundigte ich mich.

»Ja, ich verliere mich auch manchmal in meinen Gedanken, aber meist an einem friedlichen Ort.«

Ich schaute zu den Mädchen hinüber, die am Tresen standen und die Limo für mich bestellten. Evie wirkte wie ein Rehkitz auf dem Eis, als sie die Münzen abzählte und dem Mann hinterm Tresen reichte. Ich verzog das Gesicht.

»Die schaffen das schon«, sagte Eddie. »Nicht hinsehen! Wir sind sowieso zu weit weg, um sie aufzufangen, falls sie hinfallen.«

Ich schüttete mir das restliche Eis aus meinem Pappbecher in den Mund und zerkaute es.

»Es ist eine bemerkenswerte Fähigkeit, all die Störgeräusche auszublenden und sich auf seine innere Welt zu konzentrieren, Faye. Im Chaos des täglichen Lebens Frieden zu finden, das ist etwas sehr Erstrebenswertes.«

»Nein, es ist gefährlich«, entgegnete ich. »Ich hätte beinahe einen Mann getötet.«

Die Kinder kamen zurück, ich trank meinen Becher halb aus, die beiden teilten sich dann den Rest. Wir erlaubten ihnen nur selten, Limonade zu trinken. Ich klatschte in die Hände. »Wollen wir noch mal auf die Bahn?«, fragte ich. »Oder ist es schon Zeit für Hamburger?«

Wir entschieden uns für die Hamburger, und für den Rest des Tages blieb ich in der realen Welt. Es war himmlisch.

12

Eddie fuhr nach Frankreich, und das bedeutete, dass ich weder ihn anlügen noch mitten in der Nacht durchs Haus schleichen musste, um zurück in die Siebzigerjahre zu reisen. Er hatte sich entschlossen, seinen Eltern noch kurz vor dem Ende der Sommerferien einen Besuch abzustatten und die Mädchen mitzunehmen. Anfangs war er davon ausgegangen, dass ich mitfahren würde, was mir ein bisschen unangenehm war, aber ich hatte ihm erklärt, ich könnte etwas Zeit für mich allein gut gebrauchen. Er schaute mich an, als versuchte er, meine Gedanken zu lesen, doch dann sagte er einfach nur, er würde das verstehen. Jeder braucht schließlich ein bisschen Zeit für sich allein. Sie haben doch mit Sicherheit auch schon mal dieses Bedürfnis verspürt. Wenn man kleine Kinder hat, freut man sich über jeden Tag, an dem man nicht ständig auf dem Sprung sein, nicht dauernd auf die Uhr schauen muss, ja, vielleicht sogar mal vergessen kann, wie viel Uhr es ist. Es war also kein unangemessenes Ansinnen. Außerdem konnte ich mir gut vorstellen, dass Eddie und seine Mutter, nachdem die Kinder im Bett waren, noch bis spät in die Nacht zusammensitzen würden, froh, dass nicht einmal ich ihre Privatsphäre störte und sie offen miteinander reden konnten. Ich glaube, die meisten Menschen unterschätzen, wie sehr ihre Anwesenheit Situationen beeinflusst, die vielleicht ohne sie ganz anders ablaufen würden. Ich war mir sicher, dass es diesmal besser für Eddie sein würde, seine Mutter ohne mich zu besuchen.

Und natürlich wollte ich allein sein, damit ich *meine* Mutter besuchen konnte. Egoistisch zu sein ist ja so viel einfacher, wenn man sich einreden kann, dass es für jemand anderen gut ist.

Seitdem ich Louis mein Herz ausgeschüttet hatte, wollte er jedes Mal, wenn ich zur Arbeit kam, mit mir über meine Geschichte reden. Auch ich wollte natürlich darüber reden, aber für mich war das alles viel ernster. Er hatte für meinen Geschmack ein bisschen zu viel Spaß an der ganzen Sache, so als wäre das alles ein Spiel, ein triviales Abenteuer und keine lebensgefährliche Reise in unbekannte Gefilde. Ich konnte es ihm nicht verübeln, es war einfach so, dass er zwar die logistische Seite des Unternehmens ernst nahm, aber nicht meine emotionalen Probleme. Ich wusste, wie ich noch einmal meine Mutter besuchen konnte, die körperlichen Strapazen waren bestimmt auszuhalten. Aber würde mein Herz es ertragen?

Als Eddie mit den Mädchen nach Frankreich abreiste, war ich sehr erleichtert. Eine Gelegenheit für einen erneuten Besuch bei meiner Mutter zu finden, hatte für mich oberste Priorität gehabt, aber jetzt wurde mir erst so richtig bewusst, wie gefährlich das Unterfangen war; und auch andere beängstigende Dinge beschäftigten mich. Beängstigend auf eine Weise, die nichts mit der Angst zu tun hatte, meine Mutter nie wiederzusehen zu können. Diese Vorstellung beunruhigte mich tatsächlich. Andererseits muss schließlich jeder, der seine Mutter verloren hat, damit klarkommen.

Ganz oben auf der Liste der beängstigenden Dinge stand das Risiko, mich zu verletzen. Als Erstes holte ich den Karton vom Dachboden und stellte ihn auf mein Bett. Ich betrachtete ihn nachdenklich, dann hievte ich die Matratze auf den Fußboden und verteilte alle verfügbaren Kissen darum herum. Auf dieser gepolsterten Stelle zu landen würde angenehmer sein, als es die Landung auf dem Dachboden gewesen war. Dann nahm ich jede Menge Kleidung samt Bügeln aus dem Kleiderschrank – ich brauchte adäquate Klamotten für meine Zeitreise – und stapelte sie auf dem Bettgestell. Louis hatte mir geraten, mir die empfindlichen Körperteile zu polstern, was gar keine schlechte Idee war, aber die unterste Schicht musste Siebzigerjahre-tauglich sein. Ich fand einen geblümten Rock mit dazu passender Bluse, allerdings kam mir der Rock ein bisschen dünn vor für eine Zeitreise. Schließlich entschied ich mich für hellblaue Jeans mit Schlag und weiße Pumps. Dazu zog ich ein langärmeliges Sweatshirt an, eines mit grünen Ärmeln und einem weißen Torso, das war retro genug. Aber es war zu dünn, um mich auf der Reise zu schützen. Ich befingerte meine Pullover auf der Suche nach etwas Dickerem. Dann fiel mir Eddies Skianzug ein, und ich lächelte. Der Anzug war mir natürlich viel zu groß, was sogar ein Vorteil war, außerdem hatte er eine Kapuze.

Und so stand ich an einem sonnigen Augustabend um kurz vor acht Uhr im Schlafzimmer. Ich hatte gegessen und viel Wasser getrunken, um nicht zu dehydrieren. Über die Siebzigerjahre-Klamotten hatte ich mir eine dicke Jacke gezogen, weil ich ausgerechnet hatte, dass es in der Vergangenheit Januar oder Februar sein musste. Und zum Schluss schlüpfte ich in Eddies roten Skianzug. Ich band mir ein Tuch um den Hals, dann stülpte ich die Kapuze über den Kopf und zog das Band so weit zu, dass nur noch ein Guckloch übrig blieb. Auf Louis' Rat hin zog ich auch noch Skihandschuhe aus irgendeinem steifen, synthetischen Material an, die man am Handgelenk mit Klettband festmachte. Ich trat vor den großen Spiegel und salutierte meinem Spiegelbild. Ich sah aus wie eine Astronautin in einem aus Klamotten aus der Kleiderkammer zusammengestellten Raumanzug oder wie eine sehr auffällige Einbrecherin, die keine Ahnung von Mode hatte. Schweiß lief mir über den Rücken, als ich in den Karton stieg, eine Möchtegern-Astronautin, die sich startklar machte.

Ich bemühte mich, nicht darüber nachzudenken, was alles passieren konnte. Wenn man sich überlegte, dass ich normalerweise schon in einem modernen, bequemen Flugzeug Angst bekam, dass ich mich vor Spinnen fürchtete, Herrgott noch mal, und dass ich mich jetzt auf etwas einließ, was viel gefährlicher war. Obwohl ich viel Wasser getrunken hatte, war meine Kehle wie ausgetrocknet, als ich in dem Karton stand. Die Matratze war eine wacklige Angelegenheit, und ich fragte mich ängstlich, ob der Kartonboden halten würde.

Ich wartete und schwitzte – vor Angst und weil der Anzug so warm war – und stellte mir wie beim letzten Mal vor, dass Eddie mich ohnmächtig im Schlafzimmer entdecken würde, während ich träumte, ich wäre bei meiner Mutter in der Vergangenheit. Wie wäre es für ihn, mich hier in diesem Aufzug vorzufinden, wenn er nach einer Woche wieder aus Frankreich zurückkam? *Eine Rätselaufgabe: Eine Frau wird mitten im Sommer in einem Skianzug aufgefunden, sie hockt in ihrem Schlafzimmer in einem Pappkarton, der auf einer Matratze steht. Was ist passiert?*

Eddie könnte versuchen, eine logische Erklärung zu finden.

Aber das würde ja nicht passieren, schließlich träumte ich nicht. Nein, das hier war real. Wenn es auch nicht so aussah, als würde ich eine Reise antreten. Nachdem ich vielleicht eine Minute in dem Karton gestanden hatte – die Zeit ist relativ, und es kam mir viel länger vor –, geriet ich in Panik. Die Verspätung ließ mir zu viel Zeit, es mir anders zu überlegen. Mir wurde abwechselnd heiß und kalt, was mich an einen Oktopus in einem Tierfilm erinnerte, der immer wieder die Farbe wechselte. Ich überlegte, wie viel Zeit ich hätte, aus dem Karton zu steigen, bevor er mich aus meinem Haus und von meiner Familie wegbrachte. Plötzlich dachte ich, ich hätte eine Nachricht für Eddie hinterlassen sollen, für den Fall, dass ich nicht wieder zurückkehrte, auch wenn ihm das so vorkommen musste, als hätte ich den Verstand verloren. Irgendwas musste ich ihm dalassen, alles andere wäre grausam. Er war die ganze Woche in Frankreich, das hieß also, ich hatte noch etwas Zeit. Ich entschloss mich, ihm einen Brief zu schreiben. Als ich jedoch gerade aus dem Karton steigen wollte, tat die Welt sich unter mir auf, und ich fiel wie durch eine Falltür.

Die Schnelligkeit, mit der ich nach unten sauste, lässt sich nicht beschreiben. Sie sind bestimmt schon mal gefallen oder auf der Treppe ausgerutscht oder in den Rinnstein getreten, wenn Sie zu nahe an die Gehwegkante geraten sind. Die Schrecksekunde, wenn man plötzlich den Halt verliert, der Adrenalinstoß, die Nerven. Das alles passiert im Bruchteil einer Sekunde. Aber jetzt hörte das Fallen nicht auf, und das ist es, was ich nicht beschreiben kann. Ich hatte vorher darüber nachgedacht und gehofft, dass ich mich vielleicht an dieses Gefühl gewöhnen könnte, wenn es lange genug dauerte, dass es dann vielleicht so wäre, als fiele ich mit einem Fallschirm. Aber ich stürzte und stürzte gnadenlos immer tiefer.

Zumindest konnte ich versuchen zu atmen. Das hatte ich geübt, denn beim ersten Mal hatte mir der Luftzug das Atmen fast unmöglich gemacht. Es half auch, dass ich die Kapuze des Skianzugs so fest zugezogen hatte, dass nur noch ein Guckloch übrig geblieben war. Ich konzentrierte mich darauf, zu hecheln, und spürte meinen heißen Atem vor dem Mund. Ich musste daran denken, wie ich mir als Kind im Winter das Laken übers Gesicht gezogen und versucht hatte, warme Luft zu erzeugen, und wie die Hebamme bei der Geburt meiner Kinder immer wieder zu mir gesagt hatte: *Hecheln!* Und während ich von einer

Zeitebene in die nächste raste, fragte ich mich: *Ist das eher wie gebären oder wie geboren werden?*

Ich umschlang mich selbst mit den Armen. Als ich das erste Mal durch den Boden des Kartons gefallen war, hatte es mir die Arme über den Kopf hochgerissen. Diesmal umklammerte ich mich selbst mit den Armen und flog durch die Luft wie ein Mitglied einer Bobmannschaft, die statt über eine Rodelbahn durch die Luft schlingerte, oder wie eine Verrückte in einer Zwangsjacke.

Ich hechelte und hielt mich selbst fest. Zu wissen, was mich erwartete, half; zu wissen, dass ich meine Mutter wiedersehen würde, wog das alles auf. Wie beim letzten Mal begann ich irgendwann, langsamer zu fallen. Dann kippte ich nach vorn und flog kopfüber weiter. Beim ersten Mal hatte ich bunte Lichter auf mich zukommen sehen, auch diesmal lichtete sich das Dunkel, aber da war kein Kaleidoskop aus kleinen Lichtern. Ich vermutete, dass ich diesmal nicht unter dem Weihnachtsbaum, sondern direkt im Schuppen landen würde. Während ich kopfüber durch die Luft sauste, konnte ich die Arme nicht länger am Körper halten, sie streckten sich einfach nach vorn aus, so als würde ich einen Kopfsprung machen – die Natur opfert die Arme, um den Kopf zu schützen. Ich spürte den Druck auf der Brust und bemühte mich, nicht in Panik zu geraten, als ich nicht mehr atmen konnte. Ich wusste, dass das aufhören würde, aber wir wurden nun mal so programmiert, dass es uns Angst macht, wenn wir keine Luft bekommen. Ich wollte unbedingt mein Ziel erreichen, denn ich wusste, dass ich dort wieder atmen konnte, dort würde mein Sturz beendet sein, dort würde ich meine Mutter sehen.

Ich trat mit ausgestreckten Armen in die Welt ein. Der Karton brach an einer Kante auf, als ich landete und über den Boden des Schuppens schlitterte. Einer meiner Ärmel blieb an irgendetwas hängen und wurde bis zur Schulter hochgeschoben, sodass ich mit dem nackten Arm an der Holzwand entlangschrammte und mir mehrere Splitter einzog. Dann krachte ich mit dem Kopf gegen die Schuppentür. Ich sah Sternchen, mehrere Sekunden lang hielt ich ganz still und versuchte einzuschätzen, wie schlimm der Schaden war. Erst dann wagte ich es, mich zu bewegen. Vermutlich sah ich aus wie eine kaputte Puppe, die jemand gegen die Wand geworfen hatte. Ich keuchte und war bei Bewusstsein, und wie es schien, hatte ich mir nichts gebrochen, immerhin. Vorsichtig richtete ich mich in dem dunklen Schuppen auf, bis ich saß, mit dem Rücken an die Tür gelehnt, die Beine ausgestreckt. Ich löste die Kapuzenschnur, weitete die Öffnung und atmete erleichtert ein paarmal tief durch, auch wenn die Luft ziemlich stickig war. Ich schmeckte Blut und zog mir die Handschuhe aus, um meine Lippen abzutasten, die ich mir offenbar aufgebissen hatte. Aber als ich meinen Körper untersuchte, stellte ich fest, dass ich ansonsten nur ein paar blaue Flecken abbekommen hatte. Ich stand vorsichtig auf, froh, dass ich keine Verletzungen davongetragen hatte, auch wenn mir von dem Aufprall alle Knochen wehtaten und ich mich ziemlich durchgerüttelt fühlte. In dem engen Schuppen öffnete ich den Reißverschluss des Skianzugs, zog ihn herunter und versuchte, ihn über die Füße zu bekommen. Als ich auf einem Fuß hüpfte, verhakte sich der Absatz meines Schuhs in dem elastischen Bündchen, und ich fiel nach vorn wie eine Betrunkene. Ich krachte mit dem Gesicht gegen die Schuppentür, schrammte mir die Haut an dem rauen Holz auf und ging genau an der Stelle zu Boden, wo ich gelandet war. Einen Moment lang blieb ich reglos liegen, dann riss ich mir wütend den Anzug von den Füßen und schleuderte ihn verärgert von mir weg.

13

Ganz vorsichtig öffnete ich die Schuppentür und schaute in den Garten meiner Vergangenheit. Warme Sommerluft umfing mich. Ich hatte mit Winter gerechnet, aber es war eher später Frühling, wenn nicht sogar schon Frühsommer, was bedeutete, dass seit meinem letzten Besuch mindestens ein halbes Jahr vergangen war. Ich hoffte, dass es immer noch 1977 war und meine Mutter noch lebte.

Ich ging um das Haus herum zur Eingangstür, klopfte an und wartete. Ich hielt den Atem an, als hinter dem gewellten Glas Licht eingeschaltet wurde und jemand sich der Tür näherte. Ich hörte, wie die Kette gelöst wurde, dann ging die Tür auf. Zwei Dinge hauten mich um: das schöne, verschlafene, lächelnde Gesicht meiner Mutter und der erdige Geruch nach Marihuana. Sie schaute mich fragend an, dann erkannte sie mich. Sie sog scharf die Luft ein, beugte sich vor, hob die Arme, sodass ihre Armreifen klimperten, und nahm mein Gesicht zwischen beide Hände.

»Mein Schutzengel«, sagte sie träge, beinahe lasziv. »Meine Blutsschwester. Ich hatte mich schon gefragt, wann ich dich wiedersehen würde.«

Ich spürte einen Kloß im Hals, als ich die Hände meiner Mutter berührte, die immer noch an meinen Wangen lagen. Ihre Finger waren so warm und so verführerisch real, dass ich die Augen schloss, um den Moment auszukosten.

Sie nahm mich an der Hand und zog mich ins Haus. Ich kam mir vor wie ein Kind, vertraute darauf, dass meine Mutter mich führen würde, dass sie mich an einen sicheren Ort bringen und aufpassen würde, dass mir nicht noch mehr passierte. Wie sehr hatte ich mich danach gesehnt, von meiner Mutter umsorgt zu werden, und wie leicht fiel es mir jetzt, in die Rolle des verletzlichen Kindes zu schlüpfen. Ich hätte das nicht voraussagen können. Ich hatte eher vermutet, dass es mir schwerfallen würde, das Kind zu sein, das zu sein ich aufgehört hatte, als ich meine Mutter verloren hatte. Aber wie es aussah, befand sich das Kind in mir in einem Schrank, dessen Tür nur angelehnt, aber nicht verschlossen war.

Im Wohnzimmer brannten Kerzen, und auf dem großen hölzernen Sofatisch, an dem ich mir als Kind so oft die Zehen gestoßen hatte, lag in einem klobigen Aschenbecher ein Joint, von dem sich eine dünne, weiße Rauchfahne in Richtung Zimmerdecke kringelte.

»Setz dich«, sagte Jeannie mit einer Handbewegung in Richtung Sofa. Sie selbst setzte sich im Schneidersitz auf ein großes Kissen auf dem Boden, nahm den Joint vom Tisch und bot ihn mir an. Als ich keine Anstalten machte, ihn entgegenzunehmen, machte sie eine Geste, wie um zu sagen, *Na, mach schon*. Das klingt vielleicht naiv, aber ich hatte nicht gewusst, dass meine Mutter rauchte. Also, ich meine, ich hatte sie nicht ein Mal Zigaretten rauchen sehen, und jetzt kiffte sie. Ich war selbst überrascht, wie sehr mich das schockierte. Ich bin nicht prüde, einige meiner Freunde kiffen hin und wieder auch, und ich hatte gewusst, dass meine Mutter eine Art Hippie gewesen war, aber aus irgendeinem Grund irritierte es mich, dass sie Marihuana rauchte, noch dazu allein. Ich hatte als Studentin ein paarmal gekifft, aber nur zusammen mit Freunden. Ich wüsste nicht mal, wie man einen Joint dreht.

Es war nicht zu übersehen, dass meine Mutter eine erfahrene Kifferin war, und mir wurde klar, dass ich der gleichen Illusion erlegen war wie meine Kinder, die glaubten, ihre Mutter hätte nie in ihrem Leben etwas Ungehöriges, geschweige denn etwas Ungesetzliches getan.

Sie beugte sich weiter vor, drängte mich, den Joint zu nehmen, und ich tat es. Ich zog daran.

»Das ist ungesund«, sagte ich.

Meine Mutter nickte lächelnd. »Ich mach das schon lange nicht mehr regelmäßig, nur ab und zu, um mir was Besonderes zu gönnen.«

Wie Jeannie auf ihrem Kissen saß, die nackten Füße gegeneinandergepresst und ihren langen Rock im Schoß zusammengerafft, erinnerte sie mich an eine große, bunt bemalte Schale. Sie betrachtete mich, und ein Lächeln umspielte ihre Lippen. »Jedes Mal, wenn ich dich sehe, bist du ganz verschrammt«, sagte sie. »Du siehst aus, als hättest du mit einer Katze gekämpft.« Sie grinste. »Und als hätte die Katze gewonnen.«

Ich zog noch einmal an dem Joint, sog den Rauch ein, der mir bis in die Zehen zu dringen schien. Ich musste nicht husten. Es fühlte sich gut an. Ich war entspannt.

»Eine Katze hätte keine Chance gegen mich«, sagte ich.

»Und ein Hund?«, fragte Jeannie.

»Kommt drauf an. Gegen einen kleinen würde ich gewinnen«, erwiderte ich lächelnd.

»Na, ich weiß nicht. Ein kleiner wäre zappelig, den würdest du kaum zu packen kriegen.« Sie nahm ein Kissen und tat so, als würde sie damit kämpfen. »Ich käme besser gegen einen großen an.« Sie beugte sich vor, nahm mir den Joint ab, lehnte sich wieder zurück, legte sich theatralisch einen Arm hinter den Kopf, schloss die Augen und nahm genüsslich einen tiefen Zug. Sie hielt kurz den Atem an, dann ließ sie den Rauch langsam durch ihre gespitzten Lippen strömen.

Eine ganze Weile saßen wir schweigend in dem

schwach erleuchteten Zimmer, bis ich fast vergessen hatte, worüber wir uns überhaupt unterhalten hatten. Meine Mutter war so real, so authentisch, hier im selben Zimmer mit mir, nah und greifbar. Ich ließ die Eindrücke auf mich wirken. Es fühlte sich gut an, zu Hause zu sein.

Jeannie summte leise vor sich hin. Sie war total bekifft.

»Mit einem Bären müsste ich gar nicht kämpfen«, sagte Jeannie, die Augen immer noch geschlossen. »Ich würde ihn allein mit meinem Charme besiegen.«

»Ein Bär würde dich in Stücke reißen«, entgegnete ich.

»Ach was.« Sie machte eine wegwerfende Handbewegung und zog noch einmal an dem Joint. »Ich bin schon mehreren Bären begegnet, und sie sind alle meinem Charme erlegen. Menschliche Bären.« Ihre Lider öffneten sich ein klein wenig, und ich sah, wie schwer es ihr fiel, ihren Blick auf mich zu fokussieren. Sie zeigte mit dem Joint auf mich. »Menschliche Bären sind von innen behaart, also sei auf der Hut!«

Ich lachte, und sie lachte, und dann stand sie mit wackeligen Beinen auf, reichte mir beide Hände und zog mich hoch. Sie hakte sich bei mir unter, und wir lehnten uns aneinander wie zwei alte Damen, die sich gegenseitig über die Straße helfen.

»Ich hab noch nie einem Tier etwas getan«, sagte Jeannie. »Ich bin Vegetarierin.«

»Aber Bären kannst du bezirzen?«, fragte ich.

»Na klar«, erwiderte sie, richtete sich auf und ließ verführerisch eine Schulter kreisen. »Das liegt in meiner Natur.«

Ich hatte einen derartigen Hunger, dass ich befürchtete, zusammenzuklappen, wenn ich noch weiter kiffte, und mir lief das Wasser im Mund zusammen, als meine Mutter mich in die Küche führte und begann, Brot zu schneiden. Ich konnte das Brot riechen, und als sie eine Scheibe dick mit Butter bestrich, konnte ich die kühle Butter beinahe schmecken. Das Licht des Kühlschranks beleuchtete ihr Gesicht wie das eines Engels, und sie hielt ein Glas Marmelade hoch, als wäre es der Heilige Gral. »Magst du die?«, fragte Jeannie.

»Hat Henry die gemacht?«

»Die beste Marmelade in der Stadt.«

»Dann her damit. Und schön dick.«

Noch nie hatte mir Brot mit Butter und Pflaumenmarmelade so gut geschmeckt wie jetzt mit meiner Mutter am Küchentisch. Hungrig und bekifft, wie wir waren, konnten wir gar nicht genug davon bekommen. Wir nickten und seufzten hingerissen. Jeannie legte den Kopf in den Nacken und leckte sich genüsslich erst die Marmelade von den Lippen und dann die Reste Marmelade vom Teller.

»Du Ferkel«, sagte ich, und sie grunzte.

»Wo bist du so lange gewesen?«, fragte Jeannie, als nur noch Krümel übrig waren. »Ich hab mir die ganze Zeit gewünscht, ich wüsste, wo du wohnst, dann wäre ich mal vorbeigekommen. Aber ich hatte vergessen, dich zu fragen, und du hattest dich in Luft aufgelöst.« Während sie das sagte, glitt ihre Hand durch die Luft wie der Rauch, der vom Aschenbecher aufstieg.

»Ich wollte eigentlich schon eher wiederkommen«, erklärte ich. »Aber du und Faye, ihr habt ja euer Leben, und ich wollte euch nicht lästig werden.«

»Was für ein Quatsch«, sagte Jeannie, drückte sich vom Küchentisch ab und ging wieder zum Wohnzimmer zurück. Ihr langer Rock schleifte über den Boden, sodass es aussah, als schwebte sie von einem Raum in den nächsten. »Es hätte mich fast gekränkt«, sagte Jeannie über die

Schulter hinweg, und ich sah, dass sie das ernst meinte, obwohl sie so tat, als wäre es ein Scherz.

Sie ließ sich wieder auf ihr Kissen fallen und drehte noch einen Joint, und ich schaute ihr schweigend zu.

Sie inhalierte lässig, es wirkte alles total cool. Meine Mutter war eine geübte Kifferin. »Faye und ich sind viel allein, wir kriegen kaum Besuch, und du bist was ganz Besonderes. Erstens hast du Faye das Leben gerettet, und zweitens haben wir beide eine spezielle Verbindung.« Sie zeigte zuerst auf mich, dann auf sich selbst. »Und ich bin nicht die Einzige, die das spürt. Stimmt's, Schwester? Du bist mein Schutzengel, also kannst du auch nicht lästig werden.«

Ihr offenes Lächeln drückte aus, wie sicher sie sich war, dass sie nicht allein mit ihren Gefühlen war. Ich nickte. »Ja, das stimmt, wir haben eine spezielle Verbindung. Leider ist es nicht leicht für mich, hierherzukommen.«

»Verstehe«, sagte sie. Aber das war natürlich unmöglich.

Ich musste eingeschlafen sein, denn als ich die Augen öffnete, brannten viel mehr Kerzen als vorher, und meine Mutter hielt mir ein Glas Wasser an die Lippen. Ich trank einen Schluck und spürte, wie die Wassermoleküle sich in meinem ganzen Körper ausbreiteten, bis in die winzigsten Verästelungen meiner ausgetrockneten Lungenflügel. Ich nahm ihr das Glas ab und trank es leer.

»Wann hast du das letzte Mal was getrunken?«, fragte Jeannie.

»Ich kann mich nicht erinnern«, antwortete ich.

»Du bist ein seltsamer Vogel, Faye. Du hast im Schlaf gesprochen.« Sie schob mir eine Haarsträhne aus der Stirn. »›Mum, ich hab Durst‹, hast du immer wieder gesagt, und ich dachte, na ja, wer im Schlaf Durst hat, der hat auch Durst, wenn er wach wird. Du wirkst so müde. Möchtest du heute hier schlafen?«

Ich nickte. Sie nahm mir das Glas ab, drehte sich um und stellte es auf dem niedrigen Holztisch hinter sich ab, auf dem eine Schale mit milchigem Wasser stand. Wie bei meinem letzten Besuch tupfte sie die Schrammen an meinem Kopf mit Desinfektionsmittel ab, aber sie hatte das nicht nur bei meinem letzten Besuch gemacht. Der Geruch der Flüssigkeit war mir vertraut, er erinnerte mich an aufgeschlagene Knie, an eine im Freien verbrachte Kindheit, an eine Mutter, die zu Hause wartete, um alles wieder in Ordnung zu bringen.

Meine Mutter kniete sich vor mich auf den Boden. Ihr Haar, das vorher ihre Schultern umspielt hatte, war jetzt achtlos zu einem Dutt aufgedreht.

»Faye.« Ihre Stimme klang sanft und schien von weit her zu kommen. Mein Blick glitt über sie, aber obwohl ich schläfrig vom Kiffen und müde von der anstrengenden Reise war, fiel mir auf, dass ihr Gesichtsausdruck ernst war. »Faye«, sagte sie noch einmal und griff nach meiner Hand. »Ich glaube, du wurdest mir geschickt. Ich glaube, du bist ein Zeichen für mich.«

»Ein Zeichen?«, wiederholte ich.

»Ein Zeichen, dass du zu meinem und Fayes Leben gehörst. Eine Wahrsagerin hat mir mal gesagt, dass eine Frau aus heiterem Himmel in unser Leben treten und sich um mich und meine Tochter kümmern würde.«

»Eine Wahrsagerin?« Ich musste lachen.

»Wag es nicht, mich auszulachen«, sagte Jeannie, und ich hörte auf zu lachen.

»*Ja,* eine Wahrsagerin. Sie hat gesagt, ich soll nach dieser Frau Ausschau halten, weil sie wichtig für uns ist. Sie hat gesagt, meine Tochter würde ohne ihre Mutter aufwachsen und dass ich deine Hilfe brauchen könnte.« Ihr Blick war ernst.

»So etwas hätte sie dir nicht sagen dürfen«, erwiderte ich, beeindruckt von der Klarsichtigkeit der Wahrsagerin.

»Sie hat es aber getan«, fuhr Jeannie fort. »Und es ist mir *egal*, ob du an so was glaubst oder nicht, aber ich spüre es hier drinnen.« Sie legte sich eine Hand aufs Herz. »Vielleicht lässt es sich nicht wissenschaftlich beweisen, aber ich glaube es, es ist meine Wahrheit, es ist *mein* Zeichen. Ich werde also deine Hilfe brauchen, okay?«

»Okay«, sagte ich und lächelte zaghaft.

Sie nahm mein Gesicht zwischen beide Hände, küsste mich auf die Stirn, lehnte sich zurück und sah mich so liebevoll an, dass ich über das ganze Gesicht lächelte.

»Ich hab das ernst gemeint, was ich gesagt hab, als du gekommen bist.«

Ich versuchte, mich an ihre ersten Worte zu erinnern, doch es gelang mir nicht, und ich schüttelte den Kopf.

»Du bist mein Schutzengel.«

Jeannie machte Tee und drückte mir meine Lieblingstasse mit Metal Mickey in die Hand.

»Ich mag Kerzenlicht«, sagte ich. Ich genoss das wohlige Dämmerlicht und das Flackern an den Wänden.

»Stromausfall«, erklärte Jeannie. »Passiert alle naselang.« Sie saß auf ihrem Kissen, die Beine hochgezogen – ich konnte schon lange nicht mehr so sitzen –, und trank einen Schluck Tee aus einer riesigen, dampfenden Tasse, dann stellte sie die Tasse entschlossen ab und stand auf. »Komm mit«, sagte Jeannie, und ich folgte ihr. Sie führte mich durch die Küche nach draußen und bat mich, dort zu warten. Sie ging um das Haus herum und kam mit einer Leiter zurück, die sie so ungeschickt trug, als handle es sich um eine überdimensionale Puppe. Als ich zu ihr gehen wollte, um ihr zu helfen, hatte sie sie bereits über den Gartenzaun hinweg an einen Baum im Nachbargarten gelehnt und war dabei, nach oben zu klettern.

»O Gott, was machst du da?«, fragte ich.

»Keine Gotteslästerungen, bitte. Ich steige eine Leiter hoch.« Sie zog sich in eine der höchsten Astgabeln hinauf und drückte sich mit einem Fuß auf der obersten Sprosse ab. Ich sah, wie sie immer höher stieg, bis sie auf einem Ast saß, der nicht besonders dick war. Ich meinte, sie lächeln zu sehen, aber im Dunkeln war sie zwischen den Ästen kaum noch zu erkennen. Ich sah eigentlich nur noch ihre Füße, die in der Luft baumelten wie die von Mary Poppins, wenn sie an ihrem Regenschirm auf die Erde herunterschwebt.

»Komm rauf!«, rief Jeannie mir zu.

»Nein!«

»Los, mach schon!«

»Es ist zu hoch«, flüsterte ich laut. »Und es ist noch nicht mal dein Baum.«

Als sie nicht antwortete, stellte ich mich entnervt mit einem Fuß auf die unterste Sprosse, um zu testen, ob die Leiter stabil stand. Ich rückte sie ein bisschen zur Seite, damit sie einen besseren Halt im Boden hatte und nicht wegrutschen konnte. Auf der obersten Sprosse angekommen, schnaubte ich ratlos. Jetzt konnte ich Jeannies Gesicht gut erkennen, sogar ihre Zähne, weil sie breit grinste. Sie wirkte so entspannt, als läge sie in einer Hängematte.

»Hast du Höhenangst?«, fragte sie.

»Nein, Angst vorm Fallen«, antwortete ich und klang erwachsener als beabsichtigt.

»Eigentlich solltest du nur Angst vor dem Aufprall haben«, sagte Jeannie lachend. »Auf eine gute Landung kommt's an, wenn du mich fragst. Keine Angst vor Höhen oder vor dem Fallen. Man muss nur sauber landen – wie eine Katze.«

»Man braucht nicht sanft zu landen, wenn man gar nicht erst auf Bäume klettert«, sagte ich. Ich dachte an meinen Karton und daran, dass es sich manchmal zu fallen lohnte.

Ich versuchte, mich hochzuziehen, aber alle Äste schienen unter meinem Gewicht nachzugeben. Schließlich packte Jeannie mein Handgelenk und zog mich hinauf. Keuchend turnte ich in der Baumkrone herum, bis ich schließlich neben ihr auf dem Ast saß. Jeannie hockte so lässig da wie ein Spatz auf einer Stromleitung. Neben ihr kam ich mir vor wie eine dicke Taube, die Mühe hatte, ihr Gleichgewicht zu halten.

»Und wenn ich runterfalle?«, fragte ich.

»Tust du nicht.«

»Und wenn doch?«, beharrte ich.

»Ich sag doch: *Sanft landen.*« Sie schaute mich an und kicherte. »Also wirklich, du hast doch bestimmt schon mal was gemacht, was gefährlicher war als das hier«, sagte Jeannie. »Ich komme oft hier rauf, um die Sterne zu beobachten.«

Jeannie zog einen Joint aus ihrer Tasche. Sie versuchte, ein Streichholz anzuzünden, das in ihrer hohlen Hand sofort ausging. Was sich auf dem Boden noch wie eine leichte Brise angefühlt hatte, entpuppte sich hier oben als kräftiger Wind. Nach drei Versuchen brannte der Joint, und sie lehnte sich gemütlich zurück, offenbar an einen Ast, den ich nicht sehen konnte. Sie nahm einen tiefen Zug, hielt die Luft an und blies schließlich den Rauch aus, der in die Nachtluft aufstieg.

»Versuch, dich zu entspannen«, sagte sie und reichte mir den Joint wie eine Ärztin, die mir ein Medikament gab. Ich klammerte mich an einen Ast, als wäre er ein

Stück Treibholz im Meer, das mich vor dem Ertrinken rettete, und griff nach dem Joint. Ebenso wie sie nahm ich einen tiefen Zug, gab ihr den Joint aber nicht sofort zurück. Ich fand eine stabilere Position und nahm noch einen tiefen Zug. Der Himmel waberte ein bisschen, aber das war mir jetzt egal.

»Du bist ziemlich leichtsinnig«, sagte ich und gab ihr lächelnd den Joint zurück.

»Es ist nur ein Baum«, erklärte Jeannie.

»Wir sind erwachsene Frauen«, wandte ich ein.

»Stimmt«, sagte Jeannie. »Ich bin erst fünfundzwanzig. Eigentlich hab ich mich schon immer erwachsen gefühlt, aber vielleicht bin ich ja auch immer ein Kind gewesen.«

Sie zog an ihrem Joint und blies Rauchringe, die beim Aufsteigen größer wurden und zu wabern begannen, bis sie im Laub über uns verschwanden. Eine Weile saßen wir in aller Stille da. Also, damit meine ich, dass wir schwiegen, aber das Knistern des Laubs über uns war lauter, als ich erwartet hätte, es raschelte und scharrte wie ein Straßenbesen auf Asphalt. Die Sterne leuchteten hell, und es war, als würden sie an- und ausgeknipst, weil sie zwischen den Ästen, die sich im Wind bewegten, immer wieder verschwanden und wieder auftauchten. Es war still und kühl, und der traumähnliche Zustand wurde noch verstärkt durch den erdigen Geschmack des Rauchs und das sanfte Wiegen unseres Schiffs.

»Ich sollte mehr *sinnig* sein«, sagte Jeannie. Ihre Stimme klang belegt, und sie lallte ein bisschen.

»Und was ist sinnig?«, fragte ich. Auch ich lallte ein bisschen, mein Mund fühlte sich an wie aus Gummi und machte ein klickendes Geräusch beim Sprechen.

»Keine Ahnung«, sagte Jeannie. »Vielleicht das Gegenteil von leichtsinnig?«

»Ah, ja, genau. Wenn man leichtsinnig sein kann, müsste man ja auch sinnig sein können«, sagte ich und dachte über das Wort nach, das mir unbekannt war und meines Wissens auch nicht existierte. »Jedenfalls musst du vorsichtiger sein, Jeannie. Du musst auf dich aufpassen, du hast Verantwortung. Du solltest nicht auf Bäume klettern.«

Jeannie schnalzte mit der Zunge, dann schwiegen wir eine ganze Weile. »Ich möchte, dass Faye auf Bäume klettert«, sagte sie schließlich.

Das wünschte ich meinen Kindern natürlich auch, aber meine Angst, vom Baum herunterzufallen, mich zu verletzen und womöglich nicht wieder nach Hause zu können, vernebelte mir das Hirn.

»Das Gegenteil von unerbittlich ist ›erbittlich‹, wusstest du das?«, sagte Jeannie unvermittelt.

»Hm, nein. Darüber hab ich noch nie nachgedacht«, sagte ich.

Wir saßen da und grübelten vor uns hin. Ab und zu murmelte eine von uns »sinnig«, nur weil es so ein schönes Wort war.

Nach einer gefühlten Ewigkeit drehte ich mich zu Jeannie um. »Was hat diese Wahrsagerin sonst noch über dieses Zeichen gesagt?«

»Dass eine Frau aus heiterem Himmel in unser Leben treten würde«, erwiderte Jeannie und schaute mich lächelnd an. »Und genau das hast du getan. Du bist aus heiterem Himmel aufgetaucht und hast Faye das Leben gerettet.«

Benebelt dachte ich daran, wie ich durch die Atmosphäre gerast war, als säße ich nicht angeschnallt in einer Achterbahn, wie ich unter dem Christbaum gelandet war, wie ich vor wenigen Stunden im Schuppen gelandet war.

Nach einer Weile sagte ich: »Und du meinst nicht, dass

ich einfach zum richtigen Zeitpunkt am richtigen Ort aufgetaucht bin?«

»Nein«, widersprach sie. »Ich weiß, dass du das mit der Wahrsagerin für Unsinn hältst, aber ich habe schon immer das Gefühl, dass ich nicht alt werde, Faye. Weißt du, was ich damit meine?«

Mein Mund war so trocken, dass ich kaum schlucken konnte, es war, als hätte mein Körper vergessen zu funktionieren. Ich sah meine wunderbare Mutter eine Zeit lang an, dann schaute ich in den Nachthimmel hoch, in dem Wissen, dass sie nur noch ungefähr ein Jahr zu leben hatte. Ich nickte, um ihre Frage zu beantworten. Meine Augen brannten, und ich ließ es zu, dass mir eine Träne über die Wange rollte. Wenn eine Freundin mir sagte, sie glaubte, dass sie jung sterben würde, dann würde ich sofort versuchen, ihr das auszureden. Aber ich wusste, dass meine Mutter recht hatte.

Sie zündete ein Streichholz an. Die Flamme erwachte so plötzlich zum Leben, als befürchtete sie, dass sie nie wieder eine Chance bekommen würde, in der Welt zu leuchten. Meine Mutter schützte sie mit ihrer hohlen Hand, sodass sie noch ein bisschen brennen konnte, hielt sie an den halb gerauchten Joint und zündete ihn erneut an.

»Warum glaubst du, dass du nicht alt wirst?«, fragte ich, verwundert über ihre Vorahnung, von der ich wusste, dass sie sich bewahrheiten würde.

»Ich weiß auch nicht, es ist nur so ein Gefühl. Meine Eltern sind jung gestorben, und irgendwie ist es wie ein Muster, das auch für mich gilt. Ich kann mir gar nicht vorstellen, alt zu werden, wirklich nicht, so als würde die Möglichkeit für mich nicht existieren. Es steht nicht geschrieben. Und jedes Jahr bekomme ich so eine schreckliche Erkältung, dass ich mir fast die Seele aus dem Leib huste, und ich bin mir sicher, dass es irgendwann tatsächlich so sein wird.«

»Geh doch mal zum Arzt und lass dich untersuchen. Und hör auf zu rauchen«, sagte ich.

Sie schüttelte den Kopf. »Kein Arzt. Meiner Erfahrung nach bringen die einen noch schneller um. Außerdem mach ich das nicht oft«, fügte sie hinzu und hielt den Joint hoch. »Mir ist nur wichtig zu wissen, dass es Faye gut geht, egal, was mir passiert. Ich möchte sicher sein können, dass sie geliebt wird, glücklich ist und ein schönes Leben hat, wenn ich nicht mehr da bin. Ich dachte immer, es wäre sinnvoll, mich mit guten Menschen zu umgeben, die sich um sie kümmern können, die so eine Art Sicherheitsnetz für sie bilden. Aber irgendwie ist mir das nicht gelungen. Die Menschen in meinem Leben, denen ich vertraue, sind zwar nett, aber leider nicht zuverlässig und auf keinen Fall in der Lage, sich um ein Kind zu kümmern. Faye wurde nie getauft, aber jetzt wünschte ich, ich hätte sie taufen lassen, dann hätte sie jetzt wenigstens Taufpaten. Da habe ich einen Fehler gemacht. Du bist eine Frau, die ich gewählt hätte, eine Frau, die meiner Tochter geben kann, was ich ihr nicht mehr werde geben können. Es ist, als würde ich dich jetzt schon sehr gut kennen.«

»Wir sind uns erst zweimal begegnet«, sagte ich und meinte es ernst, aber obwohl ich so leise sprach, dass ich es selbst kaum hören konnte, hörte Jeannie es.

»Das spielt keine Rolle«, entgegnete sie. »Manche Leute kennt man sein ganzes Leben und kennt sie doch nicht, Leute, zu denen man keine Verbindung hat, wo alles an der Oberfläche bleibt. Und dann gibt es Leute wie dich und mich. Die Verbindung ist sofort da. Wie oft man sich sieht und wie viel Zeit man miteinander verbringt, ist vollkommen egal.«

»Wie bist du nur so weise geworden?«, fragte ich.

Ich hörte sie lächeln. »Hast du nicht gesagt, ich sei leichtsinnig?« Ich erwiderte nichts.

Sie schien über ihre Worte nachzudenken, bevor sie fortfuhr. »Selbsterhaltungstrieb, schätze ich mal. Ich lese viel. Die Ratschläge und Lehren, die man von Festivals mitnimmt.«

Der Wind frischte ein bisschen auf, ich bekam eine Gänsehaut und wollte wieder runter vom Baum.

»Seit unserer ersten Begegnung muss ich dauernd an dich denken«, sagte Jeannie. »Du hast etwas an dir – es ist so intensiv und so vertraut. Ich weiß einfach, dass wir Freundinnen sein werden, und ich weiß, dass du das merkwürdig findest, weil es ja erst das zweite Mal ist, dass wir uns begegnen, und vorher kannten wir uns überhaupt nicht. Aber ich will dich unbedingt etwas fragen, und ich habe mir geschworen, es zu tun, wenn du das nächste Mal in meinem Leben auftauchst. Natürlich hab ich Angst, dass du es für verfrüht hältst, aber ich habe mir ganz fest vorgenommen, es zu tun und dich zu bitten, mir zu helfen, egal, was passiert.«

»Was willst du mich fragen?«

»Wenn mir etwas zustößt, wirst du dich dann um Faye kümmern? Willst du ihre Patin sein?«

»Wie bitte?«, sagte ich. »Jeannie, du kennst mich doch kaum, du solltest jemand Vertrautes darum bitten.«

»Aber wir haben niemanden, Faye und ich, keine Verwandten, keine verlässlichen Freunde. Ich spüre, dass du die Richtige für die Aufgabe bist. Allein, wie du dich benommen hast, bevor du hier raufgeklettert bist: Du überprüfst zuerst alles, und schließlich kletterst du. Ich bin anders, aber letztlich stammen wir doch vom selben Stern. Du hast selber Kinder und musst doch verstehen, von welchem Stern ich komme. Außerdem haben wir ja noch Zeit, einander besser kennenzulernen. Ich wollte einfach nur jetzt schon darüber reden, weil ich weiß, dass ich mich in dir nicht täusche. Also: Wenn ich sterbe, kümmerst du dich dann um sie?«

Mir war ganz schwindlig, der Magen drehte sich mir um. »Können wir runterklettern?«, fragte ich. »Mir ist kalt.«

Sie legte eine Hand auf meine. »Ich wette, du bist eine bessere Mutter als ich«, sagte Jeannie.

Mir blieb die Luft weg, meine Trauer wurde immer lauter, wie das Rauschen der Blätter in der Baumkrone um mich herum.

»Ich bitte dich doch nur, ihre Patin zu sein«, fuhr sie fort. »Die meisten Leute, die ich fragen könnte – und das sind nicht viele –, würden, ohne zu überlegen, *Ja* sagen. Aber du nimmst meine Bitte tatsächlich ernst. Was mir erst recht zeigt, dass du die Richtige bist. Du bist so …« Sie überlegte, dann lächelte sie. »So *sinnig*.«

Während wir nacheinander die Leiter hinunterstiegen, drehten sich meine Gedanken im Kreis: Ich war der lebende Beweis dafür, dass es Jeannies Tochter gut gehen würde. Es lag in meiner Macht, Jeannie mehr zu geben als ein bloßes Versprechen. Ich würde ihr beweisen können, dass es Faye gut gehen würde. Wenn ich ihr nur sagen könnte, wer ich war. Aber wenn ich das tat, würde ich bestätigen, was meine Mutter befürchtete: dass sie bald sterben und mich nicht aufwachsen sehen würde. Wenn ich ihr die unglaubliche Geschichte erzählte, dass wir uns in der fernen Zukunft wiedersehen würden, weil ich in dem Pappkarton in die Vergangenheit reisen konnte, würde sie das nicht über das Wissen hinwegtrösten können, dass sie nur noch ein Jahr zu leben hatte. Das heißt, wenn sie mir überhaupt Glauben schenkte.

Einerseits beunruhigte es mich, dass Jeannie ihre Tochter – also mich – so mir nichts, dir nichts einer Fremden anvertrauen wollte, andererseits fühlte ich mich durch ihre Wahl geschmeichelt, und ich kam nicht umhin zu denken, dass Jeannie vollkommen recht hatte: Ich war genau die Richtige für die Aufgabe, mich um die kleine Faye zu kümmern, ich war total vertrauenswürdig, ich war *ich*. Jeannies Instinkt traf exakt ins Schwarze. Was mir nicht gefiel, war, dass *ich* das wusste, sie es aber nicht wissen konnte.

Ihre Naivität ärgerte mich. Dann musste ich daran denken, wie sie von einer Pflegefamilie an die nächste weitergereicht worden war, ein Kind, das bei Fremden aufwuchs und offensichtlich keine besonders schöne Kindheit gehabt hatte. Vielleicht befähigte sie gerade das dazu, tatsächlich die richtige Person für ihre Tochter auszuwählen. Vielleicht war sie aber auch wie ein Kind, das in den Eisladen geht, auf die erste Eissorte zeigt und sagt: *Davon eine Kugel.*

Aber was für eine Rolle spielte es letztendlich? Obwohl meine Mutter jung gestorben war, trotz allem, was passiert war, ging es mir gut. Ich war glücklich, ich wurde geliebt. Ich konnte meiner Mutter nicht versprechen, was sie sich wünschte. Aber vielleicht konnte ich ihr etwas sagen, das sie beruhigte.

Das wäre ein Gesprächsthema für den nächsten Tag. Im Moment war ich erschöpft. Körper und Geist sind nur bis zu einem bestimmten Punkt belastbar, und ich hatte meine Grenze erreicht. Als ich aus dem kühlen Garten in die Küche ging, drehte sich mir der Kopf, und auch der Raum um mich herum begann, sich zu drehen. Ich schwankte, und das Bedürfnis nach Schlaf war überwältigend. Meine Mutter hielt meine Hand, ich kann mich nicht erinnern, die Treppe hinaufgestiegen zu sein, aber auf einmal waren wir oben. Ich erinnere mich vage, wie ich am Fußende von

Fayes Bett saß, wie Jeannie die schlafende Faye auf die Arme nahm und in ihr Bett trug, damit ich in Fayes Bett schlafen konnte. Ich erinnere mich verschwommen, wie ich mich hinlegte und dachte, dass das Bettzeug noch warm von der kleinen Faye war, wie mein Körper ihren Platz einnahm und noch mehr Wärme erzeugte. Ich glaube, meine Mutter ist, nachdem sie die kleine Faye in ihrem Bett abgelegt hatte, noch einmal zu mir zurückgekommen, um mich mit der karierten Daunendecke zuzudecken. Und ich weiß noch, dass ich dachte, dass meine Mutter mich zweimal ins Bett brachte: zuerst die sechsjährige Faye, dann die sechsunddreißigjährige Faye. Ich erinnere mich nicht daran, wie ich eingeschlafen bin.

14

Die kleine Faye hockte wie ein Kobold im Schneidersitz am Fußende meines Betts, den Kopf zur Seite geneigt, und grinste mich an. Sie trug ihre Schuluniform, dazu weiße, gemusterte Kniestrümpfe. Ihre wilden braunen Locken waren zu einem Zopf geflochten, einige Strähnen hatten sich gelöst und hingen ihr ins Gesicht. Ich setzte mich auf und stöhnte. Mir tat alles weh.

»Danke, dass du mir dein Bett überlassen hast«, sagte ich.

»Mi casa es tu casa«, sagte sie lächelnd.

»Mein Haus ist dein Haus?«, fragte ich, und sie nickte. »Das ist sehr lieb von dir.« Und wie sehr es stimmte! Ihr Haus war tatsächlich auch mein Haus.

»Gehst du zur Schule?«, fragte ich.

»Mhmm.«

Ich sprach mit Faye auf dieselbe vorsichtige Weise, wie ich mit allen Kindern spreche. Ich weiß nicht, ob ich mich in Anbetracht der Tatsache, dass ich ja mit mir selbst redete, hätte anders verhalten sollen. Aber ob Faye ich selbst war oder nicht, ich konnte mich ihr gegenüber nicht anders verhalten als anderen Kindern gegenüber, und so versuchte ich, dafür zu sorgen, dass sie sich in meiner Gegenwart wohlfühlte. Ich wollte die kleine Faye nicht ausfragen, denn egal, ob ich sie war oder nicht, sie war immer noch ein Kind.

»Erinnerst du dich an mich?«, fragte ich.

»Na klar!«, rief sie. »Du hast mich gepackt, als das Auto mich beinah überfahren hätte.«

»Genau. Und geht es dir jetzt gut?«

»Ja, und an dem Tag ging es mir auch gut. Schließlich wurde ich gar nicht verletzt, sondern du. Geht es dir denn gut?«

»Ich muss gestehen, ich hab mich schon wieder verletzt.« Ich zeigte auf meine Schrammen.

»Das tut bestimmt ziemlich weh«, sagte sie.

»Ach was.«

»Gibt das Narben?«

»Ich glaube nicht«, sagte ich.

»Hast du denn Narben?«

»Äh, ich hab eine kleine an der Hüfte. Von den Windpocken«, sagte ich.

»Ich auch!« Sie zog ihren Rock ein bisschen nach unten, um mir die Narbe zu zeigen.

»Tatsächlich«, sagte ich. »Meine sieht so ähnlich aus. Außerdem hab ich noch eine Narbe am Knie, das ich mir mal aufgeschlagen hab, als ich Rollschuh gelaufen bin«, sagte ich.

»Zeig mal«, sagte Faye.

Ich schlug die Bettdecke zurück und zeigte ihr die kaum erkennbare Linie unterhalb meines Knies und die kleinen runden Narben, wo ich mit ungefähr zwölf Jahren auf Kies gefallen war. »Man sieht die Narben kaum«, sagte ich und hatte selbst Mühe, sie zu erkennen.

»Bist du noch hier, wenn ich aus der Schule komme?«

»Ich bin mir nicht sicher …«, begann ich, als meine Mutter mit einer Tasse Tee in der Tür erschien.

»Du weißt, dass du gern bleiben kannst«, sagte sie und stellte die Tasse auf den Nachttisch. »Aber werden dein Mann und deine Kinder sich nicht beunruhigen?«

»Sie sind für ein paar Tage zu meinen Schwiegereltern gefahren«, erklärte ich.

»Na, das trifft sich doch gut. Also, falls du noch bleiben willst.«

Ich schaute Faye an und zuckte die Schultern. »Sieht so aus, als würde ich noch hier sein, wenn du aus der Schule kommst.« Sie klatschte in die Hände, sprang vom Bett herunter und rief »Bis später!«, ohne sich noch einmal umzudrehen.

Jeannie legte mir eine Hand auf die Schulter. »Ich bringe Faye eben in die Schule. Auf dem Rückweg kaufe ich fürs Frühstück ein«, sagte sie und zwinkerte mir zu.

Ihr Zwinkern rührte mich jedes Mal zutiefst.

Nachdem die beiden sich auf den Weg gemacht hatten, ging ich in den Schuppen. Ich wusste, dass es ungefähr zwanzig Minuten dauern würde, bis meine Mutter zurückkam, und ich wollte nachsehen, ob mein Karton repariert werden musste. Das würde ich dann gleich erledigen, man konnte ja nicht wissen, ob es dunkel sein würde, wenn ich abreiste. Ich musste sicherstellen, dass ich wieder nach Hause zurückkehren und mich vor Schäden schützen konnte, wenn ich das nächste Mal hierherkam.

Das nächste Mal: die Siebzigerjahre – mein künftiges regelmäßiges Reiseziel. Was meinen Sie, wie oft würden Sie in Ihre Vergangenheit reisen, wenn Sie könnten? Oft? Nie? Und wenn Sie dort wären, würden Sie in Erwägung ziehen, für immer zu bleiben?

Ich unterzog den Karton einer gründlichen Untersuchung. Er war mittlerweile ziemlich ramponiert, aber anscheinend kam es nur darauf an, dass ich hineinstieg. Ich glaubte nicht, dass der Karton intakt bleiben musste, um die Reise zu überstehen, und ich glaubte auch nicht, dass der Boden herausfallen würde, wenn ich zwischen Gegenwart und Vergangenheit hing. Er fungierte eher als eine Art Portal. Eine Tür. Und es machte nichts, wenn eine Tür schief in den Angeln hing, Hauptsache, man konnte hindurchgehen, oder? Mehr noch, als ich den Karton untersuchte, stellte ich fest, dass er in beide Richtungen als Portal fungierte. Mir war bereits aufgefallen, dass der Karton in der Vergangenheit neuer aussah als an dem Tag, als ich ihn auf dem Dachboden gefunden hatte, und ich zweifelte nicht daran, dass eine ältere Version dieses Kartons jetzt in diesem Moment zu Hause auf meiner Matratze stand, was bedeutete, dass Dinge gleichzeitig an zwei Orten existieren konnten. Was ebenfalls bedeutete, dass ein Gegenstand doppelt existieren konnte, so ähnlich wie mein älteres und jüngeres Ich. So weit kam mein Verstand mit, dann gab er auf, und ich hörte auf, mir den Kopf darüber zu zerbrechen, wie das alles funktionierte, schließlich musste ich ja auch nicht verstehen, wie ein Computer funktionierte, um ihn benutzen zu können.

Aber was konnte passieren, falls jemand den Karton entsorgte? Was würde mit mir geschehen, wenn der Siebzigerjahre-Karton vernichtet wurde, während ich in den Gegenwartskarton stieg? Ich wollte mir gar nicht ausmalen, wo ich landen oder was mir zustoßen konnte, und schob diese Gedanken beiseite, ehe sie alles ruinierten.

Obwohl ich inzwischen begriffen hatte, dass es egal war, in welchem Zustand sich der Karton befand, nahm ich mir vor, die eingerissene Seite mit Klebeband zu reparieren, konnte ja sein, dass er dann besser funktionierte. Außerdem hatte ich den Karton lieb gewonnen und wollte ihn gut behandeln. Im Schuppen konnte ich kein Klebeband finden, aber ich war zuversichtlich, dass ich bis zum Abend – oder wann auch immer ich abreiste – eine Lösung finden würde. Da ich jetzt nichts weiter unternehmen konnte, ging ich zurück ins Haus, um mich zu waschen.

Das Badezimmer war mir schmerzlich vertraut. Vor allem die Kleinigkeiten, die ich längst vergessen hatte. Die Ablage neben dem Waschbecken hatte eine Kerbe, wo ich einmal einen Briefbeschwerer hatte fallen lassen, und am Spiegel befand sich ein Barbapapa-Sticker, den ich vermutlich dort festgeklebt hatte. Nachdem ich mich kurz frisch gemacht hatte, benutzte ich die Gesichtscreme – Rosen – und die Wimperntusche meiner Mutter. Das Gespräch über das Thema *Kümmerst-du-dich-um-Faye-wenn-mir-was-passiert* lag mir ein bisschen im Magen, denn ich war mir ziemlich sicher, dass Jeannie es wieder ansprechen würde. Ich wollte sie nicht belügen. Ich könnte einfach Ja sagen, in dem Wissen, dass ich sowieso bei Em und Henry landen und alles gut werden würde. Andererseits kam es mir vor wie eine ziemlich gewichtige Lüge. Und schließlich war Jeannie meine Mutter. Vielleicht konnte ich ihr versprechen, dafür zu sorgen, dass Faye in gute Hände kam. Dass ich sie im Auge behalten würde. Streng genommen war das ja sogar die Wahrheit, immerhin besaß ich genug Selbsterhaltungstrieb. Aber ich befürchtete, dass meine Mutter sich damit nicht zufriedengeben würde. Sie wollte ein richtiges Versprechen, keine Tricks, keine Wortspiele; *eigentlich* die Wahrheit zu sagen würde nicht reichen. Außerdem war die Situation schon kompliziert genug, warum also noch mehr Lügen aufhäufen?

Ich spielte immer noch mit dem Gedanken, meiner Mutter reinen Wein einzuschenken, ihr zu erklären, wer ich war. So wie sie gestrickt war, hielt ich es tatsächlich für möglich, dass sie mir glauben würde. Aber was, wenn sie es nicht tat? Es war gut und schön, anzunehmen, dass meine Mutter, weil sie etwas übrighatte fürs Spirituelle, eine Art Hippie war und an Zeichen und an eine Verbindung mit mir glaubte, die sie sich nicht richtig erklären konnte, ihre zeitreisende erwachsene Tochter beim Wort nehmen würde. Aber das war eher unwahrscheinlich. Wenn sie mir allerdings glaubte, würde ich ihr erzählen müssen, dass sie nicht mehr lange zu leben hatte, und das wollte ich nicht tun. Außerdem waren wir, als wir über all das gesprochen hatten, beide total bekifft gewesen, sie noch mehr als ich. Vielleicht hatte sie ja bereits vergessen, worüber wir uns am Abend zuvor unterhalten hatten, und wir konnten einfach einen netten Tag zusammen verbringen.

Es war vollkommen verrückt, dort in der Küche zu sitzen und auf sie zu warten. Die Stille, das Ticken der Uhr, der Streifen Sonnenlicht, der durchs Fenster fiel. Dieses tatenlose Warten war das Allerverrückteste. Wie ein Mantra wiederholte ich im Stillen die Worte *Ja, du bist wirklich hier*, um nicht zu denken, ich läge auf irgendeiner Intensivstation im Koma und würde träumen. Ich spürte mein Herz schlagen, hatte das Bedürfnis, die Beine auszustrecken. Ich berührte meinen Arm, den Stoff meines Ärmels. Die Zeit in der Vergangenheit war so real wie der Rest meines Lebens. Und wenn es nicht so gewesen wäre, was würde ich dann anders gemacht haben? Nichts. Es war wie sich Sorgen machen; es änderte nichts am Ergebnis.

Ich hörte, wie die Haustür aufging, und sog scharf die Luft ein. Ich bemühte mich, mir nicht anmerken zu lassen, wie wahnsinnig ich mich freute, meine Mutter zu sehen. Sie lächelte ihr breites Lächeln und setzte sich mir gegenüber an den Tisch.

»Braves Kind«, sagte ich.

»Ein Schatz«, sagte Jeannie. »Ich möchte sie so gern beschützen.« Sie schaute mir in die Augen, und mir wurde klar, dass das gestrige Gespräch nur unterbrochen war. »Wie ist dein Mann eigentlich so?«, fragte sie, stand auf, füllte eine kleine Kasserolle mit Milch und stellte sie auf den Herd.

»Eddie? Er ist ein guter Typ. Er hat freundliche Augen.

Verstehst du, was ich meine?« Meine Mutter nickte und rührte in der Kasserolle, ganz auf mich konzentriert. »Er kann gut rechnen, ist im Finanzsektor tätig.« Meine Mutter verzog kaum merklich das Gesicht. »Ja, ich weiß«, sagte ich. »Klingt total langweilig. Aber er ist überhaupt nicht langweilig, er ist wunderbar und lustig und ein großartiger Vater.«

»Ist er gut im Bett?«, fragte sie und nahm eine Tüte Haferflocken vom Regal.

»Ja«, sagte ich und spürte, wie ich errötete. Es machte mich verlegen, dass sie mich so direkt fragte, außerdem hatte ich noch nie ein Mutter-Tochter-Gespräch über Sex gehabt, erst recht nicht mit meiner eigenen Mutter. »Er hat braunes Haar, und ich muss ihn immer daran erinnern, zum Friseur zu gehen, wenn es wieder zu lang ist. Er ist groß, und ich fühle mich in seinen Armen total geborgen.«

Meine Mutter ließ den hölzernen Kochlöffel in der Kasserolle liegen, lehnte sich an die Anrichte und verschränkte die Arme. »Klingt immer besser«, sagte Jeannie.

»Er macht gerade eine Ausbildung zum Pfarrer«, fuhr ich fort, und der verträumte Blick in den Augen meiner Mutter verschwand. Sie runzelte die Stirn.

»Wirklich?«, fragte sie und rührte wieder in der Milch.

»Ja.«

»Was hat das denn mit Finanzen zu tun?«

»Nichts. Aber es ist derselbe Mann. Manchmal denke ich, dass weder die Finanzwelt noch die Religion zu ihm passt. Aber er tut, was er tun muss, was seine Bestimmung ist.«

»Meine große Liebe war eigentlich überhaupt nicht mein Typ«, sagte Jeannie. »Fayes Vater war *Polizist.*« Sie sprach das Wort aus, als wäre es ein Schimpfwort, aber der Schock, den es bei mir auslöste, hatte nichts mit dem Beruf zu tun.

»Ich wusste gar nicht, dass sie einen Vater hat«, sagte ich. »Also, ich meine – du weißt, was ich meine.«

»Er war ein netter Typ, aber es war kompliziert. Wir haben uns geliebt, aber …« Sie sah aus dem Fenster, dann machte sie Porridge und Tee. Ich schaute ihr zu und wartete, schaltete mein Gedächtnis auf Aufnahme, um dieses Bild von ihr festzuhalten, wie sie sich geschmeidig in der Küche bewegte, im Topf rührte, Tee einschenkte, ein Paket Zucker aus dem Schrank nahm und alles auf dem Tisch verteilte. Die perfekte Hausfrau. Zum Schluss stellte sie ein Glas Marmelade auf den Tisch.

»Wir haben das halbe Glas leer gegessen. Der gute alte Henry«, sagte sie und löffelte einen Klecks Marmelade in ihren Porridge.

»Du sprachst gerade von Fayes Vater«, sagte ich. Etwas grummelte tief in meinem Innern. Ich wusste absolut *nichts* über meinen Vater. Mir war natürlich klar, dass es einen Erzeuger gab, aber eigentlich hatte ich noch nie über ihn nachgedacht, nie um ihn getrauert, was wohl daran lag, dass man nicht um etwas trauern kann, was man nicht kennt. Als Kind und als Jugendliche hatte ich mir manchmal vorgestellt, dass mein Vater kommen und mich bei Em und Henry abholen würde. Aber wenn ich mir die Situation konkreter ausgemalt hatte, war mir jedes Mal bewusst geworden, dass ich mir das in Wirklichkeit gar nicht wünschte. Ich wollte meine Mutter, keinen fremden Mann. Bei Em und Henry fühlte ich mich wohl. Henry war mir Vater genug: Er war verlässlich, unkompliziert und liebevoll.

Da ich kein mentales Bild meines Vaters hatte, war ich mir sicher, dass ich als Kind nie mit meiner Mutter über meinen Vater gesprochen hatte, denn das hätte ich nicht vergessen. Später hatte ich dann angenommen, dass ich das Ergebnis einer einzigen Begegnung war, keine Frucht der Liebe.

»Du meintest eben, er sei deine große Liebe gewesen. Aber …?«, sagte ich.

»Aber er ist verheiratet, er hat noch andere Kinder und ist ein hohes Tier. Ein Skandal würde sein ganzes Leben ruinieren.«

»Aber wenn ihr euch geliebt habt, warum hilft er dir dann nicht?«

»Ich bin weggezogen, um ihn zu schützen. Ich wollte nicht, dass er dauernd Entscheidungen treffen muss, die ihm alles kaputtmachen könnten.«

»Aber wollte er mich denn nicht sehen?«, fragte ich. Sie schaute mich verwirrt an. Erst da wurde mir mein Versprecher bewusst. Ich tat so, als wäre nichts geschehen.

»Wie meinst du das?«, fragte sie.

»Also, seine Tochter. Wollte er die nicht kennenlernen?«

»Äh, na ja, ich bin weggezogen, als ich schwanger war. Er hat es nie erfahren. Ich wohnte damals in Irland. Wenn das mit mir rausgekommen wäre, hätte man ihn den Wölfen zum Fraß vorgeworfen. Er hatte Kinder und eine nette Frau. Er war sehr engagiert in seiner Gemeinde, die Leute mochten ihn. Ich habe ihn geliebt, aber ich konnte ihm das einfach nicht antun.«

»Du hast ihm bestimmt das Herz gebrochen«, sagte ich.

»Er wird es nie erfahren«, erwiderte Jeannie.

»Aber du weißt es, oder? Er hat dich geliebt, und du hast ihn geliebt. Vielleicht hättest du ihm die Entscheidung überlassen sollen.« Ich war nicht darüber empört, dass sie einen Mann verlassen hatte, der *mich* hätte lieben können, aber ich fand die Vorstellung schrecklich, jemanden nicht darüber zu informieren, dass er ein Kind hat; außerdem wollte ich, dass meine Mutter sich geliebt fühlte – ich wünschte ihr so viel Liebe wie möglich. Das hatte sie verdient, obwohl sie gegangen war.

Ich hatte noch nichts von meinem Porridge gegessen. Jeannie rührte in ihrem, die Marmelade zog rote Schlieren.

»Vielleicht hätte ich ihm die Entscheidung überlassen sollen, aber das hab ich nicht getan. *Ich* habe mich entschieden, und jetzt ist diese Geschichte Vergangenheit. Und das bleibt sie auch.« Sie schaute mir in die Augen. »In der Liebe geht es nicht darum, sich zu nehmen, was man will, weißt du. Liebe kann dir das Gefühl geben, du hättest das *Recht,* dir zu nehmen, was du willst, du kannst dich von ihr zu allem Möglichen *verleiten* lassen, oder du kannst vernünftige Entscheidungen treffen, die dich womöglich von der Liebe wegbringen. Aber eines sag ich dir.« Sie legte ihre Hand auf meine. »Glaub mir, die Liebe kann man immer finden. Ich habe manches verloren und anderes gewonnen. Ich habe seinen Kummer minimiert, und indem ich Faye allein großziehe, habe ich eine besondere Art der Liebe gefunden, die sehr kostbar ist.«

»Wirst du deiner Tochter von ihrem Vater erzählen?«, fragte ich, obwohl ich wusste, dass sie es nicht tun würde.

»Wir beide haben einander, und das reicht vorerst. Wenn sie eines Tages mehr wissen will, werde ich ihr von ihm erzählen. Ich befürchte einfach, wenn ich ihr zu viel erzähle, löst das nur Sehnsucht in ihr aus, die ihr keine Ruhe mehr lässt, und das möchte ich ihr ersparen.«

Meine Mutter hatte nicht mehr gelebt, als ich alt genug war, um Fragen zu stellen, und es stimmte, ich hatte nie den Wunsch gehabt, meinen Vater kennenzulernen. Sehnsucht hatte ich immer nur nach *ihr* gehabt.

»Gestern Abend hast du gesagt, dass du glaubst, du

wirst nicht alt werden. Du hast dir Sorgen gemacht, was aus Faye wird, wenn du mal nicht mehr da bist.«

»Ja, ich möchte, dass du dich dann um sie kümmerst.«

»So wie eine Patentante?«, fragte ich.

»Ich möchte nur ein Versprechen«, fuhr sie fort und wedelte mit den Fingern, als wäre ein Versprechen etwas, das man einfach so verschenken konnte.

»Vielleicht würde ihr Vater sich ja gern um sie kümmern«, sagte ich.

»Nein, das geht nicht«, antwortete sie leise.

»Warum nicht? Ist er tot?«

»Das weiß ich nicht. Ich weiß nicht mal, ob er noch dort wohnt, wo ich ihn kennengelernt habe. Aber all das Ungemach, das ich damals vermeiden wollte, indem ich weggegangen bin, würde jetzt über ihn hereinbrechen. Warum hätte ich ihn damals vor dem Ertrinken retten sollen, nur um ihn jetzt untergehen zu lassen?«

»Ist er ein guter Mann?«, fragte ich.

»Ja, und ich zweifle nicht daran, dass er sie lieb haben würde, aber ihn fragen, ob er sich um sie kümmert? Das würde ja bedeuten, dass er sie in seine Familie aufnehmen müsste. Das wäre so, als würde man ein Huhn in die Obhut eines Fuchses geben. Nein. Dort, wo Faye hinkommt, wenn ich sterbe, muss es unproblematisch für sie sein. Ich will, dass sie mit Liebe und offenen Armen empfangen wird und nicht mit verschränkten Armen und vorwurfsvollen Blicken.«

Die ganze Sache machte mich neugierig. Ich fragte mich, ob meine Mutter sich vielleicht irrte, ob es vielleicht gar nicht so schlecht gewesen wäre, bei meinem Vater aufzuwachsen – sofern sie ihn gefunden hätte. Und dann sah ich vor meinem geistigen Auge ein Fantasieleben ablaufen wie einen Filmtrailer: ein Leben ohne Em und Henry, ein Leben, das mich auf einen anderen Weg gebracht hätte, auf dem ich vielleicht Eddie nie begegnet wäre und vielleicht auch Kinder hätte, aber nicht Esther und Evie. Plötzlich hatte ich einen trockenen Mund, und ich wollte nicht länger über Dinge reden, die meine Zukunft verändern konnten, in der ich, abgesehen von der Tatsache, dass meine Mutter nicht mehr lebte, glücklich war.

»Ich möchte nicht mehr über ihn reden«, sagte Jeannie, und darüber war ich froh.

Ich aß einen Löffel von dem süßen Porridge. Er schmeckte köstlich.

»Wie wär's denn mit Em und Henry?«, fragte ich, um ein Samenkorn für das auszulegen, was ja tatsächlich kommen würde.

»Was? Die beiden als Paten? Die sind doch viel zu alt«, sagte Jeannie.

»Sie sind zuverlässig und freundlich, und sie wohnen praktisch nebenan. Die beiden würden sich bestimmt gut um Faye kümmern«, sagte ich, wohl wissend, dass ich sie für eine Aufgabe vorschlug, die sie längst übernommen und erfolgreich gemeistert hatten.

»Kann sein, aber sie sind *langweilig*«, erwiderte Jeannie und verdrehte die Augen.

»Sie wären genau die Richtigen.« Ich hatte das Gefühl, diese lieben Menschen verteidigen zu müssen, die mich bei sich aufgenommen, mich geliebt und mir Geborgenheit gegeben hatten.

Jeannie zuckte die Schultern. »Okay, sie sind nett«, gab sie zu, aber das war kein Kompliment. Am liebsten hätte ich sie gescholten wie ein Kind, das sich nicht angemessen für ein Geschenk bedankt hatte.

»Jeannie, die beiden mögen euch, und zwar euch beide, das war wirklich nicht zu übersehen, als ich euch in ihrem Haus kennengelernt hab. Sei nicht gemein. Du weißt genau, dass sie alles für dich tun würden.« Wieder zuckte sie die Schultern, und ich ließ das Thema fallen. »Außerdem muss ja nicht eintreten, was du befürchtest«, fuhr ich fort und kam mir richtig hinterhältig vor, weil ich genau wusste, dass sie schon bald tot sein würde. Plötzlich fiel mir das Schlucken schwer, und ich legte meinen Löffel in die Schüssel.

»Doch, das wird es«, sagte Jeannie.

Ich bedeckte mein Gesicht mit den Händen und seufzte, mein Atem fühlte sich warm und feucht an meinen Handflächen an.

Sie konzentrierte sich auf ihren Porridge und ihren Tee und lächelte, um das unangenehme Gesprächsthema zu verscheuchen.

»Wollen wir einen Stadtbummel machen?«, fragte Jeannie.

»Gute Idee«, sagte ich. Es war dumm von mir, mich so von Gefühlen überwältigen zu lassen, schließlich wusste ich genau, was mit meiner Mutter passieren würde. Da erwarteten mich keine Überraschungen.

Wir schlenderten in Richtung Stadtzentrum und redeten und redeten. Es war einer der schönsten Momente meines Lebens, und doch kann ich Ihnen nicht sagen, worüber wir gesprochen haben. Ich hatte mir so fest vorgenommen, mir alles, was bei meinen Besuchen in der Vergangenheit passierte, ganz genau einzuprägen, trotzdem gelang es mir nicht. Ist das nicht merkwürdig? Vielleicht war die Tatsache, dass es ein schöner Moment war, den ich mit einem geliebten Menschen teilte, das Allerwichtigste. Es war einfach so, dass wir uns nicht über etwas Weltbewegendes unterhalten haben, und deshalb ist es mir entfallen.

War es schön?

Ja.

Und was habt ihr gemacht?

Ich weiß es nicht mehr!

Als wir in einer Straße an einigen Geschäften vorbeigingen, zogen die Auslagen in den Schaufenstern meine Blicke auf sich, ließen mich lächeln und den Kopf schütteln. Siebzigerjahre-Toaster, Handmixer, Staubsauber mit langen, schmalen Beuteln hinter der Stange, sehr wenig Chrom, viel Avocadogrün, Zitronengelb und Babyblau. Frauen trugen cremefarbene Hosen mit Bügelfalte oder ausgestellte Röcke, und fast alle außer Jeannie schienen eine Dauerwelle zu haben. Ich befand mich in einem lebendigen Museum meiner Kindheit. Alles, was ich als Kind in Schaufenstern gesehen hatte und was mir Tag für Tag begegnet war, alle Ladenhüter, die jahrelang in den Auslagen verstaubten. Schaufensterpuppen, die ein bisschen schlampig aussahen und merkwürdige Frisuren hatten, standen in kecker Haltung da, eine Hand auf der anorektischen Plastikhüfte. Und ich sah all die Dinge, die ich mir immer gewünscht hatte. Wir hatten nie Geld gehabt, und ich hatte nie um irgendetwas gebettelt, weder bei meiner Mutter noch bei Em und Henry. Aber manche Dinge ziehen den Blick auf sich, und man wendet ihn erst ab, wenn man weitergeht. Dann bleibt das Bild allerdings noch lange vor dem geistigen Auge haften, bis man sich abends ins Bett legt und es beim Einschlafen verblasst und am nächsten Morgen ganz verschwunden ist. Um wieder aufzutauchen, sobald man erneut an dem betreffenden Schaufenster vorbeigeht …

Rollschuhe. Aus glänzendem Metall, mit Lederriemen, um sie an den Schuhen festzuschnallen.

Als ich sie sah, musste ich daran denken, wie sehr ich sie mir als Kind gewünscht hatte, wie ich mir geschworen hatte, mir welche zu kaufen, falls ich jemals reich sein sollte.

Ich blieb stehen und betrachtete die Rollschuhe. Meine Mutter bemerkte erst nach ein paar Schritten, dass ich vor dem Schaufenster stand. Sie drehte sich um, und ich hörte sie lachen.

»Ich fass es nicht!«, rief sie. »Faye bleibt jedes Mal hier stehen und starrt sehnsüchtig diese Rollschuhe an. Ihr zwei seid euch so was von ähnlich!« Sie kam zurück und stellte sich neben mich.

Das waren *meine* Rollschuhe. Also, nicht die gleichen, nein, es waren tatsächlich die*selben*. Ich hatte genau diese Rollschuhe gehabt, als ich sechs oder sieben Jahre alt gewesen war, und als ich sie jetzt im Schaufenster betrachtete, wurde mir etwas Wichtiges bewusst.

Ich konnte mich nicht erinnern, wann und von wem ich diese Rollschuhe bekommen hatte.

15

Die Kühle des Schaufensters, als ich meine Stirn dagegen drückte. »Jeannie«, sagte ich, ohne mich aufzurichten, »kann Faye Rollschuh laufen?«

»Nein«, sagte sie, und ich drehte mich zu ihr um. »Sie würde es gern lernen, aber ich kann mir keine Rollschuhe leisten.« Sie zuckte die Schultern. »Aber mit dem Hula-Hoop-Reifen ist sie unschlagbar!«

Sie hatte recht, das war ich tatsächlich. Und bin es immer noch.

Im Weitergehen erzählte meine Mutter mir, wie sie selbst gelernt hatte, den Hula-Hoop-Reifen um ihre Hüften kreisen zu lassen, und ich hörte ihr gebannt zu, sammelte alle Puzzleteile ihres Lebens, die sie mir schenkte. Jedes einzelne Teil war ein Anhaltspunkt, ein wichtiger Bestandteil des Ganzen. Ich ging langsam, reckte das Gesicht in die Sonne, und es fühlte sich fast so an, als würden meine Füße gar nicht den Boden berühren und als käme die Stimme meiner Mutter irgendwie aus dem Off. Das mit den Rollschuhen war mir ein Rätsel. Wie konnte ich als Kind in den Besitz dieser Rollschuhe gekommen sein? Em und Henry hatten sie nicht für mich gekauft, vermutete ich, denn ich besaß sie bereits, *bevor* Em und Henry mich bei sich aufgenommen hatten. Meine Mutter hatte sie sich nicht leisten können, und Verwandte gab es keine. Die Frage ging mir einfach nicht aus dem Kopf. Ich hätte als Kind *niemals* gestohlen, ich war keine Diebin, aber weiß man's? Menschen ändern sich.

Plötzlich hatte ich eine Eingebung und wollte unbedingt allein sein.

»Macht es dir was aus«, unterbrach ich Jeannie mitten im Satz, »wenn wir uns eine Weile trennen? Ich müsste ein paar Dinge erledigen.«

»Kein Problem.« Sie berührte meine Wange kurz mit der Hand. Ich genoss es jedes Mal, wenn sie das tat. Und sie lächelte mich an, als wäre ich für sie der wichtigste Mensch auf der ganzen Welt. Was ich ironischerweise ja tatsächlich war.

Sie sagte, sie würde ein paar Lebensmittel einkaufen, und wollte wissen, ob ich zum Abendessen bleiben könne. Ich dachte an den Zeitunterschied zwischen hier und zu Hause und erinnerte mich daran, dass bei meinem letzten Besuch zwölf Stunden in den Siebzigerjahren drei Stunden in der Gegenwart entsprochen hatten. Wenn ich zwei Tage hierblieb, würde das zu Hause einen halben Tag ausmachen. Da Eddie für eine Woche verreist war, würde niemand bemerken, dass ich fort war, denn ich war so geistesgegenwärtig gewesen, mir für alle Fälle ein paar Tage freigeben zu lassen. Also nahm ich ihre Einladung an und hoffte, noch einmal über Nacht bleiben zu können. Plötzlich war ich so aufgeregt, als hätte mir jemand gesagt, Weihnachten wäre auf den heutigen Abend verschoben worden. Wir verabredeten, uns in einer halben Stunde zu treffen, und nachdem sie um die Ecke verschwunden war, ging ich zurück zu dem Geschäft mit den Rollschuhen.

Dass es sich bei dem Laden, der übrigens *Serendipity* hieß, um ein Familienunternehmen handelte, ist ein wichtiges Detail, das Sie wissen sollten. Also, damals wirkten alle Läden so, aber von diesem wusste ich, dass es ihn dreißig Jahre später immer noch geben würde. Die Frau, die den Laden damals geführt hatte, lebte in meiner Gegenwart noch und arbeitete, soviel ich wusste, nach wie vor tageweise dort. Wenn wir in diese Gegend kamen, bestanden meine Kinder jedes Mal darauf, in den Laden zu gehen, weil es dort allen möglichen Kleinkram zu kaufen gab, Dinge, die kleine Mädchen und kleine Jungs wie Schätze hüten. Dinge, die man in der Hand verstecken kann, winzige Tiere, die einem Kind nach einer Weile sehr vertraut sind, weil man sie sich dicht vor die Augen halten muss, um die Einzelheiten erkennen zu können.

Als ich die Tür des Ladens öffnete und die kleine Glocke bimmelte, war es fast so, als würde ich meine eigene Haustür öffnen. Die Kühle, die mir entgegenschlug, war so angenehm wie ein kaltes Getränk an einem heißen Tag. Die Regale waren vollgestopft mit bunten Spielsachen und dicken Büchern voller Kindergeschichten und Kindergedichten. Im hinteren Teil des Ladens hörte ich Schritte, und eine junge Frau von vielleicht Anfang zwanzig kam an den Tresen. Sie sah aus wie der Sonnenschein in ihrer bauschigen gelben Bluse mit einem riesigen Kragen, ihrem braunen Rock und den roten Sandalen. Sie war dabei, sich eine Schürze umzubinden, und ich lächelte sie an, als wären wir alte Freundinnen. Sie zog kurz die Stirn kraus, dann erwiderte sie mein Lächeln. Die gesellschaftliche Konvention des Lächelns sieht es nicht vor, dass man einen Fremden anstrahlt, als würde man ihn seit Jahren kennen; das irritiert. Ich kannte diese Frau, sie war die Ladeninhaberin, aber so jung hatte ich sie noch nie gesehen. Und es verblüffte mich, wie wenig ein Mensch sich ändert. Solange der Kontext stimmt, ist eine Person immer leicht wiederzuerkennen, egal, ob sie sieben oder siebzig Jahre alt ist. Leute, die in einer Kleinstadt einen Laden haben, sind dort kleine Berühmtheiten, deswegen wusste ich eine ganze Menge über sie: Ich kannte den Mann, den sie geheiratet hatte, ihre Kinder, ich erinnerte mich, dass ihr Laden mal ausgeraubt worden war, dass sie und ihr Mann Geld für wohltätige Zwecke gesammelt hatten; all das wusste ich, ohne dass mir diese Frau persönlich bekannt war. Während sie mich natürlich überhaupt nicht kannte.

»Womit kann ich dienen?«, fragte sie.

»Ich schaue mich nur um«, sagte ich, trat an ein Regal und berührte die Sachen darin, so als würde ich sie zählen. Es war einfach unmöglich, die Dinge in dem Laden nicht anzufassen.

»Sagen Sie einfach Bescheid, wenn Sie nicht finden, was Sie suchen«, rief sie.

»Mach ich«, antwortete ich und hörte, wie ihre Schritte sich entfernten.

Ich wollte die Rollschuhe der kleinen Faye schenken. Wenn ich sie ihr nicht kaufte, wer würde es dann tun? Ich konnte es dem Zufall überlassen, aber das war Unsinn. Ich war jetzt hier, und ich dachte darüber nach, die Rollschuhe zu kaufen. Also musste ich sie *ipso facto* kaufen. Denn niemand anderer würde es tun.

Konnte es sein, dass dieser Kauf der einzige Sinn und Zweck meiner Reise in die Vergangenheit war? Ich lächelte in mich hinein, weil der Gedanke so lächerlich war, und ich lächelte über die Worte *ipso facto,* die ich so toll finde, dass ich sie bei jeder sich bietenden Gelegenheit benutze. Dasselbe gilt für *Pyrrhussieg;* allerdings bieten sich wesentlich weniger Gelegenheiten, diesen Begriff zu benutzen.

Jedenfalls stand ich, eine Frau, die ein Paar Rollschuhe kaufen wollte, in einem Laden, der sie im Angebot hatte. Und ich hatte weder Geld dabei noch irgendetwas, das ich im Tausch gegen die Rollschuhe anbieten konnte. Was bedeutete, dass ich die Rollschuhe würde stehlen müssen. Und Sie können mir glauben, dass ich mich bei dem Gedanken nicht wohlfühlte.

Abgesehen davon, dass es unmoralisch war, etwas zu stehlen, ganz besonders in so einem kleinen Laden, wollte ich natürlich auch nicht von der Polizei erwischt werden. Nicht auszudenken, was passieren würde, wenn ich ins Gefängnis käme! Was mich allerdings beruhigte, war das Wissen, dass dieser Laden florierte, und zwar auch noch weitere dreißig Jahre. Der Verlust von einem Paar Rollschuhe würde die Besitzerin nicht ruinieren. Außerdem war ich mir ziemlich sicher, dass ich die Sache durchziehen konnte, ohne erwischt zu werden. Ich schaute mich unauffällig um, entdeckte jedoch keine Spiegel und erst recht keine Kameras.

Ich hatte eine Idee. Ich würde die Frau an den Tresen rufen und dann nach etwas fragen, was sie aus dem Hinterzimmer würde holen müssen. Dann würde ich die Rollschuhe blitzschnell aus dem Schaufenster nehmen und verduften. Wenn man schnell genug ist, kann man damit davonkommen.

Ich trat an den Tresen und rief fröhlich: »Hallo!«

Die Frau kam nach vorn, trocknete sich die Hände an ihrer Schürze ab und lächelte mich an.

»Ja?«

»Haben Sie vielleicht solche russischen Puppen in einer anderen Farbe?«

»Hm, könnte sein. Vielleicht im Lager. Ich schaue mal nach.« Sie verschwand.

Das hatte schon mal gut geklappt. Ich ging zum Schaufenster, packte die Rollschuhe an ihren Lederriemen. Als ich sie ganz vorsichtig vom Regal nahm, stieß ich einen kleinen, hölzernen Polizisten um. Er hatte eine winzige Trillerpfeife zwischen den Lippen und einen runden Bauch, auf dem er vorwurfsvoll hin und her rollte. Ich hätte mich nicht gewundert, wenn er in die Trillerpfeife geblasen und die Ladeninhaberin alarmiert hätte. Und es hätte auch keinen Unterschied gemacht, wenn er es getan hätte, denn in dem Moment, als ich die Hand auf die Türklinke legte, hörte ich die Stimme der Frau.

»Wollen Sie die kaufen?«, fragte sie. Ihr Ton war nicht vorwurfsvoll, aber auch nicht arglos.

Ich gab mich geschlagen, ging zum Tresen und legte die Rollschuhe darauf.

»Ja«, sagte ich. »Ich will sie unbedingt kaufen.«

»Wollen Sie sie auch bezahlen?«, fragte sie.

»Ja, das möchte ich, falls Sie mir das glauben. Ich habe Geld, aber nicht bei mir, und ich brauche diese Rollschuhe, bevor ich Ihnen das Geld dafür geben kann.«

Sie sah mich stirnrunzelnd an. »Sie sind keine gewöhnliche Ladendiebin«, sagte sie.

»Ich bin überhaupt keine Ladendiebin.«

»Aber die wollten Sie trotzdem stehlen.« Sie zeigte auf die Rollschuhe, ohne mich aus den Augen zu lassen.

»Ja«, sagte ich. »Wenn ich irgendetwas hätte, das ich Ihnen im Tausch für die Rollschuhe geben könnte, würde ich das tun. Aber ich habe nichts.«

»Wir machen sowieso keine Tauschgeschäfte.«

Dann fiel mir ein, dass ich doch etwas für die Frau hatte – die Elizabeth hieß, wie mir ebenfalls einfiel –, etwas, das vielleicht wertvoller für sie war als alles Materielle, das ich ihr geben konnte. Ich hatte Informationen. Ich wusste etwas über sie. Plötzlich war ich ganz aufgeregt vor Begeisterung.

»Glauben Sie an Wahrsagerei?«, fragte ich sie.

Sie lachte. »Sie meinen, was diese alten Frauen in Badeorten in einer Kristallkugel lesen? Natürlich nicht.«

»Okay, ich auch nicht«, erklärte ich. »Aber wenn ich Ihnen etwas über Ihr Leben sage, über Ihre Zukunft, und Ihnen gefällt, was Sie zu hören bekommen, würden Sie mir dann die Rollschuhe überlassen?« Ich sah ihr an, dass sie neugierig war, aber sie ließ sich nicht reinlegen. Sie traute mir nicht, und sie war nicht dumm, aber etwas in ihren Augen, ein leichtes Zögern, ließ mich hoffen. Sie ging an mir vorbei und drehte das Schild an der Tür um, sodass jetzt von draußen »Geschlossen« zu lesen war.

»Kommen Sie mit nach hinten«, sagte sie und ging voraus. Dann warf sie einen zynischen Blick über die Schulter und sagte: »Ich tu das nur, weil Sie einen langweiligen Dienstagmorgen etwas interessanter für mich machen.« Sie führte mich ins Hinterzimmer, zeigte auf einen Hocker und setzte sich selbst auf einen. »Ich gebe Ihnen fünf Minuten«, erklärte sie.

Ich legte los.

Ich nannte ihr den Namen des Mannes, den sie heiraten würde, und die Namen der Kinder, die sie mit ihm haben würde. Ich sagte ihr, dass ihr Laden noch über dreißig Jahre lang erfolgreich und weithin beliebt wäre. Ich sagte ihr, dass sie in einigen Jahren in einer Lotterie etwas Geld gewinnen und davon mit ihrer Familie einen zweiwöchigen Urlaub im Ausland machen würde, dass während ihrer Abwesenheit in ihren Laden eingebrochen wurde, sie sich aber keine Sorgen zu machen brauche, weil alles wieder gut werden würde. Und dann erzählte ich ihr die eine Sache, von der ich glaubte, dass sie sie umstimmen würde. Eines Tages, sagte ich, würde ihr Sohn verschwinden und drei Tage lang verschwunden bleiben; aber er würde wohlbehalten gefunden werden, und deswegen dürfe sie, wenn das passierte, keine Angst haben, sondern müsse darauf vertrauen, dass alles gut werden würde.

Ihr zynischer Gesichtsausdruck änderte sich nicht. Sie wirkte eher amüsiert als erstaunt. Nachdem ich geendet hatte, lehnte ich mich zurück. »Na, was meinen Sie?«, fragte ich.

»Das ist das Verrückteste, was ich je gehört habe«, antwortete sie.

»Oh«, meinte ich enttäuscht. Natürlich hatte ich die reine Wahrheit gesagt, aber obwohl mir klar war, dass sie keinen Grund hatte, mir zu glauben, war ich frustriert.

»Andrew Keel?«, fragte sie.

»Ja, Sie werden ihn heiraten und mit ihm glücklich werden. Er ist ein sehr netter Mann.«

»Ich kenne niemanden namens Andrew Keel«, erwiderte sie und schaute mich betroffen an, so als wäre ich eine Zauberin, die einen Trick vermasselt hatte.

»Stimmt, Sie kennen ihn noch nicht, aber Sie werden ihn kennenlernen.«

»Elizabeth Keel«, murmelte sie. Sie probierte ihren zukünftigen Ehenamen aus, obwohl sie nicht glaubte, dass meine Worte sich bewahrheiten würden.

»Elizabeth und Andrew Keel und ihre Kinder Adam, Connie und Zara.«

»Die Namen gefallen mir«, sagte sie nachdenklich, aber ihre Zweifel waren ihr sehr deutlich anzusehen.

»Kein Wunder«, erwiderte ich, »denn Sie werden Ihren Kindern diese Namen geben.«

»Na ja, vielleicht auch nicht, jetzt, wo Sie mir das vorausgesagt haben«, entgegnete sie. »Und Sie behaupten, mein Sohn Adam wird irgendwann verschwinden?« Sie beugte sich vor, die Ellbogen auf die Knie gestützt.

»Ja«, bestätigte ich eifrig, denn ich spürte, dass ihr Interesse geweckt war. »Ich kann mich nicht genau an die Umstände erinnern, aber ich weiß, dass er unversehrt wieder auftaucht.«

»Was meinen Sie damit, Sie können sich *nicht erinnern*? Ich dachte, Sie sagen mir die Zukunft voraus.«

»Na ja, so, wie das bei mir abläuft, fühlt es sich an wie Erinnern«, erklärte ich. »Als Mutter weiß ich, dass es mich umbringen würde, wenn eines meiner Kinder verschwinden würde. Ich möchte Ihnen den Kummer ersparen. Adam wird nichts zustoßen, Sie brauchen sich also keine Sorgen zu machen. Sie werden ein langes, glückliches Leben haben, Elizabeth, einen guten Ehemann, drei glückliche, erfolgreiche Kinder und ein gut gehendes Geschäft.«

Elizabeth stand auf. »Okay, das war unterhaltsam, aber Ihre fünf Minuten sind vorbei«, sagte sie mit einer Stimme so sonnig wie ihre Kleider. »Ich muss den Laden wieder aufmachen, und Sie gehen jetzt besser.«

»Kann ich die Rollschuhe mitnehmen?«, fragte ich schüchtern.

»Nein«, sagte sie und führte mich in Richtung Tür.

»Ich brauche sie wirklich dringend«, insistierte ich.

»Sie sind raffiniert, das gefällt mir«, erwiderte sie. »Auch die Geschichte, die Sie mir erzählt haben, hat mir gefallen. Wenn ich mir vorstelle, sie wäre wahr« – sie lächelte wehmütig –, »wenn ich mir vorstelle, ich könnte das alles tatsächlich glauben.« Sie lachte, und ihr Lachen klang so hell wie das Bimmeln des Glöckchens an der Tür.

»Sie können Ihr Leben angstfrei leben, Elizabeth«, sagte ich und schaute sie flehend an. »Sie brauchen sich weder um Ihre Gesundheit noch um Ihre Kinder zu sorgen. Sie können Ihr Leben genießen, in dem Wissen, dass alles gut wird. Das verspreche ich Ihnen.«

»All das für ein Paar Rollschuhe«, sagte sie. »Hören Sie, ich mag Sie. Ich komme nicht dagegen an. Aber Sie sind verrückt. Auf eine nette … ungewöhnliche Weise.« Wir standen an der Tür, und sie wollte mich nach draußen bugsieren. »Aber ich kann Ihnen wirklich unmöglich diese Rollschuhe im Austausch für ein bisschen Jahrmarktshokuspokus geben.«

Ich wollte protestieren, doch sie hob die Hand, als

wollte sie den Verkehr stoppen, und ich hielt lieber den Mund.

»Aber Sie tragen da ein paar Ringe«, sagte sie. Ich streckte ihr meine Hand entgegen, sie nahm sie und fuhr mit dem Daumen über meinen Verlobungsring und meinen Ehering.

»Wenn es Ihnen so wichtig ist, geben Sie mir einen von Ihren Ringen, dann können Sie die Rollschuhe heute mitnehmen. Wenn Sie zurückkommen und sie bezahlen, gebe ich Ihnen den Ring zurück.«

Ich schaute sie an. Sie war so jung und so hübsch und so praktisch, und sie tat das aus Nettigkeit, und doch war die Nettigkeit gepaart mit einem untrüglichen Geschäftssinn. Deswegen lief ihr Laden auch so gut.

»Ich will ehrlich zu Ihnen sein«, sagte ich. »Es könnte eine Weile dauern, bis ich zurückkomme, um mir den Ring wiederzuholen.«

»Na ja, wenn ich Ihren Worten glaube, werde ich ja noch sehr lange hier sein. Das ist also in Ordnung.«

»Aber Sie müssen mir versprechen, dass Sie den Ring sicher aufbewahren«, sagte ich. Mir drehte sich der Magen um, als ich mir meinen Verlobungsring mit einiger Anstrengung vom Finger zog.

»Komisch, oder?«, sagte sie, legte sich den Ring auf die Handfläche und schloss die Finger darüber. Sie schaute mich ruhig und zugleich amüsiert an. »Sie haben versucht, ein Paar Rollschuhe aus meinem Laden zu stehlen, und jetzt bitten Sie mich um ein Versprechen.«

»Bitte«, sagte ich.

»Versprochen«, erwiderte sie, schloss die Augen und nickte kurz.

16

Wenn ich irgendwo eingeladen bin, nehme ich normalerweise ein Geschenk mit, eine Flasche Wein oder so etwas. Aber natürlich konnte ich für meine Mutter nichts kaufen. Selbst wenn ich Geld dabeigehabt hätte, wäre es nutzlos gewesen; in Bezug auf die Währung ist die Zukunft so weit entfernt wie der Mars, und das Thema Stehlen war für mich erledigt. Aber meiner Mutter schien es nichts auszumachen, dass ich mit leeren Händen kam. Sie freute sich einfach, mich bei sich zu haben, und das war ein schönes Gefühl.

Wir verbrachten den Tag im Haus und im Garten. Nach der Rückkehr von unserem Spaziergang war ich kurz nach oben gegangen und hatte die braune Papiertüte mit den Rollschuhen unter Fayes Bett gelegt. Als ich nach unten kam, stand meine Mutter in der Küche und blätterte in einem Kochbuch. Sie blickte auf und warf mir eine Schürze zu.

»Bind dir die um, wir machen Sticky-Toffee-Pudding«, sagte sie. »Ich weiß gar nicht, warum ich hier reingucke«, fuhr sie fort und hielt das Kochbuch hoch. »Eigentlich müsste ich das Rezept inzwischen auswendig kennen.« Sie legte das aufgeschlagene Buch umgedreht auf den Tisch.

Ich nahm es, drehte es wieder um und musste lächeln. In diesem Buch hatte ich das Foto, wo ich unter dem Weihnachtsbaum in dem Karton hocke, gefunden, ein Buch, das mich mit meiner Mutter verband und sie wiederum mit ihrer Mutter, etwas, das nur wir beide verstehen würden.

»Leg es weg, da könnte jede Menge Magie drin sein, wird wohl auch ohne das Buch gehen. Der braune Zucker ist im Schrank, kannst du ihn mir geben?«

Natürlich konnte ich das. Wir arbeiteten Hand in Hand, wogen Zutaten ab, lachten und verschütteten Mehl. Ich zerkleinerte die Datteln, und wenn eine davon über die Arbeitsfläche rutschte und auf den Boden fiel wie eine entwischte Kakerlake, kicherten wir wie zwei beschwipste Teenager. Schließlich schoben wir den Pudding in den Ofen und setzten uns mit eisgekühlter Limonade in den Garten.

»Es ist viel zu warm für Sticky-Toffee-Pudding«, sagte Jeannie und lehnte sich zurück, die Augen gegen das Sonnenlicht geschlossen. »Wir essen ihn einfach mit Vanilleeis.«

»Sticky-Toffee-Pudding schmeckt bei jedem Wetter«, erwiderte ich und schloss ebenfalls die Augen.

»Faye ist ganz verrückt danach«, sagte sie.

»Ich auch«, bestätigte ich.

»Ist mir klar«, murmelte sie.

Mir blieb die Luft weg. Ich sagte nichts, und unser Schweigen war nicht peinlich, aber ihre Worte klangen mir in den Ohren nach. Warum hatte sie das gesagt? Was meinte sie mit *Ist mir klar?* Ich drehte den Kopf in ihre Richtung und öffnete ein Auge. Sie hatte die Augen immer noch geschlossen und genoss die Sonne.

Ich glaube, das Gefühl lässt sich am besten folgendermaßen beschreiben: Kennen Sie das, wenn Ihnen ein Mann oder eine Frau gefällt und Sie wissen, das beruht auf Gegenseitigkeit, und Sie würden sich gern mit demjenigen verabreden und einen Schritt weitergehen? Aber Sie wissen, dass Sie, wenn Sie die Zeichen falsch deuten und einen falschen Schritt machen, *alles ruinieren können*. Womöglich will der andere dann nicht einmal mehr mit Ihnen befreundet sein. So kann es passieren, dass die Freundschaft monatelang oder jahrelang oder sogar für immer in der Schwebe bleibt, weil das Risiko, den anderen zu verlieren, indem man seine Gefühle offenbart, einfach zu hoch ist. Genauso fühlte ich mich. Mir genügte es, in der Nähe meiner Mutter zu sein, sie zu lieben und Zeit mit ihr zu verbringen. Und ich genoss es, mehr über sie zu erfahren, und zwar nicht nur die Fakten, sondern wie sie als Person war, ihre guten und schlechten Seiten, ihre Werte, ihre Ansichten, ihre Liebe zu Faye, zu mir. Mir genügte es, diese Zeit mit ihr zu verbringen, die mir ja tatsächlich nicht vergönnt gewesen war. Es war das schönste Weihnachtsgeschenk, das ich mir vorstellen konnte: Zeit mit meiner Mutter zu verbringen, die ich als Kind verloren hatte.

Mehr zu wollen wäre maßlos gewesen.

»Mehr« hätte bedeutet, ihr zu sagen, wer ich wirklich war, auf die Gefahr hin, dass sie mich hinauswarf.

Aber das Verrückte war, dass es sich nicht so anfühlte, als wäre *ich* diejenige, die mehr wollte. Nicht ich, sondern meine Mutter war diejenige, die ständig Andeutungen darauf machte, dass das, was sich zwischen uns abspielte, etwas Außerirdisches hatte. Sie war diejenige, die nicht lockerließ. Es schien, als hätte *sie* am liebsten so etwas gesagt wie: »Ich weiß, das klingt verrückt, aber bist du vielleicht meine erwachsene Tochter, die in die Vergangenheit gereist ist, um mich kennenzulernen?«

So fühlte es sich zumindest an.

Vielleicht waren das ja alles Projektionen meinerseits, aber meine Mutter stellte all die Fragen, mit denen ich gerechnet hätte, wenn sie gewusst hätte, wer ich war. Sie wollte wissen, wie mein Leben aussah, sie fragte mich nach meinen Kindern, nach meinem Mann, nach meinen Freunden, meinen Hoffnungen und Plänen. Sie erkundigte sich nach meiner Jugend, und ich gab mir alle Mühe, mich nicht zu verraten, ohne allzu viel zu lügen.

Und dann sagte sie: »Alle mögen Sticky-Toffee-Pudding, aber nur die richtigen Fans essen ihn auch im Sommer.«

Wir konnten den köstlichen Duft bis in den Garten riechen. Sie ging kurz in die Küche, um den Pudding aus dem Ofen zu nehmen, stürzte ihn auf eine Platte und deckte ihn ab zum Schutz gegen Fliegen. Der süße Duft ließ mir das Wasser im Mund zusammenlaufen, aber wir würden den Pudding erst essen, wenn die kleine Faye von der Schule nach Hause kam.

Meine Mutter kam mit einem Tablett mit Käse und Kräckern und kalter Limonade zurück in den Garten. Wir aßen und tranken, und ich spürte, wie die Zeit irgendwo in meinem Unterbewusstsein ungeduldig mit den Füßen scharrte, während ich *gleichzeitig* die Zeit genoss, die wie zäher Honig langsam vom Löffel tropfte.

Nachdem meine Mutter aufgebrochen war, um die kleine Faye von der Schule abzuholen, grübelte ich darüber nach, wie unterschiedlich wir das Vergehen der Zeit empfinden, wie sich Jahre, vor allem, wenn man jung ist, wie eine Ewigkeit in die Zukunft zu erstrecken scheinen. Als Kind scheint uns der Zeitpunkt, an dem wir den Führerschein machen, einen Beruf ergreifen, vielleicht heiraten und Kinder bekommen werden, in unerreichbarer Ferne zu liegen. Und irgendwann kommt unvermeidlich der Tag, an dem wir sagen, die Zeit vergeht wie im Flug. Das Gefühl, dass etwas schon vorbei ist, noch ehe es richtig angefangen hat, konnte ich nie abschütteln.

Und auch darüber grübelte ich nach: Wenn die Zeit, die ich bei meiner Mutter in der Vergangenheit verbrachte, viermal langsamer verging als die Zeit in der Gegenwart, dann konnte ich zwei Jahre bleiben und würde nur ein halbes Jahr von zu Hause weg sein.

Es würde bedeuten, dass ich meine Mutter während ihrer Krankheit begleiten konnte, dass ich aber dafür ein halbes Jahr mit meinen Kindern würde opfern müssen. Und was, wenn den Mädchen etwas zustieß, weil ich nicht bei ihnen war? Ich hatte keine Möglichkeit, Eddie meine lange Abwesenheit zu erklären – ohne Kontakt, ohne Telefon. Ich schob den Gedanken beiseite, als ich die fröhlichen Stimmen von Jeannie und Faye hörte, die gerade um die Ecke kamen. Die kleine Faye ließ ihre Schultasche fallen, rannte auf mich zu und ließ sich zu meinen Füßen auf den Rasen fallen wie eine Marionette, der man die Schnüre durchtrennt hatte. Sie strahlte mich an, und ich strahlte zurück.

»Hattest du einen guten Tag?«, fragte ich.

»Schule war nicht besonders, der Tag kann nur besser werden«, antwortete sie und pflückte ein Gänseblümchen.

»Das wird er garantiert«, sagte ich.

»Auf jeden Fall«, sagte die kleine Faye.

»Ja, aber ich *garantiere* es dir«, erwiderte ich. »Geh mal in dein Zimmer und hol die braune Tüte, die unter deinem Bett liegt. Aber nicht reinschauen, nur runterbringen.«

Sie sprang auf und lief los. »Versprich mir, dass du nicht reinschaust!«, rief ich ihr nach.

»Versprochen«, rief sie, ohne sich umzudrehen.

Meine Mutter und ich saßen auf Gartenstühlen, und die kleine Faye hockte vor uns im Gras, die braune Papiertüte auf dem Schoß.

»Was ist in der Tüte?«, fragte sie.

»Mach sie auf«, sagte ich.

Vorsichtig öffnete sie die Papiertüte und lugte hinein. Dann sog sie hörbar die Luft ein und sah erst mich, dann unsere Mutter ungläubig an. Jeannie schaute mich an, eine kleine Falte zwischen den Augenbrauen, so als ahnte sie etwas.

»Was ist es denn, Liebes?«, fragte Jeannie und beugte sich vor. »Zeig's mir.«

Faye nahm die Rollschuhe aus der Tüte, als wären sie extrem zerbrechlich, und Jeannie stieß einen Freudenschrei aus und klatschte in die Hände.

»Was bist du nur für ein Glückspilz«, rief sie, sank auf den Boden und nahm die kleine Faye in die Arme. »Komm, ich helf dir, sie anzuschnallen.«

Die kleine Faye war vor Staunen zunächst wie gelähmt, doch schließlich streckte sie die Beine aus. Während Jeannie ihr die Rollschuhe unter die Schuhe schnallte, schaute sie zu mir hoch.

»Da hast du aber jemanden richtig glücklich gemacht«, sagte Jeannie.

Faye betrachtete immer noch wortlos ihre neuen Rollschuhe und drehte mit den Fingern die Rollen.

»Du hast doch gesagt, dass sie immer am Schaufenster stehen bleibt und ihren Blick nicht von den Rollschuhen abwenden kann. Es soll ein kleines Dankeschön dafür sein, dass ihr so nett zu mir seid.«

Jeannie stand auf und zog die kleine Faye auf die Füße. Dann half sie ihr, mit den Rollschuhen über den Rasen bis zu dem Betonweg neben dem Haus zu stapfen. Die kleine Faye, die zum ersten Mal auf Rollschuhen stand, wankte unbeholfen, ruderte mit den Armen und klammerte sich an alles, was ihr Halt geben konnte: an die Hauswand, den Zaun, einen Zweig an einem Baum, der unter ihrem Gewicht nachgab, sodass sie beinahe gestürzt wäre. Aber nach einer Weile hatte sie den

Dreh heraus, und meine Mutter und ich unterhielten uns, während wir mit einem Ohr auf das Geräusch der Metallrollen auf dem Beton lauschten, das lauter und leiser wurde, als die kleine Faye auf dem Gehweg vor dem Haus auf und ab fuhr. Erst zum Abendessen kam sie widerstrebend ins Haus. Als sie dann verkündete, sie wolle lieber noch ein bisschen mit ihren Rollschuhen üben als noch einen Nachschlag vom Sticky-Toffee-Pudding essen, taten wir Frauen so, als bekämen wir vor Schreck einen Herzinfarkt.

Als die kleine Faye wieder draußen war, holte meine Mutter eine Flasche Crème de Menthe und zwei kleine Gläser, und wir setzten uns wieder in den Garten.

»Erinnerst du dich?«, fragte sie.

Durch das Geräusch der Rollen wussten wir immer, wo Faye war, während wir entspannt plauderten und an unserem Likör nippten. So verbrachten wir drei den Abend, bis die Sonne unterging.

Nach dem warmen Tag fühlte die Abendluft sich kühl an. Während Jeannie mit der kleinen Faye nach oben ging und ihr ein Bad einließ, trug ich die Flasche und die Gläser ins Haus und klappte die Gartenstühle zusammen.

Im Wohnzimmer zündete ich Kerzen an, auch wenn es keinen Stromausfall gab, wickelte mich in eine Decke und machte es mir auf dem Sofa gemütlich.

»Faye bedankt sich noch mal für die Rollschuhe«, sagte meine Mutter, als sie nach unten kam.

»Sie hat sich doch schon bedankt«, sagte ich.

»Dann hat sie's jetzt eben noch mal getan. Es war wirklich nett von dir, ihr die Rollschuhe zu schenken. Auch ein Glas?«, fragte Jeannie. Sie hatte zwei Miniflaschen Weißwein und zwei Gläser aus der Küche geholt. »Ein Geschenk von Em und Henry. Sie haben mir zu Weihnachten ein Sechserpack davon geschenkt, und ich hab es noch nicht angebrochen!«

»Ja, bitte«, sagte ich. »Besser als das grüne Zeug!«

Jeannie ließ sich auf das Sofa fallen und zog die Knie bis an die Brust; ich reichte ihr eine Kuscheldecke, die gefaltet auf dem Sofa lag, und sie wickelte sich darin ein.

»Wie lange kannst du bleiben?«, fragte sie.

»Ich denke, ich werde morgen wieder fahren«, sagte ich. »Ich möchte deine Gastfreundschaft nicht überstrapazieren.«

»Das kannst du gar nicht«, entgegnete Jeannie. »Du bist hier immer willkommen. Ich würde mich freuen, wenn du länger bleiben könntest.«

»Ich muss leider zurück«, sagte ich. Ich wünschte tatsächlich, ich könnte noch bleiben, aber gleichzeitig spürte ich, wie mein anderes Leben mich zurückzog, und die Angst, nie wieder nach Hause zu können, spürte die Schreie meiner Gene nach meinen Kindern, Schreie, die ich bisher unterdrückt hatte und die immer lauter wurden.

»Verstehe«, sagte sie. »Werden wir dich wiedersehen?«

»Ja.«

»Versprochen?«

»Ja, versprochen«, erwiderte ich.

»Wann?«

»Bald.«

Jeannie beugte sich umständlich vor, öffnete eine Schublade neben dem Sofa und nahm einen fertig gerollten Joint und Streichhölzer heraus. »Du auch?«, fragte sie, und ich zuckte die Schultern.

Sie zündete den Joint an, das Papier knisterte. Sie kniff ein Auge zu wegen des Rauchs, inhalierte tief und atmete langsam aus.

»Glaubst du an Gott?«, fragte sie. »Na ja, das musst du wohl, wenn dein Mann Pfarrer wird.«

»Ich habe ein Problem mit dem Glauben«, gestand ich ihr.

»Ich bete«, sagte sie, zog noch einmal an dem Joint und reichte ihn mir. »Betest du?«

Ich nickte und fügte hinzu, dass ich zu jedem und allem betete, wenn ich verzweifelt Hilfe brauchte.

»Ich bete in stillen Momenten«, vertraute sie mir an.

»Machst du das ...« Ich zögerte. »Machst du das, weil du Angst hast zu sterben?«, fragte ich.

Sie schüttelte den Kopf und zupfte einen Tabakkrümel von der Lippe. »Ich hab keine Angst zu sterben, ich *weiß*, dass ich sterben werde. Ich hab Angst um Faye, es macht mir Angst, nicht zu wissen, was mit ihr passiert, wenn ich nicht mehr da bin. Am meisten bete ich darum, dass ich sie, wenn dieses Leben mal für mich zu Ende ist, wiedersehen werde, und ich glaube, ich werde sie wiedersehen.«

Mir wurde schwindlig. Ich war es nicht gewohnt, Marihuana zu rauchen, der Joint am Abend zuvor war der erste seit Jahren gewesen. Aber was meinen Schwindel auslöste, war das, worum meine Mutter Gott anflehte. Hatte Gott etwa ihr Gebet erhört? War *ich* seine Antwort auf ihre inständige Bitte? Aber wie konnte das sein? Meine Mutter begegnete mir nicht nach ihrem Tod, nein, *ich* begegnete *ihr* nach ihrem Tod. Oder war das dasselbe? Vielleicht spielte es ja auch überhaupt keine Rolle, ob sie in ihrer Zeit schon tot war. Weshalb sie eigentlich betete, war die Hoffnung, dass es ihrer Tochter auch ohne ihre Mutter gut gehen würde. Und diese Frage hatte Gott ihr wohl beantwortet. Meine Gedanken waren wie ein Sack Flöhe, die alle versuchten herauszukommen.

»Meinst du damit, dass du sie im Himmel wiedersehen wirst?«

»Ach, ich weiß selbst nicht, was ich meine«, sagte Jeannie. »Aber eine Frage macht mir zu schaffen: Falls ich meiner Tochter nach meinem Tod begegne, wird sie mich dann wiedererkennen?«

»Aber natürlich!«, rief ich. Ich dachte an Elizabeth Keel in ihrem kleinen Laden, daran, dass sie mit fünfundzwanzig Jahren fast genauso ausgesehen hatte wie mit fünfundfünfzig. »Ein Mensch ändert sich normalerweise nicht so stark, dass man ihn nicht wiedererkennt.«

»Vielleicht würde sie mich nicht erkennen, weil sie noch ein Kind ist. Und wenn sie mich jahrelang nicht gesehen hätte … Außerdem: Wenn wir uns begegneten, wäre ich dann ein Geist? Würde ich ihr Angst einjagen? Würde sie denken, sie wäre verrückt geworden?«, fragte Jeannie hoffnungsvoll, so als müsste ich mich mit diesen Aspekten auskennen.

Ich zögerte. Meine Mutter wirkte auf einmal traurig und verlassen.

»Ich glaube nicht, dass du ein Geist wärst«, sagte ich. »Und selbst wenn, würdest du ihr bestimmt keine Angst einjagen. Ich glaube, sie würde dich eher als eine Art Schutzengel betrachten. Sie würde einer Frau begegnen und tief in ihrem Innern wissen, dass du das bist.«

»Du hast also kein Problem damit, an Schutzengel zu glauben«, stellte Jeannie fest.

»Nicht so sehr wie damit, an Gott zu glauben.«

Ich wandte mich ab. Meine Mutter beugte sich vor, rutschte auf Knien zu mir herüber, nahm mein Gesicht zwischen beide Hände und betrachtete es, als suchte sie nach einem mikroskopisch kleinen Diamanten. Ich schaute ihr in die Augen, in der Hoffnung, dass sie mich erkennen würde.

»Du siehst ihr so ähnlich«, sagte sie.

17

Nachdem sie diese Worte ausgesprochen hatte, sah ich uns für den Bruchteil einer Sekunde laut lachen vor Freude darüber, dass ich ihre Tochter war, die sie aus der Zukunft besuchen kam, um ihr zu sagen, dass alles gut war, dass ihre Tochter überleben und glücklich werden würde. Ich stellte mir vor, wie wir einander mit großen Augen betrachteten und fragen würden: Wann hast du bemerkt, dass ich es bin?

Aber sosehr ich mir das wünschte und sosehr Sie das jetzt vielleicht gern hören würden, so ist es nicht gewesen. Meine Mutter sank zurück in ihre Ecke des Sofas und sah aus wie eine schöne Elfe mit zerzausten Locken, die ihr ins Gesicht fielen.

»Ich weiß gar nicht, was mit mir los ist«, erklärte sie und schürzte die Lippen. »Wohl zu viel von dem Zeug«, fügte sie hinzu, zündete den Joint noch mal an und nahm einen tiefen Zug.

»Was hast du denn da eben gemeint? Wem sehe ich ähnlich?« Ich konnte mir die Frage einfach nicht verkneifen.

Jeannie seufzte. »Ach, ich bin mir nicht sicher. Das Foto, das ich von ihr hatte, war nicht besonders scharf.« Sie blies einen Rauchring, und wir schauten ihm beide nach, wie er zur Decke hinaufschwebte und sich schließlich auflöste. »Aber irgendwie erinnerst du mich an meine Mutter.«

Damit hatte ich nun überhaupt nicht gerechnet. Ich hatte gedacht, Jeannie hätte die kleine Faye in mir gesehen, aber es war natürlich naheliegend, dass ich sie an eine

Frau erinnerte, die älter war. Ich hatte noch nie darüber nachgedacht, aber vermutlich sehe ich meiner Großmutter tatsächlich ähnlich. Und das erklärte eine Menge. Vielleicht hatte Jeannie deshalb so schnell Vertrauen zu mir gefasst, vielleicht wollte sie deswegen unbedingt mit mir befreundet sein, vielleicht war das sogar die Erklärung dafür, dass sie mich für die richtige Person hielt, der sie ihre Tochter anvertrauen konnte, wenn sie nicht mehr da war.

Jeannie umschlang ihre Beine mit den Armen. »Ich war noch ein Kind, als meine Eltern gestorben sind. Meine Erinnerungen an die beiden sind sehr verschwommen, ich kann kaum noch sagen, wie mein Vater ausgesehen hat; eigentlich stammt das Bild, das ich von ihm hab, von einem Foto. Aber ich weiß noch, dass er mich im Arm gehalten hat. Und von meiner Mutter … ich weiß gar nicht, ob ich eine Vorstellung von ihr hab, außer von dem Foto, aber irgendwie muss ich immer an sie denken, wenn ich dich sehe. Du entsprichst genau meinem Bild von ihr, allerdings war sie jünger als du, als sie gestorben ist.« Jeannie schaute in die Ferne, so als versuchte sie, dort etwas zu erkennen. »Ihr seht euch einfach sehr ähnlich.« Jeannie strich sich die Haare und ihre Nase, während sie mich betrachtete. »Aber du hast überhaupt etwas Vertrautes, das ich mir nicht erklären kann. Und wenn wir zusammen sind, stelle ich mir manchmal vor, du wärst meine Mutter.«

Sie drückte den qualmenden Joint nachdrücklich aus. »Tut mir leid, in Wirklichkeit hab ich keine Erinnerung an sie. Ich rede dummes Zeug. Jetzt hältst du mich bestimmt für übergeschnappt.«

Ich nahm ihre Hand. »Nein«, sagte ich, »aber zeig mir doch mal das Foto!«

»Ich bin mir nicht sicher, wo es ist. Ich hab's in ein

Buch gesteckt und weiß nicht mehr, in welches. Ich hab schon ein paarmal danach gesucht, aber … Okay, ich schau noch mal nach.« Sie schlug sich auf die Knie und grinste. »Ich weiß nicht, wie und warum du in unser Leben getreten bist, aber ich bin froh darüber. Ich hab dich wirklich gern um mich«, sagte sie.

Sie sah, dass ich sie beobachtete. Ich war bekifft, ich war glücklich, und die Vorstellung, dass ich der Mutter meiner Mutter ähnlich sah, gab mir ein Gefühl der Zugehörigkeit.

»Weißt du wirklich sonst nichts über deine Eltern?«

Sie schüttelte eine gefühlte Ewigkeit den Kopf. »Nein. Nichts. Es gibt nur Faye und mich. Wahrscheinlich mach ich mir deswegen solche Sorgen um sie, was mit ihr passiert, wenn mir was passiert. Es ist einfach niemand anders da.«

»Wieso bist du dir eigentlich so sicher, dass du jung sterben wirst, mal abgesehen von der Wahrsagerin?«

»Ich *spür* es einfach«, erwiderte sie und legte sich eine Hand aufs Herz. »Und ich glaube, dass die Frau auf dem Jahrmarkt die Wahrheit gesagt hat.«

»Aber du müsstest doch eigentlich wissen, dass diese Wahrsagerinnen alle Schwindlerinnen sind«, wandte ich ein. Dabei fühlte ich mich schon selbst wie eine, nach meinem Auftritt bei Elizabeth.

»Ja, okay, aber ich hab ihr angesehen, dass irgendwas nicht stimmte, und sie hat versucht, es zu beschönigen, aber sie hat es in meinen Karten gelesen. Ich hab drauf bestanden, dass sie mir sagte, was in den Karten stand. Sie hat mir also nicht fröhlich und frei erzählt, dass ich jung sterben würde.«

Ich nickte nur und schenkte uns Wein nach.

»Ich glaub, deswegen klammere ich mich so an die Hoffnung«, fuhr sie fort und trank einen Schluck.

»Würde es dir helfen, wenn ich dir ein bisschen die Zukunft voraussagen würde?«, fragte ich.

Sie hielt inne, das Glas an den Lippen. »Das kannst du nicht«, erwiderte sie lächelnd. »Du bist nicht qualifiziert.«

»Dafür braucht man nicht qualifiziert zu sein!«, entgegnete ich. Schließlich konnte man Wahrsagerei nicht an der Uni studieren.

»Aber man muss wissen, wie es geht«, wandte sie ein und lachte.

»Ich bin absolut qualifiziert«, erklärte ich mit einem zuversichtlichen Nicken. »Ich kenne mich aus. Ich weiß, ich hab dich ausgelacht, aber ich kann dir wirklich aus der Hand lesen.«

»Dann würde ich mich sehr darüber freuen.« Sie machte es sich an ihrem Ende des Sofas bequem wie ein Kind, das gleich seine Lieblingsgeschichte vorgelesen bekommt. »Aber« – sie hielt mir ihre Hand hin – »nur die Wahrheit. Das Gute und das Schlechte.«

»Versprochen«, sagte ich ernst. »Fertig?« Sie nickte.

»Okay. Jeannie, ich glaube, du hast recht«, sagte ich, während ich ihre Handfläche eingehend betrachtete und mit einem Finger die Linien nachfuhr. »Ich glaube, du bist eine kostbare Seele, die nicht so lange auf dieser Erde bleiben wird, wie sie es sollte. Aber dein Licht wird niemals verlöschen, denn es wird in deiner Tochter weiterleben. Falls du früh stirbst …« Ich schluckte; ich wollte auf keinen Fall weinen, aber die Worte waren wie ein Ventil, und meine Stimme zitterte. »… wird deine Tochter dich niemals vergessen, du wirst ihr fehlen, denn niemand wird sie so sehr lieben wie du. Und du wirst sie nicht aufwachsen sehen. Aber eines sollst du wissen, und das ist wichtig: Deine Tochter wird erwachsen werden, und sie wird glücklich sein, gute Freundinnen haben und einen guten Mann heiraten, und sie wird Kinder bekommen, und die werden gesund und glücklich sein und gut im Hula-Hoop genau wie du.« Mir versagte die Stimme, und ich schwieg einen Moment, um mich zu beruhigen. »Deine Tochter wird es ihnen beibringen. Sie wird ihnen vieles beibringen, was sie von dir gelernt hat.«

Ich holte tief Luft; es fühlte sich an, als hätte ich die ganze Zeit den Atem angehalten.

»Wird sie an den Himmel glauben?«, fragte meine Mutter zaghaft.

Ich zögerte. »Ja. Wahrscheinlich.«

»Wenn sie nicht an den Himmel glaubt, dann werde ich für sie einfach weg sein, nicht wahr?«

»Nein, du wirst nicht weg sein, du wirst in ihr und durch sie weiterleben, und sie wird deine Gene an ihre Kinder weitergeben«, sagte ich.

»Aber wenn sie an den Himmel glauben würde, dann wüsste sie, dass ich über sie wache, dass ich sie nie wirklich allein lassen werde. Und sie könnte glauben, dass sie mich eines ganz, ganz fernen Tages wiedersehen wird.«

»Wenn du an den Himmel glaubst, Jeannie, dann weißt du auch, dass du sie wiedersehen wirst. Warum ist es dir wichtig, dass sie an den Himmel glaubt?«

»Weil es mich trösten würde«, sagte sie.

»Hör zu, Jeannie, du wirst deine Tochter wiedersehen. Das weißt du. Und ich weiß es auch. Und einen kleinen Einblick in den Himmel kann man auch schon auf der Erde bekommen.«

Meiner Mutter liefen Tränen über die Wangen, und mir auch.

»Wirst du für sie da sein?«, fragte Jeannie fast unhörbar.

»Ich werde immer in der Nähe sein, und es wird ihr gut gehen. Das verspreche ich dir«, sagte ich.

Sie beugte sich vor und gab mir einen Kuss auf die Wange. »Du bist eine tolle Wahrsagerin und solltest den Beruf wechseln.« Sie stand auf und sammelte alle Rauchutensilien ein, damit die kleine Faye sie nicht am nächsten Morgen fand. »Ich geh jetzt ins Bett. Du auch?«

»Ja«, sagte ich und stand ebenfalls auf. »Komm her.« Ich breitete die Arme aus, und meine Mutter legte alles, was sie in den Händen hatte, auf dem Tisch ab. Wir hielten einander in den Armen, ihre feuchte Wange schmiegte sich an meine. Ich vermutete, dass sie sich vorstellte, ich sei ihre Mutter, und das reichte mir in dem Moment. Wir standen da und wiegten einander, und am liebsten hätte ich sie nie wieder losgelassen. Aber jede Umarmung ist irgendwann zu Ende, und dann ist wieder jeder für sich allein. Wir gingen nach oben, Jeannie legte sich in ihr Bett, in dem die kleine Faye bereits schlief, und ich ging in mein ehemaliges Kinderzimmer.

Während ich mich auszog, fiel mir im Bücherregal ein Foto auf: Es war das Foto von mir in dem Hüpfballkarton. Ich nahm es, ging nach unten und schob es in das Kochbuch, das noch auf der Anrichte lag, denn ich fürchtete, dass niemand sonst das tun würde.

Und das war merkwürdigerweise der Anfang von allem.

Als ich mich verabschiedete, hätte ich am liebsten gesagt: Bis bald! Natürlich hatte ich vor, wiederzukommen, doch ich konnte noch nicht sagen, wann, und was für mich ein paar Wochen waren, konnte für die beiden Monate bedeuten. Ich wusste, dass Jeannie damit rechnete, mich in wenigen Tagen wiederzusehen, und das wünschte ich mir natürlich auch, aber ich konnte es ihr nicht versprechen, und es war sogar möglich, dass meine Mutter schon tot war, wenn ich das nächste Mal hierherkam.

Als wir einander umarmten und zum Abschied küssten, fühlte es sich für mich so an, als würde ich meine Mutter schon wieder verlieren. Als wäre es der letzte Abschied.

Die kleine Faye drückte mich ganz fest, bedankte sich noch einmal für die Rollschuhe und nahm mir das Versprechen ab, bald wiederzukommen. Ich nickte.

»Versprochen?«, fragte sie und grinste mich an.

»Versprochen«, sagte ich, denn in dem Augenblick fühlte es sich so an, als wäre ein gebrochenes Versprechen an mich selbst besser als gar kein Versprechen.

Die beiden machten sich auf den Weg zur Schule, und ich ging in den Schuppen. Mir graute davor, in den Karton zu steigen. Ich hatte keine Lust, mich schon wieder zu verletzen. Ich sah mich in dem kleinen Schuppen um und überlegte, ob ich nicht einfach bleiben sollte. Aber so gern ich auch geblieben wäre, ich musste nach Hause. Ich würde zwar nicht im selben Land sein wie meine Kinder, aber ich würde auf jeden Fall in derselben Zeit sein, und meine Sehnsucht nach ihnen überwog jetzt meinen Wunsch zu bleiben.

Ich vergewisserte mich, dass um den Karton herum nichts auf dem Boden lag und dass er nicht zu dicht an der Tür stand. Beim nächsten Mal wollte ich eine längere Landebahn haben. Ich schaute noch einmal nach, ob die Tür ordentlich verschlossen war; sie schien ein bisschen locker in den Angeln zu hängen, nachdem ich bei meiner Landung in sie hineingekracht war. Ich hoffte inständig, dass ich nicht irgendwann die Tür durchbrechen und in einer Wolke aus Spänen durch den Garten fliegen würde.

Am Tag zuvor hatte ich mir ein paar Kleidungsstücke von meiner Mutter geliehen, aber jetzt trug ich wieder die Sachen, in denen ich hergekommen war. Ich zog den Skianzug darüber und zurrte das Band der Kapuze wieder fest zu. Ich schlüpfte in die Handschuhe, befestigte die Klettverschlüsse und stieg in den Karton. Ich versuchte, mir vorzustellen, wie ich am Ende meiner Reise in unserem Schlafzimmer ankam. Ich würde auf der Matratze landen und mich nicht verletzen. Ich holte tief Luft und wappnete mich, und plötzlich wurde mir bewusst, dass jede Reise ein Prozess ist – manchmal ein schmerzhafter, der schwierige Entscheidungen verlangt –, der einen Anfang, eine Mitte und ein Ende hat. Auch wenn der Anfang nicht in jeder Hinsicht der Anfang ist. Auch wenn das Ende nicht so endgültig ist, wie wir es gewohnt sind.

Wie erwartet gestaltete sich die Reise wie eine Fahrt auf einem Karussell, das ich einfach nur verlassen wollte. Ich musste gegen die Übelkeit ankämpfen, gegen die Atemnot, gegen die Angst, nie wieder nach Hause zu kommen. Verloren im Raum, ohne jede Orientierung raste ich mit mindestens zweihundert Kilometern pro Stunde durch das Nichts, ohne die Gewissheit, dass ich dort aussteigen würde, wo ich eingestiegen war, ohne die Gewissheit, überhaupt ein Ziel zu erreichen.

Doch dann war die Reise abrupt vorbei. Es fühlte sich an, als hätte ich mit der Schulter eine Tür gerammt, um sie aufzubrechen, aber es war gar keine Tür, sondern die Schlafzimmerwand, und ich hatte tatsächlich einen Riss im Putz verursacht. Ich war restlos erschöpft. Ich streckte mich, schloss die Augen und blieb auf der Matratze liegen. Ich wollte nur noch schlafen – das Zeitreisen erschöpfte mich –, aber meine Gedanken rasten. Ich musste unbedingt irgendetwas erledigen, aber ich konnte mich nicht erinnern, was.

Als ich langsam die Augen öffnete, blieb eines einen Moment länger geschlossen als das andere wie bei einer kaputten Puppe. Was hatte ich zu tun vergessen? Es war dunkel, es waren also einige Stunden vergangen. Ich musste herausfinden, wie spät es war und ob es derselbe Tag war wie bei meiner Abreise. Ich brauchte Uhrzeit und Datum, um abschätzen zu können, wie viel Zeit in der Gegenwart tatsächlich vergangen war. Ich rollte mich auf die Seite, kam mir dick und hässlich vor in dem Skianzug. Ich fühlte mich wie eine Betrunkene, die auf dem Gehweg hingefallen und dort eingeschlafen war und jetzt gebeten wurde, aufzustehen und sich zu trollen. Ich stand auf und watschelte um das Bett herum. Die Uhr auf dem Nachttisch war mit dem Zifferblatt zur Wand gedreht. Es war halb zwölf. Ich ging nach unten und schaltete den Fernseher ein, um das Datum zu erfahren.

Ich war überrascht; ich weiß selbst nicht, was ich erwartet hatte, aber jedenfalls nicht das. Ich wusste nicht, was ich davon halten sollte: Drei Stunden waren vergangen. Nicht mehr und nicht weniger, kein ganzer Tag, sondern genauso viel Zeit wie beim ersten Mal, als ich meine Mutter besucht hatte – obwohl ich diesmal viel länger geblieben war. Das bedeutete, dass ich noch viel Zeit hatte, bis Eddie und die Kinder zurückkamen. Ich schaltete den Fernseher aus und blieb im Dunkeln sitzen. Die Treppe hochzusteigen schien mir zu anstrengend.

Es waren Geräusche aus den Gärten der Nachbarn zu hören, die im Freien gegessen hatten und jetzt noch beisammensaßen und plauderten. Ich hörte Gelächter und das Klimpern von Gläsern – ich liebe warme Sommernächte –, und ich wünschte, ich wäre da draußen bei diesen Leuten, hätte ein einfacheres Leben mit einfacheren Problemen. Mühsam schleppte ich mich die Treppe hinauf, öffnete beim Gehen den Reißverschluss meines Skianzugs, stieg heraus und ließ mich bäuchlings auf die Matratze fallen. Mein Kopf war leer. Ich schlief wie ein Stein.

Als ich aufwachte, stach mir das Sonnenlicht, das durch einen Spalt im Vorhang fiel, in die Augen. Es war kurz vor Mittag. Während ich geschlafen hatte, war also fast dreimal so viel Zeit vergangen wie während meiner Reise in die Siebzigerjahre.

Diese Tatsache spann sich langsam zu einer Idee, die fast so schön war wie ein Spinnennetz auf taufeuchtem Gras. Wenn hier in der Gegenwart drei Stunden vergingen, *egal, wie lange ich mich in der Vergangenheit aufhielt,* was hielt mich dann davon ab, etwas länger zu bleiben?

Ich meine, *viel* länger. Würde ich ebenso wie Lucy und ihre Freunde in Narnia mein ganzes Leben zweimal leben können? Selbst in meinem erschöpften Zustand dämmerte mir, dass das keine gute Idee war. Aber wenn es wirklich möglich war, dann würde ich mir eine Liste mit den Vor- und Nachteilen machen müssen. Plötzlich war ich hellwach. Die Idee hatte Potenzial. Bevor ich jedoch meine Optionen durchging, hatte ich ein paar Dinge zu erledigen: Eddie anrufen, duschen, mich anziehen, etwas essen. Dann würde ich das Bett machen und dann … dann würde ich mir genau überlegen, was ich zu tun hatte und was ich tun *konnte*. Aber ehe ich Stift und Papier zur Hand nahm, musste ich mich um das Allerwichtigste kümmern: Ich musste meinen Verlobungsring wiederbeschaffen, und zwar so schnell wie möglich.

Diese Aufgabe würde ich allerdings nicht allein in Angriff nehmen. Ich würde Louis bitten, mich zu Elizabeths Laden zu begleiten.

18

Louis’ Wohnung war blitzsauber und tadellos aufgeräumt. Ich war noch nie bei ihm gewesen und war mir nicht sicher, was ich erwartet hatte. Vermutlich dachte ich, es würde schmuddelig sein, weil Blinde ja keinen Staub sehen können und auch nicht, ob sie putzen und aufräumen müssen. Er führte mich in ein in blassen Farben gehaltenes Wohnzimmer: hellgraues Sofa, cremefarbener Teppichboden. Auf einem weißen, glänzenden Sofatisch stand eine Vase mit weißen Rosen. Mit geübten Bewegungen, als wären es Tanzschritte, trat er um den Tisch herum: Seit, Seit, vor. Dann setzte er sich.

»Deine Wohnung ist ganz anders, als ich erwartet hatte, Louis«, sagte ich, zog meine Strickjacke aus und ging ein paar Schritte zurück, um sie im Flur an einen Haken zu hängen.

»Was hattest du denn erwartet?«, fragte er.

»Ich weiß auch nicht«, erwiderte ich und ließ mich in einen grau und senffarben gemusterten Ohrensessel fallen. »Ich habe mir wohl eher vorgestellt, in eine typische Junggesellenwohnung zu kommen: abgewetztes Sofa, leere Bierdosen auf dem Boden, so was in der Art.«

»Wenn hier alles auf dem Boden herumläge, würde ich dauernd stolpern. Meine Schwester ist Innenarchitektin, sie hat die Möbel und die Farben ausgesucht, die Aufteilung haben wir gemeinsam gestaltet. Sie meint, es sieht ziemlich klinisch aus.«

»Es sieht alles sehr sauber aus, sehr harmonisch. Gefällt mir gut.«

»Und die Blumen?«, fragte er und zeigte in die Richtung.

»Sie sind wunderschön, von wem sind die?«

»Wenn ich weiß, dass ich Besuch bekomme, rufe ich meine Nachbarin an, die holt dann welche aus ihrem Garten und stellt sie mir in eine Vase, damit es hier nicht ganz so klinisch aussieht. Sie ist außerdem meine Putzfrau.«

»Also, sie macht ihre Arbeit sehr gut, das kann ich dir bestätigen«, sagte ich.

Wir gingen in die Küche, wo alles weiß und glänzend war, und Louis setzte Wasser auf.

»Dein Wasserkessel ist rot«, bemerkte ich.

»Wie auch immer Rot aussieht«, antwortete er.

»Es ist auf jeden Fall ein hübscher Farbklecks.«

Als er Tee einschenkte, legte er einen Finger an den Tassenrand, damit er spüren konnte, wann die Tasse voll war.

»Meine Hände sind sauber«, sagte Louis. »Ich hoffe, es macht dir nichts aus, es ist einfach die praktischste Art für mich, Tee einzuschenken.«

Natürlich machte es mir nichts aus. Wir setzten uns an den Küchentisch, der im Gegensatz zu allem anderen, was ich bisher gesehen hatte, aus Holz und alt war, die Tischplatte hell. Ich fuhr mit der Hand über die Oberfläche – sie war unglaublich glatt.

»Der war von meiner Mutter«, erklärte Louis, der das Geräusch gehört hatte, und strich ebenfalls mit den Händen darüber. »Jedes Mal, wenn ich hier sitze, denke ich an sie. Sie war immer in der Küche, das passt also.«

»Ich war noch mal bei meiner Mutter«, sagte ich.

Louis hielt inne, plötzlich war er ganz still, so als würde er etwas in der Luft wittern. »Du meinst, du hast wieder eine Zeitreise gemacht?«, fragte er, dann schnaubte er leise, was mich überraschte.

»Ja. Ich habe meine Mutter und mich als Kind noch mal besucht.«

»Wann?«

»Vorgestern. Ich bin ein paar Tage bei ihnen geblieben. Und jetzt pass auf.« Ich beugte mich vor und fuhr in verschwörerischem Ton fort: »Als ich in die Gegenwart zurückgekommen bin, war genauso viel Zeit vergangen wie bei meinem letzten Besuch, als ich nicht mal einen ganzen Tag dort gewesen war: genau drei Stunden.«

Louis schob seinen Stuhl zurück und nahm eine Packung Schokoladenkekse aus dem Schrank. Er tastete nach dem kleinen Streifen am Rand, um die Packung zu öffnen, nahm sich einen Keks und schob mir die Packung hin.

»Okay«, sagte Louis zögernd. »Wieso machen wir das hier und nicht auf der Arbeit?«

Seine Frage verblüffte mich, doch ich fing mich sofort wieder. »Ich hab mir ein paar Tage freigenommen, weil ich nicht wusste, wie lange ich diesmal weg sein würde. Woher hätte ich wissen sollen, dass es nur ein paar Stunden sein würden? Aber ich konnte es nicht erwarten, dich zu sehen und dir alles zu erzählen, deswegen hab ich dich gleich angerufen.«

Louis zog die Stirn kraus und legte den Kopf schief.

»Ich freu mich, dass ich dich angerufen hab«, fuhr ich fort, »denn ich finde deine Wohnung großartig, und jetzt weiß ich, wie es bei dir aussieht, wenn ich mir dich zu Hause vorstelle.«

»Okay.« Louis lehnte sich seufzend zurück. »Schieß los. Was ist passiert?«

Atemlos erzählte ich ihm alles: Wie ich mit meiner Mutter gekifft hatte; wie ich versuchte, die Rollschuhe zu klauen, und sie am Ende gegen meinen Verlobungsring getauscht hatte; wie wir zusammen den Sticky-Toffee-Pudding gemacht hatten und meine Mutter mir sagte, dass sie glaubte, sie würde jung sterben; wie sie mich gebeten hatte, mich um Faye zu kümmern, wenn sie nicht mehr da war; was sie mir über meinen Vater anvertraut hatte.

Einen nach dem anderen, wie ein gelangweilter Richter, aß Louis seine Kekse, während er mir zuhörte, und nachdem ich geendet hatte, wischte er sich die Krümel von den Lippen.

»So«, sagte ich, »was hältst du von alldem?« Ich atmete tief aus.

»Das waren eine Menge Informationen auf einmal, Faye, ich weiß gar nicht, wo ich anfangen soll. Ich bin beeindruckt von deiner detaillierten Schilderung.«

»Was soll das denn heißen?«, fragte ich.

Er hob die Brauen, und einen Moment lang fragte ich mich, warum, bis ich begriff.

»Du glaubst mir nicht, stimmt's?«, fragte ich zaghaft, legte einen angebissenen Keks auf den Tisch und faltete die Hände im Schoß wie ein gescholtenes Kind. Ich hätte heulen können.

»Faye«, sagte Louis. »Was ist los? Du erwartest doch nicht etwa von mir, dass ich das alles für bare Münze nehme?«

Ich schaute ihn an. Ich hatte Tränen in den Augen, die er natürlich nicht sehen konnte. Für ihn konnte meine Miene genauso gut versteinert sein.

»Glaubst du, ich lüge dich an?«, erkundigte ich mich. »Warum sollte ich das tun? Hältst du mich für verrückt?« Inzwischen war nicht zu überhören, dass ich mit den Tränen kämpfte.

»Nein, ich …« Er wusste nicht weiter, wirkte ehrlich verwirrt. Er tastete nach meiner Hand. Ich legte meine Hand auf den Tisch, damit er sie finden konnte, und ließ es zu, dass er sie hielt.

»Du bist meine Freundin«, sagte Louis. »Aber ich dachte, diese Geschichte gehörte zu deinen Experimenten.«

»Hä?« Ich verstand überhaupt nichts mehr.

»Ich weiß nicht, ich fand es lustig, als du mir zum ersten Mal davon erzählt hast, und seitdem hab ich immer mal wieder darüber nachgedacht ... und mich gefragt, warum du mir so eine Geschichte auftischst.«

»Aber wie soll das denn ein Experiment gewesen sein?«, erwiderte ich ungehalten. »Wovon redest du?«

»Du machst doch dauernd alle möglichen Experimente, bei denen du Blinde mit Sehenden vergleichst. Ich hab mir den Kopf darüber zerbrochen, was deine Geschichte zu bedeuten hat, und schließlich hab ich mir gesagt, dass du dir dieses Szenario wahrscheinlich ausgedacht hast, um zu testen, wie unterschiedlich Blinde und Sehende an Problemlösungen herangehen. Schließlich hast du dir schon öfter irgendwelche ähnlichen Szenarien ausgedacht, okay, vielleicht nicht ganz so ungewöhnliche, aber trotzdem. Ich dachte, ich hätte nicht schlecht abgeschnitten, immerhin hatte ich ein paar gute Vorschläge gemacht ... also, in Bezug auf Zeitreisen und so.«

»Ja, stimmt«, sagte ich leise. »Du hattest ein paar sehr nützliche Vorschläge.«

»Ich hab mich also gefragt, warum du hergekommen bist, um mit mir in unserer Freizeit darüber zu reden, anstatt im Büro, wo wir dafür bezahlt werden.«

»Ich dachte, du hättest mir geglaubt, Louis«, sagte ich. »Ich war mir sogar ziemlich sicher.« Ich zog meine Hand zurück und ballte unter dem Tisch die Fäuste.

»Damit willst du mir also sagen, dass dir das alles wirklich passiert ist?«

»Tja, entweder das, oder ich hab den Verstand verloren«, antwortete ich.

Lange sagte keiner etwas.

»Es könnte auch sein, dass beides zutrifft«, meinte er schließlich. »Könnte sein, dass das alles wirklich passiert und dass du außerdem verrückt bist.«

»Stimmt.« Ich schniefte.

Ich lachte in mich hinein, aber es war eine Mischung aus Lachen und Weinen. Auch er lachte leise, und sein Lachen war zu einem kleinen Teil entschuldigend und zu einem großen Teil ungläubig. Aber die Sache war nicht zum Lachen. Für mich jedenfalls nicht. Für mich ging es um Leben und Tod. Ja, genau, um Leben *und* Tod. Und es fühlte sich so an, als hätte ich gerade den einzigen Menschen im Universum verloren, mit dem ich darüber reden konnte.

Die Verzweiflung kam so plötzlich wie ein Schlag in die Magengrube. Ich fühlte mich mit einem Mal schrecklich einsam, als würde ich in einem tiefen, dunklen Brunnen Wasser treten und niemand würde meine Schreie hören, und keine Lassie lugte über den Brunnenrand, um mir zu versichern, dass Hilfe im Anmarsch war. Ein Schrei entrang sich meiner Kehle, ursprünglich, wild, verzweifelt. Der Schrei, der die ganze Küche erfüllte, sagte ohne Worte alles darüber aus, wie es sich anfühlte, dass mir niemand glaubte, dass ich nirgendwohin gehörte, dass ich keine Möglichkeit hatte, meine Unschuld und die Wahrheit meiner Geschichte zu beweisen. Und plötzlich fühlte ich mich zum ersten Mal in meinem Leben wie eine Art Gottheit, die verlangte, dass man an sie glaubte.

»Ich sage die Wahrheit«, insistierte ich.

Louis saß kerzengerade auf seinem Stuhl, das Entsetzen war ihm ins Gesicht geschrieben.

»Es ist alles real«, fuhr ich fort, aber jetzt klang meine Stimme leise und gebrochen.

In der Stille, die auf meinen Ausbruch folgte, war in der

Ferne das Geräusch eines Rasenmähers zu hören, und ich fragte mich, wie es wohl sein würde, mich wieder normal zu fühlen.

»Hör zu«, begann Louis ernst. Aber es folgten keine Worte, obwohl er mehrere Anläufe machte, etwas zu sagen.

»Hä?«, krächzte ich, heiser von dem Aufschrei.

»Ich glaube nicht, dass du mich anlügen würdest. Was bedeutet, dass du entweder die Wahrheit sagst oder dass du wirklich …«

»Dass ich verrückt bin?«, beendete ich seinen Satz. »Ich weiß.«

»Ja. Entweder das eine oder das andere, aber nicht beides. Aber so verrückt das alles sein mag, meine liebe Freundin Faye, ich glaube nicht, dass du den Verstand verloren hast. Es ist einfach nur schwierig, dir das alles ohne den geringsten Beweis zu glauben. Ich bin Wissenschaftler und nicht besonders gut im Glauben. Aber ich versuch's, okay? Ich versuche wirklich, dir zu glauben.«

Wieder liefen mir Tränen über die Wangen. Louis konnte es nicht sehen, deswegen sagte ich es ihm. »Ich weine.«

»Ist das okay für dich?«

»Ich glaub, ja.« Ich war emotional erschöpft, und mir war nicht klar gewesen, wie allein ich mich fühlen würde, wenn ich Louis nicht hätte. »Ich brauch dich, Louis.«

»Weißt du was, ich mach uns noch einen Tee«, schlug er vor. »Oder möchtest du lieber ein Bier? Und da Eddie und die Kinder sowieso in Urlaub sind, kannst du auch gleich zum Abendessen bleiben.«

»Du kannst kochen?«, fragte ich schniefend.

»Nicht so richtig, aber ich kann perfekt mit der Mikrowelle umgehen«, erwiderte er mit einer unbeholfenen Geste in die ungefähre Richtung der Mikrowelle. Mir fiel auf, dass sie der einzige Gegenstand in der Küche war, der nicht ganz sauber war.

»Bier und Abendessen – klingt fantastisch!«, sagte ich. »Danke für die Einladung.«

Wir machten es uns im Wohnzimmer gemütlich, die Bierflaschen wurden mit einem Zischen geöffnet, und während wir redeten, schien es, als würden wir noch einmal von vorn anfangen. Louis stellte mir Fragen, und wir ließen uns Zeit. Er sagte, was ich ihm berichtete, sei wie ein Filmtrailer mit allen Höhepunkten, der ihn auf den Geschmack gebracht hatte, sodass er den ganzen Film sehen wolle.

Vor allem gerieten wir ins Philosophieren. Zum Beispiel über die Frage: Wenn ich in die Vergangenheit reiste und dort etwas veränderte, würde ich damit die Gegenwart ändern? Louis fragte mich ganz vorsichtig, ob ich seit meiner Rückkehr schon mit Eddie und den Kindern gesprochen hätte, und er atmete erleichtert auf, als ich ihm die Frage bejahte.

»O Gott«, sagte ich. »An so was hab ich noch gar nicht gedacht. Hattest du Angst, dass Eddie und die Kinder womöglich gar nicht mehr existierten?«

»Ach, ich weiß auch nicht. Als du das erste Mal in die Vergangenheit gereist bist, war es ein Unfall, und wenn da bei deiner Rückkehr irgendwas anders gewesen wäre als vorher, hätte man dich nicht dafür verantwortlich machen können. Aber beim zweiten Mal war es deine freiwillige Entscheidung, und du hast alles Mögliche getan – du hast mit Leuten über die Zukunft gesprochen, du hast der kleinen Faye ein Geschenk gemacht. Du hast deinen Verlobungsring weggegeben.«

Ich betrachtete meine Hand, an der ich den Ring immer getragen hatte.

»Das mit dem Ring krieg ich nicht auf die Reihe«, sagte

Louis. »Wenn du in den Siebzigerjahren deinen Verlobungsring weggegeben hast, wie konnte Eddie ihn dann kaufen und dir schenken, als er um deine Hand angehalten hat? Wenn diese Frau, diese Elizabeth, den Ring die ganze Zeit hatte, wie ist Eddie dann darangekommen?«

»Darüber hab ich noch gar nicht nachgedacht.« Ich trank mein Bier aus, und Louis, der das gehört hatte, stand auf.

»Noch eins?«

»Ja, bitte«, sagte ich, dann rief ich ihm nach: »Du meinst also, ich könnte in der Gegenwart Dinge geändert haben, von denen ich gar nichts weiß?«

»Keine Ahnung«, erwiderte er, als er mit zwei Flaschen Bier zurück ins Wohnzimmer kam. »Wer weiß denn schon, welche Theorien stimmen? Oder ob überhaupt eine stimmt. Zum Beispiel die, die besagt, dass das Flügelschlagen eines Schmetterlings einen Tornado auslösen kann – solche Sachen.«

»Vor ungefähr einem Jahr hab ich Esther ein Buch vorgelesen, in dem ein Kind eine Zeitreise zu den Dinosauriern macht und aus Versehen auf einen Käfer tritt. Als das Kind in die Gegenwart zurückkommt, ist alles anders, die Welt ist ein unwirtlicher Ort. Also muss das Kind noch mal in die Vergangenheit reisen und diesmal höllisch aufpassen, dass es nicht wieder auf den Käfer tritt, damit die Gegenwart wieder wie zuvor werden kann.«

»Mann, das ist aber schwere Kost für ein Kinderbuch«, sagte Louis.

»So ist das mit allen guten Kinderbüchern.«

»Stimmt«, sagte er. »Jedenfalls hast du viel mehr gemacht, als nur auf einen Käfer zu treten. Ich würde eher sagen, du bist buchstäblich auf jede Menge Käfer getreten. Aber bisher hast du noch keine Veränderungen festgestellt?«

»Nein«, sagte ich. »Ich habe im Gegenteil das Gefühl, dass ich ein paar Dinge tun musste, um sicherzustellen, dass die Gegenwart so ist, wie ich sie kenne. Die Rollschuhe, zum Beispiel. Ich glaube nicht, dass ich als Teenager so intensiv Rollschuh gelaufen wäre, wenn ich nicht als Kind schon welche gehabt hätte. Aber wer hätte mir genau diese Rollschuhe schenken sollen, wenn nicht ich?«

»Es gibt übrigens noch eine Theorie zu Zeitreisen, von der ich mal gehört hab«, sagte Louis, stand auf und verließ das Zimmer. »Komm mit.«

Ich folgte ihm nach oben in ein Arbeitszimmer. Auch hier war alles makellos sauber, die Aktenordner standen ordentlich in Reih und Glied, aber die Einrichtung war hier in dunklen Farben gehalten, Wände und Teppichboden waren dunkelgrau, und vor dem Schreibtisch stand ein sehr bequemer, mit schwarzem Leder bezogener Bürostuhl, auf dem Louis Platz nahm.

»Brauchen wir Licht? Wie viel Uhr ist es?«, fragte Louis und tastete unter seiner Manschette nach seiner Armbanduhr. »Halb zehn. Ist es noch hell?«

»Ja, es geht noch«, sagte ich, nahm mir einen Stuhl aus der Zimmerecke und setzte mich neben ihn an den Computer. Er drehte den Bildschirm ein bisschen in meine Richtung, und ich sah alle möglichen Fotos von Männern, die auf der Suche nach Liebe waren. Louis tippte etwas auf seiner Tastatur ein, und ein anderes Fenster öffnete sich.

»Ich hab einen Bildschirmvorleser eingeschaltet, und der ist sehr schnell, aber den kannst du ja einfach ignorieren.«

Wie die meisten Blinden am RNIB hatte Louis auch zu Hause einen Bildschirmvorleser installiert, ein Computerprogramm, das die Texte auf dem Bildschirm laut liest. Ich will ja nicht behaupten, dass Blinde besser hören als

Sehende, aber wenn sie sich erst mal an dieses Programm gewöhnt haben, stellen sie es so schnell ein, dass Ungeübte fast nichts mehr verstehen. Als Louis jetzt den Bildschirmvorleser einschaltete, klang es wie ein infernalisches, elektronisches Rauschen, und es war so laut, dass ich zusammenzuckte.

»Moment, ich mach's ein bisschen leiser«, sagte Louis. »Ich suche was ganz Bestimmtes, einen Artikel, den ich vor ein paar Wochen gelesen hab. Dauert nicht lange.«

Ich wartete, während Louis Webseiten aufrief und Suchbegriffe eingab. Er suchte nach Theorien zum Thema Zeitreisen, auf dem Bildschirm erschienen Bilder des DeLorean aus *Zurück in die Zukunft* und von dem schlittenartigen, mit rotem Samt bezogenen Gefährt mit der rotierenden großen Scheibe am hinteren Ende aus *Die Zeitmaschine*. Dann hielt Louis auf einer Seite an, die ein bisschen wissenschaftlicher zu sein schien, und scrollte nach unten.

»Ich hab's«, sagte Louis und stellte den Bildschirmvorleser langsamer. Es war so ähnlich, als würden wir uns einen Vortrag von Stephen Hawking anhören, nicht nur, weil die Stimme wie seine klang, sondern auch wegen des Inhalts. Anfangs kam ich noch halbwegs mit, aber dann ging es auf einmal in erster Linie um Paradoxe, und es hagelte nur noch Fachbegriffe. Nachdem der Bildschirmvorleser geendet hatte, wandte Louis sich mir zu und erklärte: »Das, was er zum Schluss gesagt hat, scheint mir die logischste Erklärung zu sein. Vor allem, da du immer noch da bist und sich aufgrund deiner Zeitreisen nichts Großartiges – nicht mal etwas Winziges – geändert hat, obwohl du ziemlich in der Vergangenheit rumgefuhrwerkt hast.«

»Und wie lautet das Fazit?«, fragte ich.

»Fazit: Du kannst nicht ändern, was passiert ist, weil es

bereits passiert ist. Du könntest zum Beispiel nicht in die Vergangenheit reisen und deine Eltern töten, weil du ja schon existierst. Ganz einfach.«

»Das heißt also, weil ich mit diesen Rollschuhen aufgewachsen bin …«

»Das ist deswegen passiert, weil du in die Vergangenheit gereist bist und der kleinen Faye die Rollschuhe geschenkt hast. Es ist eine sich selbst erfüllende Theorie über Zeitreisen, das heißt, dass alles, was du zu tun versuchst, um die Vergangenheit zu ändern, nur das verursacht, was später sowieso passiert. Und das wiederum bedeutet, dass Zeitreisen weder die Zukunft noch die Vergangenheit ändern können.«

Wir sahen uns ein paar Videos zum Thema Wurmlöcher und Reisen mit Lichtgeschwindigkeit an, aber schon bald konnte ich nicht mehr klar denken. Ich konnte nichts mehr aufnehmen, wie ich Louis gestehen musste.

»Ich ruf dir ein Taxi.« Er schaltete den Computer aus und schob sich mit seinem Stuhl nach hinten. An der Tür wartete ich, um ihn nach unten gehen zu lassen, und zuckte zusammen, als er sich den Zeh an dem Stuhl stieß, auf dem ich gesessen und den ich vergessen hatte, an seinen Platz zurückzustellen.

»Mist«, fluchte Louis.

»Tut mir leid, Louis«, sagte ich bestürzt.

»Deswegen ist es hier immer so verdammt aufgeräumt.« Er knurrte und räumte den Stuhl weg.

Auf dem Weg nach unten fiel mir etwas ein. »Was ist für dich das Gegenteil von ›leichtsinnig‹?«, fragte ich ihn.

»Schwersinnig«, antwortete Louis, ohne zu zögern.

»Wie kommst du darauf?«

»Ich spiele Scrabble.«

Während ich gerade dachte, dass das eigentlich für ihn unmöglich war, schnalzte Louis mit der Zunge und erklärte: »Die Braille-Version. Du arbeitest doch bei RNIB, verdammt noch mal.«

»Hast du eines hier?«

»Ja. Willst du 'ne Runde spielen?«

»Ja, aber du würdest mich bestimmt haushoch schlagen«, sagte ich.

»Meinst du?«, fragte er mit einem sarkastischen Unterton, der schon fast unverschämt war.

»Was hast du morgen vor?«, erkundigte er sich, als wir in der Diele standen. »Du hast doch morgen frei, oder?«

»Mhmm, bisher hab ich noch nichts Konkretes vor, vielleicht ein bisschen im Haus herumkramen, über mein Doppelleben nachdenken. Ich sollte anfangen, Tagebuch zu schreiben, mir alles zu notieren, was meine Mutter zu mir sagt. Ja, ich glaube, das mach ich.«

Während Louis mir ein Taxi bestellte, schlüpfte ich in meine Strickjacke und in meine Schuhe.

»Nein, das machst du nicht«, sagte Louis. »Jedenfalls nicht morgen.«

»Ach nein? Was dann? Scrabble spielen?«

»Wir werden uns morgen den Beweis besorgen, den ich haben will. Nicht, dass ich dir nicht glauben würde, Schatz, keine Sorge. Aber wir werden Elizabeth Keel aufsuchen und uns deinen Verlobungsring zurückholen.«

»Komisch«, sagte ich, »eigentlich war ich hergekommen, um dich genau darum zu bitten.«

19

Im Taxi nahm ich von der Welt draußen nichts wahr, da ich voll und ganz mit einer anderen Welt beschäftigt war. Vor meinem inneren Auge ließ ich noch einmal die Stunden Revue passieren, die ich mit meiner Mutter im Garten verbracht hatte, wie sie mein Gesicht zwischen beide Hände genommen hatte; ich hörte das Geräusch der Rollschuhe, auf denen die kleine Faye über das Pflaster kurvte, und die Geräusche der Autos auf der Straße, bis ich eindöste. Ich wachte erst auf, als das Taxi vor meinem Haus hielt.

Ich musste mit Eddie und den Kindern reden, brauchte den Kontakt mit ihnen, um mich zu erden. Mein Herz schmerzte, aber ich wusste nicht, ob das daran lag, dass ich länger von ihnen weg gewesen war als sie von mir, oder daran, dass sie mich nicht begleiten konnten auf meiner Reise in die Vergangenheit. Aber ich brauchte die drei jetzt so sehr, dass ich es körperlich spürte, dass mein Herz schmerzte.

Etwas an dem Klingelton, wenn man ins Ausland telefoniert, gibt mir immer das Gefühl, als würde ich auf einem anderen Planeten anrufen, und als Eddie sich meldete, war mir, als wäre er gestorben und in den Himmel gekommen und würde dort ans Telefon gehen. Meine Stimme zitterte, als ich ihm antwortete.

»Hi«, sagte ich.

»Was ist passiert?«, fragte Eddie.

Ihm konnte ich nichts vormachen. »Ich kann es nicht ausstehen, wenn du so weit von mir weg bist«, antwortete ich. »Du fehlst mir.« Mir liefen die Tränen über die Wangen.

»Als wir gestern telefoniert haben, schien es dir noch gut zu gehen«, sagte Eddie in besorgtem Ton.

»Es geht mir ja auch gut, ich wünschte nur, du wärst hier, das ist alles«, sagte ich, wischte mir die Nase am Ärmel ab und schniefte unschön.

»Hast du was getrunken?« Sogar durchs Telefon hörte ich sein mitfühlendes Lächeln.

»Ja, Herr Detektiv, ich hab mit Louis ein paar Bierchen gezischt«, erwiderte ich und musste ebenfalls lächeln. »Aber daran liegt es nicht, ich wollte nur deine Stimme hören. Du fehlst mir.«

»Keine Sorge, wir beide sind wie die Schenkel in John Donnes Zirkel: Wenn einer von uns für eine Weile wegmuss, bleibt der andere fest an Ort und Stelle, so lassen wir einander nie richtig los.«

»Zirkel?«, fragte ich, obwohl ich natürlich weiß, was ein Zirkel ist.

»Ja, weißt du noch, in der Schule? Diese Dinger aus Metall mit zwei Armen. Den einen pikst man ins Papier, dann kann man mit dem anderen um den einen herum einen perfekten Kreis zeichnen.«

»Klar. Und darüber gibt's ein Gedicht?«

»Ja, von John Donne. Ich sehe jetzt gerade ein Buch mit Gedichten von ihm hier im Regal stehen. Meine Mutter ist ein Fan von Donne.«

»Lies es mir vor«, sagte ich leise.

»Es wird dir nicht gefallen, die Sprache ist sehr altmodisch.«

»Lies es mir vor«, wiederholte ich und ignorierte seinen sarkastischen Unterton, der zeigte, wie gut er meine Vorlieben und Abneigungen kannte.

»Okay«, sagte er. Dann hörte ich Papier rascheln, als er das Buch aufschlug und die richtige Seite suchte. »Aber nicht das ganze«, ergänzte er. »Hör zu.«

Und sind wir zwei, wir sind es bloß
Nach fester Zirkel Zwillingsweise:
Der stete Fuß du, regungslos,
Und kreist doch mit des anderen Kreise.

Zwar hält er in der Mitte Wacht,
Doch schweift der andere weit hinaus,
So neigt er sich und lauscht ihm nach
Und reckt sich, kehrt der Freund nach Haus.

Bist du mir so, dann zieh ich gleich
Dem zweiten Fuß die schräge Bahn:
Dein Festsein rundet meinen Kreis,
Und endet mich, wo ich begann.

Nachdem er geendet hatte, hörte ich ihn am anderen Ende eine Weile atmen. »Lies es mir noch mal vor«, bat ich. »Und diesmal ganz langsam.«

Er tat es, und danach schwiegen wir ziemlich lange und spürten unserer Liebe nach.

»Ich bin stolz auf dich, Faye«, sagte Eddie schließlich.

»Wirklich?«, fragte ich.

»Ja, weil du bei den Wörtern ›reckt sich‹ und ›Festsein‹ nicht gelacht hast. Gut gemacht!«

»Es ist mir nicht leichtgefallen, aber manchmal kann ich sehr reif sein«, sagte ich grinsend, während ich gleichzeitig das Salz meiner Tränen auf den Lippen schmeckte.

»Gefällt dir das Gedicht?«

»Ja«, sagte ich, und in dem Moment, als ich das Wort aussprach, erschien vor meinem geistigen Auge ein Bild vom Tag unserer Hochzeit, dann spulte die Zeit noch weiter zurück wie ein Film, und ich sah Eddie vor mir knien und um meine Hand anhalten. Ich betrachtete meine Hand, an der sich der Verlobungsring hätte befinden sollen. Vor Angst und Schreck wurde mir ganz heiß.

»Mir gefällt die Vorstellung, dass du, wenn ich mal wegmuss, wie ein ruhender Pol zu Hause bist und auf meine Rückkehr wartest«, sagte Eddie.

»Wie ein braves Frauchen?«

»Nein, du weißt genau, was ich meine.«

»Aber was ist, wenn wir beide umherstreifen und niemand zu Hause wartet?«, fragte ich. Prompt kamen mir wieder die Tränen.

»Wie meinst du das? Was redest du da?«

»Nichts, nichts«, wiegelte ich ab.

»Was meinst du mit ›wenn wir beide umherstreifen‹?«, insistierte Eddie ernst.

»So hab ich das nicht gemeint, ich meinte – ach, ich weiß selbst nicht, was ich gemeint hab. Ich will nur, dass du bald nach Hause kommst, okay?«

»Okay, hör zu. Ich bin lediglich in Frankreich, du bist zu Hause, und wir kommen bald zurück.« Er zögerte. »Oder möchtest du, dass wir früher zurückkommen?«

»Nein«, sagte ich. »Es ist alles gut. Vielleicht liegt es doch an dem Bier. Es macht mich albern. Ich freue mich auf euch.«

»Ich liebe dich. Wir sehen uns bald. Und pass auf dich auf, Faye, ich brauche dich. Lass uns morgen Abend ein bisschen früher telefonieren, bevor die Mädchen ins Bett gehen.«

In der Nacht wachte ich auf. Ich hatte von meiner Mutter geträumt. In dem Traum war ich ein Kind, wir hielten uns an den Händen und drehten uns im Garten beim Windmühlespielen. »Es gibt nur dich und mich«, sagte sie. »Überleg mal, wer wen mehr braucht.« Schweißnass fuhr ich aus dem Schlaf. Ich brauchte meine Mutter, aber vielleicht brauchte sie mich noch dringender. Ich war ein glückliches Kind gewesen. Ich sah Eddie, Esther und Evie vor mir, sie hielten sich an den Händen und drehten sich beim Windmühle-Spielen, während ich danebenstand und zuschaute. Sie hatten einander, sie hatten Eddies Eltern, sie hatten unsere Freunde. Ich konnte mich in der Vergangenheit nützlicher machen, ein bisschen nachbessern und für meine Mutter und die kleine Faye da sein, die außer mir niemanden hatten.

Irgendwann döste ich wieder ein und fiel in einen tiefen, traumlosen Schlaf. Am nächsten Morgen ging es mir überraschenderweise viel besser.

Um acht Uhr fuhr ich mit dem Taxi zu Louis. Wir würden Elizabeth Keel aufsuchen, und ich würde meinen Ring holen – ich wollte ihn unbedingt wieder am Finger haben. Vor allem aber wollte ich Louis dazu bringen, dass er mir meine Geschichte glaubte. Falls wir Elizabeth nicht antrafen oder falls sie inzwischen gestorben war, tja, dann wäre das für Louis – auch wenn er es nicht erwähnen würde – ein zusätzlicher Beweis dafür, dass die ganze Geschichte meiner Fantasie entsprungen war. Dazu kam die Sorge, dass Elizabeth sich weigern würde, den Ring herauszurücken, oder dass sie mich nicht erkennen würde. Ich wusste nicht, was mich erwartete.

Die Stadt, in der ich aufgewachsen bin, liegt etwa eine Autostunde nördlich von London. Ich war schon einige Jahre nicht mehr dort gewesen, aber wie viele englische Kleinstädte war sie mit der Zeit gewachsen und verfügte über eine Infrastruktur, die kontinuierlich mitwuchs und sich allmählich ausdehnte wie ein Stück in der Sonne schmelzende Butter. Ich hoffte, dass es den Laden namens Serendipity noch gab. Elizabeth Keel musste mittlerweile etwa Mitte fünfzig sein, und ich meinte, mich zu erinnern, dass sie hinterm Tresen gestanden hatte, als ich das letzte Mal mit den Kindern dort gewesen war. Ich wurde zusehends nervös. Was, wenn ich meinen Ring nicht zurückbekam? Wie würde ich das Eddie erklären?

Wir parkten und gingen erst mal in ein Café. Die Kellnerin fragte mich, was Louis wollte, anstatt ihn selbst zu fragen, und sie tat es mehrmals, trotz meiner Versuche, sie an ihn zu verweisen. Er kochte vor Wut, doch es gelang mir, ihn zu beruhigen.

»Ich hoffe bloß, dass der Laden noch da ist«, sagte ich zu ihm.

»Du hättest ihn ja googeln können«, entgegnete Louis.

»Ich war mir nicht sicher, ob er im Internet ist«, sagte ich.

»Alles ist im Internet«, erwiderte er ungehalten. »Gibt's hier keinen Scheißsüßstoff?«, fragte er, während er auf dem Tisch herumtastete. Ich drückte ihm ein Tütchen in die Hand. »Danke«, sagte er. »Tut mir leid. Die Kellnerin hat mich genervt.«

»Ich weiß. Sie wollte freundlich sein und hat nicht bemerkt, wie herablassend sie war.«

»Eigentlich wollte ich nur ein bisschen Toastbrot haben, aber aus lauter Wut über ihre Blödheit ziehe ich mir jetzt ein komplettes englisches Frühstück rein«, erklärte Louis. »Die Gutmenschen der Welt sind schuld daran, dass ich meinen Bauch nicht loswerde.«

Ich war ganz froh, dass wir uns Zeit für ein ausgiebiges Frühstück nahmen – eine willkommene Verzögerungstaktik. Ich hatte es nicht eilig, in den Laden zu gehen, im Gegenteil, bei der Vorstellung, was mir dort blühen konnte, drehte sich mir der Magen um. Ich wusste, dass alles real war: meine Zeitreisen, die Gespräche mit meiner Mutter, alles. Aber in dem Moment fühlte ich mich genau so, als würde man mich eines Verbrechens beschuldigen und einen Lügendetektortest von mir verlangen. Wenn man schuldig ist, kann man so einen Test ruhig akzeptieren, denn die bringen manchmal falsche Ergebnisse, und wenn man Glück hat, kommt man davon. Aber wenn man unschuldig ist, kann man aus demselben Grund genauso gut *Pech* haben, und dann ist man gelackmeiert. Wenn wir Elizabeth Keel nicht fanden oder wenn es den Laden nicht mehr gab oder wenn sie nicht wusste, wovon, zum Teufel, ich redete, was dann?

Es bestand ja immer noch die Möglichkeit, dass ich Hirngespinsten nachjagte.

Louis war nicht der Einzige, der einen Beweis brauchte. Ich glaube, auch ich brauchte einen, irgendetwas Konkretes, das mir sagte: Du bist nicht verrückt.

Als wir uns dem Laden näherten, gingen wir direkt auf die Schaufensterfront zu, denn der Laden lag genau gegenüber einer kleinen Gasse, die von der riesigen neuen Bibliothek wegführte. Auch die Gasse war neu, denn die Bibliothek war erst gebaut worden, nachdem ich das letzte Mal hier gewesen war, und zwar auf einem Gelände gegenüber von Serendipity, wo damals noch eine Reihe kleiner Häuser gestanden hatte. Zu meinem Glück befand sich der Laden auf der anderen Straßenseite, die nicht von dem Bau beeinträchtigt worden war. Ich atmete erleichtert auf, denn was hätte ich getan, wäre er nicht mehr da gewesen?

Ich blieb stehen, als ich den Laden erblickte. Bisher war ich immer nur von der Seite darauf zugegangen, sodass mir die Auslagen als Erstes ins Auge gefallen waren. Jetzt sah ich den Laden aus einer neuen Perspektive: Die Ladenfront erhob sich vor mir wie auf einer Ansichtskarte; über dem Schaufenster prangte der Name in großen, bunten, kursiv gesetzten Buchstaben, die mich an Zigeunerwagen erinnerten; und unter dem Namen stand in kleineren, ebenfalls kursiven Buchstaben noch etwas, das mir noch nie aufgefallen war.

»Sieh mal einer an.«

»Was?«, fragte Louis. Er hatte sich bei mir untergehakt und wartete darauf, dass ich weiterging.

Ich zog ihn zur Seite, wo wir im kühlen Schatten standen. »Da steht: ›Serendipity, das zufällige Entdecken von Dingen, nach denen man nicht gesucht hat‹.«

»Putzig«, sagte Louis. Ich suchte seinen Gesichtsausdruck nach Anzeichen von Sarkasmus ab, doch er wirkte ernst. »Der Laden ist also noch da. Hat er geöffnet?«

In dem Moment sah ich, wie eine Frau aus dem Laden kam, und hörte das Glöckchen bimmeln wie einen Gruß aus der Vergangenheit. Die Frau hielt die Tür mit einer Hand oben am Rahmen auf, sodass ihr kleiner Sohn mit einer Tüte, deren Inhalt er inspizierte, unter ihrem Arm hindurch nach draußen gehen konnte.

»Ja«, sagte ich, rührte mich jedoch nicht.

»Lass uns einfach reingehen und sehen, was passiert«, schlug Louis vor. Wahrscheinlich spürte er meine Nervosität. »Wir brauchen ja mit niemandem zu reden oder irgendwas zu unternehmen.«

Als wir die Straße überquerten, fühlten meine Beine sich bleischwer an so wie in einem Traum, in dem man wegrennen will und nicht von der Stelle kommt.

Das Bimmeln des Glöckchens und die Kühle im Laden waren genauso wie neulich vor dreißig Jahren. Allerdings hatte sich die Aufteilung geändert, und die Einrichtung und die Waren entsprachen der heutigen Zeit, obwohl ich hier und da ein paar ältere Preziosen entdeckte, die ich am liebsten gleich in die Hand genommen hätte. Louis drückte mir den Ellbogen und blieb dicht an mir dran, darauf bedacht, nichts umzustoßen.

»Wie viele Leute sind hier drin?«, flüsterte Louis.

»Äh, wir zwei«, sagte ich und reckte mich, um zu sehen, ob sich jemand auf der anderen Seite des Regals befand. »Und eine Frau, die sich im Laden umschaut, und jemand an der Kasse.«

»Wer steht an der Kasse? Ist sie das?«

»Nein, zu jung, außerdem männlich«, sagte ich. In dem Augenblick schaute der junge Mann zu uns herüber und lächelte. »Das ist ihr Sohn Adam«, flüsterte ich.

»Kann ich Ihnen helfen?«, fragte Adam.

»Wir schauen uns nur um, danke«, erklärte ich und betrachtete demonstrativ, was sich in dem Regal vor mir befand.

»Frag ihn, ob Elizabeth hier ist«, flüsterte Louis zu laut.

»Du hast doch eben gesagt, wir könnten hier reinkommen und nichts machen«, entgegnete ich gereizt.

»Ich rede manchmal viel, wenn der Tag lang ist.«

Ich schaute zu Adam hinüber und lächelte; er erwiderte mein Lächeln und runzelte die Stirn. »Kann ich wirklich nichts für Sie tun?«, fragte er freundlich.

Wir gingen zum Tresen. »Tja, also eigentlich hatte ich gehofft, mit Mrs Keel sprechen zu können«, antwortete ich.

»Mit welcher Mrs Keel?«

»Elizabeth?«, sagte ich, so als wäre ich mir nicht sicher, dass es sie überhaupt gab.

»Sie ist gerade unterwegs, um ein paar Einkäufe zu erledigen, aber sie kommt gleich zurück.« Er nahm sein Handy. »Ich sage ihr Bescheid, dass jemand nach ihr gefragt hat. Wie heißen Sie?«

»Faye«, sagte ich. »Ich glaube, sie hat etwas, das mir gehört.«

Er wählte die Nummer und lächelte Louis und mich

an, während er darauf wartete, dass seine Mutter sich meldete. In dem Moment ging die Tür auf, das Glöckchen bimmelte, und ein klingelndes Handy war zu hören. Als ich mich umdrehte, sah ich Elizabeth Keel, die, eine Einkaufstasche in jeder Hand, versuchte, ihr Handy aus der Handtasche zu fischen, ohne etwas fallen zu lassen.

Adam legte sein Handy weg und eilte zur Tür, um seiner Mutter die Einkaufstaschen abzunehmen. »Das war ich«, sagte Adam, als das Handy aufhörte zu klingeln, dann küsste er sie auf die Wange. »Ich dachte, du wolltest nur ein paar Kleinigkeiten einkaufen? Aber das sieht ja aus wie ein Großeinkauf.«

»Keine Sorge, mein Lieber, das ist kein Großeinkauf, aber ich habe tatsächlich etwas mehr eingekauft, als ich vorhatte«, erklärte Elizabeth, während sie sich eine Haarsträhne hinters Ohr schob. Sie hatte Louis und mich kurz angelächelt, beachtete uns aber nicht weiter. Adam brachte ihre Einkäufe ins Hinterzimmer und war gleich darauf wieder da.

»Mum, die Dame hier möchte mit dir reden; sie sagt, du hast etwas, das ihr gehört.« Er schaute mich an, wie um sich zu vergewissern, dass er mein Ansinnen korrekt wiedergegeben hatte, und ich nickte beiden zu. Elizabeth machte einen offenen und liebenswürdigen Eindruck. Sie hatte ein paar Kilo zugelegt, seit ich sie vor ein paar Tagen gesehen hatte, aber die weiblichen Rundungen standen ihr gut. Ihre Augen waren von Fältchen umrahmt, und ihr Teint war nicht mehr jugendlich, schließlich war sie dreißig Jahre älter geworden, aber eigentlich hatte sie sich kaum verändert. Am meisten fiel mir auf, dass sie im Gegensatz zu früher, als sie etwas Zynisches und Misstrauisches an sich gehabt hatte, jetzt wesentlich zugänglicher zu sein schien wie eine Frau, die vom Leben nur Gutes erwartet.

Louis stieß mir sanft einen Ellbogen in die Rippen.

»Hallo«, sagte ich. »Ich habe Ihnen vor langer Zeit etwas gegeben, und Sie haben mir versprochen, es für mich aufzubewahren. Und ich hatte gehofft, dass Sie es immer noch haben.« Ich verzog das Gesicht, denn ich bemerkte selbst, wie kryptisch ich mich ausdrückte.

Elizabeth runzelte die Stirn und legte den Kopf schief. »Ach?«, sagte sie lächelnd. »Was war es denn?«

Mir drehte sich der Magen um. Sie wusste nicht mal, wovon ich redete. Louis brachte seine Lippen dicht an mein Ohr. »Ich glaub, du musst dich ein bisschen konkreter ausdrücken«, flüsterte Louis ziemlich hörbar, was mir ziemlich peinlich war. Ich lächelte sie um Vergebung bittend an.

»Es war mein Verlobungsring. Ich habe ihn Ihnen im Austausch für ein Paar Rollschuhe überlassen«, konkretisierte ich, und es klang, als würde ich mir das alles gerade ausdenken. »Wie gesagt, es ist schon lange her.«

Elizabeth trat ungewöhnlich nahe an mich heran und schaute mir in die Augen, dann trat sie einen Schritt zurück und betrachtete mein Gesicht. Sie hob eine Hand und berührte meine Haare.

»Was passiert gerade?«, flüsterte Louis.

»Louis, hör auf zu flüstern, wir sind hier nicht in einer Bibliothek, und sie kann dich hören. Sie schaut mich an«, sagte ich, ohne den Blick von ihr abzuwenden.

»Mum?« Adam kam um den Tresen herum, sichtlich verwirrt von dem Verhalten seiner Mutter.

»Mein Gott«, flüsterte Elizabeth – fast wie ein Stoßgebet.

»Wer ist das, Mum?«, fragte Adam.

»Ich weiß es nicht«, sagte Elizabeth. »Ich glaube, mein Schutzengel.«

Als sie diese Worte aussprach, wusste ich, dass sie sich

an mich erinnerte. Mein Kinn begann zu beben, und meine Augen brannten, als sie sich mit Tränen der Erleichterung füllten. Ich unterdrückte ein Schluchzen, und sie nahm mich in die Arme.

»Mein Gott«, sagte Elizabeth noch einmal. »Es ist so lange her, ich hatte mit einer wesentlich älteren Person gerechnet.«

20

Elizabeth bat ihren Sohn, den Laden zu schließen und uns einen Kaffee zu besorgen. Den Rest des Tages solle er sich freinehmen, meinte sie. Es war ihm anzumerken, dass ihm nicht wohl dabei war, sie allein zu lassen, doch sie versicherte ihm, es sei alles in Ordnung, sie werde ihm später alles erklären – was ich allerdings bezweifelte.

Elizabeth führte uns über eine schmale Treppe nach oben. Es gab ein Zimmer mit einer in leuchtendem Blau gestrichenen Kochnische und ein zweites Zimmer mit einem schmalen Bett und einem Sessel. Auf dem ungemachten Bett lagen ein Pullover und ein Paar Socken. Sie glättete das Bettzeug, und Elizabeth und ich setzten uns auf die Bettkante, während Louis sich im Sessel niederließ.

»Mein Sohn ist Student und hilft ab und zu im Laden aus«, sagte Elizabeth, während sie die Socken zusammenknüllte und in den Wäschekorb warf. »Wenn er sich abends mit Freunden trifft, übernachtet er manchmal hier, anstatt nach Hause zu fahren, und macht den Laden am nächsten Morgen auf. Er ist mir eine große Hilfe.« Sie beugte sich über das Bett, um das kleine Fenster zu öffnen und ein bisschen frische Luft hereinzulassen.

Eine Weile schwiegen wir, weil niemand Lust hatte, sich über so banale Dinge zu unterhalten. Andererseits hatte ich solche Gespräche mit meiner Mutter geführt und sie alle genossen.

Ich war froh, dass Louis so still war, aber er lächelte ein bisschen viel. Er hat mir mal erzählt, dass man Kindern, die blind geboren werden, beibringt, viel zu lächeln, weil freundliche Sehende das anscheinend dauernd tun. Ich habe ihm daraufhin geantwortet, dass er manchmal aussieht wie ein grinsender Clown, weil er es mit dem Lächeln übertreibt; denn man weiß nicht immer, ob er sich damit bei Leuten einschmeicheln oder ihnen sagen will, sie sollen sich verziehen. Deswegen haben wir ausgemacht, dass ich mich, wenn er es in Gesellschaft mal wieder mit dem Lächeln übertreibt, vernehmlich räuspere und hoffe, dass er es mitbekommt. Ich räusperte mich also betont, und sein Gesicht wurde ernst. Elizabeth dachte, ich wollte etwas sagen, und schaute mich erwartungsvoll an; sie wirkte ein bisschen erleichtert darüber, dass ich anscheinend vorhatte, das Gespräch zu eröffnen.

»Sie erinnern sich also an mich?«, fragte ich.

»Ob ich mich an Sie erinnere?«, entgegnete Elizabeth in einem Ton, als hätte ich ihr eine absurde Frage gestellt. »Sie wohnen seit Jahren hier drin.« Sie legte sich eine Hand aufs Herz. »Ich habe mich lange Zeit gefragt, ob Sie mir wirklich begegnet waren oder ob ich Sie mir eingebildet hatte.« Sie berührte meine Wange, wie um sich zu vergewissern, dass ich tatsächlich neben ihr saß. »Manchmal dachte ich, ich hätte Sie nur geträumt. Aber es musste ein ganz besonders intensiver Traum gewesen sein, denn immerhin hatte ich ja Ihren Ring. Mit der Zeit habe ich mich damit abgefunden, dass es keine Rolle spielte, ob Sie real waren oder nicht, solange ich an Ihre Existenz glaubte, denn das hat mir ein wunderbares Leben beschert.«

»Wirklich?«, fragte ich überrascht.

»Aber ja«, sagte Elizabeth, als hätte ich nicht richtig zugehört. »Als ich Andrew kennenlernte, habe ich mich sofort an den Namen erinnert, schließlich hatten Sie ihn mir genannt und mir gesagt, dass wir heiraten und miteinander glücklich werden würden. Zuerst habe ich mich gewundert, als er sich mir vorstellte, und mich gefragt, ob Sie beide vielleicht unter einer Decke steckten. Aber Andrew ist nicht durchtrieben genug, um jemanden hinters Licht zu führen, und schließlich habe ich mir gesagt, dass Wahrsagerinnen anscheinend tatsächlich manchmal die Zukunft korrekt voraussagen können.

Ich habe mich in Andrew verliebt, und weil Sie mir gesagt hatten, dass wir ein Paar werden würden, habe ich mich ihm geöffnet, wie ich es zuvor noch nie getan hatte. Außerdem verdanke ich Ihnen das Selbstvertrauen und die Gewissheit, dass ich mit meinem Laden Erfolg haben würde. Ich bin immer glücklich gewesen, weil Sie mir gesagt haben, dass alles gut gehen würde.«

Elizabeths Augen füllten sich mit Tränen, und ich wusste nicht, was ich sagen sollte. So fühlt sich vielleicht eine Chirurgin, wenn sie jemandem das Leben gerettet hat und die Angehörigen sich bei ihr bedanken: *Ich hab doch nur meine Arbeit getan.* Während sie sich schnäuzte, nahm ich fünf Zwanzig-Pfund-Scheine aus meinem Portemonnaie.

»Hundert Pfund«, sagte ich und hielt ihr das Geld hin. »Für die Rollschuhe. Der Rest sind Zinsen und ein Dankeschön dafür, dass Sie meinen Ring für mich aufbewahrt haben.«

Sie schnaubte und schüttelte lächelnd den Kopf. »Nein, meine Liebe, kein Geld. Sie haben die Rollschuhe genommen, und im Gegenzug haben Sie mir ein besseres Leben geschenkt, als ich es mir hätte erträumen können.« Sie beugte sich zu mir. »Ihnen verdanke ich ein angstfreies Leben«, fügte sie leise und eindringlich hinzu. »Ein ganzes Leben ohne Angst, aber das Allerwichtigste war das, was Sie mir über Adam gesagt haben.«

»Über Ihren Sohn?«, fragte Louis.

»Ja, der, den Sie eben kennengelernt haben, der manchmal hier übernachtet«, erwiderte Elizabeth. »Als Faye vor all den Jahren zu mir in den Laden gekommen ist und mir beschrieben hat, wie mein Leben verlaufen würde, hat sie unter anderem gesagt, dass mein Sohn eines Tages verschwinden, aber nach drei Tagen wieder auftauchen würde und ich keine Angst um ihn haben sollte.« Sie zögerte. »Haben Sie Kinder, Louis?«

»Nein«, sagte Louis.

Elizabeth betrachtete ihre Hände, und ihr Atem ging schwer, so wie man es häufig erlebt, wenn Menschen sich an schwierige Zeiten erinnern. »Also, als er neun Jahre alt war, ist er verschwunden. Er hat draußen gespielt, es wurde dunkel, und er ist nicht nach Hause gekommen. Irgendwann habe ich Andrew angeschaut, und ich wusste, dass er das Gleiche dachte wie ich. Ich war gerade dabei, die Mädchen ins Bett zu bringen, und er hat seine Jacke angezogen und gesagt: ›Ich finde ihn.‹ Aber eine Stunde später ist er allein zurückgekommen und hat die Polizei angerufen.«

Louis beugte sich vor. »Aber wegen dem, was Faye Ihnen gesagt hatte, waren Sie ruhig. Sie hatten keine Angst, verstehe ich das richtig?«

Elizabeth schüttelte den Kopf. »So einfach war es nicht. Alles andere, was Faye vorausgesagt hatte – wen ich heiraten würde, wie viele Kinder ich bekommen würde, das Geschäft, der Einbruch –, war letztlich nicht wichtig. Aber das mit Adam war etwas anderes. Ich habe gebetet wie noch nie in meinem Leben.« Sie schaute mich mit feuchten Augen an. »Allerdings nicht zu Gott«, erklärte sie, »sondern zu *Ihnen*.« Sie schob ihre Hand über die Bettdecke und berührte meine Fingerspitzen mit ihren. »Ich habe darum gebetet, dass Sie kein Produkt meiner Fantasie waren, dass Sie mir die Wahrheit gesagt hatten. Also habe ich mich dazu durchgerungen, daran zu glauben, dass alles gut werden würde, aber nur drei Tage lang, denn so lange, hatten Sie mir gesagt, würde Adam verschwunden bleiben. Als ich draußen nach Adam gesucht habe, habe ich gleichzeitig nach Ihnen gesucht, allerdings habe ich nach einer Frau gesucht, die vielleicht fünfzehn Jahre älter war als ich, aber jetzt sind Sie da, und Sie sind viel jünger …« Sie unterbrach sich und sah mich nicht zum ersten Mal verwirrt an. »Ich habe nach Ihnen gesucht, denn als Adam verschwunden war, habe ich Andrew von Ihnen erzählt und von dem, was Sie mir prophezeit hatten. Er dachte, ich würde Unsinn reden, dann meinte er, vielleicht hätten Sie ja etwas mit Adams Verschwinden zu tun, was mich total verunsichert hat. Wenn man Angst hat, kommt man auf die merkwürdigsten Gedanken, man fängt an zu verzweifeln. Dann fällt das Glauben schwer, selbst wenn es das Einzige ist, was einem noch bleibt.« Sie lächelte entschuldigend. »Ich erinnere mich, wie ich an meinem Bett gekniet und all meinen Glauben und all mein Vertrauen in Sie gelegt habe. Mir war klar, wenn Adam nicht innerhalb von drei Tagen gefunden würde, würde ich nicht wissen, wie ich das überleben sollte. Ich habe die drei Tage nur durchgehalten, weil Sie mir versprochen hatten, dass er wohlbehalten wieder nach Hause kommen würde.« Sie vergrub ihr Gesicht in den Händen, als die Erinnerung sie überwältigte.

»Aber offenbar haben Sie ihn ja gefunden«, sagte Louis mitfühlend. »Was war denn passiert?«

Elizabeth seufzte. »Er war einfach umhergestromert, nachdem er *Die Abenteuer des Huckleberry Finn* gelesen hatte. Er hatte sich tatsächlich ein bisschen Proviant in ein Geschirrtuch gepackt und das Tuch an einen Stock gehängt.« Sie lächelte bei der Erinnerung. »Den Stock geschultert, ist er in den Wald gegangen und stundenlang marschiert. Irgendwann ist er an einer steilen Stelle ausgerutscht und hat sich einen Knöchel gebrochen. Er war meilenweit von zu Hause entfernt, weil er sich verirrt hatte. Seitdem« – sie schaute mich an – »glaube ich an Sie wie an eine Göttin. Sie sind meine Göttin, und mein Glaube an Sie hat mich nicht nur stärker, sondern auch zu einem besseren und zufriedeneren Menschen gemacht. Zu einem Menschen, wie wir alle sein könnten, wenn wir wirklich daran glaubten, dass jemand auf uns aufpasst.«

»Stopp«, sagte ich und hob eine Hand. »Ich bin keine Göttin, Elizabeth, ich bin eine ganz normale Frau.« Ich sah, wie Louis die Brauen hob.

»Nein, für mich nicht«, entgegnete Elizabeth. »Für mich sind Sie viel mehr als eine normale Frau, denn Sie haben mein Leben geprägt, Ihretwegen habe ich ein glückliches Leben.«

»Aber das macht mich noch lange nicht zur Göttin«, widersprach ich. »Ich brauchte damals nur ein Paar Rollschuhe, und ich habe Ihnen einige Informationen gegeben, über die ich zufällig verfügte.« Ich hatte Mühe, nicht ins Stottern zu geraten.

»Aber wie sind Sie denn ›zufällig‹ in den Besitz dieser Informationen gekommen?«, fragte Elizabeth. »Und warum sind Sie kein bisschen gealtert? Sie müssen doch irgendeine Art Göttin oder Engel sein!«

»Für mich ist das alles erst vor wenigen Tagen passiert«, versuchte ich zu erklären. »Genau genommen letzten Samstag. Ich hatte dieses Gespräch mit Ihnen erst am letzten Samstag. Deswegen bin ich nicht gealtert.«

»Na ja, du bist immerhin drei Tage älter geworden«, bemerkte Louis.

»Danke, Louis«, sagte ich und sah Elizabeth augenrollend an, wie um ihr zu sagen: *Typisch*.

Wenn jemand den Kopf schief legt und auf eine Antwort, eine Erklärung wartet – und genau das tat Elizabeth jetzt –, erinnert er auf rührende Weise an einen Hund, der auf ein Leckerli hofft.

»Es fällt mir schwer, das zu erklären, weil es einfach unlogisch ist«, sagte ich.

»Das meinen Sie doch nicht ernst, oder?«, sagte Elizabeth. »Überlegen Sie doch mal, was ich seit Jahren glaube. Und da befürchten Sie, ich könnte irgendetwas, das Sie sagen, unglaubhaft finden? Wenn es irgendjemanden gibt, dem ich glaube, dass er mir die Wahrheit sagt, egal, wie weit hergeholt sie klingt, dann sind Sie das.«

»Blindes Vertrauen«, murmelte Louis.

»Ganz genau«, bestätigte Elizabeth. »Ich vertraue Ihnen blind.«

Mir wurde ganz schwindlig bei dem Gedanken, welche Verantwortung ich für Elizabeths Leben hatte. Was, wenn ich mich geirrt hätte? Wenn ich die Anzahl der Tage, die Adam verschwunden war, falsch angegeben hätte? Wenn er fünf Tage oder gar eine ganze Woche fort gewesen wäre? Es spielte keine Rolle, dass ich weder eine Göttin noch ein Engel war. Es spielte keine Rolle, dass ich eine ganz normale Frau mit einem Job, einer Familie und ganz normalen Problemen war. Für Elizabeth war ich ungeheuer wichtig, ob mir das gefiel oder nicht. Und das gab mir Verantwortung. Ich erzählte ihr also von meinen Zeitreisen, wie sie vonstattengegangen waren, ich berichtete von den Begegnungen mit meiner Mutter und mir selbst als Kind. Ich erklärte ihr, warum ich auf die Idee gekommen war, die Rollschuhe zu stehlen, und warum ich im Nachhinein froh war, dass sie mich bei dem Versuch erwischt hatte. Ich redete und redete, und sie hörte mir wie gebannt zu.

»Das ist ja wie ein Märchen«, sagte Elizabeth schließlich leise und ehrfürchtig.

»Und jetzt, wo ich wieder in der Gegenwart bin, denke ich bereits an meinen nächsten Besuch bei meiner Mutter und frage mich, was ich für sie tun kann, wie ich ihr helfen kann«, sagte ich.

Plötzlich richtete Elizabeth sich auf und sah mich besorgt an. »Sie dürfen nicht noch einmal zurückgehen.«

»Aber warum denn nicht?«, fragte ich und schaute Louis an, der mit ausdrucksloser Miene dasaß.

»Na ja, Sie könnten sich verletzen, und Sie könnten alles durcheinanderbringen.« Auch Elizabeth schaute zu Louis hinüber, ebenfalls vergeblich. Manchmal ist eine dritte Person im Raum sehr nützlich, man hofft, an ihrer Miene etwas ablesen zu können. Nur leider war Louis für diese Aufgabe nicht zu gebrauchen.

»Sie sind vor ein paar Tagen in die Vergangenheit gereist, und was zwischen Ihnen und mir vorgefallen ist, hat mir ein wunderbares Leben beschert, ohne dass Sie das beabsichtigt hatten.« Elizabeth sprach leise und mitfühlend und zugleich mit großem Nachdruck. »Aber genauso gut könnte es passieren, dass Sie bei Ihrem nächsten Besuch alles falsch machen, ohne es zu beabsichtigen.«

»Ich werde mich von Ihnen fernhalten, versprochen«, sagte ich.

»Faye kann nichts ändern, was bereits geschehen ist«, mischte Louis sich ein. »Was passiert ist, ist passiert, man kann es weder verbessern noch verschlimmern.«

»Woher wissen Sie das?«, fragte Elizabeth.

»Ich, äh, ich hab's gegoogelt«, erklärte Louis.

»Sie haben es *gegoogelt?*« Elizabeth musste lachen. »Aber Sie wissen schon, dass Sie das noch nicht zum Experten macht, oder?«

»Ja, das ist mir klar«, sagte Louis. »Sorry.«

»Wir sprechen hier von echten Menschenleben, und jede Änderung würde eine endlose Folge von Konsequenzen nach sich ziehen«, sagte Elizabeth. Der Gedanke schien sie zu ängstigen.

»Wir sind uns ganz sicher, dass ich nichts ändern kann, was bereits geschehen ist«, behauptete ich voller Überzeugung, obwohl mir jeder Beweis fehlte, außer dass es so zu sein schien.

»Sie reden, als wären Sie eine Expertin auf dem Gebiet der Zeitreisen, Faye, aber das sind Sie nicht. Sie haben zwei Zeitreisen unternommen, das bedeutet jedoch nicht, dass Sie verstanden haben, wie das funktioniert. Genauso gut könnte jemand von sich behaupten, er wüsste, wie ein Fernseher funktioniert, bloß weil er jeden Abend vor der Glotze hockt. Womöglich werden Sie nie die Regeln verstehen, nach denen es abläuft. Sie dürfen das nicht auf die leichte Schulter nehmen, das ist kein Spiel«, sagte Elizabeth eindringlich.

»Das weiß ich«, entgegnete ich. »Ich spiele keine Spiele, die mich fast das Leben kosten, ohne gründlich darüber nachzudenken.« In Wirklichkeit war es mir nicht geheuer, wie wenig ich darüber nachdachte; meine Sehnsucht nach meiner Mutter hielt mich davon ab, mir darüber Gedanken zu machen, was schlimmstenfalls passieren konnte, wenn ich in der Zeit hin und her reiste.

»Wenn bei großen Naturkatastrophen viele Menschen ums Leben kommen, sehen manche darin einen Beweis dafür, dass es keinen Gott gibt«, fuhr Elizabeth fort. Ihre Stimme klang jetzt weicher, und sie griff nach meiner Hand. »Denn wenn es einen Gott gäbe, wie könnte er all das Leid zulassen? Aber wir wissen nicht, nach welchen Regeln Gott handelt; und vielleicht gibt es auch Dinge, die er nicht kontrollieren kann.« Die letzten Worte hatte sie fast geflüstert. »Sie kennen die Regeln nicht, Faye, Sie spielen mit dem Feuer. Sie sagten, dass in der Gegenwart nur ungefähr drei Stunden vergehen, wenn Sie in die Vergangenheit reisen, aber was ist, wenn sich das beim nächsten Mal nicht so verhält? Stellen Sie sich vor, nächstes Mal sind fünfzig Jahre vergangen, wenn Sie zurückkommen – was Sie dann alles verpasst haben! Was, wenn Sie nicht mehr für Ihre Kinder da sein können? Sie können doch nicht in der Vergangenheit leben.«

»Ich lebe ja auch nicht in der Vergangenheit«, wandte ich ein. »Ich bin dort nur zu Besuch.« Meine Augen füllten sich mit Tränen, und meine Stimme zitterte, als ich ein Schluchzen unterdrückte.

»Gut, Sie waren in der Vergangenheit zu Besuch. Aber was ist, wenn es sich beim nächsten Mal nicht mehr nur um einen Besuch handelt, sondern Sie dort hängen bleiben?« Elizabeth schaute mich an wie eine Mutter, die ihrer Tochter erklärt, warum sie nicht die Finger in die Steckdose stecken darf, auch wenn sie das noch so gern tun möchte. »Sie müssen sich zwischen der Vergangenheit und der Gegenwart entscheiden, ganz einfach. Sie können nicht in beiden Zeiten leben, und wenn Sie sich nicht zwischen Vergangenheit und Gegenwart entscheiden, dann wird eines Tages die Entscheidung für Sie getroffen werden, und dann könnte es sein, dass Ihnen das Ergebnis nicht gefällt.« Mir liefen die Tränen über die Wangen, und sie wischte sie weg. »Sie haben mir ein paar Informationen gegeben, die dazu führten, dass ich ein besseres Leben habe, als ich es andernfalls gehabt hätte«, sagte Elizabeth. »Und jetzt möchte ich mich revanchieren und Ihnen einen guten Rat geben: Lassen Sie die Vergangenheit ruhen, und bleiben Sie in der Gegenwart. Sie haben doch Ihre Erinnerungen. Natürlich sind auch traurige Erinnerungen darunter, so ist das im Leben. Die traurigen Erinnerungen zeigen einem das Schöne, das man hat. Vergessen Sie nicht Ihre Aufgabe. Sie sind eine Mutter.«

»Aber meine Mutter wartet auf mich«, sagte ich unter Tränen.

»Sie würde doch bestimmt nicht wollen, dass Sie alles aufs Spiel setzen, oder? Dass Sie Ihr Leben riskieren? Würden Sie wollen, dass eine Ihrer Töchter ihr Leben und ihre Gesundheit aufs Spiel setzt, nur um mit Ihnen einen Nachmittag im Garten zu sitzen und zu plaudern?«

Weinend schmiegte ich meine Wange in ihre Hand, mit der sie mich streichelte.

»Lassen Sie nicht zu, dass Ihre Kinder Sie verlieren. Sie haben Ihre Mutter verloren und Ihr Leben lang unter dem Verlust gelitten. Warum riskieren Sie, dass Ihren Kindern das Gleiche widerfährt?«

»Ich verstehe, was Sie sagen. Ich gehe ein großes Risiko ein. Aber würden Sie das nicht auch tun?«

»Ehrlich gesagt, ich hätte viel zu viel Angst«, gab Elizabeth zu.

»Aber bisher deutet doch nichts darauf hin, dass sich durch mein Verhalten etwas geändert hat. Im Gegenteil. Ich habe das Gefühl, dass ich durch meine Reisen in die Vergangenheit dazu beigetragen habe, dass gute Dinge sich genau so ereignet haben, wie es sein sollte. Nichts hat sich geändert.«

Elizabeth hob vorsichtig meine linke Hand und fuhr mit dem Daumen über die Stelle an meinem Ringfinger, die ganz hell war, weil sie jahrelang kein Sonnenlicht abbekommen hatte.

»Mein Ring«, sagte ich und wischte mir die Nase mit dem Handrücken ab. »Haben Sie ihn?«

Elizabeth zögerte. »Es hat sich etwas geändert«, sagte sie und schaute mir ernst in die Augen. »Ich habe den Ring nicht mehr. Schon seit Jahren. Er wurde bei dem Einbruch gestohlen.«

Ich schaute Louis an, dessen Lächeln plötzlich wie weggeblasen war.

Wir blieben noch eine Weile, aber als wir uns unten im Laden verabschieden wollten, bat Elizabeth uns, einen kleinen Moment zu warten. Sie verschwand im Hinterzimmer, und als sie zurückkam, hielt sie eine Schachtel in der Hand, die sie im Gehen öffnete.

»Ich habe etwas für Sie, Louis«, sagte Elizabeth, stellte die Schachtel auf den Tresen und nahm aus einem Nest aus mehreren Lagen weißen Seidenpapiers etwas Rundes heraus, das ziemlich schwer aussah.

»Was ist das?«

»Hier.« Sie legte ihm das Ding in die Hände.

»Es ist ein großes Ei. Oder jedenfalls etwas Eiförmiges«, sagte Louis.

»Genau, es ist ein emailliertes Ei, und es ist wunderschön. Die Farben leuchten wie Edelsteine: Saphirblau und Smaragdgrün«, erklärte Elizabeth, während sie näher trat und das Ei berührte, das er in seinen Händen hin und her drehte.

»Ich weiß nicht, wie Farben aussehen«, erklärte Louis.

»Sie sind so frisch wie ein eisgekühltes Getränk an einem heißen Tag«, sagte Elizabeth, und Louis lächelte. »Spüren Sie den Verschluss?«, fragte sie.

Louis hielt das Ei mit der einen Hand und tastete mit der anderen, bis er einen winzigen Haken fühlte. Er schob den Haken zur Seite und hob den oberen Teil des Eis an, der mit einem starken Scharnier am unteren Teil befestigt war. Die untere Hälfte war innen schneeweiß emailliert, und in der Mitte befand sich eine runde, goldene Erhebung wie ein Eigelb. Während Elizabeth Louis das Innenleben des Eis beschrieb, befühlte er es mit den Fingerspitzen. Auf seinem Gesicht breitete sich ein glückliches Lächeln aus.

»Das mir zu geben, wäre doch die reine Verschwendung, oder?«, meinte Louis.

»Es ist schön, ob man es sehen kann oder nicht, und Schönheit ist nie eine Verschwendung«, erwiderte Elizabeth. »Sie können doch die Schönheit des Eis genießen, oder? Und Sie können es in Ihrer Wohnung aufstellen, wo andere sich ebenfalls an seiner Schönheit erfreuen können.« Dann schaute sie mich an. »Man braucht einen Gegenstand nicht zu sehen, um zu wissen, dass er existiert. Man kann sich auch so daran erfreuen.«

»Vielen, vielen Dank, Elizabeth«, sagte Louis. »Noch nie hat mir jemand etwas geschenkt, weil es schön aussieht. Das ist das erste Mal für mich.« Sie nahm das Ei von ihm entgegen, wickelte es wieder ins Seidenpapier und verstaute es in der Schachtel.

Es fiel uns schwer, zu gehen, und es fiel uns schwer, uns voneinander zu verabschieden. Als ich Elizabeth sagte, dass ich sie gern irgendwann noch einmal besuchen würde, fiel sie mir um den Hals, als befürchtete sie, mich nie wiederzusehen. Und ich dachte, vielleicht sollten wir uns öfter umarmen.

21

Nach dem Besuch bei Elizabeth fühlte ich mich, als wäre ich um etwas beraubt worden. Bevor ich sie aufgesucht hatte, war ich fest davon ausgegangen, dass ich Jeannie noch einmal besuchen würde, solange Eddie in Frankreich war. Da ich davon überzeugt war, dass ich immer nur drei Stunden weg sein würde, wäre es überhaupt kein Problem gewesen, und ich hätte mindestens ein paar Tage bleiben können. Aber Elizabeth hatte mich verunsichert. Ich musste zugeben, dass sie nicht ganz unrecht hatte. Ich würde mir über das Zeitreisen und die Folgen, die es haben konnte, mehr Gedanken machen müssen.

Während ich das tat, erledigte ich den Hausputz, und dabei stellte ich fest, dass meine Angst vor Spinnen nachgelassen oder sich zumindest verändert hatte. Wir haben ein schönes Haus, aber natürlich ist nicht zu übersehen, dass hier eine Familie wohnt. Eigentlich kann ich mich nur wirklich entspannen, wenn alles sauber und aufgeräumt ist, aber ehrlich gesagt muss es nicht klinisch sauber sein. Ich verbringe also viel mehr Zeit damit, Socken und andere Dinge vom Boden aufzuheben, Bücher wieder in die Regale zurückzustellen, Papierkram zu erledigen und Wurfsendungen wegzuwerfen, als damit, alles zu wischen und zu polieren.

Es war Mittwoch und fast schon Spätsommer, als ich mit dem Frühjahrsputz begann. Ich schlüpfte in ein altes T-Shirt und Jerseyshorts und zog mir ein Paar gelbe Gummihandschuhe an. Dann nahm ich mir ein Zimmer nach dem anderen vor: Zuerst packte ich alles, was herumstand – Bilderrahmen, Vasen und so weiter –, in eine große Plastikkiste, anschließend schob ich alle Möbel in die Mitte des Zimmers und staubsaugte den Boden rundherum. Ich putzte die Fenster und die Möbel, ich wusch die Gardinen und polierte jeden Wandschmuck auf Hochglanz, ehe ich ihn wieder aufhängte. Alles, was nicht mehr gebraucht wurde, warf ich in den Müll. Schließlich öffnete ich die Fenster, um frische Luft hereinzulassen, und nahm mir das nächste Zimmer vor. Die Küche hob ich mir bis zum Schluss auf, weil die am meisten Arbeit machte. Ich leerte den Kühlschrank und alle Schränke, und nachdem ich sie innen gesäubert hatte, stellte ich alle Dosen und Schachteln wieder zurück, wobei ich peinlich darauf achtete, dass die Etiketten nach vorn zeigten – als hätte ich eine Zwangsneurose. Ich brauchte den ganzen Mittwoch und den ganzen Donnerstag für meinen Hausputz. Danach taten mir Rücken und Schultern weh, aber das war okay, schließlich wusste ich ja, wovon. Überall im Haus duftete es nach Zitrone, was mich an Gin Tonic erinnerte. Also nahm ich ein ausgiebiges Bad, mixte mir einen großen Gin Tonic und setzte mich damit in den Garten.

Ich lauschte dem Gezwitscher der Vögel bis gegen neun Uhr und rührte mich auch noch nicht vom Fleck, als sie allmählich verstummten und es dunkel wurde. Ich sah eine Fledermaus durch den Garten schwirren und hinterm Schuppen verschwinden, dann noch eine; aber es kann auch dieselbe gewesen sein. Also, wenn ich behaupte, ich habe sie gesehen, dann war das eher ein Erahnen. Eigentlich sah sie aus wie ein kleiner schwarzer Briefumschlag, der durch die Luft flatterte. Wahrscheinlich machte es ihr Spaß, durch unseren langen Garten zu fliegen, bis ihr Radarsystem sie zwang, dem Schuppen auszuweichen. Ich schloss die Augen, dachte daran, wie die Leute, als ich noch zur Schule ging, erzählten, Ohrwürmer würden nachts ihre Eier in die Ohren von schlafenden Kindern legen, und Fledermäuse würden sich in den langen Haaren der Mädchen verheddern, wenn man sie zu nahe an sich rankommen ließ. Inzwischen weiß ich, dass Fledermäuse sich immer von Menschen fernhalten.

Der Friede im Garten hatte beinahe etwas Spirituelles, ähnlich der Stimmung in einer Kirche, wenn alle in ein stilles Gebet vertieft sind. Ich dachte an meine Mutter. Früher waren meine Erinnerungen an sie verschwommen, und ich hatte nie gewusst, wie exakt sie waren, jetzt jedoch hatte ich kristallklare Erinnerungen an sie, tausend und mehr mentale Fotos von ihr, die ich während meiner beiden Besuche aufgenommen hatte. Ich konnte ihre lächelnden Augen sehen und ihre Haare riechen, wenn sie mich umarmte, ich konnte ihre Stimme hören und ihr Lachen. Eine kühle Brise kam auf, und ich glaubte, sie brächte den Duft von Sticky-Toffee-Pudding mit, und dann sah ich meine Mutter aufspringen und zum Ofen laufen. Es machte mich glücklich, diese neuen Bilder von ihr zu haben, und doch liefen mir Tränen aus den Augenwinkeln. Sie fehlte mir so sehr. Ich ging ins Haus, um mir noch einen Gin Tonic zu mixen, doch dann war es so schön im Haus, dass ich nach oben ging, mich auf meinem Bett zusammenrollte und komplett angezogen einschlief.

Am Freitag hätte ich eigentlich wieder arbeiten müssen, aber ich meldete mich krank. Eddie und die Kinder würden am Nachmittag nach Hause kommen, und ich wollte sie in Empfang nehmen. Auch wenn ich womöglich einen anderen Eindruck erweckt haben sollte, so melde ich mich normalerweise fast nie krank, also hatte mein Chef auch kein Problem damit.

Gegen zehn Uhr machte ich mir Toast mit Spiegelei

und eine große Tasse Kaffee und setzte mich im Morgenmantel in den Garten, um zu frühstücken. Zum Glück hörte ich den Postboten, der ein an mich adressiertes Päckchen brachte und sich den Empfang quittieren ließ. Auf dem Weg zurück in den Garten fragte ich mich, was das Päckchen enthalten konnte. Ich erinnerte mich nicht, etwas bestellt zu haben, und machte mich darauf gefasst, dass es etwas Langweiliges sein würde. Die Aufregung über ein unerwartetes Päckchen verhält sich in der Regel direkt proportional zum langweiligen Inhalt, das wusste ich aus Erfahrung. Aber der Inhalt war alles andere als langweilig.

Bei dem Päckchen handelte es sich um einen braunen, dick wattierten Umschlag, der so gründlich mit braunem Paketband zugeklebt war, als wollte jemand verhindern, dass er jemals geöffnet wurde. Ich musste also eine Schere holen. Zum Vorschein kam Noppenfolie, die um etwas Kleines, Hartes gewickelt war, außerdem ein Brief. Ich riss das Klebeband von der Noppenfolie und förderte einen Ring zutage. Es war ein Eternity-Ring, etwa fünf Millimeter breit und rundherum mit Diamanten besetzt – zumindest sahen die Steine so aus. Ich konnte mir nicht vorstellen, dass sie echt waren, aber sie glitzerten in allen Farben, was angeblich nur echte Diamanten taten. Aus Angst, er könnte mir zu Boden fallen, steckte ich mir den Ring an. Er passte perfekt an meinen Ringfinger. Ich hielt die Hand hoch und drehte sie hin und her, um das Farbenspiel zu bewundern. Der Ring war wunderschön.

Dann nahm ich mir den Brief vor. Es waren zwei blaue Briefbögen, dicht beschrieben mit einer altmodischen Handschrift, die ich nicht kannte. Ich roch an dem Papier, fragen Sie mich nicht, warum, aber es roch nach nichts. Als ich den zweiten Bogen umdrehte, sah ich, dass der Brief von Elizabeth war, und sie schrieb:

Liebe Faye,
Worte reichen nicht aus, um zum Ausdruck zu bringen, was in mir vorgeht, seit ich Sie nach all den Jahren endlich wiedergesehen habe. Für mich waren Sie immer ein Engel, von dem ich nicht wusste, ob er mir vielleicht nur im Traum erschienen war. Sie leibhaftig vor mir zu sehen, so real, so schön, war ein Schock. Aber ein angenehmer Schock. So viele Jahre habe ich auf Sie gewartet und auf die Gelegenheit, Ihnen für das Leben zu danken, das Sie mir geschenkt haben. Im Großen und Ganzen ist mein Leben ziemlich normal verlaufen, aber ich hatte immer meinen Seelenfrieden, ich war immer glücklich, und das führe ich hauptsächlich auf unsere Begegnung vor dreißig Jahren zurück (oder »vor ein paar Tagen«, wie Sie sich ausgedrückt haben). Sie haben mir das Leben leicht gemacht.
Es ist eine Sache, wenn jemand einem versichert, dass alles gut werden wird, weil er damit seine Hoffnung zum Ausdruck bringen will oder weil er es gut mit einem meint. Aber es ist etwas ganz anderes, wenn jemand einem sagt, dass alles gut werden wird, und man spürt, dass es die Wahrheit ist.
Mir ist durchaus klar, dass ich mich nicht darauf verlassen kann, dass auch in Zukunft in meinem Leben alles gut sein wird. Vermutlich wussten Sie bestenfalls nur bis zum jetzigen Zeitpunkt über mein Leben Bescheid. Ich kann nicht wissen, was auf mich zukommt. Aber ich habe mich so daran gewöhnt, Vertrauen in die Zukunft zu haben, dass ich dieses Gefühl verinnerlichte. Ich habe keine Angst. Es wird alles gut.
Ich hoffe, dass auch Sie Ihr Leben auf diese Weise leben können, denn letztlich weiß niemand, was ihn erwartet. Hören Sie auf, sich wegen der Zukunft zu sorgen, lassen Sie die Vergangenheit ruhen, leben Sie heute, ge-

nießen Sie, was Sie haben. Versuchen Sie, sich nicht nach Dingen zu sehnen, die außerhalb Ihrer Reichweite liegen.
Ich habe viel über unser letztes Gespräch nachgedacht, und ich fürchte, dass ich egoistisch gewirkt habe, weil ich so besorgt war um mein eigenes Leben und nicht wollte, dass Sie irgendetwas tun, was mein Leben stören könnte. Ich kann Sie nur um Verzeihung bitten; ich liebe meine Familie, und ich liebe mein Leben, und der Gedanke, dass mir das genommen werden könnte, ist mir unerträglich; gleichzeitig frage ich mich, ob ich dieses Leben überhaupt hätte, wenn Sie nicht gewesen wären. Wenn mir dieses Leben geschenkt wurde, dann kann es mir vielleicht auch wieder genommen werden. Ich weiß, dass Sie sich vorstellen können, wie schrecklich das für mich wäre. Auch Sie scheinen ein schönes Leben zu haben, und ich mache mir Sorgen, dass Sie es aufs Spiel setzen könnten.
Ihnen verdanke ich meinen Seelenfrieden, und ich hoffe, dass auch ich Ihnen helfen kann, indem ich für Sie bürge: Ich kann bezeugen, dass Sie diese außergewöhnliche Reise unternommen haben, und vergessen Sie eines nicht: Wenn Sie an sich selbst zweifeln oder an dem zweifeln, was Ihnen widerfahren ist, Sie waren nicht allein. Ich war auch da.
Zum Schluss noch eine Sache: Ich habe Louis etwas geschenkt, und ich möchte auch Ihnen ein Geschenk machen. Ich habe nur ein wenig Zeit gebraucht, um das Richtige zu finden. Das mit Ihrem Verlobungsring tut mir schrecklich leid, und ich möchte ihn Ihnen in irgendeiner Form ersetzen. Ein mit Diamanten besetzter Eternity-Ring scheint mir dafür angemessen.
In tiefer Dankbarkeit, für immer Ihre
Elizabeth Keel

Ich las den Brief mehrmals. Die Worte *Sie waren nicht allein* wärmten mir das Herz.

Ich zog die Vorhänge zu, legte mich aufs Sofa, kuschelte mich unter eine Decke und schaltete den Fernseher ein. Mal verlor ich mich in dem Film, mal betrachtete ich gedankenverloren den Ring an meinem Finger, drehte ihn hin und her und fuhr mit dem Daumen über die Diamanten. Elizabeth hatte mir eine Menge zum Nachdenken gegeben. Sie hatte recht, wenn sie sagte, dass ich alles aufs Spiel setzen würde, wenn ich meine Mutter noch einmal besuchte. Wenn ich mich entscheiden müsste zwischen meinem Leben mit Eddie und den Mädchen oder einem Leben in der Vergangenheit, würde ich mich natürlich für Eddie und die Kinder entscheiden. Aber *musste* ich mich denn entscheiden? Das war mein Dilemma. Bis vor Kurzem hatte ich nicht das Gefühl gehabt, dass die Vergangenheit außerhalb meiner Reichweite lag, wie Elizabeth sich ausgedrückt hatte. Ich dachte, ich könnte beides haben.

Vor meinem Gespräch mit Elizabeth hatte ich geglaubt, ich könnte meine Mutter bis zu ihrem Tod so oft besuchen, wie ich wollte, damit sie nicht allein war; ich wollte das nicht nur für sie tun, sondern auch für mich. Da in der Gegenwart jeweils nur wenige Stunden vergingen, während ich in der Vergangenheit weilte, schien dies machbar zu sein. Das und die Tatsache, dass meine Ausflüge in die Vergangenheit offenbar keine Auswirkungen auf mein Leben in der Gegenwart hatten. Aber als Elizabeth mir erzählte, dass mein Ring bei dem Einbruch in ihren Laden gestohlen worden war, sah ich die Sache anders. Wenn das möglich war, dann hatte sie recht, oder? Dann konnte alles passieren. Und natürlich hatte sie auch recht, wenn sie sagte, dass ich nicht wusste, nach welchen Regeln Zeitreisen funktionierten und welche Konsequenzen sie nach sich zogen. Auf dem Gebiet war ich immer noch ein Neuling.

Ich hatte zu zweifeln begonnen. Aber mir blieb nicht viel Zeit, um eine Entscheidung zu treffen. Zwischen meinem ersten und zweiten Besuch hatten nur wenige Wochen gelegen, aber als ich meine Mutter das zweite Mal besuchte, war in der Vergangenheit ein halbes Jahr verstrichen. Wenn ich zu lange wartete, würde es vielleicht zu spät sein. Und ich verspürte eine tiefe Sehnsucht nach ein bisschen mehr; ich hatte sie zweimal besucht, und beide Male war es schön, wichtig und emotional gewesen. Wäre ich jedoch davon ausgegangen, dass mein zweiter Besuch bei meiner Mutter auch mein letzter gewesen wäre, hätte ich vielleicht manches anders gemacht.

Ich seufzte. Was wir auch tun, immer ist es zu spät für die Gespräche, die wir eigentlich führen sollten. Ich war mir sicher, dass Eddie dasselbe sagen würde, wenn er aus Frankreich zurückkam: dass, obwohl er eine ganze Woche mit seiner Mutter verbracht und sich fest vorgenommen hatte, diesen Fehler nicht zu begehen, wichtige Dinge unausgesprochen geblieben waren. Garantiert würde er das sagen. Vielleicht ist es unvermeidlich im Leben, dass einige Türen nicht geöffnet werden, vielleicht müssen wir uns einfach damit abfinden, dass manche Fragen unbeantwortet bleiben. Ich schloss die Augen und ließ den Kopf zurücksinken, die samtige Dunkelheit hinter meinen Augenlidern war allzu verführerisch; ich schlief überhaupt viel in letzter Zeit. Meine innere Stimme flüsterte: *Noch ein Besuch; nur noch ein einziges Mal; noch eine Chance, es richtig hinzukriegen. Dann sagst du deiner Mutter, wer du bist.*

Das Geplapper meiner Kinder und Eddies Ächzen, als er die Koffer ins Haus trug, weckten mich. Vertraute Geräusche sind so angenehm wie ein Paar perfekt passender Schuhe. Ich stützte mich auf einem Ellbogen auf, zog den Eternity-Ring vom Finger und ließ ihn in meiner Tasche verschwinden.

»Du bist ja zu Hause!«, rief Eddie strahlend. »Ich dachte, du wärst noch bei der Arbeit.« Er zögerte. »Bist du krank?«, fragte er mit einem Blick auf die Decke, die ich gerade zurückgeschlagen hatte. »Hast du geschlafen?«

»Ich hab mir einen Tag freigenommen, ich wollte hier sein, wenn ihr kommt.« Verschlafen stand ich auf und schlang ihm die Arme um die Taille. Ich atmete seinen Geruch ein, mehrere Schichten wie bei einer russischen Puppe. Die äußere Schicht roch nach Lagerfeuer, die darunter nach Waschpulver und nach seinem Deo, und als ich meinen Kopf in seine Achsel schmiegte, roch ich den Schweiß, und mein Körper reagierte spontan. »Du hast mir so gefehlt«, sagte ich, die Nase immer noch unter seinem Arm.

»Du musst mich wirklich lieben, wenn es dir Spaß macht, unter meinem Arm zu schnüffeln«, sagte Eddie. »Ich habe stundenlang am Steuer gesessen, wir hatten die ganze Zeit die Fenster offen, und meine Haare sind ganz verfilzt vom Fahrtwind.« Er massierte sich das Gesicht mit den Handballen.

»Geh duschen, ich hol dir was zu trinken. Wir können uns in den Garten setzen.«

»Wie das hier blitzt und blinkt«, sagte Eddie, als er sich von mir löste und zur Treppe ging.

»Na ja, mit irgendwas musste ich mich ja beschäftigen, während ihr weg wart«, erwiderte ich. Die Mädchen fielen mir um den Hals, und ich konnte gar nicht genug kriegen von ihren dünnen Armen und Beinen und ihrem duftenden Haar. »Lasst mich euch ansehen«, sagte ich, und dann schaute ich sie an. Jedes Detail war mir vertraut: der schiefe Zahn, das Löckchen hinterm Ohr, die Sommersprossen über der Augenbraue, die dunklen Wimpern, die perfekten, schmutzigen kleinen Zehen. Wir ließen uns in einem Knäuel aus Gliedmaßen auf das Sofa fallen, umarmten und kitzelten einander und lachten und kicherten, und sie erzählten mir mit kindlichem Ernst von Ameisenhaufen und vom Schwimmen im See und einem Bienenstich und einem Gespenst in Großmutters Haus und von stinkendem Käse, den sie nicht essen wollten, und wie Großmutter sich an einem Abend betrunken hatte. Hundert Geschichten, ohne Anfang und Ende, was sie nur umso schöner machte. Ich spürte, wie ich endlich wieder ich selbst wurde, wie alles sich fügte, wie mein Körper und mein Geist zu alldem passten und wie ich wieder in meinem Leben mit meinen Kindern ankam. Hier gehörte ich her und nirgendwohin sonst.

Im Garten liefen die Mädchen barfuß über den Rasen, und ich folgte ihnen. Wir pflückten Butterblumen, und sie brachten mir ein französisches Klatschspiel bei, das ich mir nie würde merken können, aber das war in Ordnung.

Und als ich Eddie aus dem Haus kommen sah, verschlug es mir den Atem, ich konnte es gar nicht erwarten, mich ihm in die Arme zu werfen. Auch er war barfuß, hatte eine Jogginghose an, und sein Oberkörper war nackt. »Bei meiner Mutter sind wir die ganze Zeit halb nackt rumgelaufen«, sagte er. »Die Mädchen sind regelrecht verwildert, irgendwann haben sie sogar angefangen, hinter die Sträucher zu pinkeln.«

Ich lachte. »Das hat ihnen bestimmt gutgetan.« Ich reichte ihm eine Flasche kühles Bier. Er trank einen

Schluck und seufzte. »Hattet ihr eine schöne Woche?«, fragte ich.

»Ja, es war großartig. Nur du hast gefehlt; du hättest mitfahren sollen.«

»Immerhin hab ich eine Menge im Haus erledigt und mich richtig gut ausgeruht«, sagte ich.

»Nichts Interessantes passiert?«, fragte Eddie.

»Nein«, erklärte ich. Meine Lüge kam eine Oktav höher als normal heraus, und ich stieß ein schrilles Lachen aus, als wollte ich mich selbst sabotieren. Eddie schaute mich schweigend an. Liebe lag in seinem Blick. Und Misstrauen.

»Wer möchte ein Eis?«, rief ich in den Garten.

»Ich!«, riefen die Mädchen wie aus einem Mund, und so hatte ich einen Vorwand, mich ins normale Leben zu stürzen.

22

Ich achtete nicht auf die Zeit, deshalb gingen die Mädchen spät ins Bett. Sie dufteten nach warmer Erde und Stroh, als wir sie nach oben trugen. Evie schlief in meinen Armen ein, noch ehe wir oben waren, und Esther lutschte am Daumen, was sie nur tat, wenn sie hundemüde war.

»Nicht am Daumen lutschen, der ist schmutzig«, flüsterte Eddie in ihr Haar.

»Ich hab Gänseblümchen gegessen«, murmelte Esther schläfrig um ihren nassen Daumen herum, während Eddie sie ins Bett legte. Sie kuschelte sich unter ihre Decke und drehte uns den Rücken zu.

Nacheinander flüsterte ich meinen Töchtern ins Ohr: »Du bist lieb, du bist klug, du bist lustig«, und es machte mich traurig, dass ich das als Kind selbst vor mich hin geflüstert hatte und meine Mutter keine Chance bekommen hatte, mir aufmunternde Worte ins Ohr zu flüstern, als ich größer wurde, und dass ich es, wenn ich nicht gut auf mich aufpasste, auch nicht mehr bei meinen Kindern würde tun können.

Als ich nach unten kam, hatte Eddie uns bereits Rotwein eingeschenkt und eine Decke geholt, die er mir um die Schultern legte.

»Erzähl mir, wie es mit deiner Mutter gelaufen ist«, sagte ich.

Er seufzte, dann lächelte er. Es war so einfach, ihn versöhnlich zu stimmen. »Gut«, sagte er. »Ich bin froh, dass ich hingefahren bin. Es war eine gute Idee.«

»Gern geschehen«, sagte ich, und er schnalzte mit der Zunge.

»Ich habe ihr gesagt, dass ich sie besucht habe, um ihr all die Fragen zu stellen, von denen ich eines Tages bereuen würde, sie nicht gestellt zu haben«, sagte Eddie. »Wir haben viel geredet, und ich habe sie viel gefragt, aber dabei haben wir festgestellt, dass sie glaubte, ich würde die Antworten auf die meisten Fragen bereits kennen.«

»Auf welche, zum Beispiel?«

»Zum Beispiel hab ich sie gefragt, wie sie mich als Kind erlebt hat, und sie hat zurückgefragt, was ich denn wohl glaubte. Ich habe eine grobe Vermutung geäußert, und die stimmte ziemlich genau.« Er trank einen großen Schluck Wein, und ich wartete darauf, dass er fortfuhr.

»Sie konnte mein Bedürfnis verstehen, bestimmte Dinge zu klären, aber sie meinte, falls ich mir auch in Zukunft irgendwann im Unklaren darüber sein sollte, was sie für mich empfunden oder über mein Verhalten gedacht hat, dann soll ich einfach davon ausgehen, dass ihre Gefühle für mich immer von Stolz und Liebe und Freude geprägt gewesen waren.« Beim Wort Freude versagte ihm ein bisschen die Stimme.

»Was ist los?«, fragte ich. »Rührt dich das so?«

Eddie nickte und rieb sich die Nase, um seine Tränen zurückzuhalten.

»Ach, Eddie«, sagte ich und nahm seine Hand.

»Mir ist aber noch etwas anderes klar geworden«, fuhr er schniefend fort. »Wir reden nie über deine Mutter. Natürlich weiß ich, dass es dich immer noch sehr traurig macht, sie schon als Kind verloren zu haben.«

Ich richtete mich auf. Am liebsten hätte ich ihm auf der Stelle alles erzählt und mich bei ihm ausgeweint. Meine Nasenflügel bebten, ich atmete tief ein.

»Warum sprichst du nie über sie?«

»Weil es nichts zu sagen gibt. Ich erinnere mich an

kaum etwas. Es sind nur die unzuverlässigen Erinnerungen eines kleinen Mädchens.«

»Sind nicht alle Erinnerungen unzuverlässig?«

»Vielleicht«, sagte ich und schaute in mein Glas. »Aber zuverlässig oder nicht, ich habe einfach kaum Erinnerungen.« Die wenigen Erinnerungsfetzen an meine Mutter, die von vor meinen Zeitreisen stammten, hatte ich schon fast vergessen. Während ich Eddie anlog, sah ich all die neuen Erinnerungen vor mir, die ich in den vergangenen Monaten gewonnen hatte, und sehnte mich danach, ihm davon zu erzählen.

»Na ja, aber woran genau erinnerst du dich denn?«, beharrte Eddie.

Ich konnte Eddie erzählen, was ich aus meiner früheren Kindheit im Gedächtnis behalten hatte, Dinge, die nicht überlagert waren von meinen frischen Erinnerungen.

»Sie hat mir gefehlt, nachdem sie gestorben war. Ich weiß noch, dass sie früher oft erkältet war, eigentlich jeden Winter. Und dann bekam sie wieder eine schlimme Erkältung, und dann … dann ist sie eben gestorben.« Ich versuchte, es mir vorzustellen, aber es war wie eine leere Seite in einem Fotoalbum; ich konnte keine Bilder heraufbeschwören. Ich konnte mich lediglich an die Fakten erinnern, so dürftig sie auch waren.

»Das ist aber sehr vage«, erwiderte Eddie mitfühlend.

»Tatsächlich kann ich mich an die Zeit damals wirklich nur sehr vage erinnern. Ich bin zu Em und Henry gezogen, die am Ende unserer Straße wohnten, und die haben mich irgendwann adoptiert.« Den Teil kannte Eddie natürlich schon. »Die beiden waren so Ende fünfzig, als sie mich aufgenommen haben, und anfangs dachte ich, ich würde nur vorübergehend bei ihnen bleiben. Ich glaube, genau das dachten sie selber auch, so hat es sich zumindest angefühlt, und als sich dann zeigte, wie gut wir miteinander klarkamen, ist es zum Dauerzustand geworden. Sie waren sehr lieb. Ich weiß noch, wie sie mein Zimmer eingerichtet haben und ein paar von meinen alten Sachen auf einmal wieder da waren.« Ich dachte an den Hüpfball in der Zimmerecke. »Und ich weiß noch, wie ich sie gefragt hab, was mit meiner Mutter passiert war. Sie haben sich mit mir zusammengesetzt und sich erst mal nur gegenseitig angesehen, so als hofften sie, dass der andere das Wort ergriff. Ich glaube tatsächlich, wenn ich nicht gefragt hätte, dann hätten sie einfach so getan, als wäre nichts passiert, in der Hoffnung, dass ich meine Mutter eines Tages einfach vergessen würde.«

»Das war doch bestimmt gut gemeint«, erklärte Eddie.

»Ich weiß«, sagte ich. Vor meinem geistigen Auge sah ich Em und Henry wie in einem alten Schwarz-Weiß-Film stumm herumlaufen, den Tisch für ein festliches Abendessen decken, aus der Vergangenheit in die Kamera lächeln; dann gingen die Bilder über in einen Farbfilm, als die neueren, lebhafteren Erinnerungen kamen.

»Sie haben mir gesagt, dass meine Mutter eine schlimme Erkältung gehabt hatte und daran gestorben war. Ich hab sie nie wiedergesehen. Wahrscheinlich haben alle gedacht, das sei das Beste für mich, wer auch immer alle waren. Ich kann mich nicht daran erinnern, als ihre Leiche abgeholt wurde. Ich denke, man hat versucht, mich vor alldem zu schützen.«

»Wenn zwei Tiere in einem Käfig oder Gehege gehalten werden und eines davon stirbt«, sagte Eddie und sah mich an, um sich zu vergewissern, dass es mir gut ging. Ich nickte kaum merklich. »Dann soll man das tote Tier ein paar Stunden lang neben dem lebenden liegen lassen, damit es begreift, dass sein Gefährte tot ist. Wenn man das tote Tier einfach entfernt, wird das andere noch lange darauf warten, dass sein Gefährte zurückkommt. Auch Tiere können sich nach einem verstorbenen Artgenossen sehnen, sie können depressiv werden, wenn sie nicht verstehen, was mit einem Gefährten geschehen ist. Genauso ist es bei uns Menschen, glaube ich.«

»Glaubst du, ich warte seitdem auf meine Mutter?«, fragte ich.

»Ich weiß nicht. Vielleicht wartest du nicht direkt auf sie, aber du sehnst dich nach ihr. Hast du Em und Henry als Jugendliche nach deiner Mutter gefragt?«

»Nein«, antwortete ich. »Ich wollte die beiden nicht verletzen oder beunruhigen. Ich glaube, ich habe ihnen nie Fragen gestellt, weil ich spürte, dass sie das nicht mochten. Und was hätte ich sie auch fragen sollen? Ich dachte, ich würde meine Mutter besser kennen als sie. Ich habe ihnen noch nicht mal gesagt, wie sehr sie mir fehlte. Sie sind mit mir zu ihrem Grab gegangen, als ich noch klein war, aber nur zwei- oder dreimal. Wir haben Blumen aus dem Garten mitgenommen und sie aufs Grab gelegt. Aber dann hat das aufgehört. Ich weiß noch, dass ich mal gefragt habe, ob wir noch mal zum Grab gehen könnten, aber es gab immer einen Grund, warum das nicht möglich war, und irgendwann habe ich aufgehört zu fragen, weil ich das Gefühl hatte, dass ihnen meine Fragen unangenehm waren. Ich glaube wirklich, sie hofften, ich würde sie vergessen.«

»Was denkst du denn, wie sie gestorben ist? Es ist doch merkwürdig, dass du nur so wenig weißt, oder?«

»Ich glaube, damals haben Erwachsene Kinder vor allem geschützt, von dem sie annahmen, dass sie es nicht verstehen würden. Aber damit haben sie mir viel Nichtwissen mitgegeben, und das ist noch viel schlimmer. Ich vermute, dass meine Mutter Krebs hatte. Aber ich weiß es nicht. Sie hat nicht viel getrunken, aber sie hat stark geraucht.«

»Wirklich?«, fragte Eddie. »Komisch, dass du dich ausgerechnet daran erinnerst. Vielleicht wegen des Geruchs.«

Natürlich erinnerte ich mich erst daran, dass sie rauchte, seit ich mit meinem Hüpfballkarton in die Vergangenheit gereist bin. Das gehörte zu den neuen Erinnerungen; ich war im Begriff, unvorsichtig zu werden.

»Hast du schon mal überlegt, noch mal mit Henry zu sprechen und ihn nach deiner Mutter zu fragen?«, erkundigte sich Eddie. »Bevor es zu spät ist?«

Em war zehn Jahre zuvor gestorben, und Henry, mittlerweile fast neunzig Jahre alt, lebte seitdem in einem Heim. Ich besuchte ihn aber nur hin und wieder, wie ich zu meiner Schande gestehen muss.

»Ach, ich weiß nicht.«

»Ich würde sagen, du tust es jetzt oder nie«, forderte Eddie mich auf.

Ich schaute meinen Mann an, spürte, wie sehr er sich für mich wünschte, dass ich später nichts bereute, vor allem, da er gerade selbst mit dem Thema beschäftigt war.

»Wenn du nicht mit ihm sprichst, bevor er stirbt, wirst du es irgendwann bereuen, ihm bestimmte Fragen nicht gestellt zu haben. Vielleicht kann er dir jetzt, wo du erwachsen bist, mehr über deine Mutter erzählen. Aber dazu musst du ihn fragen.«

»Ich überleg's mir«, sagte ich.

Wir tranken unseren Wein im dunklen Garten. Eddie zündete eine Duftkerze an, um die Mücken fernzuhalten; die Flamme tanzte, duckte sich, streckte sich nach Luft, fiel wieder in sich zusammen. Ich konnte den Blick nicht von ihrem blauen Zentrum abwenden.

»Meine Mutter hat recht«, sagte Eddie nach einer Weile. »Auf die meisten Fragen, die ich ihr gestellt habe, wusste ich die Antwort. Ich glaube, es würde dir helfen, wenn du das auch in Bezug auf deine Mutter annimmst.«

Ich schwieg. »Ich will damit sagen«, fuhr er fort, »dass deine Mutter dich geliebt hat. Sie wäre heute mächtig stolz auf dich und auf die Mädchen.«

»Ich weiß«, flüsterte ich.

»Wirklich?«, fragte Eddie, in der Hoffnung, dass ich glaubte, was ich sagte. »Du brauchst dich nicht daran zu erinnern, was deine Mutter getan oder gesagt hat, um zu wissen, dass sie dich genauso geliebt hat, wie wir unsere Mädchen lieben.«

»Ja, ich fange allmählich an, das zu begreifen«, sagte ich. Natürlich hatte ich es nicht auf die Weise begriffen, die Eddie sich vorstellte. Ich hatte echte Beweise, und das fühlte sich gut an. Trotzdem hatte Eddie recht, und die Wahrheit lautete: Selbst wenn ich nicht in die Vergangenheit gereist wäre und mit meiner Mutter gesprochen hätte, konnte ich mich auf ihre Liebe verlassen und darauf vertrauen, dass sie mich geliebt hatte.

Eine Zeit lang betrachteten wir einfach nur den dunklen Garten und fühlten uns sicher und geborgen in unserem kleinen Eckchen der Welt. Es hatte etwas Tröstliches – so irreführend es auch sein mochte –, einen Moment zu denken, dass das das Einzige war, was im Universum zählte.

»Sich auf jemandes Liebe verlassen zu können, ist etwas Wunderbares«, sagte Eddie schließlich in die Stille hinein. »Ich habe mich immer bemüht, mich auf deine Liebe zu verlassen, Faye. Aber manchmal mache ich mir Sorgen. In letzter Zeit wirkst du so abwesend. So habe ich dich noch nie erlebt. Sonst bist du immer sehr präsent gewesen.« Er legte sich eine Hand aufs Herz. »Aber in letzter Zeit – ich weiß auch nicht … laufe ich Gefahr, dich zu verlieren?«

Ich stellte mein halb leeres Glas auf den Tisch, stand auf, setzte mich ihm auf den Schoß und wickelte meine

Decke auch um seine Schultern. »Stimmt, ich bin in letzter Zeit ein bisschen abwesend«, gab ich zu. »Aber das bedeutet nicht, dass du mich verlierst.«

»Du verheimlichst mir irgendetwas, und ich verstehe nicht, warum. Ich möchte dich das eigentlich nicht fragen, aber ich muss es tun: Gibt es jemand anders?«

Ja, es gab jemand anders. Meine tote Mutter. Aber ich wusste natürlich, was Eddie meinte, und ich küsste ihn lange und leidenschaftlich, um ihm zu zeigen, dass es keinen anderen Mann in meinem Leben gab.

Nachdem wir uns voneinander gelöst hatten, fragte er: »Setzt es dich zu sehr unter Druck, dass ich mich zum Pfarrer ausbilden lasse? Meine Mutter meint, das muss ziemlich schwer für dich sein, und ich fürchte, darüber habe ich bisher zu wenig nachgedacht.«

»Ich gewöhne mich allmählich an den Gedanken«, erklärte ich und drückte meine Lippen an seine Wange. »Ich glaube, dass Gott mehr ist als der bärtige alte Mann im Himmel. Ich weiß, dass Gott auf der Erde ist, in den Menschen, in guten Taten. Gott ist in den großen Dingen und in den kleinen. Er ist unter den Fingernägeln unserer Töchter, und er ist in dem Wohlwollen, das wir anderen entgegenbringen. Ich weiß, dass das, was manche als ›Gottes Werk‹ bezeichnen, ›einem anderen Menschen die Last erleichtern‹ bedeuten kann. Mein Gott sieht vielleicht ein bisschen anders aus als deiner, das ist alles.«

Eddie schob mich von sich weg, sodass er mir in die Augen sehen konnte. »Du scheinst ja gründlich über all das nachgedacht zu haben«, sagte er.

»Ja, das habe ich, und ich bin mit deiner Entscheidung einverstanden.«

Eddie küsste mich auf den Nacken, und als ich seinen warmen Atem an der Haut spürte, wusste ich, dass er mich gleich nach oben ins Schlafzimmer tragen würde und dass wir uns lieben würden, ganz leise, um die Kinder nicht zu wecken. Wie so oft spürte ich, dass sich alles, was ich wirklich brauchte, in greifbarer Nähe befand. Sein Arm legte sich um meine Taille, ich schloss die Augen, als er leise aufstöhnte, und verschränkte meine Finger mit seinen. Dann stockte er. Er hielt den Atem an, und ich wusste sofort, welchen Fehler ich gemacht hatte. Seine Finger bewegten sich kaum merklich zwischen meinen, während alles andere, selbst unsere Herzen, so schien es, erstarrte. Er löste sich von mir, die Lippen noch leicht geöffnet vom Küssen, betrachtete kurz meine Hand, die seine hielt, und schaute mich dann verblüfft an.

»Wo ist dein Verlobungsring?«, fragte er.

Ich veränderte meine Sitzposition auf seinem Schoß, wünschte, ich säße auf meinem eigenen Stuhl. Ich hätte ihm meine Erklärung lieber aus einiger Entfernung unterbreitet. Es heißt, eine Waffe lässt sich leichter aus einiger Distanz führen. Wenn diese Granate explodierte, würde sie uns beide zerfetzen.

»Äh, ich hab ihn verloren«, sagte ich.

Er lehnte sich zurück und kniff die Augen zusammen, wie um sich zu vergewissern, dass ich es war, die er vor sich sah.

»Was soll das heißen, du hast ihn *verloren?* Wo ist er?«

»Wenn ich das wüsste, würde ich ihn tragen«, erwiderte ich. Es war eine logische Antwort, die er jedoch nicht akzeptierte.

»Und wo genau, glaubst du, hast du ihn verloren?«, fragte er gereizt.

»Ich glaub, im Haus. Als ich den Hausputz gemacht habe.« Es war eine fadenscheinige Erklärung, denn normalerweise nahm ich meine Ringe nie ab, egal, was ich tat. Eddie schob mich von seinem Schoß herunter und stand auf.

»Du hast den Ring also verloren? Das glaube ich dir nicht.«

Ich wagte es kaum, Eddie anzusehen. »Meinst du damit, du glaubst es nicht, dass mir so was Dummes passieren könnte?«, fragte ich.

»Nein«, antwortete er, »ich meine damit, ich glaube dir nicht, dass du ihn beim Putzen verloren hast. Ich meine damit, dass ich glaube, dass du lügst. Habe ich mich jetzt klar genug ausgedrückt?« Sein Blick hätte mich ans Kreuz nageln können. »Du lügst mich schon seit einiger Zeit an«, fuhr er fort. »Ich habe mich in Geduld geübt. Aber jetzt will ich die Wahrheit wissen. Wer ist es?«

Ich konnte ihn natürlich verstehen, und doch war ich empört. Warum konnte mein Mann mir nicht einfach glauben? Okay, ich hatte ihn tatsächlich angelogen, aber was genau unterstellte er mir? Dass ich meine Ringe abgelegt hatte, um mit einem Fremden ins Bett zu gehen, und dabei einen davon verloren hatte? Für ihn ging es bloß um die simple Sorge, dass ich eine Affäre haben könnte. Ich hatte aber keine Affäre. Es war nicht meine Schuld, dass ich ihm nicht die Wahrheit sagen konnte.

»Wenn ich einen Liebhaber hätte, würde ich mich ein bisschen geschickter anstellen, meinst du nicht?«, sagte ich.

»Ich weiß nur, dass du mich anlügst, und die einfachsten Erklärungen sind häufig die richtigen.«

»Trotzdem willst du mir nicht glauben, dass ich den Ring beim Putzen verloren hab.«

»Mit ›einfache‹ Erklärung meine ich nicht ›dumme‹ Erklärung. Kein Wunder, dass du mir die Reise nach Frankreich vorgeschlagen hast«, sagte Eddie.

Ich betrachtete den Tisch mit unseren Weingläsern und den Kerzen, die Decke, die auf den Boden gefallen war. Der ganze Abend war verdorben. Tränen der Wut füllten mir die Augen, und ich wischte ungehalten eine ab, die mir über die Wange lief.

»Was würdest du denn sagen«, fragte ich leise und sah ihm mutig in die Augen, »wenn ich dir erzählte, dass ich meinen Verlobungsring gegen ein paar Zauberbohnen, so wie in dem Märchen ›Hans und die Zauberbohnen‹, eingetauscht habe?«

Eddie machte einen Schritt auf mich zu und beugte sich vor. Sein schönes Gesicht war nur noch wenige Zentimeter von meinem entfernt.

»Ich würde sagen, du kannst mich mal«, sagte er. Dann drehte er sich um und betrachtete unseren dunklen Garten. Er ging ein paar Schritte, stützte sich auf dem Verandageländer ab, ließ den Kopf hängen und schüttelte ihn wie ein Kapitän, der in die falsche Richtung gesegelt war und ins Meer hinunterschaute, das ihm keine Antwort geben konnte oder zumindest keine, die er hören wollte.

»Eddie«, sagte ich, doch er hob eine Hand und brachte mich zum Schweigen.

»Ich will kein Wort mehr hören. Es sei denn, es ist die reine Wahrheit«, erklärte er. Und ich hatte zu viel Respekt vor ihm, um noch etwas zu sagen.

Nach gefühlten Minuten, die vermutlich nur Sekunden gewesen waren, drehte er sich halb um und schaute mich über die Schulter hinweg an. Seine Augen glänzten. Ich hielt mir die Decke vor die Brust wie ein Kind einen Spielschild und hoffte auf seine Vergebung, für was auch immer er glaubte, das ich ihm angetan hatte. Ich baute auf sein Vertrauen, darauf, dass ich ihn liebte und niemals hintergehen würde. Ich glaubte, dass er mich gut genug kannte, um zu wissen, dass es sich bei dem, was ich ihm verschwieg, nicht um diese Art schäbigen Betrugs handelte. Ich schaute ihn mit aller Liebe und Loyalität an, die ich für ihn empfand.

»Eddie«, sagte ich noch einmal.

Er hob eine Hand, als würde er gleich einen Zaubertrick vorführen, und schob sich den Ringfinger einmal komplett in den Mund. Dann zog er sich den Platinring vom Finger, ganz langsam wie ein Zauberkünstler, der sich meiner vollen Aufmerksamkeit vergewissern wollte. Schließlich hob er den Ring hoch über den Kopf, drehte sich um und warf ihn in den Garten. Mir stockte der Atem. Ganz kurz glaubte ich, Mondlicht in dem silbrigen Ring aufleuchten zu sehen, als er durch die Luft flog, dann verschwand er und landete geräuschlos im Gras.

Eddie schaute seinem Geschoss nach. »Falls daraus eine Bohnenranke wächst«, sagte er, »darfst du gern daran hochklettern und dich verpissen.«

Dann riss er mir die Decke aus den Händen, schnappte sich sein halb leeres Weinglas und machte es sich für die Nacht auf dem Sofa bequem.

Die Mädchen schliefen noch, als ich aufwachte. Das Bett, viel zu groß ohne Eddie darin, schien mich zu vertreiben. Ich stand auf und schlich barfuß nach unten. Ich lugte durch die Fenster im oberen Bereich der doppelflügeligen Tür zwischen Küche und Wohnzimmer. Aber anstelle meines Ehemannes lagen auf dem Sofa säuberlich gefaltete Decken und ordentlich arrangierte Kissen, so als hätte niemand dort geschlafen. Bei dem Gedanken, dass er das Haus bereits verlassen hatte, schnürte sich mir die Kehle zu. Plötzlich hatte ich Angst, es könnte ihm etwas zugestoßen sein, ehe wir dazu gekommen waren, reinen Tisch zu machen.

Ich füllte den Wasserkocher, schaltete ihn ein, stützte mich auf der Arbeitsfläche ab und betrachtete die winzigen glänzenden weißen Flecken in der Marmorplatte, während das Selbstmitleid so schwer auf meinen Schultern lastete, dass ich mich nur mit Mühe aufrecht halten konnte. Als ich die Kraft fand, den Blick zu heben und nach draußen zu schauen, sah ich Eddie. Seine durchnässte Jogginghose lag auf einem Stuhl, und er kroch auf allen vieren und in der Unterhose über den taunassen Rasen wie ein Hund auf der Suche nach einem Marienkäfer. Jetzt richtete er sich auf, setzte sich auf die Hacken und vergrub das Gesicht in den Händen. Als er die Hände von seinem Gesicht löste, begegneten sich unsere Blicke, und obwohl ich ganz still dagestanden hatte, erstarrte ich. Ich hielt den Atem an und zuckte mit keiner Wimper. Ganz langsam richtete ich mich auf, ohne den Blickkontakt abreißen zu lassen.

Eddie stand auf und kam müde auf das Haus zu. An seinen geröteten Knien klebten Grashalme. Ich öffnete die Küchentür, um ihn hereinzulassen, und er legte die Arme um mich, als wäre er vollkommen erschöpft.

»Tut mir leid«, sagte ich.

»Mir auch«, sagte er. Seine Stimme klang rau, und er drückte mich fest an sich.

»Ich habe keinen Liebhaber«, sagte ich, obwohl ich aus seinem liebevollen Verhalten schloss, dass er das auch nicht wirklich glaubte.

»Du fehlst mir«, sagte er und schaute mir so tief in die Augen, dass es sich anfühlte, als würde sich sein Blick in meinen Schädel bohren.

»Ich bin hier«, sagte ich. »Und ich gehe auch nicht fort.« Und in dem Augenblick meinte ich das ernst, ich schwöre es.

23

Ich hätte über meine Besuche bei Jeannie und über meine Begegnung mit Elizabeth grübeln können, aber ich versuchte, wieder ins normale Leben zurückzufinden. Schließlich hören die Menschen auch nach einem traumatischen Erlebnis – nach einer lebensverändernden Erfahrung – nicht auf, ganz normale Dinge zu tun: Tee zu trinken, zu duschen, zu schlafen, zur Arbeit zu gehen und sich etwas zum Essen aus dem Kühlschrank zu nehmen. Und all das tat ich auch. Mich um meine Familie zu kümmern fiel mir leicht, darin hatte ich jahrelange Routine.

Nach etwa einer Woche konnte ich mir einen kompletten Film ansehen, eine Mahlzeit zubereiten und essen, mir die Haare waschen und meinen Schlafanzug anziehen, ohne daran zu denken, dass ich eine Zeitreisende war. Trotzdem war der Gedanke immer da, direkt unter der Oberfläche: Ich hätte ganz leicht an der Oberfläche meines alltäglichen Lebens kratzen können, und sofort wären meine Stunden mit meiner geliebten Mutter zum Vorschein gekommen. Sobald ich in den Spiegel schaute, sah ich ihr Gesicht, so anders und so viel jünger als meines. Wenn ich mit geschlossenen Augen im Bett lag, dachte ich daran, wie ich ihr beim Schlafen zugesehen hatte, wie ich ihre Anwesenheit eingeatmet hatte, und manchmal war mein Kopfkissen von Tränen durchnässt.

Ich versuchte, mich auf meine Arbeit zu konzentrieren: Ich führte die Experimente durch, schrieb die Berichte, teilte meine Probanden in Gruppen ein, nahm an Besprechungen teil. All das fiel mir schwer, weil ich eigentlich immer nur darauf wartete, dass endlich die Mittagspause begann und ich mich mit Louis zusammensetzen und reden konnte. Seit der Begegnung mit Elizabeth standen wir uns noch näher. Dass er mir wirklich glaubte, hatte unsere Freundschaft verändert, so wie es häufig passiert, wenn man jemandem ein Geheimnis anvertraut. Ich glaube, eine Zeit lang war Louis tatsächlich ein bisschen eifersüchtig auf Elizabeth, weil sie mit mir zusammen in der Vergangenheit gewesen war. Das spürte ich, nachdem ich ihm ihren Brief vorgelesen und ihm den Eternity-Ring beschrieben hatte. Damit will ich nicht sagen, dass Louis so richtig neidisch war, aber ich hatte das Gefühl, dass er irgendwie mehr dazugehören wollte. Es war, als wäre ich die Kapitänin und er mein erster Offizier, der nicht so recht wusste, was er von der neuen Mannschaft halten sollte. Er war auf jeden Fall mein bester Freund. Ich brauchte Louis, und ich kannte ihn gut. Elizabeth dagegen kannte ich überhaupt nicht, ich hatte in meinem ganzen Leben nur zweimal mit ihr gesprochen. Allerdings wusste ich auch, dass ich für Elizabeth viel mehr war als nur eine flüchtige Bekannte.

Abgesehen davon, dass er ein bisschen eifersüchtig war, mochte Louis Elizabeth sehr, und wir redeten oft über sie. Er kam nicht darüber hinweg, dass sie ihm das emaillierte Ei geschenkt hatte, ein Gegenstand von großer Schönheit. Das wusste er, obwohl er es nicht sehen konnte. Es machte ihn stolz, das edle Teil auf dem Kaminsims stehen zu haben, wo es jeder bewundern konnte.

»Daran sieht man, wie weit ich es gebracht hab«, sagte Louis einmal, als wir in der Mittagspause in einem Café saßen.

»Und was willst du damit sagen?«, fragte ich und biss in mein Sandwich.

»Na ja, als Kind wusste ich noch nicht mal, was für eine Form ein Ei hat, und jetzt besitze ich ein sehr teures, sehr schönes und sehr zerbrechliches Exemplar. Damit sage ich allen, die mir früher Eier vorenthalten haben: Ihr könnt mich mal!«

»Du weißt doch gar nicht, ob es teuer ist«, entgegnete ich mit vollem Mund.

»Verdirb mir nicht den Spaß, es ist bestimmt teuer. Und dein Ring auch.«

»Und er passt genau.« Ich drehte ihn an meinem Finger hin und her. Eddie hatte ich erklärt, es handle sich um billigen Modeschmuck, den ich mir gekauft hatte, weil mein Finger sich ohne den Verlobungsring nackt anfühlte.

»Vielleicht hat es sich ja dafür gelohnt, den anderen zu verlieren«, scherzte er.

»Gott, nein. Aber es ist eine nette und großzügige Geste von Elizabeth. Das wäre wirklich nicht nötig gewesen.« Ich überlegte. »Was meinst du eigentlich mit Leuten, die dir früher Eier vorenthalten haben?«, fragte ich.

»Du weißt doch genau, was ich damit meine«, antwortete Louis.

Eine Weile saßen wir schweigend da. Im Café herrschte Hochbetrieb, viele Leute kamen und kauften sich Sandwiches zum Mitnehmen, und ein paar von ihnen lächelten mich auf eine Weise an, als wollten sie ihre Bewunderung dafür zum Ausdruck bringen, dass ich mit einem Blinden ausging. Das nervte mich. Wir saßen in der hintersten Ecke, weit weg von dem kalten Luftzug, der jedes Mal hereinströmte, wenn jemand das Café betrat. Bisher war es ein milder Oktober gewesen, aber man spürte deutlich, dass der Herbst an die Tür klopfte.

»Würdest du an meiner Stelle noch mal in die Vergangenheit reisen?«, fragte ich Louis.

Er wischte sich den Mund mit einer Serviette ab. »Ich ja. Aber das heißt noch lange nicht, dass du das auch tun solltest«, erwiderte er. »Ich hab keine Kinder, keinen Ehemann. Es gibt niemanden, der von mir abhängig ist oder dem ich fehlen würde, falls irgendwas schiefginge.«

»Das stimmt nicht, Louis«, sagte ich. »*Mir* würdest du fehlen.«

»Das ist nicht dasselbe«, entgegnete er. »Ich bin im Leben anderer nicht so wichtig. Ich bin ersetzbar.«

»Nein, das bist du nicht«, widersprach ich. »Du bist nicht ersetzbar, Louis.«

»Also, wenn ich so einen Karton hätte und noch mal in die Vergangenheit reisen wollte, um meinen Vater zu besuchen oder so was, würdest du mir dann zureden, es zu tun?«

»Wenn dir das wirklich wichtig wäre, ja.«

»Das würdest du tun, weil es keine besonders großen Auswirkungen auf die Welt hätte, wenn ich mich verletzen oder ums Leben kommen würde. Ich würde in dem Karton auf die Reise gehen, und wenn ich nicht wieder zurückkäme, würde irgendwann jemand sagen: ›Sag mal, wo ist eigentlich dieser Blinde abgeblieben, der immer über meinen Papierkorb gestolpert ist?‹ Und noch eine Weile später würde überhaupt keiner mehr fragen, was aus mir geworden ist, dann wäre ich eben einfach weg. Meine Schwester wäre sicher erst mal traurig, sie würde vermutlich denken, ich wäre ins Wasser gegangen, weil ich es satthatte, blind zu sein; aber dann würde sie mein Haus verkaufen und sich wieder um ihr eigenes Leben kümmern.«

»Quatsch«, flüsterte ich.

»Kein Quatsch«, erwiderte er ruhig und bestimmt.

»Für *mich* ist es Quatsch«, insistierte ich. Er zuckte die

Schultern und biss in sein Sandwich. »Wag es bloß nicht, ins Wasser zu gehen«, sagte ich. Dann fügte ich kläglich hinzu: »Du hast mir wehgetan, Louis. Du bedeutest mir wirklich sehr viel. Ich brauch dich.«

»Ich brauch dich auch, und es gibt noch mehr Leute, die dich brauchen, und trotzdem drohst du dauernd damit, in einen Karton zu steigen und für immer zu verschwinden.«

»Bevor du Elizabeth kennengelernt hast, hast du nicht so geredet.«

»Ich weiß«, gab Louis zu. »Aber das, was sie über das Zeitreisen gesagt hat, hat mir sehr zu denken gegeben.«

»Mir auch«, sagte ich. »Ich frage mich die ganze Zeit: Wenn etwas so Handfestes wie ein Ring verschwinden kann, was kann dann wohl noch alles schiefgehen? Es könnte was ganz Schreckliches passieren. Dabei hat es sich vorher so angefühlt, als würde ich, wenn ich in die Vergangenheit reise, einfach nur dafür sorgen, dass die Gegenwart so wird, wie wir sie kennen.«

»Na ja, daran hat sich ja auch nichts geändert«, sagte Louis.

»Wie meinst du das? Ich dachte, dass die Zeitschiene sich verändert haben muss, wenn der Ring aus Elizabeths Laden geklaut wurde, obwohl ich ihn immer gehabt habe.«

»Nein.« Er schüttelte den Kopf. »Du verstehst das falsch. Die Zeitschiene deines Lebens, so wie sie war, als du deinen Ring noch hattest, hat sich doch nicht verändert, oder? Du hast den Ring die ganze Zeit gehabt, bis vor ein paar Tagen, und jetzt hast du ihn nicht mehr. Ich finde, nichts hat sich aufgrund deiner Reisen oder aufgrund des Einbruchs geändert.«

»Das ist mir zu hoch«, erklärte ich. »Du meinst, es deutet immer noch nichts darauf hin, dass ich etwas ändern würde, indem ich noch mal in die Vergangenheit reiste?«

»Außer dass ich langsam denke, dass du zwar zweimal hin- und wieder zurückgereist bist, wir aber trotzdem die Gesetzmäßigkeiten nicht kennen.« Er hob nachdenklich einen Zeigefinger.

»Hä?«, sagte ich.

»Wenn du noch mal reist, könntest du etwas Geld mitnehmen, Elizabeth die Rollschuhe bezahlen und den Ring zurückholen, bevor er gestohlen wird; dann hättest du ihn wieder, und Eddie wäre nicht sauer. Wann war denn überhaupt dieser Einbruch?«

»Jahre nach meiner ersten Begegnung mit Elizabeth«, sagte ich. »Das könnte klappen. Aber mein Geld wäre in den Siebzigern nichts wert.«

»Ich sage nur: eBay«, rief Louis.

»Du meinst, ich soll mir auf eBay Geld aus den Siebzigern besorgen?«

»Mhmm«, brummte er. Dann schüttelte er den Kopf. »Nein, es würde nicht funktionieren.«

»Und wieso nicht?«, fragte ich.

»Weil der Ring schon gestohlen wurde. Du kannst nichts ungeschehen machen. Du kannst dafür sorgen, dass alles so wird, wie wir es kennen, aber du kannst nichts von dem ändern, was bereits passiert ist. Und wenn ich's mir recht überlege, wäre es ein Riesenfehler, die Rollschuhe zu bezahlen. Das darfst du auf keinen Fall machen.«

»Wieso nicht?«

»Ich weiß nicht. Weil Elizabeth gesagt hat, dass du sie nicht bezahlt hast. Damit würdest du also etwas ändern.«

»Gott, hör auf damit«, sagte ich und legte mir beide Hände an den Kopf, als könnte mir das Gehirn aus dem Schädel fallen.

»Mach nicht noch eine Reise. Es hilft dir nicht, und es ist zu gefährlich«, sagte er.

»Kannst du dich mal entscheiden?«, sagte ich und legte meine Serviette auf meinen Teller. Ich bekam nichts mehr herunter. »Wenn ich keine Reise mehr mache, sehe ich meine Mutter nie wieder, das ist alles. Vielen Dank auch.«

Die Diskussion drehte sich im Kreis: Ich wollte noch einmal in die Vergangenheit reisen, aber die Gefahr konnte zu groß sein. Wenn die Sache mit dem Ring nicht gewesen wäre, hätte ich mir vermutlich nicht weiter den Kopf zerbrochen, trotz der Verletzungsgefahr und obwohl ich viel zu verlieren hatte. Es war unverantwortlich, die Tatsache, dass ich viel zu verlieren hatte, einschließlich meines Lebens, nicht ernst zu nehmen; das wusste ich, und deswegen musste ich meinen Verstand einsetzen und die Lautstärke meines Herzens ein bisschen herunterschalten. Ich musste mich an den Gedanken gewöhnen, dass ich meine Mutter erneut verloren hatte, ehe ich dazu gekommen war, ihr alles zu sagen, was ich ihr hatte sagen wollen. Es war, als hätte ich sie zum zweiten Mal und zum dritten Mal verloren. Jedes Mal hatte ich mich beim Abschied beraubt gefühlt. Aber würde das nicht immer so sein, egal, wie oft ich sie besuchte und wie großartig meine Abschiede waren? Und jetzt saß Louis da und erklärte mir, dass ich eigentlich gar nichts verändert hatte, dass der gestohlene Ring nichts bedeutete und dass mein Leben, so wie ich es kannte, unverändert bleiben würde, egal, was ich in der Vergangenheit anstellte. Ich hatte mich immer für eine umsichtige Person gehalten, warum also wollte ich jetzt alles aufs Spiel setzen? Meine Ausflüge in die Vergangenheit waren beide Male begleitet gewesen von der Angst, nicht wieder zurückkehren zu können, und doch sehnte ich mich nach einer weiteren Reise wie ein Junkie nach dem nächsten Schuss.

Ich holte uns zwei Kaffee, setzte mich wieder an den Tisch und führte Louis' Hand an seinen Becher. »Wusstest du eigentlich, dass ich nach dem Tod meiner Mutter adoptiert wurde?«, fragte ich.

»Ich hab's angenommen. Oder zumindest, dass du zu einer Pflegefamilie gekommen bist. Aber wir haben noch nie darüber gesprochen.«

»Ein älteres Ehepaar hat mich zu sich genommen, ich hab sie Tante Em und Onkel Henry genannt. Sie waren nett, ein bisschen wie gemütliche Großeltern. Es hat sich für mich immer so angefühlt, als wäre ich bei ihnen nur zu Besuch, sogar noch, als ich schon lange bei ihnen wohnte.«

»Und wie hast du dich mit ihnen verstanden?«, wollte Louis wissen.

»Gut. Sie waren lieb, und ich hab ihnen keinen Ärger gemacht. Sie hatten ihr Leben, sie spielten Bowling und Darts. Ihr Leben verlief in ruhigen Bahnen, und ich glaube, das war gut für mich. Meine Mutter war einfach plötzlich nicht mehr da gewesen, und Em und Henry hatten mich bei sich aufgenommen, und am Ende bin ich bei ihnen geblieben. Sonntagsabends haben wir uns immer die Serie *Bullseye* im Fernsehen angesehen und Toastbrot mit Pâté gegessen. Danach kam die Serie *Jim Bergerac ermittelt*. Selbst heute noch ist die Titelmelodie von *Bergerac ermittelt* für mich gleichbedeutend mit Sonntagabend und am nächsten Tag in die Schule gehen. Meine Mutter war ein echtes Hippiemädchen, und sie hat mich sehr geliebt und sich viel um mich gekümmert, aber es gab eigentlich keinen geregelten Tagesablauf. Wahrscheinlich haben Em und Henry mich gerettet und dafür gesorgt, dass ich nach dem Tod meiner Mutter nicht durchgedreht habe. Sie sorgten wirklich gut für mich und haben mich nach ein paar Jahren dann adoptiert.«

»Leben sie noch?«

»Onkel Henry wird bald neunzig. Sie waren schon fast sechzig, als sie mich zu sich nahmen, kannst du dir das vorstellen? Em ist vor zehn Jahren gestorben.« Ich trank einen Schluck Kaffee und musste lächeln, weil Louis einen Streifen Schaum an der Oberlippe hatte, der aussah wie ein schmaler Schnurrbart. Ich behielt es für mich.

»Eddie meint, ich sollte Henry besuchen und ihn nach meiner Mutter fragen, bevor es zu spät ist.«

»Was könnte er denn über deine Mutter wissen, das du nicht weißt, seit du sie besucht hast?«, fragte Louis.

»Na ja, Em und Henry haben mir zum Beispiel nie erzählt, wie und woran sie eigentlich gestorben ist. Ich weiß nur, dass sie eine schlimme Erkältung hatte. Aber das ist schon eigenartig, oder? Sie muss doch noch irgendwas anderes gehabt haben – einen Herzinfarkt, Krebs, Asthma, was weiß ich. Klar, sie wollten mich schützen, und damals war die Kinderpsychologie noch nicht so weit wie heute. Sie haben ein paarmal mit mir zusammen das Grab meiner Mutter besucht, vielleicht war es ja für sie damit getan. Aber ehrlich gesagt, weiß ich heute nicht mehr, wo sich dieses Grab befindet.«

»Dann fahr zu Henry und frag ihn. Kann doch nichts schaden, oder?«

»Ich weiß nicht. Ich hab ein bisschen Angst, dass ich mir damit nur Probleme schaffe.«

»Dann besuch ihn und stell ihm keine direkten Fragen. Schau einfach, wohin das Gespräch führt.«

»Das hast du auch gesagt, als wir Elizabeth aufgesucht haben«, sagte ich.

»Soll ich dich begleiten?«

»Nein, diesmal lieber nicht«, erwiderte ich. »Ich glaub, ich geh mit Eddie und den Kindern hin. Ich erzähl dir dann, wie es war.« Ich drückte seine Hand.

»Das klingt gut«, sagte Louis. Seine Stimme klang aufmunternd und stark. Er hielt meine Hand fest. »Das ist mal ein Fortschritt. So machen es *normale* Menschen, wenn sie was über ihre Vergangenheit erfahren wollen: Sie sprechen mit Menschen, die dabei waren, anstatt Zeitreisen zu unternehmen. Das ist definitiv ein Schritt in die richtige Richtung.«

24

Mit seinen Hängebacken erinnerte Onkel Henry mich jedes Mal an Droopy, einen Hund aus einer amerikanischen Zeichentrickserie. Droopy musste immer ein Schild mit der Aufschrift »Es geht mir gut« hochhalten, weil man es an seinem Gesicht unmöglich ablesen konnte. So ähnlich war es auch bei Onkel Henry, der auch immer ein bisschen mürrisch aussah, obwohl er das gar nicht war. Wenn ich nur zwei Adjektive benutzen dürfte, um ihn zu beschreiben, dann würde ich ihn als »robust« und »zufrieden« bezeichnen. Er war ein Mann, der einem ein Gefühl von Geborgenheit geben konnte, nur indem er da war. Jetzt saß ich auf der Sofakante neben seinem Rollstuhl, und er hielt meine Hand ganz fest. Es war der Griff eines Mannes, der einfach nicht anders konnte, als Zuspruch zu geben; seine Finger zu spüren war beruhigend.

Wenn ich an den ersten Abend zurückdenke, den ich bei Em und Henry verbracht habe, dann sehe ich einen Teller vor mir, auf dem Kekse hübsch angeordnet waren: Karamellwaffeln in rotgold gemustertem Stanniolpapier bildeten die Strahlen eines Sterns, zwischen denen Schokokekse in silberner Alufolie und rosafarbene Waffeln lagen, wobei die Waffeln, die nicht eingewickelt waren, irgendwie nackt wirkten. Es waren zu viele Kekse, um sie alle an einem Abend zu essen, aber genug, um das Muster zu legen. Es war nicht merkwürdig, es war schön. Em und Henry behandelten mich wie einen ganz besonderen Gast und waren lieb zu mir.

Jetzt, im hohen Alter, waren Henrys Hängebacken noch ausgeprägter, aber das war auch das Einzige an ihm, das sich verändert hatte, sein Verstand funktionierte noch einwandfrei. Er plauderte mit Esther und Evie, wollte wissen, was sie gerade in der Schule durchnahmen, ließ sich von ihrem Urlaub in Frankreich berichten und fragte sie, was das jeweils Schlimmste gewesen war. Er fragte einen immer, was das Schlimmste gewesen war – an einem Tag, im Urlaub, am Wochenende –, denn er meinte, alle anderen fragten immer, was das Schönste gewesen sei, und es sei doch eine nette Abwechslung, mal etwas anderes zu fragen. Evie kletterte auf seinen Schoß, und er nahm sie in den Arm. Vorsichtig hob sie mit den Fingerspitzen die Haut an seiner Hängebacke an.

»Was ist da drunter?«, fragte sie.

»Gummibärchen«, antwortete Henry und zog eine Tüte Gummibärchen aus einer Tasche, die seitlich an seinem Rollstuhl befestigt war. »Ich hab heute Morgen ein paar für dich rausgeholt und in eine Tüte gepackt.«

Es war jedes Mal das gleiche Ritual, wenn wir zu Besuch kamen. Als ich Evie das erste Mal mit zu Henry genommen hatte – sie konnte gerade sprechen –, war sie sofort auf seinen Schoß geklettert und hatte zu meinem Entsetzen seine Haut angehoben und wissen wollen, was darunter sei. Aber Henry hatte nur gelacht und geantwortet, da wohnten winzige Vögel. Beim nächsten Mal sagte er, unter seiner Haut befänden sich Gummibärchen, und dabei war es dann geblieben.

Jetzt saßen wir beide vor einem Fenster, das vom Boden bis zur Decke reichte, und schauten Eddie und den Kindern zu, die im Garten des Seniorenheims Verstecken spielten.

»Hattest du in letzter Zeit viel Besuch, Onkel Henry?«, fragte ich.

»Fast jeden Tag, Liebes«, erwiderte er. »Aber wenn man erst mal so alt ist wie ich und einen nur noch die

Mitglieder des Bowlingteams und deren Ehefrauen besuchen, dann werden es allmählich immer weniger. Das ist leider der Nachteil daran, wenn man älter als alle anderen wird, dann ist man dazu verdammt, alle seine Freunde sterben zu sehen.«

Ich drückte ihm die Hand. »Ich würde dich gern ein paar Sachen fragen, Onkel Henry, die mit meiner Mutter zu tun haben und die ich mich noch nie zu fragen getraut hab.«

Er schloss die Augen. »Verstehe«, sagte er. »Bevor es zu spät ist.«

»Das wollte ich damit nicht sagen.«

Henry hielt meine Hand noch ein bisschen fester und streichelte sie mit dem Daumen.

»Deine Tante Em und ich, wir haben dich sehr lieb gehabt, und ich habe dich natürlich immer noch lieb. Ich hoffe, du weißt, dass du viel Freude in unser Leben gebracht hast«, sagte er. »Meine liebe Em konnte keine Kinder bekommen, darüber waren wir sehr traurig, aber wir haben uns geliebt, und wir hatten viele Freunde und waren sehr unternehmungslustig. Damals war es schwieriger, wenn man keine Kinder bekommen konnte.« Henrys Stimme klang plötzlich heiser, und ich hatte das Bedürfnis, mich zu räuspern. »Es ist immer schlimm für eine Frau, die sich Kinder wünscht, wenn sie keine bekommen kann. Und damals kam noch dazu, dass es schwieriger war als heute, sein Leben auf andere Weise zu füllen und sich von der Trauer abzulenken. Als du deine Mutter verloren hast und zu uns gekommen bist, hatten wir uns schon damit abgefunden, dass wir keine Kinder haben würden. Wir hatten uns daran gewöhnt, dass es immer eine leere Stelle geben würde.« Er schaute aus dem Fenster. »Wahrscheinlich erinnerst du dich nicht daran, aber deine Mutter ist ab und zu mit dir bei uns vorbeigekommen. Dann war Em jedes Mal ganz aus dem Häuschen, sie war verrückt nach Kindern.

Du warst vom Alter her eher wie ein Enkelkind für uns, aber Em und ich haben dich wie unser eigenes Kind geliebt. Du warst so ein liebes Kind und hast uns wirklich glücklich gemacht.«

»Ihr wart gut zu mir, Onkel Henry. Ich bin froh, dass ihr für mich da gewesen seid.«

Eine Weile schwiegen wir. Ich war innerlich aufgewühlt, denn obwohl Henry sich mit Sicherheit denken konnte, dass ich wissen wollte, was mit meiner Mutter geschehen war, gab er nichts preis. Ich würde ihn schon ganz direkt fragen müssen.

»Als ich klein war«, sagte ich, »als ihr mich bei euch aufgenommen habt ... Ich kann mich nicht erinnern, was mit meiner Mutter passiert ist. Ihr habt mir gesagt, sie war krank. Eine schlimme Erkältung, oder? Und dann ist sie gestorben, ja? Aber es ist alles so unklar. Du weißt doch bestimmt mehr darüber.«

Henry schaute mich an. Seine Lippen waren so fest zusammengepresst, dass ich schon befürchtete, er würde den Mund nicht mehr aufmachen.

»Onkel Henry«, sagte ich leise und rückte ein bisschen näher, »ich würde nie über euch urteilen. Ich weiß, dass ihr beide mir keine Einzelheiten über den Tod meiner Mutter erzählt habt, weil ihr mich schützen wolltet. Ihr wolltet mir nicht wehtun, und ihr wolltet, dass ich das alles vergaß, weil ich noch ein Kind war. Niemand möchte ein Kind leiden sehen. Das verstehe ich. Aber jetzt, wo ich älter werde und meine Verbindung zur Vergangenheit abzureißen droht ...« Ich verzog das Gesicht und hoffte, dass er mir verzieh. »Ich muss es wissen, Onkel Henry. Du musst es mir sagen, sonst werde ich mir bis an mein Lebensende den Kopf darüber zerbrechen. Die Wahrheit nicht zu kennen, treibt mich inzwischen mehr um als die Trauer um meine Mutter.« Ich schaute ihn flehend an. »Dass ich sie verloren habe, tut weh«, fuhr ich fort. »Daran lässt sich nichts ändern. Aber ich muss wissen, warum ich sie verloren habe, ich muss wissen, was passiert ist. Die Einzelheiten. Das wird mir helfen. Bitte.«

Henry nickte und tätschelte mir die Hand, wie um mir zu sagen, ich solle aufhören, ihn zu bedrängen. »Hol mir ein Glas Wasser, Liebes«, sagte er.

Während er das Wasser trank, schauten wir schweigend aus dem Fenster. Ich sah Esther, die sich hinter einem Baum versteckt hatte und sich den Mund zuhielt, um sich nicht durch ihr Kichern zu verraten. Evie hockte gut sichtbar unter einem Strauch.

»Es gibt keine Einzelheiten«, erklärte Henry. Ich schloss die Augen. Er würde mir nichts sagen. »Wir haben dir sogar mehr erzählt, als wir wirklich wussten.«

Ich wandte mich ihm zu, aber er schaute weiter aus dem Fenster. »Ich wusste nicht mal, dass sie eine Erkältung hatte, das hast *du* uns erzählt. Du hast gesagt, deine Mutter würde immer schlimme Erkältungen bekommen und fürchterlich husten, und so sei es auch diesmal gewesen. Aber ich weiß nicht, wie sie gestorben ist.«

»Seid ihr zur Beerdigung gegangen?«, fragte ich.

»Es gab keine Beerdigung«, sagte Henry, und diesmal wandte er sich mir zu. Ich glaubte, in seinem Blick eine Bitte um Verzeihung zu sehen. Ein schriller Schrei ließ mich zusammenfahren, und als ich aus dem Fenster schaute, sah ich, dass Eddie sich an Esther herangeschlichen und sie geschnappt hatte. Jetzt lachten beide ausgelassen.

»Wieso gab es denn keine Beerdigung? Was hat man mit ihrer Leiche gemacht?«

Henry stieß einen langen, tiefen Seufzer aus, sein Atem

roch nach Minze. »Es gab keine Leiche«, sagte er. »Niemand weiß, was mit deiner Mutter passiert ist, also zumindest weiß niemand etwas Genaues. Es gab Spekulationen, und wir haben uns bemüht, dich davor zu schützen. Aber es wurde nie eine Leiche gefunden. Sie war verschwunden, und es wurde angenommen, dass sie tot war.«

»Angenommen?« Mit blieb die Luft weg.

»Wir glauben, dass sie sich das Leben genommen hat«, sagte Henry, der mich anschaute, als wollte er näher an mich heranrücken, aber tatsächlich bewegte er sich nicht.

»Nein. Das hätte sie nie gemacht. Warum denn auch?«, krächzte ich. »Wieso hätte sie sich umbringen sollen? Sie war doch glücklich.«

»Du warst damals noch ein Kind, Liebes, und für ein Kind ist es schwer einzuschätzen, ob ein Erwachsener glücklich ist oder nicht. Es passiert so viel mehr im Leben, als Kinder wissen können. Heute ist dir das doch klar, oder? Deine Kinder nehmen auch an, dass du glücklich bist, nicht wahr? Auch wenn du es nicht immer bist.«

»Aber ich weiß, dass sie glücklich war. Sie hatte mich lieb, und sie wollte mich nicht im Stich lassen. Das hätte sie nie getan.«

»Sie hat Drogen genommen«, sagte Henry. »Das wussten alle.« Er hob die Hände, als ich protestieren wollte. »Ich urteile nicht über sie, ich denke nur, dass das ihre Verfassung beeinflusst haben könnte. Damals erzählten sich die Leute, sie hätte in Schwierigkeiten gesteckt und würde merkwürdiges Zeug reden.«

»Merkwürdiges Zeug? Was denn, zum Beispiel?«, fragte ich verwirrt. Ich hatte meine Mutter als Erwachsene erlebt, und sie wirkte vollkommen normal, vielleicht ein bisschen unangepasst, aber sie war mir auf keinen Fall lebensmüde vorgekommen. Und sie hatte in all den Gesprächen, die wir geführt hatten, überhaupt nichts Merkwürdiges von sich gegeben. Okay, sie hatte einen Hang zum Spirituellen, und sie hatte Marihuana geraucht … Okay, vielleicht fanden die Spießer in den Siebzigerjahren so etwas ja merkwürdig. Aber ich wusste mit Sicherheit, dass sie mich niemals aus freien Stücken im Stich gelassen hätte.

Henry seufzte und lehnte sich in seinem Rollstuhl zurück. »Anscheinend hat sie auf einen ›Schutzengel‹ gewartet – oder nach einem gesucht. Irgendjemand hat jedenfalls dieses Gerücht in die Welt gesetzt. Em und ich dachten, dass sie vielleicht auf einem Trip war und nach irgendwas gesucht hat, ob nun nach einem Schutzengel oder nicht, das weiß ich nicht. Aber das spielt ja auch keine Rolle, denn sie war plötzlich verschwunden. Eine Zeit lang dachten wir, sie würde zurückkommen, um dich zu holen. Deswegen glaubten wir anfangs auch, du wärst nur zu Besuch bei uns, aber irgendwann wurde uns klar, dass sie dich längst geholt hätte, wenn sie gekonnt hätte. Die Leute erzählten sich, sie hätte sich das Leben genommen, aber wir wollten nicht, dass du das erfährst.«

»Und die Polizei? Hat die nicht nach ihr gesucht?«

»Ich weiß nicht, was mit der Polizei war. Ein paar Polizisten sind mal gekommen und haben Fragen gestellt, aber das war's auch schon. Aber ebenso wie wir wussten die auch, dass eine Frau es schwer hatte als alleinerziehende Mutter, das war damals noch viel schlimmer als heute. Und da bekannt war, dass sie Drogen nahm, haben die Leute sich einfach ihren eigenen Reim auf ihr Verschwinden gemacht, und Selbstmord schien die plausibelste Erklärung zu sein.« Er schaute mich an. »Soll ich aufhören?«

»Nein.« Ich kramte schniefend in meiner Handtasche nach einem Taschentuch.

»Ich glaube, alles deutete darauf hin, dass sie aus freien

Stücken gegangen und nie wieder zurückgekommen ist. Manche haben sich gefragt, ob sie vielleicht auf ihre Weise getan hatte, was für dich das Beste war. Anscheinend wurde nichts Verdächtiges gefunden, und es deutete auch nichts darauf hin, dass noch jemand anders im Spiel war. Aber niemand wusste, wohin sie verschwunden war. Heutzutage kann man Menschen anhand ihrer Handydaten orten oder mithilfe von Überwachungskameras, aber all das gab es damals leider noch nicht.«

Das wollte mir alles nicht in den Kopf. Das verschwommene Bild von meiner Mutter, die nach einer schlimmen Erkältung im Bett verstorben war, wurde abgelöst von einem Film, in dem sie in einem langen, wallenden Kleid und Blumen in den Haaren barfuß durch einen Wald ging, bis sie aus dem Blickfeld verschwand.

»Das Grab!«, rief ich unvermittelt aus. »Ihr habt mit mir ihr Grab besucht!«

Onkel Henry schüttelte den Kopf. »Tut mir leid, wirklich. Em und ich dachten, es wäre eine gute Idee, auch wenn wir uns nicht sicher waren.«

»Was war es denn? Ein Gedenkstein für sie, weil sie verschwunden war?«

»Es war nicht ihr Grab. Auf dem Grabstein stand kein Name, nur ›Geliebt und vermisst, eines Tages werden wir wieder vereint‹. Wir dachten, es wäre irgendwie besser für dich, wenn du ein Grab sehen könntest, etwas Reales, damit du mit deinem Leben weitermachen konntest.«

Ich unterdrückte die Tränen, stöhnte lediglich leise.

»Wir haben das alles getan, um dir zu helfen, wir haben getan, was wir für das Beste hielten. Ich weiß, dass wir manches falsch gemacht haben, und das mit dem Grab tut mir sehr leid. Im Nachhinein kommt es mir schrecklich vor, dass wir mit dir dahin gegangen sind.«

Ich nahm Henrys Hand und legte sie an mein Gesicht.

Er streichelte mir mit der anderen Hand über die Haare und schob mir ein paar Strähnen hinters Ohr. »Ich verstehe das doch«, sagte ich. »Ich mache euch keine Vorwürfe. Es war ein großes Glück, dass ich euch hatte. Und ich bin aufgewühlt, aber nicht sauer auf euch.«

»Danke«, sagte er ganz leise.

»Warum habt ihr mir all das damals nicht erzählt?«, flüsterte ich nach einer Weile.

»Es gab nie den richtigen Moment. Du wirktest immer so glücklich, und wir wollten dir das nicht verderben. Em und ich haben darüber gesprochen, und wir hatten Angst, du könntest dich auf die Suche nach ihr machen und unglücklich werden. Manche Menschen suchen ihr Leben lang nach jemandem, weißt du das?«

»Ja, ich weiß.«

»Selbst jetzt hab ich Angst, du könntest anfangen, nach ihr zu suchen«, sagte Henry. »Eine Leiche ist wichtig, auch wenn das gruselig klingt. Und falls sie noch lebt, müsste sie jetzt etwa Mitte fünfzig sein. Aber du wirst nicht nach ihr suchen, oder?«

»Wo sollte ich denn damit anfangen?«, fragte ich.

Henry nahm meine beiden Hände und rieb sie langsam.

»Was glaubst du, was mit ihr passiert ist, Onkel Henry? Ehrlich?«

Wieder stieß er einen tiefen Seufzer aus. »Wenn ich ehrlich bin«, sagte er, »habe ich mir immer vorgestellt, dass sie ins Wasser gegangen ist und ertrunken ist.«

Ich lehnte mich auf dem Sofa zurück, weil ich die Kinder hörte. Ich tat mein Bestes, mir nicht anmerken zu lassen, dass ich geweint hatte. Eddie bemerkte es natürlich, aber die Kinder waren zu abgelenkt. »Wir wollen picknicken!«, riefen sie. Wir schoben Henry in den Garten und breiteten eine Decke auf dem Boden aus.

Eddie schaute immer wieder unauffällig zu mir herüber, um zu sehen, ob es mir gut ging. Ich nickte und verteilte Erdbeeren und Müsliriegel, schnitt die Pastete in Stücke, goss Tee aus der Thermoskanne in die altmodischen Porzellantassen, die die Kinder immer unbedingt mitnehmen wollten, wenn wir ein Picknick machten. Und mit jedem Handgriff spürte ich die Last dessen, was ich getan hatte, schwerer auf meinen Schultern.

Meine Mutter war nicht gestorben, sie war verschwunden und auf der Suche nach mir verrückt geworden und der Teufel wusste, wo, gelandet. Sie hatte sich auf eine sinnlose Reise begeben, in dem Glauben, ich sei ihr Schutzengel, der auf ihr Kind aufpassen konnte, falls ihr etwas zustieß. Und ich hatte all das über sie gebracht, indem ich sie besucht hatte. Ich konnte ja verstehen, dass sie sich auf die Suche nach mir gemacht hatte, aber warum war sie nicht zurückgekommen? War sie von einer Klippe ins Meer gestürzt? War sie auf eine Hippiekommune gestoßen und hatte sich dem Drogenrausch hingegeben? Nein, das konnte ich mir nicht vorstellen. Wenn meine Mutter eine Möglichkeit gehabt hätte, zurückzukommen und mich wieder zu sich zu nehmen, dann hätte sie das getan. Sie hatte sich auf die Suche nach mir gemacht – nach mir als Erwachsener –, und dann war ihr etwas zugestoßen, sodass sie nicht mehr nach Hause kommen konnte.

Meine Zeitreisen waren schuld daran, dass Jeannie aus meinem Leben verschwunden war. Aber so oder so gab es keinen Beweis dafür, dass sie tot war. Und auf einmal hatte ich nur noch einen Gedanken: Meine Mutter könnte noch leben.

25

Der nächste Tag war ein Sonntag, der letzte Tag der Herbstferien, und wir hatten Gott sei Dank keine Pläne gemacht. Das heißt, der Plan für unseren »keine-Pläne-Tag« mit den Kindern sah vor: spätes Frühstück, Fernsehen im Schlafanzug, danach ein ausgiebiger Spaziergang und zum Abschluss der Ferien Essen vom Imbiss an der Ecke holen. Wenn ich's mir recht überlege, waren unsere »keine-Pläne-Tage« häufig strenger durchgetaktet als Tage, an denen bestimmte Aktivitäten geplant waren. Selbst der Spaziergang, den wir an solchen Tagen unternahmen, war festgelegt und führte über eine Brücke, die eine Schnellstraße überspannte. Eddie hatte uns beigebracht, wie wir, wenn wir auf der Brücke standen, Lastwagenfahrer dazu brachten, ihre Hupe zu betätigen: Wir streckten einen Arm in die Höhe, ballten die Faust und taten so, als würden wir an einer Kordel ziehen, wie es sie früher in den Linienbussen gab. Anfangs dachten wir, Eddie wollte uns auf den Arm nehmen, aber als der erste Lastwagenfahrer hupte, sprangen wir jauchzend auf und ab, als hätte unser Team gerade die Weltmeisterschaft gewonnen.

Aber ich wollte unbedingt mit Louis reden. Ich schickte ihm eine SMS und bat ihn, mich anzurufen und zu sagen, er habe ein Problem und brauche mich dringend, damit ich einen Vorwand hatte, zu ihm zu fahren. Wenn ich an einem solchen Tag ohne Grund verkündete, ich würde Louis oder sonst jemanden besuchen, würde Eddie Verdacht schöpfen. Ich kam mir vor wie ein Kind, das seinen Eltern etwas vorschwindelt, um aus dem

Haus zu kommen, aber ich konnte einfach nicht länger warten.

»Im Ernst? Muss das wirklich heute sein? Kann das nicht bis morgen warten?«, fragte Eddie, als ich mir Stiefel und Jacke anzog.

»Er hat echt ein Problem, Eddie«, sagte ich. »Wenn du erst mal Pfarrer bist, wirst du keinen freien Sonntag mehr haben, das ist also eine gute Gelegenheit, dich schon mal daran zu gewöhnen.« Er runzelte die Stirn, als ich ihm einen Kuss auf den Mund gab, und erwiderte den Kuss nicht. »War nur ein Scherz«, sagte ich. »Ich bleib nicht lange. In zwei Stunden …« Ich zog an einer imaginären Kordel, während ich rückwärts und lächelnd zu meinem Wagen ging.

»Hup, hup!«, sagte er, ohne zu lächeln.

Als Louis die Tür aufmachte, schob ich mich an ihm vorbei, hängte meine Mütze an einen Garderobenhaken und zog mir stöhnend die Stiefel aus.

»Komm doch rein«, neckte er mich.

»Ich war gestern bei Onkel Henry«, sagte ich.

»Tee?«

»Ja, bitte.«

»Und? Was hat er gesagt?« Louis ging in die Küche und nahm den Wasserkocher.

Ich berichtete Louis von dem Gespräch mit Henry, und nachdem ich geendet hatte, fühlte ich mich, als hätte ich meine Geschichte an einem stürmischen Tag auf einem hohen Berg erzählt. Ich war vollkommen außer Atem. Und ich war verzweifelt und unglücklich, denn ich wurde das Gefühl nicht los, dass alles meine Schuld war. Aber im Lauf der Nacht hatte sich auch Hoffnung in meine Verzweiflung gemischt, die sich wie schimmernde Goldfäden durch meine düstere Stimmung zog. Die Hoffnung, dass meine wunderbare Mutter in dieser meiner Welt war, hier und jetzt, in meiner Nähe. In derselben Gegenwart wie ich.

»Wenn deine Mutter noch lebte, wäre sie jetzt so Mitte fünfzig, oder?«, fragte Louis.

»Ja«, antwortete ich, immer noch atemlos.

»Setz dich hin, Herrgott noch mal, ich kann es nicht leiden, wenn du auf mich runterschaust.«

Ich setzte mich, aber auf die Stuhlkante, bereit, aktiv zu werden.

»Das ist ja wirklich mal was Interessantes«, sagte Louis.

»Ach, und bisher war's nicht interessant? Du bist ein schwieriges Publikum, Louis.«

»Und wenn sie noch lebt, dann ist sie potenziell auffindbar«, fuhr er fort und stützte das Kinn in die Hand. »Nur …«

»Nur was?«

»Sie muss gewusst haben, wo du warst. Schließlich bist du nicht weggezogen. Du hast nur ein paar Häuser weiter bei euren Nachbarn gewohnt, und zwar jahrelang. Du warst auch lange Zeit auffindbar.«

Natürlich wusste ich genau, worauf Louis mit seinem logischen Einwand hinauswollte; ich hatte ja die gleichen Gedanken gehabt, aber das jetzt aus seinem Mund zu hören, war total deprimierend.

»Okay, ich weiß, sie hätte versuchen können, mich zu finden«, sagte ich.

»Hand«, sagte Louis, und ich reichte ihm über den Tisch hinweg die Hand. »Nimm dir das nicht so zu Herzen«, sagte er. »Aber nach allem, was du mir von deiner Mutter erzählt hast, kann ich mir überhaupt nicht vorstellen, dass sie einfach so abgehauen und spurlos verschwunden ist.« Er legte seine andere Hand an meine Wange und spürte meine Tränen. »Es ist okay«, sagte er. »Weine ruhig.«

»Schon wieder.«

»So oft, wie du willst«, sagte Louis leise.

Ich hörte eine Uhr ticken, es klang sehr laut, dabei hatte ich das Ticken noch nie gehört.

»Wenn sie lebt und es ihr gut geht, dann bedeutet das, dass sie mich nicht will«, sagte ich.

»Also, du kannst unmöglich wissen, was mit ihr passiert ist, Faye. Vielleicht lebt sie noch, das ist jetzt eine Möglichkeit. Aber vielleicht geht es ihr nicht gut. Oder ... Gott. Wer weiß, was ihr zugestoßen ist.«

Meine Gedanken überschlugen sich. Es gelang mir nicht, die verschiedenen Möglichkeiten zu ordnen, was alles mit meiner Mutter passiert sein konnte. Meine Spekulationen liefen völlig aus dem Ruder. Zu vieles stürmte gleichzeitig auf mich ein. Louis half mir, die einzelnen Theorien auszulegen wie Spielkarten. Leider war kein Ass dabei. Meine Mutter konnte tot sein. Sie konnte Selbstmord begangen haben, wie Henry glaubte, oder auf andere Weise gestorben sein. Sie konnte am Leben und wohlauf sein und in der Gegenwart leben; eine Frau in mittleren Jahren mit Telefon, nur eine Flugreise, eine Autofahrt entfernt, eine Frau, die sich entschieden hatte, nicht zu mir zurückzukommen. Sie konnte in der Gegenwart leben und *nicht* wohlauf sein, es konnte ihr so schlecht gehen, dass es ihr nicht möglich war, mich zu suchen oder zu kontaktieren, oder es konnte irgendetwas anderes geben, das sie daran hinderte, sich mit mir in Verbindung zu setzen.

»Was meinst du, Faye? Was sagt dir dein Bauchgefühl? Du hast die Frau doch kennengelernt.«

»Die Frau, die ich kennengelernt habe, würde ihre Tochter niemals im Stich lassen«, erklärte ich.

»Du hältst es also nicht für möglich, dass sie lebt und wohlauf ist?«, fragte er.

»Das ist absolut unwahrscheinlich.«

»Du meinst, es ist also wahrscheinlicher, dass sie zwar lebt, aber aus irgendeinem Grund nicht in der Lage ist, zu dir Kontakt aufzunehmen? Dass sie krank ist oder dement oder so was.« Er schluckte. »Sorry.«

Ich schüttelte den Kopf.

»Faye?«

»Ach, Louis«, sagte ich kaum hörbar, »so wie du redest, muss ich annehmen, dass meine Mutter doch tot ist. Ich hatte mich einfach an die vage Hoffnung geklammert, dass ich sie wiedersehen könnte, ohne mit einer erneuten Zeitreise alles aufs Spiel zu setzen.«

»Aber es besteht ja immer noch die Möglichkeit, dass sie nicht tot ist, und wenn es eine Chance gibt, sie zu finden, dann sollten wir es versuchen«, sagte er. »Wir könnten sie wenigstens mal googeln. Los, komm.« Er zog mich auf die Beine und führte mich nach oben. Und während Louis' Computer hochfuhr und der Bildschirm zum Leben erwachte, fragte ich mich, was ich mir wünschte.

»Wie heißt sie mit Nachnamen?«, fragte Louis, die Finger über der Tastatur.

»Greene«, sagte ich.

Louis drehte sich zu mir um, als könnte er mich sehen. »Ach du je. Ich hatte gehofft, sie hätte vielleicht einen etwas ausgefalleneren Namen.«

»Tut mir leid.«

Wir warfen unser Netz aus. Louis ist verdammt gut im Recherchieren, aber wir fanden nicht die geringste Spur. Wir hatten keinen weiteren Namen, um sie vielleicht auf einem indirekten Weg zu finden, und nach einer Weile gaben wir es auf.

»Ich reise noch mal zu ihr«, sagte ich. »Ich muss sie retten.«

»Das hat keinen Zweck«, sagte Louis. »Du kannst nichts ändern, Faye. Du hast doch bereits dein ganzes Leben ohne deine Mutter gelebt. Was auch immer mit ihr passiert ist, es ist schon passiert. Darüber haben wir doch bereits ausführlich gesprochen.«

»Aber ich muss es versuchen«, sagte ich. »Wenn ich zu ihr reise und ihr sage, wer ich bin, wenn ich ihr alles erkläre, dann wird sie mich nicht suchen. Dann wird sie sich nicht auf den Weg machen und verschwinden.«

»Natürlich wird sie verschwinden«, sagte Louis frustriert, als redete er mit einem intelligenten Kind, das einfach nicht verstehen wollte, was er ihm erklärte. »Weil sie bereits verschwunden ist.«

»Wir wissen doch gar nicht, ob es so funktioniert. Elizabeth hat auch gesagt, dass wir keine Ahnung haben, nach welchen Regeln es abläuft.«

Louis holte tief Luft, dann blies er die Backen auf und atmete aus. »Du kannst nichts ändern«, wiederholte er noch einmal, und diesmal klang er resigniert.

»Vielleicht doch.«

Louis schüttelte den Kopf, und das ärgerte mich. Ich verhielt mich unfair, aber ich wollte nur, dass er mich unterstützte, egal, was ich tat. Ich wollte nicht, dass er mir erklärte, dass mein Vorhaben eine schlechte Idee war, ich wollte, dass er mich ermunterte.

»Die einfache Methode hat nicht funktioniert«, sagte ich. »Wir haben sie gegoogelt, hier in deinem gemütlichen Arbeitszimmer, einem sicheren, ungefährlichen Ort, und es hat nicht funktioniert. Also muss ich mir etwas … etwas Praktisches überlegen. Ich werde mir die Hände schmutzig machen müssen.«

»Ich würde für dich in die Vergangenheit reisen, wenn ich könnte«, sagte Louis. »Wenn es helfen würde.«

»Blödsinn!«, rief ich.

»Ich versuche nur, dir zu helfen, Faye. Ich verstehe ja, dass du frustriert bist, und vielleicht machst du dir Vorwürfe, weil du glaubst, du bist schuld an dem, was deiner Mutter zugestoßen ist, aber das bist du nicht. Du konntest ja nicht ahnen, was für Konsequenzen dein Handeln haben würde. Aber du solltest mal einen Moment innehalten und dir überlegen, was du zu verlieren hast. Ich glaube, eine erneute Zeitreise wäre zu gefährlich. Und ich glaube auch, dass du das weißt.«

»Weißt du, was ich *glaube,* Louis? Ich glaube, dass du nur neidisch bist. Ich bin fest davon überzeugt, dass du neidisch bist und genau wie Elizabeth Angst hast, meine Aktionen könnten deinen Status quo durcheinanderbringen, und das wundert mich ein bisschen, ehrlich gesagt.«

Louis hob den Kopf und schaffte es, mir auf seine seltsame, unangenehme Art in die Augen zu sehen. Aber ich war sauer, Punkt. Er sagte nichts, er zog nicht die Notbremse, und das ist meine fadenscheinige Entschuldigung für das, was ich als Nächstes sagte: »Wenn ich noch mal reise und etwas ändere, dann bist du vielleicht nicht blind, wenn ich zurückkomme.«

»Spar dir deine Gefälligkeiten«, erwiderte er, und die Stille, die sich über uns legte, wog eine Tonne. Dann stand er auf und eilte nach unten. Ich lief hinter ihm her.

»Tut mir leid, Louis, das war nicht so gemeint!«

»Ach, nein?«, entgegnete er. »Also, ich wäre lieber nicht blind, darauf kannst du Gift nehmen.«

»Es war dumm von mir, das zu sagen. Es tut mir leid«, sagte ich noch einmal. »Ich hab einfach mein Leben lang geglaubt, meine Mutter sei tot. Alle haben mich angelogen, und ich weiß jetzt, warum sie das getan haben, aber trotzdem.« Meine Worte klangen zaghaft. »Man hat ihr unrecht getan, und man hat mir unrecht getan. Aber unterm Strich ist das alles meine Schuld. Wenn ich also irgendwas tun kann, um es wiedergutzumachen, dann muss ich das tun. Kannst du das denn nicht verstehen?«

»Doch, das kann ich verstehen, aber hör mir einfach mal einen Moment zu, ja?«

»Okay«, sagte ich und zwang mich, den Mund zu halten.

»Setz dich«, sagte er, und wir nahmen am Küchentisch Platz.

»Menschen lügen«, begann Louis, und dann saß er eine halbe Ewigkeit einfach nur schweigend da, und es fühlte sich so an, als wollte er mich testen, ob ich dem Drang widerstehen konnte, ihn zu unterbrechen. Ich sagte kein Wort, und schließlich fuhr er fort: »Menschen lügen, und zwar aus den unterschiedlichsten Gründen. Manchmal tun sie es, um jemand anderen zu schützen, manchmal tun sie es, um sich selbst zu schützen. Aber Lügen sind wie Wespen im Gras, die darauf warten, dass ein nackter Fuß auf sie tritt. Eine Lüge ist wie ein Lebewesen, das so lange lebt, bis es gefunden wird.«

»Spul zum Ende vor«, sagte ich in einem spöttischen Singsang. Es war ein Spiel zwischen uns, wenn der andere sich zu sehr in Details verlor.

»Okay. Was ich sagen wollte, ist: Mich hat gestern auch jemand besucht.« Er machte eine theatralische Pause.

»Wer?«, fragte ich.

»Elizabeth.«

»Und was wollte sie?« Ich war total verdattert.

Louis stand auf, öffnete eine Schublade in der Anrichte, nahm einen wattierten Umschlag heraus und schob ihn über den Tisch zu mir.

Ich öffnete ihn, und heraus fiel mein Verlobungsring. Er lag auf dem Tisch wie ein alter Freund, von dem ich gedacht hatte, dass ich ihn nie wiedersehen würde. Seine Vertrautheit verblüffte mich.

Ich schaute Louis mit großen Augen an.

»Elizabeth hat gelogen, als sie behauptet hat, er sei gestohlen worden.«

»Wie bitte? Und wieso hat sie dir das jetzt erzählt?«, fragte ich ungläubig.

»Weil ich vermutet hatte, dass das mit dem Ring gelogen war, und das habe ich ihr geschrieben. Daraufhin hat sie mich angerufen, und dann hat sie mir den Ring gebracht. Die ganze Sache tut ihr sehr leid. Es war einfach ein Versuch von ihr, dich davon abzuhalten, dass du noch mal in die Vergangenheit reist.«

Ich tastete den Ring ab, um mich wieder an ihn zu gewöhnen. Dann steckte ich den Eternity-Ring an meine rechte Hand und den Verlobungsring an die linke.

»Sie sagt, du sollst den Ring behalten, den sie dir geschenkt hat«, fuhr Louis fort. »Es tut ihr wirklich leid, Faye, sei ihr nicht böse.«

»Wie bist du darauf gekommen, dass sie gelogen hat?«, fragte ich.

»Weil der Eternity-Ring, den sie dir geschickt hat, genau die richtige Größe hatte. Das war entweder Zufall, oder sie hat sich an der Größe deines Verlobungsrings orientiert. Soweit ich weiß, ist es nicht einfach, jemandes Ringgröße zu schätzen, deshalb konnte ich mir nicht vorstellen, dass es ein Zufall war.«

»Ich bin beeindruckt, Sherlock. Und ich freue mich, dass ich meinen Ring wiederhabe.«

»Elizabeth hat dich angelogen, weil sie nicht wollte, dass du noch mal in die Vergangenheit reist. Sie dachte, wenn der Ring verloren wäre, würde dir das zu denken geben. Sie hoffte, es würde dich warnen, weil du mit deinen Reisen Dinge ändern kannst, und das nicht nur zum Guten. Auch wenn die Logik nicht funktioniert, wie wir wissen. Wir wissen nicht, nach welchen Regeln es abläuft,

Faye, und trotzdem bin ich mir ganz sicher, dass es keinen Zweck hat, noch einmal zurückzukehren, um zu ändern, was mit deiner Mutter passiert ist. Denn du kannst es nicht ändern. Und ich habe Angst, du könntest dich verletzen und nie wieder zurückkommen.«

»Ich glaube immer noch, dass ich verhindern kann, dass sie sich auf die Suche nach mir macht und verschwindet«, widersprach ich.

»Herrgott noch mal, Faye. Das kannst du nicht. Ich will ja nicht klingen wie eine kaputte Schallplatte, aber es ist bereits passiert. Bestenfalls …« Er verstummte.

»Bestenfalls was?«, fragte ich.

»Bestenfalls glaube ich, dass sie stirbt, egal, was du tust. Du kannst sie nicht wiederhaben. Weil du sie nie hattest.«

Das Komische war, dass seine Worte mich nicht im Geringsten abschreckten. Vielleicht brauchte ich nur einen ganz kleinen Vorwand. Vielleicht war es richtig von Elizabeth gewesen, mich von einer weiteren Zeitreise abhalten zu wollen. Aber inzwischen hatte ich Zeit gehabt, über alles nachzudenken, und mein Zaudern löste sich in der Gewissheit auf, dass ich Esther, Evie und Eddie kein Leid zufügen konnte, indem ich Jeannie ein letztes Mal besuchte. Mein Entschluss stand fest.

»Nichts wird mich davon abhalten, sie noch einmal zu besuchen«, sagte ich, stand auf und ging zur Tür. »Ich weiß, dass ich nichts ändern kann. Aber vielleicht kann ich etwas wiedergutmachen.«

Dass ich noch vor Kurzem ein Problem damit gehabt hatte, die Ehefrau eines Pfarrers zu sein, weil ich nicht an Gott glaube, war mit einem Mal trivial geworden. Es war nicht länger das schreckliche Dilemma, als das es mir erschienen war. Louis' Kommentar zu einer weiteren Zeitreise – *Es hat keinen Zweck* – ging mir nicht aus dem

Kopf, und es ärgerte mich, denn er schien anzunehmen, dass ich nur deswegen noch einmal zu meiner Mutter wollte, weil ich hoffte, etwas ändern zu können, indem ich ihr riet, sich nicht auf die Suche nach ihrem Schutzengel zu machen. Er hatte das Wesentliche nicht begriffen, und das war, dass ich sie überhaupt noch einmal besuchen konnte. Und ich würde es tun, ich hatte mich entschieden.

War ich sauer auf Elizabeth? Eigentlich nicht. Ich konnte sie verstehen, und Verständnis macht versöhnlich. Offenbar hatte sie während unseres Gesprächs Angst bekommen, dass ich mit meinen Zeitreisen eine Menge Schaden anrichten würde, vielleicht nicht in ihrem, aber auf jeden Fall in meinem Leben. Ich denke, es ging ihr um Schadensbegrenzung. Louis hatte mir gesagt, dass Elizabeth nicht den Ring behalten wollte, sondern dass sie lediglich etwas hatte tun wollen, das mich davon abhalten würde, in die Vergangenheit zu reisen. Ihre Sorge war berechtigt, das konnte ich jetzt zugeben.

Mein Dilemma hatte sich geändert. Ich fragte mich nicht länger, ob es klug war, noch einmal in die Vergangenheit zu reisen. Ich wusste, dass es riskant war, aber ich war bereit, das Risiko zu akzeptieren. Mein Dilemma war jetzt kein eigentliches Dilemma mehr, sondern eher eine Sorge. Obwohl ich sauer auf Louis war, musste ich ihm in einem Punkt recht geben: Ich konnte nichts daran ändern, dass meine Mutter verschwunden war. Aber vielleicht konnte ich dafür sorgen, dass sie aus einem anderen *Grund* verschwunden war. Ich würde sie noch einmal besuchen, daran bestand kein Zweifel. Ich würde Jeannie sagen, wer ich war, und dann würde ich nicht mehr der Grund für ihr Verschwinden sein, egal, ob sie mir glaubte oder nicht. Sie würde sich nicht auf die Suche nach mir machen, nach ihrem Schutzengel, und dann wäre es nicht mehr meine Schuld.

Als ich vor meiner Haustür stand, bekam ich eine SMS. Sie war von Louis. »Ich an deiner Stelle würde es auch tun«, schrieb er. Ich lächelte. Ich zog meinen Verlobungsring vom Finger und versteckte ihn im Schlafzimmer, wo ich ihn später »finden« konnte. Denn was würde Eddie sagen, wenn ich nach einem Besuch bei Louis plötzlich meinen Ring wieder am Finger hätte?

Ich wollte nicht zu lange warten mit meiner Zeitreise. Aber diesmal musste ich vorbereitet sein. Wahrscheinlich fragen Sie sich, warum ich mir so sicher war, dass ich meine Mutter bei meiner Rückkehr antreffen würde. Aber das war ich gar nicht. Schließlich konnte ich nicht wissen, wie viel Zeit seit meinem Besuch vergangen war, denn ich hatte auch nicht verstanden, warum zwischen meinen letzten beiden Besuchen in der Vergangenheit ein halbes Jahr verstrichen war. Seit ich meine Mutter zuletzt besucht hatte, waren in der Gegenwart mehrere Monate vergangen, und ich war mir durchaus der Möglichkeit bewusst, dass ich unter Umständen zu spät kommen würde. Vielleicht war meine Mutter ja schon fort, wenn ich kam. Aber es gab nur eine Möglichkeit, das herauszufinden. Vermutlich halten Sie das für eine dumme Idee, aber wenn eine Freundin von Ihnen erst einmal einen Entschluss gefasst hat, werden Sie sie doch wenigstens unterstützen. Deshalb können Sie mich jetzt auch nicht im Stich lassen, bloß weil Sie mich für eine Idiotin halten.

Ich hatte mir überlegt, dass es am besten wäre, es am Wochenende zu machen. Ich würde meinen Karton zu Louis bringen und von dort »starten«. In Louis' Haus würden wir den Karton auf eine Matratze stellen und Kissen darum herum verteilen, so wie ich es beim letzten Mal gemacht hatte – was ich ja jetzt, wo Eddie zurück war, bei mir zu Hause unmöglich tun konnte. Ich würde den Skianzug wieder anziehen, auch die Handschuhe und die Stiefel. Diesmal würde ich ein kleines Erste-Hilfe-Päckchen und Schmerztabletten mitnehmen, außerdem eine Tageszeitung, der Beweis, dass ich aus der Zukunft kam.

Dann übertraf Louis sich selbst, als er mich am Montag bei der Arbeit im Flur umarmte. Wir umarmen uns nicht oft, aber das tat gut. Ich verließ meinen Schreibtisch, ohne dem Chef Bescheid zu geben, und setzte mich mit Louis in die Kantine, was wir auch selten tun, die zu dieser frühen Stunde noch leer war. Ich machte uns Tee. Louis gefiel mein Plan, und er versprach, mir zu helfen. Woran ich keinen Moment zweifelte, obwohl es am Tag zuvor Spannungen zwischen uns gegeben hatte.

Das kommende Wochenende war einen Tag nach dem fünften November, dem Guy Fawkes Day. Eddie und ich hatten für den Freitag ein paar Freunde eingeladen, wir wollten im Garten Burger essen und ein bisschen Feuerwerk zünden. Ich fragte Louis, ob er auch kommen wollte. Es würde mich freuen, ihn dabeizuhaben, aber vor allem konnte er bei der Gelegenheit den Karton gleich mitnehmen (ich würde ihn zusammenfalten, damit er leichter im Taxi zu transportieren war). Er versprach mir, den Karton zu hüten, notfalls unter Einsatz seines Lebens. Ich vertraute ihm voll und ganz, wollte aber den Karton bis zur letzten Minute im Auge behalten. Louis versprach mir ebenfalls, an dem Abend nüchtern zu bleiben, nur für alle Fälle.

Auch ich wollte keinen Alkohol trinken. »Wir können uns ein andermal vollaufen lassen«, sagte ich.

Am Freitagabend Party mit Feuerwerk, Samstag Abreise. Ich würde schon irgendeinen Vorwand finden, um Louis zu besuchen. Nach meiner Abreise würde Louis zu Hause bleiben und auf meine Rückkehr warten. Drei

Stunden lang. Falls ich bei meiner Rückkehr verletzt war, würde er da sein, um mir zu helfen. Wir bemühten uns, die Sache vernünftig und planmäßig anzugehen, und doch waren wir so aufgeregt wie kleine Kinder vor einer Pyjamaparty.

»Ich hab gestern was im Internet für dich bestellt«, sagte Louis. »Etwas, das du deiner Mutter mitnehmen kannst. Es dauert ein paar Tage, bis es geliefert wird, aber es müsste eigentlich rechtzeitig da sein.«

»Was ist es?«, fragte ich neugierig.

»Altes Geld«, erwiderte er grinsend.

»Altes Geld?« Dann fiel der Groschen. »Was für eine gute Idee!«

»Es sind ungefähr fünfhundert Pfund, das war alles, was ich kriegen konnte. Ich dachte, deine Mutter wird das Geld bestimmt gut brauchen können, auch für dich.«

»Wie viel wären fünfhundert Pfund heute ungefähr?«, fragte ich.

»Ungefähr viertausend«, erklärte er.

»Wahnsinn.«

»Na ja, wie gesagt, eigentlich glaube ich nicht wirklich, dass es etwas ändert, denn ihr beide habt ja offenbar damals nicht viel Geld gehabt. Aber da wir nicht wissen, wodurch, zum Teufel, sich etwas ändert, dachte ich, man kann's wenigstens versuchen.«

»Großartig«, sagte ich und schüttelte beeindruckt den Kopf. Es war super, mit einem Nerd befreundet zu sein, diese Leute kamen auf die tollsten Ideen. Dann bemerkte ich sein Grinsen.

»Was ist?«, fragte ich.

»Es gibt einen Vorbehalt, was das Geld angeht«, sagte er. »Ich habe eine Bitte.«

»Okay?«

»Für den Fall, dass du wirklich was ändern und den

Lauf der Dinge tatsächlich beeinflussen kannst, versprich mir, dass du diesmal nicht zu Elizabeth gehst. Bitte, besuch sie nicht, bitte bezahl ihr nicht die Rollschuhe.« Er holte tief Luft. »Ich weiß, dass du dir die Risiken und die Konsequenzen klargemacht hast, und ich weiß, dass du dich nach reiflicher Überlegung entschlossen hast, trotzdem zu reisen, egal, was kommt. Aber ich glaube, es würde dir schwerfallen, mit der Schuld zu leben, falls das, was du tust, einen schädlichen Einfluss auf Elizabeths Leben hätte.« Er seufzte. »Und auch mir würde das schwerfallen.«

»Ich verspreche dir hoch und heilig, dass ich mich von Elizabeth fernhalten werde. Wir wissen ja, dass sie das Geld nicht gebraucht hat. Es wäre unverantwortlich, in ihr Leben einzugreifen«, sagte ich.

»Und noch was«, sagte er. Seine Miene drückte tiefe Traurigkeit aus über etwas, das noch nicht geschehen war. »Ich finde, du solltest Eddie einen Brief schreiben. Ich hebe ihn für dich auf, und falls nötig« – sein Adamsapfel bewegte sich auf und ab, als er schwer schluckte –, »falls nötig, werde ich Eddie den Brief übergeben.«

26

Es war kein Abschiedsbrief, schließlich hatte ich ja nicht vor, Selbstmord zu begehen. Andererseits ist es vielleicht auch Haarspalterei, wenn ich das sage. Das Schreiben des Briefes wirkte sich auf dreierlei Weise auf mich aus. Erstens war es sehr erleichternd, Eddie alles zu erzählen, egal, wie verrückt es klang; mir wurde bewusst, wie gern ich wollte, dass er die Wahrheit über mein außergewöhnliches Leben erfuhr. Zweitens gab der Brief mir Gelegenheit, Eddie das mitzuteilen, was er wissen sollte für den Fall, dass wir uns nie wiedersahen; tatsächlich war ich zu dem Schluss gekommen, dass ich diesen Brief so oder so hätte schreiben sollen: ein Brief an meinen geliebten Mann, den er finden würde, falls ich plötzlich starb oder dement wurde, der ihn trösten und ihm all die Fragen beantworten würde, von denen wir nicht wussten, dass wir sie stellen sollten. Und drittens wurde mir beim Schreiben dieses potenziellen Abschiedsbriefs intensiv bewusst, was ich zurückließe, falls das Schicksal es wollte, dass ich nicht wieder nach Hause kam. Während ich überlegte, wie ich meine Gedanken formulieren sollte, drückte ich mir den Verlobungsring an die Lippen und erinnerte mich daran, wie Eddie mich erleichtert und zugleich ungläubig anschaute, als ich ihm erzählt hatte, dass der Ring wieder aufgetaucht war. Ein paar Tränen fielen auf das Geschriebene, und ich betrachtete jede einzelne, um zu sehen, ob sie die Buchstaben auf dem Papier größer erscheinen ließ.

Einerseits kam mir die Woche, die ich warten musste, bis ich meine Mutter wiedersehen würde, endlos lang vor, andererseits brauchte ich die Zeit für diesen Brief. Ich schrieb über die Zeit, als Eddie und ich uns kennengelernt hatten, und darüber, wie nach unserem ersten Kuss meine Hoffnung gewuchert war wie Gartenminze. Ich erinnerte Eddie an Gespräche, die wir geführt hatten, und an Dinge, die er ganz beiläufig gesagt und vermutlich längst vergessen hatte, die mir jedoch so viel bedeuteten, dass ich fast jeden Tag daran dachte. Ich beschrieb ihm, was ich mir für die Zukunft wünschte, und wie sehr ich ihn dabei unterstützen wollte, seiner Berufung zu folgen; welche Bedeutung er sicherlich für das Leben der Menschen haben und wie gern ich meine Rolle als Pfarrersfrau übernehmen würde.

Und als ich es nicht länger vor mir herschieben konnte, schrieb ich auch noch einen Brief an meine Töchter.

Liebe Esther, liebe Evie,
ich hätte nie geglaubt, dass ich einmal in meinem Leben jemanden so sehr würde lieben können wie euren Vater. Bis ihr geboren wurdet. Ich wusste nicht einmal, dass ich zu so viel Liebe fähig war, stellt euch das mal vor! Ihr schenkt mir Tag für Tag Lebensfreude. Ihr seid das Beste, was mir je im Leben passiert ist, das Allerbeste. Ich liebe euch aus tiefstem Herzen.
Auch wenn ich nicht mehr bei euch bin, so möchte ich doch weiterhin ein Teil eures Lebens sein, und da ich euch nicht mehr persönlich mit Rat und Tat zur Seite stehen kann, möchte ich euch auf diesem Weg ein paar Dinge sagen, die ich für wichtig halte und die euch vielleicht irgendwann hilfreich sein können.
Bleibt immer ihr selbst, denn ihr seid vollkommen, selbst dann, wenn ihr es mal nicht seid.
Wenn ihr größer werdet, werdet ihr tolle Sachen machen, und dann werden die Leute zu euch sagen: »Eure

Mutter wäre stolz auf euch!« Ihr sollt wissen, dass das wirklich stimmt. Ich bin stolz auf euch, und zwar nicht nur, wenn ihr tolle Sachen macht, sondern auch, wenn ihr gute Sachen macht, alltägliche Sachen, ja, sogar dann, wenn ihr überhaupt nichts macht. Aber manchmal werdet ihr auch Fehler machen und Dinge tun, auf die ihr selbst nicht stolz sein könnt. Wenn das passiert, macht es besser, und ich werde stolz auf euch sein, wenn ihr tut, was ihr könnt, um etwas wiedergutzumachen.

Esther und Evie, seid liebenswürdig. Ich weiß, dass ihr beide von Natur aus liebenswürdig seid, aber versucht, euch eurer Liebenswürdigkeit bewusst zu sein. Damit meine ich, dass man sich manchmal ein bisschen anstrengen muss, um liebenswürdig zu sein, sogar bei Kleinigkeiten. Als ich schon erwachsen war, habe ich mal einen Mann getroffen, den ich aus der Schule kannte. Früher hatten ihn alle Kinder aufgezogen und ihm Spitznamen verpasst. Als ich ihm begegnete, habe ich ihm gesagt, wie leid mir das von damals tat, und er meinte, das brauchte mir nicht leidzutun, denn ich sei eine von den Netten gewesen, ich hätte ihn lediglich ignoriert. Das hat mich tief getroffen. Ich wünschte, ich hätte mehr getan und ihm damals wenigstens ab und zu ein Lächeln geschenkt. Von ihm habe ich etwas Wichtiges gelernt, und seitdem lächle ich die Leute häufiger an. Denn man kann nie wissen, vielleicht ist ein Lächeln für jemanden das Schönste, was er den ganzen Tag erlebt hat. Aber seid auch klug. Seid höflich zu Fremden, aber passt auf euch auf.

Es wachsen viele Bäume auf der Welt, also klettert ruhig auf ein paar davon. Klettert auf so viele Bäume, wie ihr wollt. Vielleicht brecht ihr euch dabei ein Bein, aber manchmal ist es besser, sich ein Bein zu brechen, als nicht auf einen Baum zu klettern.

Probiert alle möglichen Frisuren aus. Wenn euch eine nicht gefällt, das macht nichts, die Haare wachsen wieder.
Lest viele Bücher, und tut es mit Freude. Das Lesen ist aus vielen Gründen gut für euch. Sorgt dafür, dass ihr immer ein Buch dabeihabt, denn dann werdet ihr euch nie langweilen. Und natürlich sollt ihr heiraten, wen ihr wollt, Hauptsache, ihr liebt ihn, und er liebt euch, aber es würde mich freuen, wenn ihr euch in jemanden verliebt, der gern liest.
Ich denke, ich habe genug geschrieben. Allerdings befürchte ich, nachdem ich den Brief noch einmal gelesen habe, ihr könntet den Eindruck bekommen haben, ich hätte euch lieber als euren Vater. Aber macht euch keine Sorgen. Seit ihr da seid, liebe ich ihn noch mehr, zum Teil, weil er euch möglich gemacht hat, aber auch, weil er euch lieb hat und euch beschützt, und das macht ihn für mich kostbarer denn je.
Ich weiß, dass es nicht leicht für euch sein wird, diesen Brief zu lesen, dass er euch zugleich traurig und glücklich machen wird, denn ich weiß auch, wie es sich anfühlt, seine Mutter zu verlieren. Ich habe meine Mutter verloren. Und deswegen lautet mein letzter Rat an euch: Denkt nicht zu viel über die Vergangenheit nach. Das Leben liegt vor euch, und wenn ihr immer zurückschaut, seht ihr nicht, wo ihr hingeht.
Ich werde euch immer lieb haben und immer in euren Herzen sein.
Eure Mummy

Es war mir nicht leichtgefallen, diesen Brief zu schreiben, und ich muss zugeben, dass er mir zu denken gab, vor allem der letzte Teil. Zu wissen, dass ich gegen den Rat handelte, den ich meinen Töchtern gab – und vermutlich gegen den Rat, den meine Mutter mir gegeben hätte –, machte mich nachdenklich, auch wenn es nichts an meinem Entschluss änderte. Man sollte nie die Ratschläge missachten, die man anderen gibt, vor allem dann nicht, wenn man weiß, dass man recht hat.

Bleiben noch Sie und ich. Eigentlich ist alles gesagt, aber für den Fall, dass Sie nichts mehr von mir hören, möchte ich noch ein paar Worte loswerden.

In Ihrem Leben sind Sie ein Gott, und ich will versuchen, es Ihnen mit Eddies Worten zu erklären. Er hat einmal zu mir gesagt: Wenn man schläft und träumt, dann ist man ein Gott, denn man ist alles und alle. Wenn Sie träumen, dass Sie ein Passagier in einem abstürzenden Flugzeug sind, vergessen Sie nicht, dass Sie auch der Pilot sind und dass Sie nicht ein Passagier, sondern *alle* Passagiere sind. Sie sind sogar das Flugzeug, denn dieser Traum spielt sich in Ihrem Kopf ab, und Sie lassen das alles passieren. Im Traum sind Sie wie ein Gott. Es ist nicht dasselbe wie im richtigen Leben, aber auch da können Sie Gott in allem spüren, was Sie tun – in dem, was Sie für andere empfinden, was Sie sagen, was Sie tun –, in allem, was sich auf andere auswirkt. Gott ist im Lächeln eines Säuglings, und Sie können es nennen, wie Sie wollen. Bezeichnen Sie Gott als etwas, das Ihnen gefällt – Natur, Himmel, Musik –, der Glaube kommt von allein.

Ich weiß, ich bin hier, und Sie sind dort, der Abstand zwischen uns ist nicht groß, nur zwischen meinen Worten auf dieser Seite und Ihren Augen, ich schätze mal, etwa dreißig Zentimeter. Aber diese Entfernung kann je nach Ihrem Blickwinkel auch neu berechnet werden. Wir könnten uns auf verschiedenen Planeten befinden oder in verschiedenen Zeiten leben, es spielt keine Rolle. Es sind nur Sie und ich. Und Sie sollen verstehen, dass ich von ganzem Herzen an Sie glaube. Zweifeln Sie niemals daran. Und wenn Sie so weit sind, wenn der richtige Zeitpunkt gekommen ist, dann werden Sie an mich glauben.

So, jetzt sind die Briefe geschrieben, und Sie haben den für Sie sogar schon gelesen. Es ist alles vorbereitet, der Skianzug und andere Kleidungsstücke liegen, zusammen mit der Tageszeitung und dem Erste-Hilfe-Päckchen, bei Louis zu Hause parat. Das alte Geld ist auf dem Weg zu mir. Ach ja, ich habe mir natürlich auch überlegt, was ich zu meiner Mutter sagen werde, wenn ich bei ihr ankomme. Unter uns: Das ist ein merkwürdiger Abschied, denn Sie können ja sehen, ob nach dieser Seite noch etwas kommt ... aber während ich das hier schreibe, habe ich wirklich keine Ahnung, ob die folgenden Seiten leer bleiben oder nicht. Falls sie leer sind, können Sie davon ausgehen, dass ich es nicht zurück in die Gegenwart geschafft habe.

27

Tja, wie Sie sehen, bin ich noch da, und ich nehme an, Sie wundern sich nicht. Aber es könnte sein, dass ich Sie doch noch überrasche. Ich würde sogar so weit gehen, dass ich es Ihnen verspreche.

Das letzte Mal habe ich mich bei Ihnen gemeldet, als ich meinen Abschiedsbrief an Eddie geschrieben habe. Natürlich habe ich mich immer wieder gefragt, ob ich genug gesagt hatte, und gleichzeitig hoffte ich inständig, dass er den Brief nicht würde lesen müssen, oder zumindest noch lange nicht. Auf jeden Fall war das, was ich geschrieben hatte, besser als nichts. Viel besser.

Wie gesagt, wir hatten für den Freitag Freunde eingeladen, Guy Fawkes Night mit uns zu feiern, und es war ein großer Spaß, als wir am Donnerstag alle vier loszogen, um das Essen und die Getränke zu besorgen. Wir kauften Hamburger und Würstchen und Kartoffeln zum Backen, außerdem Bohnen und Ananasstücke in Dosen und Barbecuesoße für meine berühmten süßen Barbecuebohnen. Wenn Sie finden, dass das ekelhaft klingt, überlegen Sie noch mal. Ich kaufte Zucchini und Auberginen für ein vegetarisches Chili, saure Sahne und Jalapeños für Taco Chips und Avocados, Mayonnaise und Zitronen für eine Guacamole. Eddie besorgte die Getränke – Bier, Wein und Gin und Tonic, und die Mädchen schlugen vor, einen Süßigkeitentisch herzurichten, wie sie ihn vor einem Jahr bei einem Hochzeitsfest gesehen hatten. Zu ihrer Überraschung hatten Eddie und ich keine Einwände, woraufhin sie jauchzend losliefen, um alles Nötige auszusuchen.

Ich musste daran denken, wie wir früher einmal alle

zusammen einen Themenpark besucht und in dem Park auch nicht mehr Spaß gehabt hatten als an diesem Donnerstag im Supermarkt beim Einkaufen für unsere Party. Aber vielleicht sehe ich das alles auch durch eine rosarote Brille, in Anbetracht dessen, was danach passiert ist. Eddie und ich mussten am nächsten Tag arbeiten, und die Kinder mussten in die Schule, und so blieben wir beide an dem Abend lange auf und bereiteten so viel wie möglich vor. Wir tranken Wein und lachten, und später liebten wir uns. Ich kann mich noch erinnern, wie sehr ich den Sex genoss, und wie schrecklich die Vorstellung war, es könnte das letzte Mal sein. Beim Einschlafen fuhren meine Gedanken mit mir auf einer Achterbahn aus Hoffen und Bangen.

Raketen und Böller hatte Eddie schon eine Woche zuvor gekauft und ganz oben im Schuppen versteckt. Mülleimer und Feuerwerk sind Eddies Sache. Also, er übernimmt auch andere Aufgaben, aber Mülleimer und Feuerwerk fallen definitiv in seinen Verantwortungsbereich. Das mit dem Feuerwerk nahm er sehr ernst und kündigte an, dass er am Freitag ein bisschen früher Feierabend machen würde; er wollte die Feuerräder an den Zaun nageln und die Sandeimer für die Raketen vorbereiten, solange es noch hell war. Dave, der Mann meiner Freundin Clem, wollte ebenfalls etwas früher kommen, um zu »helfen«, womit natürlich »trinken« gemeint war. Wir freuten uns immer auf Guy Fawkes Night, genauso wie auf Ostern und auf Halloween. Das waren schöne Feste, und sie setzten einen nicht so unter Druck wie Weihnachten. Ostern würde natürlich eine ganz andere Bedeutung bekommen, wenn Eddie erst einmal Pfarrer war. Aber das beunruhigte mich nicht mehr. Auch die neuen Osterfeste würde ich genießen. Guy Fawkes Night allerdings würden wir uns nicht von der Kirche vermasseln lassen.

Eddie war zwar überrascht, als er erfuhr, dass ich Louis eingeladen hatte, aber ich hatte den Eindruck, dass er sich freute. Normalerweise luden wir immer Clem und Cassie mit ihren Männern und Kindern ein. Außerdem kamen meistens ein paar Kollegen von Eddie mit ihren Frauen und Kindern, und diesmal hatte Eddie auch noch einen Mann eingeladen, den er in seiner Ausbildung kennengelernt hatte; er kam mit seiner Frau und war bereits ordinierter Pfarrer. Louis und ich entschlossen uns, nach der Arbeit mit dem Taxi zu fahren anstatt mit der U-Bahn. In den Tagen vor der Party am Freitag hatten wir gar nicht aufhören können, darüber zu reden, was passieren würde, wenn ich am Samstag von ihm aus meine Zeitreise antreten würde.

»Für mich ist es einfacher«, sagte Louis. »Denn nachdem du in den Karton gestiegen bist, brauch ich nur drei Stunden zu warten, bis ich erfahre, wie es gelaufen ist. Bei dir dagegen kann es Tage dauern, bis du mir alles erzählen kannst. Je nachdem, wie lange du bleibst, sogar Wochen.«

»Aber ich werde die ganze Zeit wissen, wie es läuft, weil ich dabei bin, du Dummerchen«, entgegnete ich und knuffte ihn in die Rippen.

»Ja, aber du weißt auch erst, was dir zum Beispiel am zweiten Tag passiert, nachdem du vierundzwanzig Stunden dort bist. Ich dagegen werde in weniger als vier Stunden die ganze Geschichte kennen.«

»Stimmt auch wieder«, sagte ich.

Wir blieben länger im Büro, was uns gar nicht passte, aber wir mussten warten, bis der Bote mit dem alten Geld kam, das Louis bestellt hatte. Ursprünglich hätte es am Donnerstag geliefert werden sollen, dann am Freitagmorgen. Schließlich hieß es, das Päckchen würde spätestens um achtzehn Uhr am Freitag bei RNIB abgegeben werden. Jetzt saßen wir also am Empfangstresen, und ich lächelte die Empfangsdame, die gern Feierabend machen wollte, bedauernd an, während Louis immer wieder seine Armbanduhr abtastete, um die Zeit zu lesen.

Der Empfangsbereich bei RNIB war knallbunt gestaltet: helle Gelb- und dunkle Violetttöne, scharf voneinander abgesetzt, die ein scheinbar willkürliches, geometrisches Muster bildeten. Aber das Muster war alles andere als willkürlich, es diente sehbehinderten Menschen dazu, sich im Gebäude ohne Hilfe zurechtzufinden.

Die Empfangsdame ließ ihren Kaugummi knallen, als wollte sie fragen: Wie lange dauert's noch? Gott sei Dank kam im nächsten Augenblick ein Mann mit Motorradhelm und in Ledermontur hereinmarschiert, einen großen Karton unterm Arm. Ich zuckte innerlich zusammen und fragte mich, wie ich so etwas Großes mit in die Vergangenheit mitnehmen sollte. Wir nahmen den Karton entgegen, unterschrieben und stiegen in ein Taxi. Freitags nach Feierabend kurven immer jede Menge Taxen vor dem Gebäude herum, um nicht mehr ganz nüchterne Blinde aufzusammeln.

»Wie, zum Teufel, soll ich diesen Karton mit zu meiner Mutter nehmen?«, fragte ich Louis, als wir im Taxi saßen. »Ich kann unmöglich einen Karton mitnehmen, der passt nicht in meinen Skianzug.«

»Sobald du den Skianzug anhast, stopfen wir die Geldscheine in die Beine und Ärmel und um den Bauch herum. Wenn du den Anzug ausziehst, fallen sie natürlich raus, aber da du deiner Mutter ja sowieso reinen Wein einschenken willst, ist das egal. Außerdem stellen die Geldscheine eine zusätzliche Polsterung dar.«

»Also gut«, sagte ich. »Vielleicht ist ja auch die Hälfte Füllmaterial.« Ich betrachtete den Karton von allen Seiten. »Wir lassen ihn verschlossen. Du kannst ihn heute Abend zusammen mit dem Hüpfballkarton mitnehmen.«

»Ich bleib nicht lange«, sagte Louis. »Ich hab erst Ruhe, wenn ich den Hüpfballkarton und das Geld sicher nach Hause geschafft hab. Ich freu mich auf die Party, aber die steht im Moment auf meiner Prioritätenliste nicht an erster Stelle.«

»Ich weiß genau, was du meinst, trotzdem ist es seltsam«, sagte ich. »Denn für mich fühlt sich diese Party superwichtig an.« Ich nahm seine Hand und drückte sie. »Ich bin mir sicher, dass ich zurückkomme, aber ich muss realistisch bleiben. Vielleicht komm ich ja auch nicht zurück. Es könnte das letzte Mal sein, dass ich meine Freunde und meine Familie sehe.«

»Das letzte Abendmahl«, sagte Louis.

»Gott, sag das nicht.« Ich stöhnte und kniff ihn ins Ohrläppchen, was er nicht ausstehen konnte – was niemand ausstehen kann. »Ich weiß, dass du ein ungläubiger Thomas bist oder zumindest gewesen bist. Aber du bist doch kein Judas. Oder enthält dieser Karton hier etwa dreißig Silberlinge?« Ich schüttelte den Karton, der kein Geräusch von sich gab.

»Mach keine Witze darüber. Ich möchte mir nicht vorstellen, dass du nicht zurückkommst. Eines sollst du wissen, Faye: Du bist meine beste Freundin. Auch wenn ich nicht dein bester Freund bin, was ich wirklich nicht annehme. Aber du bist meine beste Freundin, und der Gedanke, dich zu verlieren, ist mir unerträglich.«

Ich legte den Kopf auf seine Schulter und schloss die Augen. »Du bist auch mein bester Freund«, sagte ich. »Du weißt so viel über mich. Wer außer dir würde mir bei all diesem Quatsch helfen? Jeder andere hätte längst die Männer in weißen Kitteln gerufen.«

Den Rest der Fahrt verbrachten wir schweigend. Ich spürte, wie mir eine Träne auf den Kopf fiel.

Nachdem wir unser Haus betreten hatten, flüsterte ich: »Warte hier.« Ich ließ ihn in der hell erleuchteten Diele stehen und rannte nach oben, um den Karton mit dem Geld zu verstecken. Als ich Louis dann durchs Haus führte, hörten wir aus der Küche und aus dem Garten Stimmen. Die anderen waren schon alle da. Es war kalt, und wir zogen unsere Jacken, Mützen und Handschuhe nicht aus.

Cassie und Clem standen in der Küche, ihre Weingläser waren voll.

»Andy fährt«, sagte Cassie und hob grinsend ihr Glas. »Ich geb mir heute die Kante!«

»Und wir nehmen uns ein Taxi, ich kann mir also auch die Kante geben«, sagte Clem. »Wer ist dein Freund?«

»Das ist Louis, mein Kollege«, erklärte ich, und Louis streckte seine Hand aus und begrüßte die beiden.

»Schön, dich kennenzulernen«, sagten Cassie und Clem, und Louis tat mir ein bisschen leid. Es ist immer schwierig, auf eine Party zu gehen, wo man nur die Gastgeberin kennt, und ich fragte mich, ob es für einen Blinden noch schwieriger war. Aber vielleicht war es ja auch leichter, denn wie ein Kind, das sich die Augen zuhält, konnte er notfalls einfach so tun, als wäre niemand da.

»Wo sind die anderen?«, fragte ich. Von draußen hörte ich Lachen und leise Männerstimmen und das Kreischen von Kindern.

»Die Männer sind im Garten, trommeln sich auf die Brust und reden über Männersachen wie Feuer und Fleisch. Die Kinder sind im Wohnzimmer bei den Süßigkeiten und schlagen sich die Bäuche voll.«

»Ach du je«, sagte ich und mixte mir einen Gin Tonic mit viel Tonic. »Eigentlich erwarten wir auch einen Pfarrer mit Gattin.«

»Die sind schon im Garten«, sagte Cassie.

»Der Typ sieht aus wie ein haariger Hund und seine Frau wie eine Maus«, bemerkte Clem. »Sie sind putzig, als hättet ihr Haustiere eingeladen.«

»Ich geh mit Louis nach draußen und stell ihn Eddie vor«, sagte ich, bot Louis meinen Arm an und führte ihn nach draußen. Wenn wir eine Party gaben, lagerten wir das Bier immer in einer großen, mit Eiswasser gefüllten Plastikwanne, und als Eddie uns aus der Tür treten sah, kam er sofort auf uns zu und nahm im Gehen eine Flasche heraus.

»Sie müssen Louis sein«, sagte er und griff nach Louis' Hand. »Bier?«

»Gern«, sagte Louis. Eddie öffnete die Flasche, dass es zischte, und drückte sie Louis in die Hand. »Wie sieht's hier aus?«, fragte Louis, und Eddie begann, ohne zu zögern, unseren Garten zu beschreiben.

»Wir stehen auf der Veranda, ein paar Stufen führen auf den Rasen hinunter. Bis zum Ende des Gartens sind es ungefähr dreißig Schritte. Wir haben Girlanden aufgehängt, und in etwa zehn Schritten Entfernung haben wir ein Feuer aufgebaut.«

»Ich wusste gar nicht, dass ihr ein großes Feuer machen wolltet«, sagte ich. »Das haben wir doch noch nie gemacht. Es ist ja riesig!«

»Dave war bereits hier, als ich nach Hause gekommen bin, und hatte es schon aufgebaut. Er meinte, er hätte sich schlaugemacht, wie man das perfekte Lagerfeuer vorbereitet.«

»Er war schon vor dir hier?«, fragte ich.

»Ja, er langweilt sich im Büro, zu viel Schreibkram«, sagte Eddie leise. »Ich glaub, er hatte einfach Lust, sich mal wieder die Hände schmutzig zu machen.«

Das Lagerfeuer brannte noch nicht, aber es sah schön aus, wie mehrere Tipis übereinandergestapelt: ein kleines aus kurzen Holzscheiten und außen herum ein größeres aus langen Holzscheiten und zum Schluss ein Tipi aus etwa zwei Meter langen Holzlatten. Dazwischen war jede Menge zerknülltes Zeitungspapier zu erkennen. Es war wirklich eindrucksvoll, größer als jedes Lagerfeuer, das ich je gesehen hatte.

»Wo hat er denn das ganze Holz her?«, fragte ich.

»Aus dem Baumarkt«, sagte Eddie und trank einen Schluck Bier.

»Er scheint ja viel Zeit zu haben«, sagte ich. »Der arme Dave.«

Louis und ich folgten Eddie in den Garten zu den anderen, und Eddie stellte uns dem Pfarrer und seiner Frau vor. Andy umarmte mich freundschaftlich, dann hielt er mit theatralischer Trauermiene eine Dose Cola hoch.

»Tut mir leid, dass du fahren musst«, sagte ich.

»Und die da« – er zeigte in Richtung Küche, wo Cassie sich aufhielt – »ist nicht schön, wenn sie einen Kater hat.«

Es wurde viel gescherzt und gelacht, und ich genoss die Party. Ich blieb die ganze Zeit bei Louis, der seine Hand nicht von meinem Ellbogen löste. Die anderen amüsierten sich, als wäre das Leben heute genauso wie gestern und als würde es morgen genauso sein, aber Louis und ich hatten ein Geheimnis, und ich spürte es wie ein Kribbeln auf der Haut. Wir wussten es besser.

Ich schloss die Augen und atmete die köstliche Abendluft ein. Ich roch Feuer und öffnete die Augen. »Habt ihr das Feuer schon angezündet?«, fragte ich Dave, den Meister des Feuers, denn ich war mir nicht sicher, ob der Geruch aus unserem oder aus einem der Nachbargärten kam.

»Jau«, sagte Dave, »das Baby brennt.«

Louis und ich gingen in Richtung des Lagerfeuers und blieben in einiger Entfernung davon stehen. Ich sah das innere Tipi brennen. Einzelne Flammen züngelten in Richtung der äußeren Tipis wie eine Katze, die ihre Jungen ableckt. Es knisterte und knackte leise.

»Spürst du schon die Hitze?«, fragte ich Louis.

»Ein bisschen, an den Beinen«, sagte er und legte den Kopf schief, um den Geräuschen zu lauschen. »Es klingt, wie wenn jemand Cellophan zerknüllt.«

Ein lauterer Knall war zu hören, dann ein Knacken. Wenn ich an einem Lagerfeuer stehe, hab ich immer Angst, von Glutstücken getroffen zu werden. Ich kniff die Augen zusammen für den Fall, dass etwas in meine Richtung flog. Genau das mache ich auch, wenn ich Speck brate.

»Alles in Ordnung?«, fragte Louis, der meine Anspannung spürte.

»Ja, alles gut«, sagte ich.

»Wie sieht es aus?«, fragte er.

Ich räusperte mich. Es kam nicht oft vor, dass Louis mich bat, ihm etwas zu beschreiben, weil es so schwierig war. Ich hätte gern gesagt, die Flammen sind bernsteinfarben, orange, rot und golden, aber ich schob diese Beschreibungen der Farben beiseite wie überflüssige Gegenstände auf einem Kaminsims und versuchte, sie durch etwas Bekanntes zu ersetzen, das man schmecken, fühlen oder riechen konnte.

»Stell dir einen Drachen vor. Seine Haut ist kalt und hart, er sieht aus, als wäre er tot, aber sein Herz ist heiß. Glühend heiß, so heiß wie der Schmerz, den du empfinden würdest, wenn man dich in ein Dornengestrüpp werfen würde. So heiß, dass man das Herz von außen sehen kann. Das Feuer ist ein Tier, das ganz langsam von innen heraus erwacht. Es ist das Lebendigste, das du dir vorstellen kannst. Und die Hitze in seinem Innern ist so stark, dass sie das ganze Geschöpf bewegt, bis es brüllt und wütend wird und sich so sehr wünscht, es könnte umherstreifen und die Welt beherrschen, dass es sich vor lauter Frustration selbst verschlingt. Am Ende des Abends wird das Feuer in sich zusammenfallen und uninteressant aussehen, aber die Hitze in seinem Innern wird als Letztes sterben, sein Puls wird noch lange schlagen. Und tief im Innern besitzt es Erinnerungen an eine Zeit, als es uns hätte vernichten können, und wenn man es anfasst, beißt es.«

Ich schwieg, ziemlich beeindruckt von mir selbst. Doch dann spürte ich, wie Louis zitterte, und ich befürchtete schon, ich hätte ihn aus der Fassung gebracht, ihn mit meiner Beschreibung der wilden Schönheit des Feuers daran erinnert, was ihm als Blindem entging. Aber als ich ihn anschaute, sah ich, dass er Mühe hatte, sein Lachen zu unterdrücken.

»Du Mistkerl«, sagte ich und knuffte ihn, woraufhin er losprustete.

Ich betrachtete das Feuer und war erneut beeindruckt von der Konstruktion. Es war eine Schande, das alles verbrennen zu lassen, aber die Flammen loderten bereits immer höher. Ich betrachtete das zerknüllte Zeitungspapier, das gleich den Flammen zum Opfer fallen würde, sah die Überschrift eines Artikels über eine Spendensammlung für ein Kinderkrankenhaus und eine Werbeanzeige für einen Baumarkt bei uns in der Nähe. Offenbar war das unser Altpapier, das da in Flammen aufging. Mein Blick fiel auf ein altes Heft, das ich benutzt hatte für Einkaufslisten und andere Notizen, und es versetzte mir einen Stich, es brennen zu sehen; irgendwie hänge ich an allem, was ich geschrieben habe, und seien es nur Einkaufslisten.

Ich ließ meinen Blick zur Spitze des äußeren Tipis wandern, die noch dunkel war, eingerahmt vom dunklen Nachthimmel, nur schwach erleuchtet vom brennenden Herzen des Feuers. Ich versuchte zu verstehen, warum die Spitze nicht spitz, sondern stumpf war, dann sah ich, dass etwas darauf stand, ein bisschen schief, so wie ein keck zur Seite geschobener Hut. Plötzlich musste ich an einen heißen Tag im vergangenen Sommer denken, als Eddie sich beim Rasenmähen die Baseballmütze einer unserer Töchter aufgesetzt hatte, und wie lächerlich er mit der viel zu kleinen Mütze aussah. Was auch immer da oben war, ich beneidete es nicht; wie Guy Fawkes stand es da und wartete darauf, verbrannt zu werden.

Ich konnte ein paar Briefe erkennen und versuchte, als die flackernden Flammen den Brief, der ganz oben lag, kurz beleuchteten, ein paar Zeilen zu lesen. Und dann sah ich es plötzlich, und es war wie ein Messerstich in meine Eingeweide.

Was da oben wie eine Krone auf dem Feuer thronte, war mein Hüpfballkarton.

28

Was sich vorher wie gemütliches Knistern des Feuers angehört hatte, klang plötzlich so, als würde ein Auto geschrottet, und ich übertönte das Geräusch mit einem Schrei, der aus meinem tiefsten Inneren kam. Es klang wie das Brüllen einer Löwin oder wie der Urschrei einer Frau in den Wehen, der neues Leben ankündigt. Oder den Tod. Oder der die Angst ausdrückt, jemanden, den man liebt, nie wiederzusehen.

Ich riss mich von Louis los und stürzte auf das Feuer zu, dessen Konstruktion zu wanken begonnen hatte. Ich spürte Glutstückchen unter den Füßen, meine Schuhsohlen begannen zu schmoren. Voller Entsetzen starrte ich auf meinen Karton hoch oben auf dem Feuer. Für mich war es, als wankte meine Mutter da oben auf dem Holz, während die Flammen von unten züngelten, nach ihr griffen wie die brennenden Arme von Gefangenen, die versuchen, dem Gefängniswärter auf der anderen Seite der Gitterstäbe den Schlüssel zu entreißen. Ich schrie nach Eddie, als wäre eines unserer Kinder in das Feuer geraten. Und Eddie kam angerannt.

Aber noch ehe er bei mir war, versuchte ich, an den Karton heranzukommen. Ich beugte mich vor und stützte mich an der äußeren Lattenkonstruktion ab. Sie hielt, aber ich verursachte einen riesigen Funkenschauer. Millionen winziger glühender Partikel wirbelten durch die Luft und verhießen Unheil.

Viel zu nahe am Feuer zu sein, hatte etwas Wunderbares. Die Flammen waren auf eine Weise hypnotisierend, wie nur etwas Verbotenes es sein kann. Mich an die Lattenkonstruktion klammernd, warf ich einen Blick nach unten. Es war, als würde ich in die Hölle blicken. Ich spürte die Hitze im Gesicht, als hätte jemand die Klappe eines Hochofens geöffnet. Als ich wieder nach oben schaute, stellte ich entsetzt fest, dass die Flammen die Unterseite des Kartons bereits schwarz verfärbten. Vor Angst blieb mir fast das Herz stehen.

Seltsam, was mir in dem Augenblick einfiel: Eine Szene aus einem Film, in dem der Gute und der Böse das Objekt ihrer Begierde gleichzeitig entdecken – kann ein Schlüssel gewesen sein, oder, wahrscheinlicher, eine Pistole –, und nach einem kurzen Blickwechsel stürzen sich beide auf den Gegenstand, in der Hoffnung, ihn als Erster zu erwischen. So war es zwischen mir und dem Feuer. Mein Körper sträubte sich dagegen, dass ich mich auf die Holzlatten stützte. Hätte ich auf viel zu dünnem Eis oder auf einem losen Erdbrocken am Rand einer Klippe gestanden, ich hätte dasselbe empfunden: Der Druck, den ich ausüben musste, um mich zu retten, würde mich ins Verderben stürzen. Als die Flammen meine Hände erreichten und sich durch die Handschuhe fraßen, hieß es jetzt oder nie.

Die ganze Aktion hatte vielleicht zehn Sekunden gedauert, und ich war drauf und dran, an die Spitze des Feuers zu gelangen, mich mit dem rechten Fuß abzudrücken, um Schwung zu holen, und stand kurz davor, mich umzubringen oder mir schlimme Verbrennungen zuzuziehen, als plötzlich Eddie da war.

Er packte mich an der Taille, riss mich vom Feuer weg und warf sich mit mir auf den Rasen. Ich bekam kaum Luft, war jedoch in seiner Umarmung in Sicherheit. Trotzdem konnte ich an nichts anderes denken als an den Karton oben auf dem Feuer. Ich versuchte, mich aus Eddies Griff zu befreien, doch er hielt mich so fest, dass ich mich kaum bewegen konnte.

»Lass mich los«, rief ich. Meine Worte waren aggressiv wie Wespen. Aber natürlich ließ er mich nicht los. Ich biss ihm in die Schulter und schrie: »Hol den Karton aus dem Feuer! Ich brauch ihn!«

»Wovon, zum Teufel, redest du?«, rief Eddie zurück, ohne mich loszulassen. Wir wälzten uns auf dem Rasen, während ich mit aller Kraft versuchte, mich von ihm loszureißen.

»Hol den Karton aus dem Feuer, ich flehe dich an!«

»Das soll wohl ein Witz sein.« Eddie stöhnte.

»Hol ihn da raus, ehe er nur noch Asche ist«, schrie ich. »Dieser Karton ist mein Leben, meine Kindheit, meine Mutter. Wenn du mich liebst, holst du ihn jetzt sofort aus dem Feuer.«

Er schob mich zur Seite und knurrte: »Bleib, wo du bist.« Er klang so wütend, dass ich nicht gewusst hätte, dass Eddie es war, wenn ich ihn nicht vor mir gesehen hätte. Ich lag auf dem Rasen und starrte den Karton an, als könnte ich ihn dadurch retten. Eddie nahm eine der Latten, die das äußere Tipi bildeten, und schlug damit nach dem Karton, streifte ihn jedoch nur leicht. Als er den Karton beim nächsten Versuch wieder nicht richtig traf, warf er die Latte wie einen Speer, doch sie flog an dem Karton vorbei. Schließlich riss er die Stange, an der die Wäscheleine befestigt war, aus dem Boden und holte den Karton mit einem Schlag von der Spitze des Tipis herunter, sodass er durch die Luft flog und dann träge wie eine Steppenhexe über den Rasen rollte und schließlich liegen blieb. Soweit ich es sehen konnte, war er einigermaßen intakt. Zumindest brannte er nicht. Eddie stürmte auf mich zu wie ein Neandertaler, warf mich über seine Schulter und trug mich fluchend in Richtung Haus. Es tat mir weh, und ich fühlte mich wie ein Kind, das etwas angestellt hatte. Ich sah, wie unsere Gäste uns beobachteten, als wären wir irgendwelche seltsamen Kreaturen in einem Dokumentarfilm auf Channel 4. Aber das war mir egal. Hauptsache, der Karton war gerettet, alles andere interessierte mich nicht.

»Louis!«, schrie ich. »Bring den Karton in Sicherheit!«

Eddie stürmte nach oben ins Bad und stellte mich unsanft ab. Wütend drückte er den Stöpsel in den Abfluss des Waschbeckens und drehte den Wasserhahn auf. Dann packte er mich am Ellbogen und tauchte meine Hände samt Handschuhen in das kalte Wasser. Jede seiner Bewegungen war aggressiv, aber ich hatte keine Angst vor Eddie. Was mir Angst machte, war, dass ich ihn mit meinem Verhalten in so einen Zustand versetzt hatte.

Mit zitternden Händen befreite er mich von meinen Handschuhen, ganz langsam und vorsichtig, da meine Haut verbrannt sein und am Stoff kleben könnte. Irgendwann lugte Cassie zur Tür herein und schaute einen Moment lang zu, wie mein wütender Mann schweigend meine Hände versorgte.

»Alle gehen«, sagte sie schließlich zu Eddie. Offenbar war man zu dem Schluss gekommen, dass ich den Verstand verloren hatte. »Clem fährt Louis nach Hause.«

»Hat er den Karton?«, fragte ich. Sogar in meinen eigenen Ohren klang ich wie eine Verrückte.

In dem Moment riss Eddie den Handschuh herunter wie ein Pflaster, es war eine Reaktion auf den Unsinn, den ich von mir gab. Zum Glück war die Haut unter dem Handschuh nicht schlimm verbrannt, nur wund und empfindlich.

»Ja, er hat den Karton«, sagte Clem. Sie sah mich verwirrt an, dann warf sie Eddie einen bedeutungsvollen Blick zu. Was versuchte sie, ihm zu sagen? Dass ich plötzlich in einer anderen, ihnen allen fremden Welt lebte?

»Es gibt bestimmt eine Erklärung«, sagte Cassie zu Eddie und legte ihm eine Hand auf den Unterarm.

Ich war anscheinend unsichtbar.

»Was für eine Erklärung kann es dafür geben, dass sie sich fast umgebracht hätte wegen … wegen nichts?«, erwiderte Eddie.

»Ich hatte meine Gründe«, sagte ich wie beiläufig.

»Ach, und welche wären das?«, fauchte Eddie, fuhr so heftig herum, dass Wasser über den Beckenrand schwappte, und durchbohrte mich mit einem wuterfüllten Blick, als wäre ich eine Fremde, die beinahe seine Frau umgebracht hätte.

Und in diesem Blick sah ich das Ausmaß seiner Liebe zu mir. Die Wut entsprang seiner Angst, mich zu verlieren. Er hatte die Bedrohung erspäht und sich ihr gestellt. Und was war meine Rechtfertigung dafür, dass ich mich in Lebensgefahr gebracht hatte? Ein Pappkarton. Wenn ich ihm die Wahrheit sagte, und das würde ich jetzt wohl müssen, würde es ihn vielleicht trösten, dass ich es wenigstens nicht, wie er glaubte, »wegen nichts« getan hatte.

»Ich werde dir alles erklären«, sagte ich. Dann gaben meine Knie unter mir nach, plötzlich war ich so erschöpft, dass ich mich kaum noch auf den Beinen halten konnte.

»Pass auf sie auf«, sagte Cassie. »Soll ich die Kinder ein paar Tage zu mir nehmen?«

Ich hörte Eddie Ja sagen und ihr erklären, wo sie Schlafsachen und alles finden würde, aber Cassie versicherte ihm, sie hätte schon alles gepackt. Ich ließ mich von meinem Mann ins Schlafzimmer tragen, wo er mich auszog – wie er es schon ein paarmal getan hatte, wenn ich zu betrunken gewesen war, um es selbst zu tun – und mir die schmerzenden Hände verband. Ich drückte mir die verbundene Hand an die Lippen und versuchte, meinem Mann in die Augen zu sehen, doch er wich meinem Blick aus. Er füllte ein Glas mit Wasser, schob mir ein paar Tabletten in den Mund, vermutlich Schmerztabletten, hielt mir das Glas an die Lippen und ließ mich trinken. Nach einer Weile sank ich in einen unruhigen Schlaf.

Irgendwann wachte ich auf und sah Eddie auf der Bettkante sitzen, den Kopf in die Hände gestützt. Er weinte. Ich legte ihm eine Hand auf den Rücken, aber er rührte sich nicht und hörte auch nicht auf zu schluchzen, und ich ließ mich erneut ins Nichts sinken.

Ich erinnere mich, dass ich geweckt und mir ein Glas Wasser an die Lippen gehalten wurde, dass ich Gemurmel hörte, als würde jemand beten, aber vielleicht waren es auch tröstende oder liebevolle Worte, was in diesem Moment alles eins war.

Als ich schließlich aufwachte, hatte ich keine Ahnung, wie lange ich geschlafen hatte. Sanftes Tageslicht erfüllte das Zimmer, und meine Muskeln waren ganz steif von dem langen Liegen in derselben Position. Durstig nahm ich ein Glas Wasser vom Nachttisch, hielt es unbeholfen mit meinen verbundenen Händen und stellte es wieder zurück. Der Hals tat mir weh, ich wollte Milch trinken, und mein Magen grummelte wie ein Sack Murmeln, aber ich konnte mir nicht vorstellen, etwas zu essen. Ich drehte mich um und erschrak, als ich sah, dass Eddie auf einer Matratze schlief, die er sich aus dem Kinderzimmer geholt und quer vor die Tür gelegt hatte. Offenbar wollte er verhindern, dass ich die Flucht ergriff.

Mein geliebter Mann fürchtete sich vor dem, was ich tun könnte.

»Eddie«, krächzte ich. Meine Stimme klang rau, weil ich sie stundenlang nicht gebraucht hatte oder vielleicht auch vom Rauch des Feuers. Er öffnete die Augen und schaute mich an wie ein verwundetes Tier. »Tut mir leid«, krächzte ich und versuchte, mich zu räuspern.

In Boxershorts und T-Shirt, die Haare auf Sturm und die Augen geschwollen, setzte Eddie sich auf die Bettkante und legte die Hände in den Schoß. »Ich will alles wissen«, sagte er. Seine Stimme klang wie der Motor eines Doppeldeckers am Sommerhimmel. »Und ich meine wirklich alles«, fuhr er fort. »Ich will die ganze Wahrheit wissen, Faye.« Er schaute mir in die Augen, und in seinem Blick lagen Güte, Verunsicherung und Liebe. Er schüttelte traurig den Kopf. »Wir haben uns versprochen, einander nie anzulügen, und ich habe das Versprechen immer gehalten. Aber aus irgendeinem Grund hast du es gebrochen.«

Ich öffnete den Mund, um etwas zu erwidern, doch er hob einen Finger, um mich zum Schweigen zu bringen.

»Hör mir zu«, sagte Eddie. »Vielleicht ist es mir leichter gefallen als dir; ich hatte nie das Bedürfnis, dich anzulügen, nie einen Grund. Also habe ich es auch nicht getan. Dafür habe ich keinen Orden verdient, es ist einfach so, wie es sein soll, und das, was du von mir erwarten kannst. Du hingegen belügst mich schon seit geraumer Zeit, aber meine Geduld ist erschöpft. Ich habe versucht, dir zu vertrauen, und gebetet, dass deine Lügen mit deiner Liebe zu tun haben und nicht mit Betrug. Aber jetzt ist der Zeitpunkt gekommen, mir zu erklären, was los ist.« Er berührte mein Gesicht, fuhr mit den Fingern über meine Kratzer, die noch nicht verheilt waren, über die blauen und gelben und braunen Stellen an meinen Armen. »Ich will wissen, woher du die blauen Flecken hast, und ich will wissen, warum du dich ins Feuer gestürzt hast. Ich will wissen, warum der verdammte Karton dir so viel bedeutet. Ich will alles wissen.«

»Und ich werde dir alles erzählen«, sagte ich leise, immer noch heiser.

»Das freut mich.«

»Aber es wird nicht leicht für dich sein, es dir anzuhören«, fügte ich hinzu.

»Wie schlimm kann es denn sein?« Eddie lächelte schwach, als wüsste er bereits, dass es etwas Schlimmes war.

»Du könntest mich für verrückt halten.« Tränen brannten mir in den Augen.

»Das denke ich sowieso schon, mein Schatz«, erwiderte Eddie und küsste mich auf die Finger.

»Hast du mit Louis gesprochen?«, fragte ich.

»Ja. Er hat deinen Karton«, teilte Eddie mir seufzend mit, als wäre der Karton ein alter Freund, dessen Namen zu hören er allmählich überdrüssig war. »Er sagt, er hebt ihn für dich auf, und er sagt, das Ding ist nicht schlimm beschädigt. Außerdem hat er gesagt, er hätte dir etwas gegeben, das du an einem sicheren Ort untergebracht hast. Er wollte es mitnehmen, aber ich konnte es nicht finden.«

Louis meinte natürlich den Karton mit dem Geld. »Unten in meinem Kleiderschrank. Ein brauner Karton.«

»Ich hoffe, dass du mir auch das erklärst.«

Ich nickte. »Kannst du Louis bitten, mich morgen zu besuchen?«

»Okay«, sagte Eddie. »Und wann reden wir beide?«

Ich schob ihm eine Strähne aus der Stirn. Schon jetzt fühlte ich mich unendlich erleichtert.

Ich dachte daran, dass Eddies Gottesglaube mit Glauben und Vertrauen zu tun hatte, der Glaube an etwas, das unsichtbar und zugleich unerschütterlich war. Ich fragte mich, was es war, das mich glauben ließ, ich wäre in die Vergangenheit gereist und hätte meine Mutter besucht, und dachte daran, dass ich das alles nur deshalb glaubte, weil meine Sinne es mir bewiesen, weil ich Dinge gesehen, gehört und gerochen hatte. Der Geschmack von Toastbrot in den Siebzigern, Haut auf Haut zu spüren, als meine Mutter meine Hand gehalten hatte, um mir auf den Baum zu helfen. Ich brauchte das. Eddie nicht. Eddie war nicht dumm, er würde mir nicht irgendeine billige Geschichte abkaufen. Aber er vertraute mir und würde wissen, dass ich die Wahrheit sagte, genauso, wie er meine Lügen erkannt hatte. Was er mit der Wahrheit anfing und was er hinterher von mir dachte, das musste ich ihm überlassen. Ich glaubte an ihn, und ich wollte nicht länger warten und ihn nicht länger warten lassen. Und deswegen sagte ich, ich würde ihm alles erzählen.

»Jetzt.«

29

Eddie hörte mir zu. Und ich erzählte. Ich begann bei dem Foto und berichtete ihm, wie ich den Karton auf dem Dachboden gefunden hatte und was dann an dem Tag alles passiert war: meine erste Zeitreise. Ich erinnerte ihn an meine Verletzungen, die mir bewiesen hatten, dass alles wahr war, egal, wie unglaublich es sein mochte. Ich erinnerte ihn daran, wie er auf dem Dachboden nach mir gesucht hatte, nachdem er festgestellt hatte, dass die Leiter ausgezogen worden war, dass er mich dort nicht gefunden, aber später ein Krachen gehört hatte und ich doch oben gewesen war. Ich beteuerte ihm, dass ich ihm am liebsten von Anfang an alles erzählt hätte, aber befürchtete, dass er mich für verrückt halten würde. Ich berichtete ihm, wie ich schließlich Louis die ganze Geschichte anvertraute, wie ich gedacht hatte, er glaubte mir, dann aber feststellen musste, dass ich noch lange brauchen würde, um ihn zu überzeugen.

Ich erzählte Eddie, dass ich ein zweites Mal in die Vergangenheit gereist war, als er in Frankreich gewesen war, und dass ich bei dieser Gelegenheit länger bei meiner Mutter geblieben war. Ich erzählte ihm von der Begegnung mit Elizabeth, von den Rollschuhen und meinem Verlobungsring und davon, wie Louis und ich Elizabeth später aufgesucht hatten, wie sie mich angelogen und behauptet hatte, der Ring sei gestohlen worden, und wie ihre Schuldgefühle sie dazu gebracht hatten, mir einen Eternity-Ring zu schenken.

Ich erklärte Eddie mein Dilemma in Bezug auf die Zeitreisen, wie das Verschwinden des Rings mir zu denken gegeben hatte, dass ich mich schließlich mehr mit den Konsequenzen meines Handelns auseinandergesetzt und versucht hatte, wieder ein normales Leben zu führen. Ich erzählte Eddie von meinem Besuch bei Henry, der mir gestanden hatte, dass meine Mutter gar nicht gestorben war, jedenfalls nicht mit Sicherheit, sondern verschwunden war, und ich gestand meinem Mann, dass ich das für meine Schuld hielt, weil sie mich für ihren Schutzengel gehalten und sich auf die Suche nach mir gemacht hatte.

Ich erklärte Eddie, dass ich unbedingt ein letztes Mal zu meiner Mutter musste, um alles wiedergutzumachen, um Jeannie die Wahrheit zu sagen. Und ich versprach ihm, danach keine Zeitreise mehr zu unternehmen. Ich erzählte ihm von dem alten Geld und dem Skianzug und von der Matratze bei Louis. Und ich erzählte ihm, wie ich den Karton auf dem Feuer gesehen und nicht anders gekonnt hatte, als ihn zu retten.

Das Letzte, was ich meinem Mann sagte – mit meiner heiseren Stimme –, dem Mann, dem ich mehr vertraute als irgendjemandem sonst, war, dass der Hüpfballkarton sicher aufbewahrt werden musste, weil er meine Lebensader war. Das Leben meiner Mutter hing von diesem Karton ab. Er mochte glauben, ich hätte den Verstand verloren, sagte ich, aber wenn der Karton verloren ging, dann würde ich wirklich durchdrehen.

Und dann schlief ich wieder ein.

Als ich aufwachte, saß Eddie auf der Bettkante; wir schauten einander eine Weile an. Ich hatte einen trockenen Mund, und als ich kurz zum Nachttisch hinübersah, nahm er das Glas und hielt es, bis ich eine bequeme Sitzposition gefunden hatte. Ich trank in großen Schlucken und gab ihm das Glas zurück. Schweigend stellte er es auf den Nachttisch, und wir nahmen unser Gespräch wieder auf.

»Wie ist es, mit einer Verrückten verheiratet zu sein?«, fragte ich ihn.

Eddie hielt mein Kinn sanft zwischen Daumen und Zeigefinger, damit ich den Kopf nicht abwenden konnte, und betrachtete mich mit großem Ernst, der sich anfühlte wie ein tiefer Basston in einem Lied, den man eher mit dem Herzen als mit den Ohren wahrnimmt.

»Es fühlt sich großartig an«, sagte Eddie, beugte sich vor und küsste mich auf die Stirn.

»Wirklich?«, fragte ich zaghaft.

»Wirklich«, sagte er. »Du bist dieselbe Frau, die ich vor vielen Jahren kennengelernt habe, du bist dieselbe Frau, die du gestern warst. Ich habe dich damals geliebt, und ich liebe dich heute. Doch jetzt kann ich an dem teilhaben, was du durchmachst.«

»Aber es ist doch vollkommen verrückt«, sagte ich.

»Ja, es ist ein bisschen verrückt«, stimmte Eddie lächelnd zu. »Aber ich glaube an dich, Faye. Und was auch immer es ist, es ist zwar verrückt, aber auch wunderbar. Du bist wunderbar. Keine Sorge, es wird alles gut. Wir nehmen uns das alles eins nach dem anderen vor.«

Ich nickte. »Ist der Karton wirklich in Sicherheit?«, fragte ich.

»Ja«, versicherte Eddie mir. Dann schlug er sich auf die Schenkel, wie um ein neues Thema einzuleiten. »Hunger?«, fragte er.

Ich nickte wieder, und Eddie machte Rührei. Es stellte sich heraus, dass ich zwei Tage lang geschlafen hatte und immer wieder zwischendurch aufgewacht war. Ich nahm ein Bad, und Eddie wechselte meine Verbände. Meine Hände taten zwar weh, aber sie waren nicht schlimm verletzt, eher so, als hätte ich mir die Hände am Bügeleisen verbrannt und ein paar Blasen abbekommen, das war alles. Ich hatte Glück gehabt.

Nach dem Essen fühlte ich mich gestärkt, und Eddie fragte, ob ich Louis besuchen wollte. »Deinen Komplizen«, scherzte er. Dann fuhr er mich zu Louis. Er meinte, es würde mir guttun, ein bisschen aus dem Haus zu kommen, und versprach, mich nach einer Stunde wieder abzuholen. Danach würden wir die Kinder bei Cassie abholen.

Louis umarmte mich, und mein Kumpel und ich tauschten ein paar Nettigkeiten aus.

»Eddie sagt, der Karton ist in Sicherheit«, sagte ich, als er ins Wohnzimmer vorausging.

»Ja, Eddie hat ihn von dem brennenden Holzstapel herabgestoßen, und er ist auf dem Rasen gelandet. Deine Freunde müssen mich für verrückt gehalten haben, als ich gesagt hab, ich nehme ihn mit. Er hat jetzt an der Seite ein Loch, und an ein paar Stellen ist er ein bisschen angesengt. Ich weiß ja nicht, ob das was ausmacht«, sagte Louis.

»Er wird trotzdem funktionieren«, erwiderte ich.

»Du hältst also an deinem Plan fest, noch eine Reise zu machen?«, fragte er.

»Wenn ich das nicht mache, war das ganze Drama doch umsonst, oder?«

»Manchmal muss man einfach aufhören und einsehen, dass man zu weit gegangen ist. Nach allem, was ich gehört hab, kannst du froh sein, dass du noch lebst.«

»Ich hab nur ein paar Schrammen an den Händen abgekriegt, und das hat mit meinen Zeitreisen überhaupt nichts zu tun«, erklärte ich.

»Das hätte aber übel ausgehen können, wenn der Karton bei deiner Rückkehr aus der Vergangenheit im Feuer gewesen wäre«, sagte er.

Ich verzog das Gesicht bei dem Gedanken.

Louis schien etwas auf dem Herzen zu haben. Ich wartete.

»Ich muss dir was beichten«, sagte er.

»Schieß los.«

»Also, ich hab's auch mal probiert«, gestand er.

»Was hast du probiert?«, fragte ich und richtete mich auf. »Bist du in den Karton gestiegen?«

»Ich hab den Skianzug angezogen und alles.«

»Louis!« Ich wusste nicht, was ich dazu sagen sollte. Am liebsten hätte ich empört geschrien: »Das ist mein Karton!« Aber gleichzeitig war ich auch neugierig. »Was ist passiert?«, fragte ich.

»Ich hatte also den Anzug an, er war ein wenig eng, muss ich gestehen, und bin in den Karton gestiegen. Und dann hab ich gewartet, weil du mir ja gesagt hattest, dass es ein bisschen dauern kann.«

»Und dann?«

»Nach ungefähr zehn Minuten bin ich wieder aus dem Karton herausgeklettert. Ich kam mir vor wie ein kompletter Idiot, hab den Anzug ausgezogen und einen Marsriegel gegessen. Zwei, um genau zu sein.«

»Ist der Karton noch in Ordnung?«, fragte ich.

»Ja, der ist in Ordnung. Aber mein Bauch sagt mir, es hat mit deiner Verbindung zu deiner Mutter zu tun, dass es funktioniert. Mit mir hat das nichts zu tun. Ich glaube nicht, dass der Karton jeden in die Siebziger katapultieren kann.«

»Ich muss unbedingt noch mal hin. Sobald meine Hände verheilt sind, ich kann nicht mehr lange warten.«

»Glaubst du, Eddie wird es zulassen?«, fragte Louis.

»Darüber hab ich nicht mit ihm gesprochen, aber alles andere hab ich ihm erzählt«, sagte ich. »Und es ist besser gelaufen, als ich gedacht hätte.«

»Ich weiß. Er war gestern Abend hier und hat mir gesagt, dass du ihm die ganze Geschichte berichtet hast. Er hat mir das alte Geld gebracht, das ich bestellt hatte. Und er hat den Karton mitgenommen.«

»Was?« Ich sprang auf. »Ich dachte, der wäre hier.« Natürlich war er nicht bei Louis. Ich fühlte mich total hintergangen, als mir dämmerte, dass Eddie mich niemals allein bei Louis gelassen hätte, wenn der Karton hier gewesen wäre.

»Er meinte, du wolltest, dass der Karton an einem sicheren Ort aufgehoben wird, und dafür wollte er sorgen. Er meinte, jetzt, wo er im Bilde ist, braucht der Karton nicht mehr bei mir herumzustehen.«

»Meinst du, er glaubt mir tatsächlich?«, fragte ich und setzte mich wieder hin.

»Was meinst du denn selber? Schließlich ist er dein Mann.«

»Als wir zusammensaßen und er mir zugehört hat, da dachte ich, er würde mir glauben, aber jetzt, wo ich ihn nicht sehe, bin ich mir auf einmal nicht mehr sicher«, erwiderte ich.

»Als er hier war, meinte er, es sei eine ziemlich unglaubliche Geschichte, und ich musste ihm recht geben, woraufhin er sagte: ›Aber du glaubst ihr, Louis?‹ Und ich hab gesagt, ja, weil nichts passiert ist, was mich daran zweifeln lässt, dass es sich um die Wahrheit handelt. Und ich hab ihm auch gesagt, dass ich Elizabeth kennengelernt hab.«

»Und dann?«

»Er hat gesagt, er glaubt, dass du die Wahrheit sagst.«

»Anders ausgedrückt, er glaubt zwar nicht, dass ich lüge, aber er hält mich für verrückt.«

»Das weiß ich nicht, aber es ist nicht leicht für ihn, das muss dir doch klar sein, Faye. Immerhin hat er mitgekriegt, dass du dich fast umgebracht hättest, bloß um einen verdammten Pappkarton zu retten. Sei nicht so streng mit dem armen Kerl.«

Wir lachten beide, aber mein Lachen klang eher verunsichert.

»Mist«, sagte ich, mir war ganz plötzlich etwas klar geworden. »Verdammter Mist.«

»Was ist?«, fragte Louis.

»Eddie wird den Karton entsorgen.«

»Was? Wieso denn?«

»Ist doch klar, oder? Wenn ich mir eine Pistole angeschafft hätte, würde er die auch entsorgen. Er hat Angst, dass der Karton mich umbringt. Ach, Louis, was mach ich bloß, wenn es zu spät ist? Meinst du, er hat ihn schon weggeworfen?«

»Also, es gibt nur zwei Möglichkeiten, also beruhige dich. Vielleicht ist es tatsächlich zu spät, und in dem Fall kannst du sowieso nichts mehr machen.«

»Aber meine *Mutter*«, jammerte ich. »Ich muss … ich muss verhindern, dass sie mich verlässt. Wenn ich nicht in die Vergangenheit gereist wäre, hätte sie mich vielleicht nicht verlassen.«

Louis beugte sich vor. »Aber du bist in die Vergangenheit gereist«, sagte er eindringlich, als wollte er mich tadeln. »Und du hast dafür gesorgt, dass ein paar Leute ein besseres Leben hatten. Du hast Elizabeth ihren Seelenfrieden geschenkt. Du hast Em und Henry glücklich gemacht. Wer weiß, wie viel Seelenfrieden und Glück diese drei wiederum anderen gegeben haben? Du hast etwas verloren, die haben etwas gewonnen. Du kannst nicht alles haben, Faye. Du musst auch mal loslassen.«

»Das kann ich nicht!« Ich wischte mir mit den Handrücken die Tränen aus dem Gesicht. »Wenn ich noch mal in die Vergangenheit reise«, sagte ich und verdrehte die

Logik erneut, »dann, weil es mir bestimmt ist. So funktioniert das doch, oder?«

»Da bin ich mir nicht mehr so sicher«, meinte Louis. »Aber ehrlich gesagt bin ich froh, dass Eddie den Karton hat, weil ich den Eindruck gewinne, dass du allmählich den Überblick verlierst. Ich hätte jedenfalls ein sehr schlechtes Gefühl, wenn ich es zuließe, dass du noch mal in diesen verdammten Karton steigst.«

Als ich hörte, wie Eddie vor dem Haus hielt, schnappte ich mir meine Jacke. Er blieb im Auto sitzen und telefonierte, und ich fragte mich, was er wohl denken würde, wenn er meine geröteten Augen sah. Vielleicht würde es ihm ja auch nicht auffallen, andererseits sind die Augen die Fenster zur Seele, deswegen würde es wohl das Einzige sein, was meinem Mann auffiel, da er so sehr an Seelen interessiert war.

Als er die Beifahrertür öffnete und ich seine Stimme hörte, war mir sofort klar, dass er mit einer Frau sprach. Zum ersten Mal in meinem Leben packte mich die Wut auf ihn, heiß und schmerzhaft, als hätte ich mich an einer Brennnessel verbrannt. Er sah viel zu gut aus, um Pfarrer zu sein; Frauen mit Problemen, Frauen, deren Männer verstorben waren, Frauen, die köstliche Kuchen backen konnten, würden sich ihm an den Hals werfen. Mein Mann, der Kartonzerstörer.

Ich stieg ins Auto und verschränkte die Arme vor der Brust. Als er den Anruf beendete und mich anschaute, wandte ich mich ab.

»Alles in Ordnung?«, fragte Eddie.

»Was hast du mit meinem Karton gemacht?«, fragte ich zurück, ohne mich ihm zuzuwenden. Ich konnte ihm nicht ins Gesicht sehen, wenn er sein Geständnis machte.

Er zögerte. Natürlich. »Ich hab ihn auf den Dachboden gebracht. Ist das okay?«

Ich fuhr zu ihm herum, mein Hals schmerzte, aber das war mir egal.

»Du hast ihn wirklich auf den Dachboden gebracht?«, fragte ich, plötzlich wieder den Tränen nahe.

»Ja. Ich dachte, da ist er am besten aufgehoben. Ich weiß, dass Louis gut auf ihn aufgepasst hätte, aber ich fand, er sollte bei uns zu Hause sein.«

Ich schloss die Augen, und Tränen liefen mir über die Wangen.

»Was ist los?«, erkundigte sich Eddie.

»Als Louis mir gesagt hast, dass du den Karton mitgenommen hast, dachte ich, du hättest ihn entsorgt«, antwortete ich mit zitternder Stimme.

Eddie nahm meine Hand und streichelte mir übers Haar. »Gestern hast du mir alles erzählt. Meinst du nicht, dass ich jetzt weiß, wie viel der Karton dir bedeutet?«

»Aber er bringt mich auch in Gefahr. Um ein Haar hätte ich mich schwer verletzt, als ich versucht hab, ihn aus dem Feuer zu retten, und deswegen dachte ich, du wolltest ihn ein für alle Mal verschwinden lassen.« Ich schniefte, und er reichte mir ein Taschentuch. Es war nicht einfach, es mit meinen verbundenen Händen auseinanderzufalten.

»Tut mir leid«, sagte ich und hielt frustriert meine Hände hoch. »Sieh dir bloß an, was ich dir zumute.«

»Du hast dir auch selbst eine Menge zugemutet und alles ganz allein durchgestanden. Ich wünschte nur, du hättest dich mir früher anvertraut, dann hätte ich für dich da sein können.«

»Ich hatte Angst, du würdest mich auslachen«, sagte ich. Aber das stimmte gar nicht, ich hatte nicht befürchtet, Eddie würde mich auslachen. Ich hatte Angst gehabt, dass er mich für verrückt halten, mich mit anderen Augen sehen, mich weniger achten würde. Dass er in mir nicht mehr die Frau sehen würde, die er liebte. »Ich dachte, du würdest mich auslachen«, sagte ich noch einmal, »und ich dachte, du würdest versuchen, mir das alles auszureden.«

»Du hast doch auch nicht gelacht, als ich dir gesagt habe, dass Gott mir in der Kirche auf die Schulter geklopft und mit mir gesprochen hat. Du hast auch nicht versucht, mir das auszureden.«

»Das ist doch was ganz anderes, oder?«, erwiderte ich. »Es ist nicht so extrem, nicht so abwegig.«

»Aber du glaubst nicht an Gott, so wie ich es tue. Du hast mir sogar gesagt, dass du überhaupt nicht an ihn glaubst.«

Ich nickte. »Aber ich versuch's«, sagte ich.

»Aber darum geht es doch gar nicht, oder? Es geht vielmehr darum, dass ich glaube, dass Gott mich wirklich körperlich berührt hat, dass er mit mir gesprochen hat und ich seine Stimme gehört habe. Es war sanft, es war keine Achterbahnfahrt durch Raum und Zeit mit einer harten Landung in der Vergangenheit, aber es war *real.* Für mich. Und zwar egal, ob *du* das glaubst oder nicht.«

»Du … glaubst mir also?«

»Ich glaube dir auf dieselbe Weise, wie du mir auch glaubst«, antwortete Eddie kryptisch.

»Heißt das, du glaubst, dass ich den Verstand verloren habe?«

Eddie lachte, und es klang wunderbar. »Nur, wenn du glaubst, dass *ich* den Verstand verloren habe.« Er lächelte mich an. »Und? Glaubst du, dass ich den Verstand verloren habe?«

Ich schüttelte den Kopf, und diesmal kamen keine Tränen. Ich schaute Eddie an und öffnete die Augen ein bisschen weiter, damit er in meine Seele sehen konnte.

»Lieber Gott«, flüsterte Eddie. »Sprich mit mir!« Er schüttelte leicht den Kopf. »Begreifst du nicht, dass meine Geschichte genauso unglaublich ist wie deine? Vielleicht sogar noch unglaublicher? Ich rede von Gott, und du redest von deiner Mutter.«

»Und wieso kommt mir meine Geschichte dann so viel abstruser vor?«

»Das weiß ich nicht, vielleicht, weil sie dramatischer ist: Pappkartons, gestohlene Ringe, du rettest dir selbst als Kind das Leben, du triffst deine Mutter, die du seit dreißig Jahren nicht gesehen hast. So was will jeder hören. Meine ›Berufung‹ dagegen interessiert niemanden, und doch bedeutet sie für mich eine ganz außergewöhnliche Reise.«

»Warum bist du nur so gütig?« Er schüttelte bescheiden den Kopf. »Nein, wirklich, sag es mir. Warum?«, fragte ich.

»Wenn ich anderen Leuten zuhöre und bemerke, dass ich anfange, sie zu beurteilen, dann frage ich mich: *Wer bin ich eigentlich?* Eine Witwe hat mir erzählt, dass ihr Mann manchmal neben dem Kamin steht und sie anlächelt, und sie hat steif und fest behauptet, dass sie ihn leibhaftig gesehen hat. So was kommt gar nicht so selten vor, ich habe das schon von einer ganzen Reihe Leuten gehört. Und sie alle gehen davon aus, dass ich ihnen unmöglich glauben kann. Aber wie käme ich dazu, zu behaupten, dass es nicht die Wahrheit ist?«

»Du glaubst mir also?«

»Wie käme ich dazu, dir nicht zu glauben?«

»Und du meinst, wir beide haben was gemeinsam, weil dein Ding mit Gott und mein Ding mit meiner Mutter das gleiche Phänomen sind?«, fragte ich.

»›Mutter ist der Name für Gott auf den Lippen und in den Herzen von kleinen Kindern‹.«

»Gilt das auch für erwachsene Frauen?«

»Wahrscheinlich«, sagte Eddie.

»Der Karton ist also in Sicherheit?«

»Vorerst.« Eddie legte den ersten Gang ein und löste die Handbremse.

»Moment, Herr Pfarrer«, sagte ich und legte meine Hand auf seine. »Was soll das heißen: *Vorerst?*«

Er schaltete den Motor ab, das Dröhnen verstummte, dann wandte er sich mir zu. »Hör mir zu, Liebes. Ich liebe dich mehr als alles andere auf der Welt, mehr als die Kinder und mehr als Gott.« Er hauchte mir einen Kuss auf die Lippen.

»Sonst noch jemand?«, fragte ich lächelnd.

»Und ich *glaube* an dich. Ich glaube, dass dein Karton für dich eine Brücke zu deiner Mutter ist, über die du dich mit ihr verbindest. Und es steht mir nicht zu, diese Brücke in die Vergangenheit zu entfernen. Es gibt Dinge, die wir brauchen, um die Vergangenheit zu verarbeiten und unsere Erinnerungen zu pflegen: Andenken, Fotos, Ansichtskarten, Briefe. Manche Verbindungen zur Vergangenheit sind gut, also bewahren wir sie auf. Andere sind nicht so gut, und das sind die, die sich an uns klammern. Manchmal müssen wir die Vergangenheit wirklich loslassen. Ich weiß, dass das ein Klischee ist, aber wie soll ich es anders ausdrücken?«

Eddies schönes Gesicht kam mir ganz nahe, und er drückte seine Nasenspitze an meine Nasenspitze. Ich atmete den Geruch seiner frisch rasierten Wangen ein.

»Wir können niemanden von seiner Vergangenheit erlösen«, fuhr er fort. »Wir können die Verbindung eines anderen zu seiner Vergangenheit nicht durchtrennen. Wenn wir es versuchten, würde sich der Knoten dieser

Verbindung noch fester zuziehen. Wenn ich deine Verbindung zu deiner Mutter entsorgte, würdest du niemals darüber hinwegkommen, dass du sie verloren hast.«

Ich legte ihm meine Hand an die Wange und schloss die Augen.

»Es ist nicht meine Aufgabe, den Karton zu entsorgen«, sagte Eddie. »Sondern deine.«

30

Ungefähr zwei Monate später, es war Anfang Januar, beschlossen wir, einen Ausflug an die Küste zu machen, und zwar an einem Dienstagnachmittag, weil wir hofften, dass dann nicht viel los sein würde. Cassie sollte die Kinder zusammen mit ihren eigenen von der Schule abholen und zu sich nach Hause mitnehmen, wo sie übernachten würden. Das hatte Eddie organisiert. Wir wären wahrscheinlich früh genug zurück, um unsere Kinder selbst ins Bett zu bringen, aber wir wollten an dem Tag nicht auf die Uhr schauen müssen. Außerdem würde es sehr emotional werden, und wir wollten allein sein.

Ich machte mich schick wie zu einer Beerdigung, nur nicht in Schwarz. Ich band mir ein leuchtend blaues Halstuch um. Eddie trug seine besten Jeans, ein graues Hemd und darüber einen schwarzen Pullover. Wir sahen aus wie Leute, die sich schick angezogen hatten, um zum Flughafen zu fahren, obwohl wir grundsätzlich nicht fliegen.

Wir hatten Landkarten studiert und eine abgelegene kleine Bucht entdeckt, an der wir vor ein paar Jahren schon einmal gewesen waren.

Der Winterhimmel war blau und klar, und ich öffnete das Fenster. Die kalte, frische Luft roch wunderbar, doch ich schloss das Fenster gleich wieder, aus Angst, unsere kostbare Fracht könnte vom Rücksitz geweht werden und wie ein Ballon davonschweben. Was ein dummer Gedanke war, denn der Karton hätte niemals durch das Fenster gepasst.

Ich drehte mich um, um mich zu vergewissern, dass es ihm gut ging, als wäre er ein Baby oder ein Hundewelpe, den wir gerade irgendwo abgeholt hatten. Ich griff zwischen den Sitzen hindurch und berührte ihn. Wenn ich mich schon so theatralisch von dem Karton verabschiedete, brauchte es mir auch nicht peinlich zu sein, dass ich ihn behandelte wie ein Lebewesen.

Wir hatten viele Gespräche geführt über den Karton und auch über die Notwendigkeit, mich von ihm zu trennen. Anfangs hatte ich mich natürlich dagegen gesträubt, den Karton loszulassen. Es war die schwerste Entscheidung, die ich je in meinem Leben hatte treffen müssen. Aber Eddie brachte zwei Argumente vor, die mich am Ende überzeugten: Eines war mir selbst schon in den Sinn gekommen, und das andere vermutlich ebenfalls, doch ich hatte es ignoriert. Das erste Argument war, dass womöglich eines Tages unsere Töchter den Karton finden und hineinklettern könnten. Würde das mit den Zeitreisen auch bei ihnen funktionieren? Wenn Louis recht hatte und es die Verbindung zu meiner Mutter war, die es mir ermöglichte, in die Vergangenheit zu reisen, würde die Tatsache, dass die Mädchen ebenfalls mit meiner Mutter blutsverwandt waren, vielleicht dazu führen, dass der Karton auch sie in die Vergangenheit transportierte? Und wenn das passierte, würden sie die Reise dann überleben? Würden sie in der Vergangenheit in Schwierigkeiten geraten, wenn ich nicht dort war, um ihnen beizustehen? Würden sie wieder heil zurückkommen?

Das zweite Argument war die Tatsache, dass wir den Karton an einem sicheren Ort aufbewahrten, weil wir seine Macht kannten. Wir hatten ihn auf dem Speicher weggeschlossen, um sowohl ihn als auch uns vor ihm zu schützen. Aber wer würde sich in der Vergangenheit um den Karton kümmern? Was, wenn jemand ihn in der Vergangenheit fand und vernichtete? Was, wenn er aus irgendeinem Grund verloren ging, während ich mich in der

Vergangenheit aufhielt? Was, wenn er genau in dem Augenblick, wenn ich in der Gegenwart in ihn hineinkletterte, in der Vergangenheit vernichtet wurde? Was würde dann aus mir werden?

Außerdem überzeugte Eddie mich davon, dass ich schon viel mehr bekommen hatte, als jeder andere nach dem Tod eines geliebten Menschen bekam. Er hatte wirklich recht. Ich hatte viel zu viel zu verlieren, wenn ich es übertrieb.

Wir kehrten in einem kleinen, traditionellen Pub ein, der so gut wie leer war, und ich setzte mich an einen Tisch am Fenster, während Eddie zum Tresen ging und für sich einen Kaffee und für mich ein kleines Glas Wein holte. Ich wollte das Auto nicht aus den Augen lassen, nur für alle Fälle. Aber was genau konnte passieren? Na ja, für den Fall, dass ein Einbrecher mit schwarzer Gesichtsmaske und Sack über der Schulter zufällig über den Parkplatz eines abgelegenen Pubs schlich, unser Auto aufbrach und den angesengten Karton vom Rücksitz klaute.

Eddie hatte recht. Ich musste loslassen.

Geduldig wartete er, bis ich meinen Wein ausgetrunken hatte, aber wir wussten beide, dass wir es zum Strand schaffen mussten, bevor es dunkel wurde.

Schließlich fuhren wir weiter. Irgendwann befürchtete ich tatsächlich, wir hätten uns verfahren und würden die Bucht nicht finden. War das mein Unterbewusstsein, das sich eine Galgenfrist wünschte? Aber vielleicht war es besser, die Sache hinter mich zu bringen; was hätte ich davon, wenn ich den Karton noch einen oder zwei Tage länger behielt? Ich musste es jetzt tun, damit ich anfangen konnte zu trauern.

Eddie parkte, schaltete den Motor ab und schaute mich an. »Bist du bereit?«

»Ja«, sagte ich.

Als ich keine Anstalten machte, auszusteigen, ging er um den Wagen herum, öffnete die Beifahrertür und reichte mir die Hand. Dann öffnete er die hintere Tür und trat zur Seite, damit ich den Karton vom Rücksitz nehmen konnte. Ich wollte ihn selbst tragen, und Eddie hatte nichts dagegen. Wo der Weg sehr schmal war, ging er voraus, und wo der Weg sich verbreiterte und wir nebeneinander gehen konnten, passte er sich meiner Geschwindigkeit an. Hin und wieder legte er mir eine Hand auf den Rücken.

Ich hoffe, es klingt nicht lächerlich, aber der Karton erzeugte bei mir das Gefühl, meiner Mutter nahe zu sein, und bevor ich meine Mutter loslassen konnte, musste ich den Karton in den Armen halten. Glauben Sie nicht, es wäre mir nicht in den Sinn gekommen, den Karton einfach abzustellen und hineinzuklettern, bevor Eddie mich aufhalten konnte. Ich malte mir insgeheim aus, wie ich in den Karton sprang und verschwand wie in einem großen, tiefen Loch.

Wir gingen an einer Wiese vorbei, auf der Schweine sich zwischen niedrigen, silbernen Unterständen im Dreck suhlten, dann durch einen kleinen Wald, in dem die Baumkronen über uns einen Tunnel bildeten, wie Hochzeitsgäste mit ihren Armen einen Tunnel bilden, durch den das Brautpaar nach der Party zum Auto geht und zur Hochzeitsreise aufbricht. Aber diesmal würde es anders sein. Es war ein Abschied, vor dem ich mich fürchtete, und doch waren Eddie und ich uns einig, dass es das Richtige war. Am Ende des Tunnels führte ein steiler Pfad zum Strand hinunter, über dem sich die hohen, gelben Klippen erhoben.

Der steinige Pfad zum Strand war ockerfarben. Von oben blickten wir auf das unruhige Meer hinunter. Mir wurde übel. Auf der Klippe wehte ein kräftiger Wind, der uns die Haare zerzauste und mir mein Halstuch ins Gesicht blies. Ich hielt den Karton fest umklammert. Nichts und niemand würde ihn mir wegnehmen, bis ich bereit war, ihn loszulassen. Es war meine Entscheidung, und ich würde mir Zeit nehmen.

Wir standen am Strand und schauten aufs Meer hinaus. Der Himmel war noch blau, verdunkelte sich jedoch bereits. Das Meer war grau und bedrohlich, mit unzähligen weißen Schaumkronen. Aufgewühlt.

»Möchtest du vielleicht ein paar Worte sprechen?«, schlug Eddie vor.

»Ist das eine Beerdigung?«, fragte ich.

»In gewisser Weise«, sagte Eddie. »Einfach eine andere Art, Abschied zu nehmen.«

»Könntest du was sagen?«, fragte ich. »Oder hattet ihr das noch nicht in eurer Ausbildung?«

Eddie lachte. »Ich spreche ein paar Worte, wenn du das möchtest.«

»Schon gut, ich mach es selbst«, erwiderte ich. Einen Moment lang dachte ich nach, bis ich zu dem Schluss kam, dass es eigentlich keine Rolle spielte, was ich sagte, nur dass ich etwas sagte, und dann sagte ich Folgendes: »Ich werde dich nie wiedersehen und nie wieder berühren, aber du wirst in mir weiterleben. Du wirst immer in meinem Herzen sein, und ich werde dich nie vergessen. Genau wie jede Muschel an diesem Strand, die einmal Leben in sich barg, etwas Schönes hinterlassen hat, hast auch du etwas Schönes hinterlassen. Ich verabschiede mich von meiner wunderbaren Mutter, und ich bitte Gott« – ich schaute Eddie mit einem traurigen Lächeln an –, »er möge geben, dass du das, wonach du gesucht hast, was auch immer es gewesen sein mag, finden wirst, wo auch immer du bist.«

»Amen«, sagte Eddie, schaute mich an und breitete die Arme aus. Ich gab ihm den Karton, dann zog ich Schuhe und Strümpfe aus und krempelte mir die Hose bis zu den Knien hoch. Er reichte mir den Karton zurück und zog sich ebenfalls Schuhe und Strümpfe aus und krempelte seine Jeans hoch. Wir ließen unsere Sachen im Sand liegen und gingen auf das Wasser zu, bis es unsere Füße umspülte. Das Wasser war so kalt, dass es sich anfühlte, als würde es uns die Füße verbrennen. Ich ging in die Hocke, hielt den Karton übers Wasser und wartete auf eine Welle, die ans Ufer schwappte. Dann ließ ich ihn los.

Die Welle nahm den Karton mit, zwei oder drei Meter weit, dann kam er ein Stück zurück zum Strand, so als könnte er sich nicht entschließen, wegzuschwimmen. Das leuchtende Orange war verblasst durch den Schaden, den das Feuer angerichtet hatte, und auch durch meine harten Landungen. Aber das Gesicht des Mädchens auf dem Hüpfball war noch gut zu erkennen, und ich konzentrierte mich einen Moment lang auf ihr Lächeln. Und dann, plötzlich, war der Karton weit draußen auf dem Wasser. Das Meer hatte den Karton ergriffen und mit sich gerissen. Ich sah, wie er zu sinken begann, schrie auf und drehte mich zu Eddie um, vergrub mein Gesicht in seiner Brust und klammerte mich mit beiden Händen an seinen Pullover. Ich konnte es nicht mit ansehen. Aber ich fühlte mich geborgen und beschützt an der Brust meines Mannes. Eddie stand da wie ein Windschutz zwischen mir und meiner Umgebung, dämpfte die Geräusche des Winds und der Wellen.

Während ich mich noch an ihn klammerte, spürte ich plötzlich, wie sein Körper sich anspannte. Dann schob er mich von sich. Ich hörte ihn nach Luft schnappen und drehte mich zum Meer um. Der Karton war gerade noch zu sehen, aber das Wasser um ihn herum war extrem aufgewühlt, so als hätte eine Bombe eingeschlagen. Ich wusste, dass der Karton magische Kräfte besaß, und vielleicht sträubte er sich dagegen, vernichtet zu werden.

Ehe ich ihn aufhalten konnte, rannte Eddie los wie ein Greyhound beim Start eines Rennens.

»Nicht!«, schrie ich. »Lass es gut sein!« Doch er rannte weiter, obwohl die Wellen versuchten, ihn aufzuhalten. Das Wasser um den Karton herum schäumte, und Eddie musste gespürt haben, dass der Karton Zauberkräfte besaß, denn plötzlich schien er ihn genauso aus dem Wasser retten zu wollen, wie ich ihn hatte aus dem Feuer retten wollen. Jetzt konnte ich den Karton nicht mehr sehen, weil Eddie ihn mit seinem Körper verdeckte, dann sah ich, wie Eddie einen Hechtsprung machte. »Nein.« Eddie war ein guter Schwimmer, aber das Meer war eiskalt. Was, wenn ich ihn verlor? Was, wenn er ertrank? Es wäre alles meine Schuld: zuerst meine Mutter und jetzt Eddie. Ich lief ein Stück ins Wasser hinein, bis es mir bis zu den Knien reichte und die Wellen an meinen Beinen zerrten, sodass ich Mühe hatte, stehen zu bleiben.

Eddie schien mit dem Karton zu ringen, als wäre er ein großer, zappelnder Fisch. Ich sah seine ausgebreiteten Arme, sah, wie er unterging, wie er wieder auftauchte und gegen die Wellen ankämpfte.

Endlich fand er Halt, und es gelang ihm, aufrecht zu stehen. Ich sah, dass er etwas Schweres in den Armen hielt. Es war eine Frau, halb ertrunken, aber lebend, das nasse Haar hing herunter, und sie hatte die Arme um Eddies Nacken gelegt. Und ich sah, dass es meine Mutter war.

Eddie stolperte in Richtung Strand. Die Wellen machten es ihm nicht leicht, meine Mutter festzuhalten. Ich lief ihm entgegen, ich kam mir vor wie in einem Traum, wenn das kalte Wasser mich nicht zurück in die Wirklichkeit gebissen hätte. Meine Mutter schaute mich schockiert an, dann schlug ihr eine Welle ins Gesicht, und sie schloss die Augen und klammerte sich noch fester an Eddie. Als ich die beiden erreichte, bewegte Eddie sich mit großen Schritten. Ich berührte Jeannies Arm, aber ich konnte Eddie nicht helfen, sie zu tragen; ich würde ihn nur behindern. Also stapfte ich, so gut es ging, neben den beiden her, während ich die ganze Zeit versuchte, meine Mutter mit meinen vor Kälte steifen Fingern zu berühren.

Als Eddie den Strand erreicht hatte, gaben seine Beine unter ihm nach. Er ließ Jeannie in den Sand gleiten und legte sich bäuchlings neben sie. Als er nach einer Weile zu mir hochschaute, war sein Gesicht voller Sand. Seine nassen Haare klebten ihm am Kopf, und seine Augen waren gerötet. Er klapperte mit den Zähnen.

Auch die Zähne meiner Mutter schlugen aufeinander, und ihre Lippen waren blau. Sie schaute mich mit weit aufgerissenen Augen an. Ich kniete mich neben sie und deckte sie mit meiner Jacke zu, obwohl die triefnass war.

»Bin ich im Himmel?«, fragte Jeannie. Sie zitterte so stark, dass die Worte abgehackt herauskamen.

»Nein«, sagte ich, »nicht im Himmel.« Ich schaute ihr in die grauen Augen. Sie waren ebenso wie Eddies vom Meerwasser gerötet. Ihre schönen, dunklen Wimpern waren verklebt.

»Mein Schutzengel! Wo bin ich?«

»Kennst du die Frau?«, fragte Eddie.

Ob ich sie kannte? Nicht gut genug. Mein Leben lang hatte ich zu wenig Gelegenheit gehabt, ihr Gesicht zu sehen, hatte mir ihre Anwesenheit gefehlt, ihre guten Ratschläge, ihre Wärme. Und jetzt war sie da, kaum älter als bei meinem letzten Besuch, immer noch mindestens zehn

Jahre jünger als ich. Und letztlich würde es also so sein, dass ich gar nicht viel vom Leben meiner Mutter verpasst hatte, während sie dagegen dreißig Jahre meines Lebens verpasst hatte.

Ich nahm Jeannies Hand und küsste sie auf die Wange. Ich schmiegte meine Wange an ihre, und als ich bereit war, hob ich den Kopf und schaute meinen Mann an.

»Ja, ich kenne sie«, sagte ich.

Er wartete, und nur die feine Linie zwischen seinen Brauen ließ seine Verwirrung erkennen. Ich schaute meine Mutter an, und sie schenkte mir dieses typische Lächeln, das so warm und natürlich war wie Sonnenlicht, das durch die Wolken bricht.

»Das ist meine Mutter.«

Ich drehte mich kurz zum Meer um und sah ein paar Stücke Pappe auf den Wellen schwimmen, manche waren so weit draußen, dass ich sie kaum noch ausmachen konnte. Und da hatte ich endlich Gewissheit, dass es keine weitere Reise zurück in die Vergangenheit mehr geben würde.

Und dann, weil wir noch nicht wussten, welche Fragen wir einander stellen sollten, und erst recht nicht, welche Antworten wir bekommen würden, standen wir auf. Wie menschliche Wracks stiegen wir drei den steilen Klippenpfad hoch. Meine Mutter klammerte sich an mich. Das Wissen, dass sie ihre kleine Tochter niemals wiedersehen würde, brach ihr das Herz. Und das einzigartige Geschenk, dass sie mich jetzt kennenlernte, war ein Kompromiss, an den sie sich erst noch gewöhnen musste. Eddie ging hinter uns her, je eine Hand auf unseren Schultern, so als befürchtete er, wir könnten nach hinten umfallen. Wir gingen den Pfad hinauf, es waren unsere ersten Schritte in ein neues gemeinsames Leben. Die Vergangenheit lag hinter uns. Das Leben lag vor uns.

Epilog

Sommer 1979. Die Atemwegsinfektionen suchten sie jetzt nicht nur im Winter heim. Jeannie spürte die frühen Symptome so deutlich wie den Unterschied zwischen Meer und Horizont, der Verlauf der Erkältung war so vorhersehbar wie immer. Es begann mit einem Kratzen im Hals, das ständig schmerzhafter wurde und immer weiter nach unten wanderte, dann wurde sie zusehends kurzatmiger, das Atmen tat weh, sie wurde schlapp, und schließlich kam der Husten, der tagelang festsaß, bis sie endlich Schleimbrocken so dick und fest wie Schnecken abhusten konnte. So endete es immer, aber sie war sich ziemlich sicher, dass eine dieser Infektionen sie eines Tages umbringen würde.

Anderthalb Jahre waren vergangen, seit Jeannie ihren Schutzengel zum letzten Mal gesehen hatte, die Frau, die aussah wie ihre Mutter, an die Jeannie sich kaum erinnern konnte, die Frau, die die gleichen Ticks und die gleiche Art zu sprechen hatte wie ihre Tochter. Manchmal empfand Jeannie einen überwältigenden Drang, ihren Schutzengel zu suchen, und das hatte sie auch ihren Freunden erzählt, Hippies wie sie, die sie kaum noch traf. Sie empfand eine tiefe Verbindung zu Faye, fühlte sich auf wundersame Weise zu der Frau hingezogen, die mindestens zehn Jahre älter war als sie.

Doch Faye kehrte nicht zurück, und die Monate vergingen, und Jeannie lebte ihr Leben, aber sie hörte nie auf zu suchen, ihre Schritte zu beschleunigen, wenn sie eine Frau von hinten sah, die Faye ähnelte, und war jedes Mal enttäuscht, wenn sie diese Person überholte und ihr in das fremde Gesicht sah. Sie wusste, dass es albern war, sich nach einer Freundin zu sehnen – oder gar um sie zu trauern –, die man kaum kannte. Vielleicht tat der Verlust ihres Schutzengels deshalb so weh. Und ihr Wunsch, dass diese Frau sich um Faye kümmern würde, falls ihr, Jeannie, etwas zustieß, würde sich auch nicht erfüllen. Es gab kein Sicherheitsnetz, das musste sie akzeptieren.

Es wurde Zeit, dass Jeannie Faye vergaß – sie war glücklich gewesen, bevor sie ihr begegnet war, sie würde auch wieder glücklich sein – und sich auf ihre Tochter konzentrierte; sie musste gesund werden, sonst würde sich ihre Angst, jung zu sterben, am Ende noch bewahrheiten. Sie wollte ihr Kind nicht ohne Mutter zurücklassen und würde Faye nicht freiwillig verlassen. Niemals. Da musste Gott sie schon zu sich holen.

Sie betrachtete die schlafende kleine Faye, sah, wie ihre Brust sich unter dem Laken hob und senkte, und gab ihr einen Kuss auf die Stirn.

Sie ging nach unten und schaltete den Wasserkessel ein. Ein heißer Tee würde ihrem schmerzenden Hals guttun und ihren Husten beruhigen, er würde sie wärmen und die Entzündung aufhalten, die ihren Körper im Griff hatte. Sie lehnte sich an die Anrichte und nahm gedankenverloren zwei leere Marmeladengläser von der Fensterbank, hielt sie zwischen Daumen und Zeigefinger und trug sie zum Schuppen. Die Luft war lau, obwohl es noch früh am Morgen war. Es würde ein schöner Tag werden.

Jeannie hatte ein bisschen Mühe, das Vorhängeschloss an der Schuppentür zu öffnen. Sie wollte die Marmeladengläser zum Aufbewahren von Kleinkram benutzen, von dem man sich nicht trennen kann, auch wenn man nicht weiß, ob man ihn noch mal brauchen wird. Sie war schon ewig nicht mehr in dem Schuppen gewesen, bestimmt zwei Jahre nicht, und er war voller Spinnweben und ansonsten ziemlich leer. Jeannie überlegte, ob sie ihn ganz leer räumen sollte. Sie könnte ihn putzen und anstreichen und ein Spielhaus für sich und Faye daraus machen, einen Ort zum Verstecken, zum Reden und Spielen.

Ein Karton stand herum, der sah noch ganz brauchbar aus, auch wenn er ein bisschen ramponiert war, und weiter hinten, in einem alten Regal, lagen alle möglichen Werkzeuge und irgendwelcher Krimskrams herum. Als sie sich vorbeugte, um die Marmeladengläser aufs oberste Regalbrett zu stellen, trat sie in den Karton, der vor dem Regal stand. Und in diesem Moment tat sich der Boden des Kartons auf und verschluckte sie.

Die beiden Marmeladengläser fielen zu Boden, rollten ein Stück weit und blieben dann liegen.

Jeannie flog durch die Dunkelheit wie eine Kanonenkugel, bis sie etwas sah: Wasser? Graues Wasser. Sie bekam keine Luft, und als sie ins Meer eintauchte wie ein Torpedo, streckte sie den Kopf aus dem Wasser und holte so tief Luft, wie sie konnte.

Danksagung

Es ist schwierig, zu sagen, wie und wo eigentlich alles angefangen hat, aber ich will versuchen, chronologisch vorzugehen. Ich danke meinen Eltern Patricia Steele und Norman Graupp dafür, dass sie das überhaupt möglich gemacht haben.

Ich danke Sarah Geilesky für unser großartiges Gespräch ganz zu Anfang, das mir geholfen hat, die Figur Eddie zu kreieren. Als Nächstes möchte ich vier Freunden danken, die meine Geschichte während des Schreibprozesses lasen – in Abschnitten von mehreren Kapiteln – und mir die Rückmeldung gaben, dass ihnen gefiel, was sie lasen. Für ihre Unterstützung, ihr Feedback und ihre Geduld danke ich von ganzem Herzen Patrick Doyle, Jo Eccles, Adam Schiller und Amy Schiller. Sharon Zink danke ich für ihre professionelle Beratung.

Als ich die vielen Ablehnungen satthatte, mein Manuskript frustriert in eine Schublade legte, mich in den Schlaf weinte und zu akzeptieren versuchte, dass mein Buch nicht veröffentlicht wird, erhielt ich eine E-Mail von einer Freundin, die mich dazu ermutigte, mein Manuskript wenigstens an eine weitere Agentur zu schicken. Ohne diesen Anstoß hätte ich meine Geschichte wohl nie wieder aus der Schublade geholt. Vielen Dank, Sarah Whyand! Diese »eine weitere Agentur« gehört Judith Murray, die beliebteste Figur jeder Geschichte, die gute Fee meines Lebens: Tausend Dank für die Einladung zum Ball!

Ich danke Jo Dickinson und Jackie Cantor von Simon Schuster für ihre rührende, gefühlvolle Reaktion auf meinen Roman. Kate Rizzo danke ich für ihren Einsatz beim Verkauf der Rechte ins Ausland und Alisa Ahmed für ihre unermüdliche Unterstützung.

Ich danke meinen Kindern, die, bloß weil ich ihre Mum bin, von Anfang an daran geglaubt haben, dass mein Buch veröffentlicht wird, und die das Universum um Hilfe anflehten, als ich ihnen versprochen habe, dass sie eine Katze bekommen, falls ich einen Verlag finden würde.

Und nicht zuletzt danke ich Ihnen dafür, dass Sie dieses Buch in die Hand genommen haben. Ich hoffe, dass Sie beim Lesen das Gefühl haben, Ihre Zeit sinnvoll zu investieren.